U0551838

水星影業為您呈獻

MERCURY PICTURES PRESENTS

ANTHONY MARRA

安東尼・馬拉——著

施清真——譯

獻給卡皮（Kappy）

這種仿真的「歸返」僅僅只是作戲嗎？我不敢相信。

——托瑪斯・曼，《浮士德博士》，寫於一九四三至一九四七年間的洛杉磯

第一部

第二部

第一部

第一章　陽光普照的西伯利亞

1.

當你走進「水星國際影業」高級主管們的辦公區，你會先看到一座製片廠的縮尺模型。製片廠的共同創辦人暨製片總監亞提．費德曼把模型架設在大廳，藉此轉移投資者的注意力，以防三心二意的金主們改變主意。模型包括露天片場、攝影棚、器材大樓，儼然是製片廠的縮影，忠實呈現占地十英畝的「水星國際影業」。在縮尺模型師的塑造下，瑪麗亞．拉嘉納是個平淡無奇、面孔模糊、遙望亞提辦公室窗外的小人像。一九四一年的一個近午時分，瑪麗亞本尊就是站在這個窗邊、雙手扠腰、看著一隻鴿子在她老闆全新的敞篷車的擋風玻璃上拉屎留名。她真想請那隻鳥喝杯小酒。

「外面天氣真好，亞提，」瑪麗亞說。「你真的應該過來看看。」

「我看了，」亞提說。「讓我想要跳樓。」

亞提雖然不常歌頌生命之美，但也不至於在午餐前思考如何結束生命。瑪麗亞猜想他是否因為參議院調查「電影製片協會戰時文宣」而煩躁不安，結果不是——當前的危機在他的腦袋上。他頭頂禿髮的面積終於擴大到連假髮也掩蓋不住。

他桌子後頭有個架子，一名更出色的製片人說不定會用它來展示奧斯卡獎座，亞提卻在上面擺放六座木製的假人頭，每座緊覆著一頂黑色假髮。這六頂假髮超適合當作話題，比方說，跟新進員工面談時，亞提會說這幾頂假髮是他們前任者的頭皮，好來個下馬威。

就瑪麗亞看來，這六頂假髮的式樣與風格毫無分別，但亞提堅信每一頂假髮都煥發出原主的真氣，只不過仍未現形，尚待發揮，就像是潛藏在指尖的靜電。於是他依據每一頂假髮的個性，將之命名為「大人物」、「大情聖」、「樂天佬」、「愛迪生」、「奧德修斯」、「梅菲斯特」[1]。當他得知美國開國元老們各個都戴假髮，連愛現的約翰·漢考克也不例外，他頭一次感覺到這個移居國是自己的家鄉。只有班傑明·富蘭克林不戴假髮，你瞧瞧他變成什麼德行：染了梅毒、親法，下雨天出門放風箏，找點樂子。

「說不定假髮縮小了，」他說，依然期盼奇蹟出現。

「我覺得你需要一頂遮蓋範圍大一點的假髮，亞提。」

「這種情況今年已經發生一次了，老天爺啊，何時才要放過我？」

「生命殘酷不仁，但最起碼很短暫。」

「是嗎？我可不這麼樂觀。」

亞提不相信優雅老去。他根本不相信老去。五十三歲的他照樣做他那套健身操，當年他就是憑著這套健身操把自己訓練成一位前途看好的半職業拳擊手，豈知後來腕骨碎裂，迫使他投身唯一另一個鼓勵他發揮攻擊性的行業（他控制得了自己的攻擊性，這是他獨樹一格之處。直至今日，他依然把一個拳擊沙包架在辦公室牆上，跟不肯妥協的經紀人開會時，他總是喜歡朝著沙包打幾拳）。說不定他已失去往日雄風；說不定他爬樓梯時、雙腿的膝蓋聽起來像是響葫蘆；說不定他跟郵件收發室的那些小夥子比賽腕力

＊本書註釋皆為譯註與編註。

1 歌劇《浮士德》裡的惡魔。

時、他們故意讓他贏——但他不接受自己老去。

最起碼瑪麗亞想像亞提跟自己這麼說。老實說，她已經開始擔心他。再過四天，他就得坐到國會山莊的證人席上，隨同華納兄弟、米高梅、二十世紀福斯、派拉蒙的頭頭們一起作證。這事眼看即將演變成意義重大的對決：一方宣揚言論自由，一方力保政府審查。但就瑪麗亞看來，亞提似乎一心只想著他的假髮，不太在乎開場聲明。

提到審查，亞提說：「喬伊．布林有沒有回妳消息？」

「今天早上稍早回了。」

「他怎麼說？他會批准《魔鬼的交易》的劇本嗎？」

瑪麗亞一語不發。

「我會焦慮到拔光我剩下的頭髮，是吧？」

「恐怕是的。」她坦承。

瑪麗亞十年前開始在「水星國際影業」工作，從打字小姐一路爬升到管理部門。二十八歲的她是個助理製片人，也是亞提的副手，而這份差事必須兼具將官、外交官、人質談判專家，以及美髮師的才華。她的職責之一是確保「水星國際影業」的電影得到「電檢處」[2]裡那些捍衛道德標準的假正經和討厭鬼的恩准。該處的主席是喬伊．布林，這人行事作風極為嚴謹，信奉天主教，虔誠得讓人害怕，他曾經刪改一部耶穌的傳記電影，原因竟是內容太接近史實；在布林眼中，一個在外國出生、倡議財富及所得再分配的猶太人，顯然帶有布爾什維克主義的傾向。布林堅持電影不可無謂地冒犯任何人，因此舉凡主題有爭議性的電影，布林一律祭出守則禁止映演。一九三〇年間，如果你只從當地的戲院收聽新聞，你會以為美國南方並未歧視黑人，法西斯主義也沒有橫行歐洲。但到了一九四一年夏末，無論「電檢處」如何鋪天蓋地地洗白，也阻擋不了電影呈現歐洲的戰亂危機。

為了因應近來電影裡頻頻出現支持參戰的訊息，一群孤立主義派的參議員指控好萊塢和羅斯福總統密謀「讓美國掉進宣傳漩渦」，目的在於「逼迫美國對德國和義大利宣戰」。國會匆匆安排聽證會調查這些指控，提議立法予以補救。亞提．費德曼向來仰賴爭議炒作免費宣傳，當然不會放棄這個曝光的機會，他打算暗中破壞國會調查的合法性，同時善加利用「水星國際影業」下一部片子將為他冠上的惡名。

瑪麗亞把她早上從「電檢處」取回的劇本遞給亞提。喬伊．布林畫了箭頭更動場景，下筆之狂亂，有如受到圍困的戰場指揮官。《魔鬼的交易》是個絕頂聰明的點子——姑且不論心中的顧慮，瑪麗亞的確同意這一點。劇本由一個流亡美國的德國人撰寫，描述一位柏林電影工作者同意執導宣傳電影，以此換取資金完成他醞釀多時的精心傑作，儼然藉由這位電影工作者之口重述浮士德的傳奇。在一個關鍵性的場景裡，一位來訪的美國國會議員看了其中一部宣傳電影，走出戲院時，他已被說服，認定和平的真正敵人不是柏林，而是好萊塢。迂迴暗示美國參議員是個容易上當的陰謀論者，當然保證劇本絕對不會得到「電檢處」的核准。瑪麗亞心想自己應當感到失望，但基於她不願對亞提坦承的理由，《魔鬼的交易》被喬伊．布林刪剪了千次而宣告停擺時，她竟然鬆了一口氣。

「我很訝異他沒有刪掉字與字之間的空白，」亞提快速翻閱經過審查的劇本。瑪麗亞的腳注被加上了許多不雅的評語和驚嘆號。「布林總是跟我過不去。我始終不明白為什麼。」

---

2 Production Code Administration（PCA），一九三〇年至一九六〇年間，「美國電影製片與發行協會」自行制訂一套電影製作守則，俗稱「海斯法典」為基準，進行內容審查，一九六八年才被電影分級制取代。為幫助理解，此一執行審查的單位，本書統一譯作「電檢處」。

「你確實曾在《紐約日報》上宣稱他是『偽善的吹牛大王』。」

「那是記者斷章取義。我可沒說他是『大王』。」亞提把劇本扔到桌上，拿掉假髮。他的頭皮布滿鐵灰色的斑點，看起來像是參雜紅椒和酸黃瓜的火腿切片。瑪麗亞倒是看得十分動容；若非基於共事十年所累積的信任，亞提怎會在她面前拿掉假髮？除了她之外，亞提不容許「水星國際影業」的任何人看到他沒戴假髮的模樣。他轉頭向她說：「妳覺得——我們有沒有機會挽救這個劇本？」

亞提想當然耳地認為，基於瑪麗亞的背景，由她監製《魔鬼的交易》再適合也不過。瑪麗亞的爸爸是羅馬最負盛名的律師之一，早在她成為亞提的副手之前，因為她爸爸被墨索里尼判刑流放到卡拉布里亞[3]，於是瑪麗亞和她媽媽因而逃離義大利，以政治流亡者的身分落籍洛杉磯。這些年來，瑪麗亞和她爸爸書信往返，不但讓她對審查深惡痛絕，更讓她培養出規避審查的長才。

有時她感覺生命訓練她隱匿於眾目睽睽之中，讓她成了這方面的專家。法西斯主義和天主教教義指點她如何遊走於高壓的意識形態之間，身為一個在義大利家庭長大的女孩更讓她明瞭，妳只能讓人意識到妳的存在，而不是明目張膽地讓人看見。手勢和暗示構成義裔美國人的方言，從家人言談到黑幫粗話都是一樣，更何況她身處一個離散的族群，這群人士面對內心慾望和死亡威脅向來極為巧妙地從不明說，她因而找到竅門，運用言外之意偷偷越過「電檢處」那些道貌岸然之士布設的疆界。儘管如此，以《魔鬼的交易》的情況而言，她同意審查人員的判定。干預政治是有錢人、權貴人士、或是有意自毀之人的專利；她從她爸爸的例子習知這一點，也不想變得跟他一樣。

「我覺得這個劇本已經被『布林化』，沒指望了，」她說。

亞提點點頭，把假髮扔到一旁。他換上那頂髮色更加深黑的「梅菲斯特」。但凡請出這頂假髮，代表他心懷希望，這可不是只因「梅菲斯特」能遮蓋更大面積的禿頭。為了養護它神祕的真氣，他把「梅菲斯特」保留到最重要的談判場合。亞提正在試圖爭取新的信用額度，萬一華府的情況不利，製片廠才可確保融資。他和他的雙胞胎哥哥奈德下午跟「東方國民銀行」開了會，銀行那群華爾街小子野心勃勃，油嘴滑舌，說不定甚至知道怎樣把酒駕致死從犯罪紀錄裡抹消。

假髮有如頭盔般戴妥之後，他坐在書桌椅上迴旋一轉。「我看起來如何？」

老實說，亞提的模樣已遠非他這位善於溢美之詞的門徒所能形容。

「你看起來至多二十五歲。」她說。

這話讓亞提露出罕見的微笑。身為鬼話大王，他讚許他門生的努力。儘管她是個女人，而且是個義大利人，但他知道瑪麗亞不折不扣也是個費德曼之流的大說謊家。

「我花錢雇他們說謊話，」亞提朝著會計部門點點頭。「我花錢雇妳說實話。」

「說真的，你看起來像是艾默小獵人[4]的老爸。」

亞提的臉一皺。「我可沒有花錢雇妳這麼誠實。」

「那你應該多付我一點薪水。」

「妳可別得意忘形。但我想這就是我們打算留給那些東岸銀行主管的印象。天才才會知道何時該被當成傻瓜。」

瑪麗亞微微一笑。「就這方面而言，亞提，你是愛因斯坦。」

「喂！妳想笑就笑吧，但妳應該比任何人都清楚受到低估是個競爭優勢。當那些出身名門、衣冠筆挺

---

3 Calabria，義大利南部的大區，氣候宜人，山海秀麗，曾受希臘與西班牙統治，文化遺跡豐富。

4 Elmer Fudd，華納卡通影片兔寶寶的宿敵，始終拿著獵槍在後追趕。

的華爾街小子看到我，他們會以為他們可以把我的大禮帽用來當作便壺。他們不會把一個戴著廉價假髮、講話粗聲大氣的移民當一回事，這跟他們所學到的一切背道而馳。」

「你看起來像是艾默小獵人的老爸，」瑪麗亞說，「會議桌那一頭的洋基佬混帳絕對看不出你的真面目。」

「我的真面目是什麼？」亞提問。

「在談判桌上？你是大惡魔梅菲斯特。」

假髮的邪魔威力令他生氣勃勃，亞提感覺自己已經準備好上場殺敵。他站起來，兩隻手臂塞進西裝衣袖。一隻金絲雀在桌子另一頭的黃銅鳥籠裡朝著他嘰嘰喳喳。金絲雀是他太太送他的結婚紀念日禮物。費德曼太太還附上一張便籤，便籤上說金絲雀說不定可以跟他作伴。亞提把金絲雀命名為「查爾斯・林白」，因為金絲雀是個絕佳的飛行員，在其他方面卻非常討人厭。瑪麗亞心想，把你的敵人降格為一隻關在籠裡、動不動就嘰嘰喳喳的小動物，八成很有快感。

「你打算在議員們面前朗讀的聲明在哪裡？」瑪麗亞問。「我下午幫你修改。」

亞提搖搖頭，什麼都沒說。

「亞提，你明天早上飛華盛頓。」

「我還沒有準備開場白，」他坦承。忽然之間，他覺得自己是一個禿頭禿到假髮遮蓋不住的中年自戀狂；一個即將在美國最重要的政治舞臺上被抹黑人格、被質疑忠誠的傢伙；一個可以在黑暗的巷弄中自衛、卻無法在燈火通明的國會山莊會議室抵禦自己的前拳擊手，多年以來，他花了好多功夫說服自己不是這樣的人，這時他卻覺得自己就是這樣的人。

「這個公審只是擺擺樣子，瑪麗亞。我說什麼都無所謂。我只是……我只是看不出這事將會善了。」

他揉揉太陽穴，似乎被自己的不知所措嚇了一跳。即便結果屢屢證明他想錯了，亞提始終堅持他該這麼認為。無論是推斷喬・狄馬喬的揮棒速度、紐西蘭的首都名稱、麗塔・海華斯的天然髮色，他散發的自信總能讓你點頭如搗蒜，即使你知道他分明是在瞎掰。如今他頹然深陷在椅子裡，好像被他想不透、料不到的種種壓得變形。

他陰鬱的神情讓瑪麗亞擔憂。亞提或許讓人抓狂、反覆無常、只顧自己，但在她的職業生涯中，他出的力比其他任何人都多。他不顧男性同事們的抗議幫她升職。他尊重她的意見，信任她的能力。當他得知另一位主管試圖對她毛手毛腳，亞提痛扁了那傢伙一拳，把他的職位給了瑪麗亞。他辦公室的牆上非但沒有張貼正面的影評，反而滿是負面評論，篇篇抨擊他如何撕裂社會的道德良知，但在瑪麗亞眼中，亞提的道德良知比其他任何人更值得景仰。

「嗯，我跟你一起去華盛頓吧？」她建議。「我們可以在飛往華府途中準備你的開場白。」

「妳真的想要看我被送去餵獅子？」

「我是羅馬人，我的族人發明了那種競技。」

「這下我可放心囉。」亞提說。

「更何況我爸爸在墨索里尼執政初期是個辯護律師。對於擺擺樣子的公審，我不至於不熟悉。」

亞提感激地對她點點頭。「妳幫自己訂一張明天從洛杉磯機場起飛的機票吧。」

他們走到大廳，行經「水星國際影業」的縮尺模型，邁步到街道上，柏油路熱氣騰騰，私家轎車和跑車蒙上印象畫派般的水霧。正北方山坡上豪宅蓋得密密麻麻，望似財閥等級的貧民窟。當他們走到亞提的林肯轎車旁，他遞給她一封信。「拜託幫我一個忙。今天把這封信寄出去，好嗎？」

信封上的收件人地址在德國占領的西里西亞，是亞提大姊最後的已知地址。他天天寫信給她，但已過了好幾個月都沒有收到回覆。信封薄到好像根本空無一物，但亞提眼中的氣餒緩緩注入信封之中，致使信封至為沉重。瑪麗亞用雙手接下。

瑪麗亞把手搭在他肩上，輕捏一下，悄悄把信封放到皮包裡。

亞提趕在她說出任何同情話語之前改變話題：「《魔鬼的交易》沒有得到『電檢處』的核准，真可惜。妳能想像我如何在國會聽證會上吹捧這部片子嗎？」

瑪麗亞當然可以。任何一部「水星國際影業」出品的電影，媒體造勢和公關宣傳必然是最具創意的一環，向來如此。

「我敢打賭從來沒有人在國會議員們面前打片。」亞提轉身朝向想像中的攝影機。「如果諸位參議員想要得悉媒體宣傳的危險性，我非常樂意提供免費電影票，請諸位看一場將於十二月在全國各地上映的《魔鬼的交易》。請諸位謹記，當我說《魔鬼的交易》是今年的最佳電影，我可是發了誓——所言屬實、百分之百屬實、絕無虛言。」

「你得感謝『電檢處』的布林大主教讓你不至於發了誓之後撒謊。」

「『電檢處』的布林大主教，哼！」亞提說。這個稱謂讓他呆滯的雙眼忽然一亮。「妳是羅馬人，妳肯定知道那個叫做什麼來著的傢伙。幫教宗畫壁畫？麥可安基洛？」

「米開朗基羅，」瑪麗亞更正他。

「叫什麼都無所謂。重點是，那座西斯汀教堂真了不起，不是嗎？妳想知道我怎麼想嗎？」她不想，但亞提的意見就像是喝醉了酒、強行闖過餐廳領班的食客，雖然搖搖欲墜，卻也趕不走。「我覺得這個叫做麥可安基洛的傢伙，肯定是他那個時代的普萊斯頓·史特吉斯[5]。」

「沒錯，」瑪麗亞笑笑說。「他還不賴。」

「不賴？妳確定？麥可安基洛在教宗的天花板上畫了雞巴，不知怎麼地居然沒有受到懲罰，請注意，我們說的可不只一、兩個雞巴，天花板上肯定畫了十幾二十個。我敢打賭教宗抬頭跟天主禱告時，肯定會看到某個自作聰明的聖徒朝著他甩雞巴。」

「米開朗基羅相當幽默。這點我倒是同意，」瑪麗亞說。

「我拍一對結婚五十年、從來沒有出軌的老夫老妻躺在同一張床上，那個不成氣候的宗審大老喬伊・布林就火冒三丈，放屁似地破口大罵。但你在教宗私人教堂看到的雞巴，卻比你在七局下半球場洗手間裡看到的雞巴還多。」

亞提看著瑪麗亞，一看看了好一會兒，兩人的嘴角都微微抽動，顯然明瞭彼此的心思。

「妳知道嗎？我覺得麥可安基洛在好萊塢一定混得非常好。他在教宗的天花板上畫了那些畫，而且沒有受到處分，妳想他是怎麼辦到的？」

瑪麗亞雙臂交叉，靠向亞提林肯轎車的引擎蓋。「他和教宗顯然達成妥協，」她邊說邊試圖想像西斯汀教堂的模樣。「米開朗基羅想要畫多少雞巴都行，前提是他把它們畫得很小。」

「完全正確！」

瑪麗亞瞭解亞提想說什麼。這些年來，瑪麗亞已經設計出一套策略，不著痕跡地把所謂的不敬與猥褻呈現在最敏感的審查人員面前。手腕最高超之時，她可以讓比藍色小公牛更有顏色的低級笑話通過審查。她施展魅力、阿諛奉承、故作天真、含蓄要脅，審查人員被她迷得團團轉，莫不相信亞提的意圖值得尊崇，就像她爸爸曾經說服庭上、讓庭上相信無可救藥的累犯們其實無辜清白。當她跟喬伊・布林開會商

5 Preston Sturges（一八九八—一九五九），一九四〇年代崛起的喜劇導演，擅長以瘋狂喜劇諷刺美國文化。

討「水星國際影業」的製作，她衣著端莊、裙長過膝、衣領高窄、不戴首飾、只戴一條十字架金項鍊。布林若是挖出含沙射影的隱晦言詞，她總有辦法為之辯護，而且講得頭頭是道，到後來布林甚至擔心自己才是變態。十分鐘之後，布林就匆忙趕赴正午的彌撒，瑪麗亞則為《他們不是表親嗎？》拿到「電檢處」的核可。她表面上戴著十字架項鍊，其實可是個殺手級的人物。

「我跟妳打個商量，」亞提說。「只要妳有辦法讓《魔鬼的交易》通過審查，我就讓妳在片尾字幕上掛製片人。」

瑪麗亞一臉懷疑地盯著他。她至今已經當了七年的助理製片人，名字卻始終仍未出現在片尾名單，但她不相信任何會讓她達成心願的交易。「為什麼是現在？」

「因為妳已經證明妳值得，」他邊說邊對她伸出一隻手。他們握手表示敲定，然後他補了一句：「現在妳去殺殺麥可安基洛的銳氣。」

✦

十二點半了，瑪麗亞心想，她說不定趁艾迪回去片場之前到員工餐廳找他。她看到他擠在兩個臨時演員之間，衣領上依然塞著化妝師的面紙，正在暢談洛杉磯缺乏嚴肅的戲劇。

他對這個議題知之甚詳。陸艾迪是個自學的莎士比亞戲劇演員，也是「蒙特克萊」的夜班櫃檯，蒙特克萊是好萊塢大道旁的公寓飯店，瑪麗亞就住在那裡。艾迪散發出一股跟范倫鐵諾一樣的異國魅力，范倫鐵諾憑藉這股魅力成了領銜主演的大明星，但膚色同樣不如一般白人白皙的艾迪卻沾不上邊，於是他頂多只能飾演傅滿州之類的反派角色。但他想要的更多。他熟記每一齣知名悲劇的重要臺詞，但劇場的演出機會跟電影一樣少得可憐。他失去擔綱演出哈姆雷特的機會，飾演主角的是個吃玉米長大、來自愛荷華州的大白痴，而且這傢伙居然連莎士比亞是誰都不知道，竟然說要把他的筆記給這位劇作家瞧瞧。「如果哈姆雷特是中國的王子，你絕對是我的首選，」導演帶著歉意跟艾迪說。

艾迪不單是個極富才華、卻苦無機會的演員，他還是瑪麗亞的男友。他們調情了好一陣子，兩年前的除夕派對終於靈肉合一，順便測試了「水星國際影業」錄音室的隔音效果。隔天瑪麗亞就搬進蒙特克萊。

「片場還好嗎？」瑪麗亞邊說邊坐到艾迪旁邊的椅子上。

「他們跟我說《女房東的縱火之夢》是一部情感克制的傑作，但我覺得言過其實。」他說。瑪麗亞不時為艾迪安排一些小角色，目的只在於讓他保住「影視演員協會」的資格，他不得不接受這樣的裙帶關係，但從來不忘表達他自始至終極度厭惡。

「跟我說你心裡怎麼想。」她說。

「我真心認為這個地方的吉祥物應該是水溝。唉，為什麼妳留在這裡？姑且別提『派拉蒙影業』，妳在任何地方都找得到工作。」

幾個月之前，「派拉蒙影業」挖角，她的薪水會加倍，但權責只有她現職的十分之一，儘管艾迪一再敦促，她依然婉拒。

「亞提提拔我，我從打字小姐爬升到現在的職位，他帶我入行，這點很重要。」

「重要的是他利用妳的感恩之心。」艾迪提醒她。

「要不是為了維繫家庭和諧，」瑪麗亞說，「我說不定會挑明了問你：一個對他自己事業如此不滿意的人，憑什麼對我的事業提出建言？」

艾迪膽怯地笑笑，高舉雙手表示投降。「那些一事無成的人，才會去教人。」他朝著一個正在按熄香菸的女人點點頭，女人坐在離出口最近的一張桌子旁，把菸按熄在她吃剩的香瓜和茅屋起司裡。「說到新進人員，她是誰？」

「安娜．韋伯，」瑪麗亞說。「德國人。我們兩個月前雇了她。她幫《大都會》[6]製作了一些縮尺模型。」

這幾年來，愈來愈多歐洲流亡人士出現在「水星國際影業」。你可以從「水星國際影業」的就業名冊勾畫出法西斯主義在歐洲的擴展。亞提很少說真話，但在一個極為罕見的時刻，他坦承他對這些流亡人士沒有任何期待，也不指望他們在電影專業上有何貢獻。他只求讓他們如期兌現支票，讓他免於承受良心的煎熬。他們其中一些人甚至從未在電影界工作。因此，當亞提聘雇安娜、延攬了一位技藝嫻熟的縮尺模型師，瑪麗亞至感驚喜。

「從《大都會》降格到『水星國際影業』，」艾迪搖搖頭，深感不平。「真是遺憾。說到遺憾，我該回去拍那部大爛片了。」

他把手伸到桌子底下，捏一捏瑪麗亞的手。他走過安娜的桌子，帶著引介的口氣說：「歡迎來到陽光普照的西伯利亞，韋伯女士。接下來只會每況愈下。」

瑪麗亞順手吃光艾迪剩下的幾口蘋果派，在桌上攤開她的筆記，但她沒在想《魔鬼的交易》，反而思忖「水星國際影業」的縮尺模型。她不知道自己為什麼受到模型的吸引。說不定是因為透過「水星國際影業」的模型，她看到一個受到詛咒的行業。一部片子的意義到頭來似乎多半歸結為哪一個人、哪一個景、哪一張臉值得特寫，但在縮尺模型師全知全見的凝視中，事事物物都值得特寫，好像鏡頭愈拉愈遠，直到每一個小角色都入鏡。

你若把鏡頭拉遠，你會看到建構縮尺模型的工藝師安娜獨自坐在桌邊，在她的餐巾紙素描一棟柏林的廉租公寓。再拉遠一點，你會看見亞提開著一部乳白色的林肯轎車，沿著聖塔莫尼卡大道朝西飛馳，每駛經一條街道，他就離他厭惡的兄長愈近。繼續把鏡頭拉遠，你會看到聯合火車站，火車站裡，一個來自卡拉布里亞大區的難民步下火車，他借用一位逝者的證件周遊四方，口袋裡擱著瑪麗亞的地址，旅行袋裡放著一個雪茄盒，喉頭裡哽著許多話語。

你也有機會看到瑪麗亞穿過一個露天片場走回她的辦公室，途經一座熱帶叢林、一座哥德式城堡、一條赤褐砂石的街道。你會看到她逗留在義大利廣場布景區。更換一下標示牌，這裡即是歐洲任何一處市鎮，但瑪麗亞以羅馬的一個小廣場為雛型搭建了布景區，當年每個星期天，她爸爸都帶她到這個小廣場看電影。布景區不大，四周環繞著磚瓦房舍、咖啡餐館、商家小店，一切都只是立面布景板。大理石和石灰岩是上了色的石膏和三夾板。瑪麗亞站在那裡，在腦海中為這個空蕩的小廣場添加晚餐之前的種種即景：鴿子被腳步聲嚇得飛竄，時髦優雅的仕女們足蹬高跟鞋，神情傲慢地杏眼圓睜，一個老先生皺著眉頭把一球球熱騰騰的馬糞舀進肥料袋。巷弄之中，一條條掛滿衣物的晒衣繩，隨著滴滴清水的蒸發極其輕微地上揚，肉眼幾乎難以察覗。人人都看著別人，但沒有人瞧見瑪麗亞。她十二歲，跟在她爸爸身邊往前走。他們的腳步聲起起落落、踢踢躂躂，宛若被縫紉機一針一針車入城市的市景，難以想像這一切即將終止、即將消失，一旦走出這個好萊塢的布景區，她就再也看不到羅馬。

流亡人士的地景處處皆是這樣的活板門。踏錯一步，就掉落深淵。即便此刻她人在辦公室、坐在她接手而來的奧利維蒂打字機前，她依然回到那個她逃離的地方。早在被放置在一個次級電影製片廠裡之前，打字機曾經穩坐在她爸爸的桌上，謄打出數十份推翻有罪判決的上訴。不管她用這些鋁合金字鍵打出多少份契約終止書或是最後通牒，在瑪麗亞的眼中，她爸爸的打字機依然不帶絲毫惡意。

6 Metropolis，德國名導佛列茲・朗的代表作，一九二七年首映，是電影史上最重要的科技默片之一。

即使是多年之後的此刻，她依然感覺得到她爸爸的凝視。他看著她，等著瞧瞧她接下來有何打算。

2.

這倒也無可避免；每次想到羅馬，瑪麗亞的思緒總是飄回那個最後的夏日。夏日之中，她爸爸每個星期天帶她去有冷氣的戲院看電影，而不是上教堂作禮拜。

出遊相當美好，卻也令人擔憂，因為爸爸愈發關注她，愈顯得她家境拮据。往昔他鮮少帶著瑪麗亞出遊，而且向來倚賴家中那位嚴厲的蘇格蘭女家庭教師幫他安排。但那年春天，女家庭教師、女傭、廚師都被解聘，結果家裡只剩下她爸媽，空空蕩蕩，氣氛陰沉。她爸爸對於教養子女的看法跟一般人不同：對朱塞佩・拉嘉納而言，把女兒交給其他人照顧，當爸媽才比較有意思。如今家裡少了幫手，沒有人照顧這個十二歲的女孩，亞汶丁山丘上這棟六個房間的公寓感覺竟是前所未有的雜亂，甚至令人手足無措。若是非得說些什麼，就當作是個學習的過程吧。比方說，朱塞佩明白他花愈多時間烹調晚餐，瑪麗亞便吃得愈少。他明白瑪麗亞拒絕像個文明人一樣使用鬧鐘，光是每天早上叫她起床就是酷刑，他得花半小時威脅利誘，話愈說愈重，讓他滿肚子火。他明白她最喜歡的顏色是薄荷綠。他明白她可以讓他氣得想要動手殺人，一瞬之間卻又把他迷得團團轉。此時此刻，在八月第一個星期天，他和瑪麗亞在門口碰面，隨同她踏入傍晚的日光，感覺難以招架。

「別跟妳媽媽說，好嗎？」他隨手關上大門。「她說不定不會贊同我們的……嗯，文化涵養計畫。」

「因為她以為我們去上教堂。」

「喂，如果妳寧願我們去上——」

「我不要，」瑪麗亞立刻回答。她那個卡拉布里亞出生的媽媽跟每一位攀附上流社會的新富階級一樣嫌惡大眾娛樂，反倒偏好穿著難走的鞋子逛畫廊、聽百般無聊的歌劇。唯有跟著她爸爸出遊，瑪麗亞才有機會看電影。

「那就別跟妳媽媽說。」瑪麗亞無聲地學她爸爸講話。

朱塞佩端詳他的女兒，這個小傢伙穿著灰洋裝，繫著紅領結，讓人猜不透。她用細小的髮夾夾緊濃密烏黑的捲髮，陽光一照，髮夾有如繁星般閃閃發光。不知怎麼地，他們父女培養出共同的興趣，聯手騙他太太。本來他們之間的夫妻關係都靠他自欺欺人，如今欺騙他太太，算是換個口味。自從朱塞佩坦承家中財務困頓到什麼地步，他和安紐麗塔幾乎就只透過瑪麗亞傳話。瑪麗亞扮演信差、通譯、磋商者三重角色，據稱保持中立，其實朱塞佩和安紐麗塔都試圖以賄賂和奉承來拉攏。瑪麗亞琢磨出一些花招挑撥爸媽相鬥，藉此從中得利，爭取到一些爸媽不吵架時絕對不會答應的事。朱塞佩多多少少也殷切鼓勵，若非如此，他說不定會覺得這些花招很嚇人。

他們慢慢走下亞汶丁山丘，行經鑲嵌著聖徒的彩色玻璃窗下，電車車輪滑過軌道，聲聲有如磨刀準備上戰場。台伯河對岸，高聳的尖塔在熱氣中起了皺摺。這是拉嘉納一家頭一次沒有前往亞得里亞海邊的渡假勝地避暑。朱塞佩穿著他那套人字紋三件式西裝，好像刻意蔑視暑氣——或說因為迫使家人們承受暑氣而懲罰自己——西裝相當正式，燙得筆挺，西裝領有如鯊魚翅般寬大，毛料沉重，夏天穿顯然太熱，但當他攬鏡自顧、看到昔日那位穿衣打扮吹毛求疵的律師，他感覺重拾消逝無蹤的自滿與自信。

他們走進公共花園時，他已經熱得開始融化。一位老先生坐在公園的長椅上，一條濕手帕貼在他的腦袋瓜上，饒富趣味地看著他。「我敢打賭這傢伙心裡有些悔恨。」老先生對躺在他腳邊喘氣的小狗說。

其實老先生低估了嚴重性：近來朱塞佩．拉嘉納心裡只有悔恨。此一時彼一時，直到去年秋天朱塞佩仍是羅馬最炙手可熱的辯護律師，程序性和技術性細節被他當作戰斧般揮舞，曾有一時，你走進羅馬任何一所監獄都聽得見囚犯們覆誦他有如詩詞般的辯護詞，好像小學生引述但丁的《神曲》。到了春天，那樣美好的時刻宣告終止。新頒布的法令禁止反抗法西斯政權，同時設立特別法庭，藉由法庭管轄之外的樣板公審，審判政治異議分子。朱塞佩向來為社會主義者、無政府主義者、鼓吹共產主義者辯護，他的聲譽亦來自於此，如今這些潛在客戶要嘛逃往國外、宣告放棄先前的信念，要嘛沒有受審就直接被下放到國境南方，一個像朱塞佩這樣具有特殊才華和客戶層的律師，因而愈來愈難接到案子。

每天早晨，他從衣帽架上拿起帽子，探頭到廚房裡，神情愉悅地宣告他要「出門工作」。他高估了自己誤導家人的能力，卻也低估了自己誤導自己的本事，一個善於把話講得模稜兩可的律師，通常就有這個短處。夜晚時分，他等到安紐麗塔進去客房休息才回家，而安紐麗塔這會兒已經長居客房。不管早上投射出多少自信，到了傍晚已經消耗殆盡。他得再休息七個小時，才有辦法再跟他太太撒三十秒鐘的謊。他把帽子掛在漆黑的玄關，躡手躡腳走進廚房，瑪麗亞穿著睡衣坐在餐桌前，當她輕輕靠向他，她身上的暖意懶洋洋地漫向他的胸膛，有時他好怕讓她失望，想來心驚。

「我以為我們說好了妳不必等門？」

「我醒了，」她說。「惡夢。」

「妳又夢見鱷魚？」

「不是我。媽媽做了惡夢。」

「妳怎麼知道？」

「我聽到她大叫。」

朱塞佩強迫自己別多問。多年以來，安紐麗塔必須服用鎮定劑才睡得著，而藥物令她陷入她奮力想要從中醒來的夢境。在她的惡夢裡，她被海嘯拖下水，海水漸漸覆頂，她雙腳狂踢，雙手狂舞，拼命想要喘口氣。往昔當他們還同床共寢，他經常被她暴怒的動作吵醒，而他幫不了身旁瘋狂扭動的她，不禁讓他恐慌。於是他握住安紐麗塔的雙手，在她耳邊輕聲勸說，直到他的聲音穿過大海的怒吼，引導她浮上海面。

「妳媽媽沒事，」朱塞佩說。「我們都百分之百沒事。」

哄瑪麗亞上床睡覺之後，他走進書房，把門鎖上，在奧利維蒂打字機裡捲進一張白紙。自從他客戶銳減、成天花大把時間盯著靜悄悄的電話，他就讓自己忙著……嗯，你到底怎麼稱呼這種至今已經塞滿六個多層式檔案夾的文件？這倒不是一系列的申訴，即使一份份文件確實是申訴。在那些等著他太太入睡的傍晚，他冒險遊走於市區各處，訪問一個個被特別法庭定罪的家庭。他為薄弱假造的證據編目，將不符合現有法律的部分記錄下來，解析樣板公審的判決如何濫用法條。明知此舉只是徒勞，他的熱情卻未消沉，依然繼續努力。明知他的客戶不會付錢，特別法庭也沒有申訴管道，這些也都無所謂。因為如果他不是辯護律師，那他究竟是誰？更何況，誰比辯護律師更有辦法記載政府荒謬絕倫、前後矛盾的執法？誰會對悖離司法更敏感？黎明時分，你可以聽到紙張颼颼抖動，好像一顆顆冰雹打在單薄的傘面。他撰寫的申訴無法讓申訴人獲釋，他只是把申訴擱在他的抽屜裡，藉此將之交付給後代——許久之後，當這個時代融入歷史的洪流，正義或許會轉型。說不定在那遙遠的未來，有朝一日，收錄在這些紙張的證據將會如同學習語言的軟體或是字典，襄助人們解構墨索里尼時代的種種空想，呈現出其後真實的義大利。但大多時候，這些文件只是一位辯護律師在申辯結束之前呈交的最後動議。

晨間時分，她爸爸出去上班之後，瑪麗亞走進他的書房，好奇地看看他用打字機打出什麼讓他忙到深夜的文件。未經修改的原稿有如巨浪般從打字機湧出，字字都是她爸爸奮力的敲擊。她拿了幾張走到窗邊，拉上窗簾，靜靜展讀。她爸爸用了好多字眼形容對當今政權的輕蔑與厭惡，讓她至感訝異。過去一年來，他始終試圖壓抑往昔那股社會主義者的狂熱。他不再跟朋友們辯論政治，若在公眾場合聽到墨索里尼在收音機裡大放厥詞，他也乖乖站著聽，沒有口出怨言。雖然拒絕加入法西斯黨，但若是昔日的戰友們入黨，他不會表露嫌惡，只是輕描淡寫地說，我們不應該因為一個人視時務為俊傑而苛責他。退出社會黨一年之後，她爸爸始終小心翼翼克制自己，在公眾或私人場合都避談政治，致使瑪麗亞根本看不出他還相信些什麼，但她手裡這些紙張上卻不是這麼回事。即使看不懂他的法律辯證，但當她輕撫紙張，她依然感覺得到他的憤怒：他打字打得好用力，鉛字打印桿甚至在紙上留下凹痕。她把原稿放回那疊亂七八糟的文件裡，但她感覺到爸爸的心中有個陌生人，整個早上都甩不掉這個念頭。

✦

排隊買票的隊伍從天篷下漫開，穿過鋪了鵝卵石的廣場，融入晚餐前漫步的人群。瑪麗亞跟著爸爸走過瞪著肉鋪碎屑搖尾巴的貓咪、走起路來颼颼作響的貴婦人、在凝滯的熱氣中狂亂飛舞的小蚊蠅。

「隊伍從來沒有這麼長，」當終於輪到他們買票，瑪麗亞說。

朱塞佩伸手搧風。「冷氣機在地獄裡通常很受歡迎。」

一份墨索里尼最喜歡的宣傳刊物《義大利人民》在微風中飄揚。一家大小穿著最體面的西裝和洋裝沿著廣場周圍漫步。

「《科學怪人》，」朱塞佩瞇著眼睛看看掛在售票處外的手繪海報說。「這部片子好多年前就上映了。嗯，十二歲的小孩似乎不該看這種電影，對不對？」

「下星期他們要播《妓院的野獸》。」

「妳這麼說我會安心嗎？」

「要不然我們就上教堂，」瑪麗亞說。「教堂裡有冷氣嗎？」

這下他沒話說了。「洋娃娃呢？玩洋娃娃不是比較有益身心健康嗎？」不，算了吧，朱塞佩可以想像她把玩科學怪人公仔和她那些非常昂貴的英國洋娃娃，縫製成一個多頭怪獸。他心想，她之所以迷上這些毛骨悚然的玩意，說不定應該怪罪於他。幾年前，當老天保佑，他偶爾才不得不扮演慈父的角色，他不智地讓瑪麗亞在他的事務所待了一天。當他跟客戶開會時，她自己想法子打開一個檔案櫃，櫃裡收放著犯罪現場的照片，張張血濺八方。其後幾星期，她一直拿她那些非常昂貴的英國洋娃娃重現犯罪現場。隊伍開始緩緩移動，當他們擠過戲院門口，踏入清涼的疾風，朱塞佩不禁想像看了一個夏天《妓院的野獸》之類的電影後，瑪麗亞不知道會搞出什麼花招耍弄她那些可憐的洋娃娃。冷氣機放送的疾風陣陣吹來，朱塞佩終於感覺自己穿對了衣服。

多年之後，瑪麗亞依然會記得當羅馬各地酷熱難耐時，戲院裡吹著循環不息的涼風。她會記得穿著黑色燕尾服、繫著白色領結的戲院經理宣布當晚的節目，鋼琴手就著燭光悠閒地彈奏，她也會記得當銀幕上的科學怪人凝視林中小屋的窗外、望向遠方明亮的世界，臺下的觀眾頓時籠罩在他漆黑的身影中。然而讓她記憶最深刻的將會是卡車轟隆地停在戲院門外、鋼琴手陷入沉靜、黑衫軍[7]鬧哄哄地闖入的一幕。

小隊長是個圓滾滾的男人，他勉強塞進制服，制服上掛滿無足輕重的勛章。他帶著他的手下沿著走道前進。他們的長筒靴重重踏在地毯上，聲聲打破凝滯的沉寂。瑪麗亞感覺爸爸把她的手握得更緊，但他無需出聲警告。她知道她必須閉嘴坐直，以免喝得爛醉的黑衫軍注意到她。即使年僅十二歲，她已經明瞭

7 Blackshirts，正式名稱為「國家安全義勇軍」，是墨索里尼創建的民兵組織。

這些搜捕叛亂者的行動形同獵巫，等於就是政治迫害。他們提都不提基於什麼薄弱的藉口來到戲院，直接步入觀眾之中搜尋獵物。他們從小錢包裡挖出銅板，皮夾也被搜得一乾二淨，他們在羅馬把自己的同胞視為等同殖民地的臣民，就近實現法西斯主義者的帝國大夢。

銀幕上一群揮舞著火炬的烏合之眾把科學怪人逼入山洞。飾演科學怪人的影星演技生動，爆發力十足，表情跟歌劇名角一樣豐富，插卡字幕淪為多餘。但不管影星表現的感情多麼勁爆，瑪麗亞依然聽不到他的聲音，就像銀幕上的他當然看不見黑衫軍的小隊長如何抓住戲院經理的鬍子，拖著他往前走，他當然也聽不到小隊長如何宣稱戲院經理信仰布爾什維克主義、播放腐化人心的影片，著實罪不可赦。銀幕上的影星們無視觀眾席裡上演的戲碼，瑪麗亞幾乎感到氣惱。她忌妒他們的盲目。

在前臺拱門旁等候的兩名黑衫軍沒有聽到小隊長的喝令。銀幕上，科學怪人被發現躲進山洞裡，暴民蜂擁而入，火炬焰火熊熊，兩名黑衫軍顯然也看得入迷。「觸法的違禁品！」小隊長再說一次。兩名黑衫軍趕緊衝到舞臺中央鬆開影片膠卷。

小隊長受到銀幕上正在播放的片段啟發，從口袋裡掏出火柴盒。戲院經理苦苦求情，但他的哀求只是耳語，這話不假，因為他的鬍子蓋住氣喘吁吁的懇求，但在瑪麗亞的記憶中，戲院經理的懇求有如回應科學怪人的哭喊，聲聲穿透默片的音牆。

《科學怪人》跟百分之九十的默片一樣，隨著時光消逝，主因之一在於電影底片是由硝酸纖維素所製，而硝酸纖維素的可燃性極高，甚至被用來製作火藥。

小隊長把火柴往下一扔，銀幕上的焰火活了起來。

瑪麗亞還來不及多想，更別說移動，她爸爸就拉著她站起來，跨過他們這一排神情困惑的觀眾。等到其他人也站起來，她爸爸已經拉著她踏上走道。眾人爭先恐後擠向走道時，他推著她穿過大廳走入廣場。夏夜不再感覺悶熱。憲兵花了半小時把廣場圍起來，在此同時，消防人員趕忙救火，消防車載走傷患。當放映師從防火的石棉室毫髮無傷地冒出來，衣著體面，在旁圍觀的群眾全都高聲叫好。「慢慢呼吸，」她爸爸說。「沒錯，就像這樣。慢慢來。妳天生就會。」瑪麗亞吸氣吐氣時，她爸爸在噴泉裡沾濕手帕，幫她把臉上的煤煙擦乾淨。她專注於他的手帕在她臉頰留下潮濕的條紋，閉上嘴巴，用鼻子呼吸，直到她爸爸微微刺鼻的刮鬍水取代了煤煙味。

「別告訴妳媽媽。」她爸爸說。

瑪麗亞看著興高采烈、隔天早上就會回到他們的店裡、工廠、教室的黑衫軍。「警察會把他們抓起來嗎？」

「我想不會，瑪麗亞。」

幾步之外，戲院經理躺在地上，淚水凝聚在他深邃的眼眶中。

「別擔心，警察也不會把他抓起來。這些天才燒了所有證據。」

隔天一大早，當她推開她爸爸書房那扇沉重的木門，她的頭髮依然帶著煤煙味。她幾乎不記得女傭以前把書房整理得多麼井然有序。往昔書櫃一塵不染，鮮花按時更換，書冊按照字母編排，檔案整齊疊起，現在書房回歸天然狀態，過期未付的帳單從字紙簍溢出來，咖啡杯被用來權充菸灰缸，地上到處都是一疊疊文件和參考書，任何人一看就知道她爸爸沒辦法照顧自己，更別提照顧她媽媽，更不用說照顧她。

她慢吞吞地走向書桌，報紙被她踩得劈啪作響。她只想確定她爸爸曉得自己在做什麼，確定那些逮捕戲院經理的黑衫軍不會也來逮捕他，除此之外，她不知道自己想找什麼。但從夾在打字機捲筒的紙張上，她卻看到他對昨晚事件的記述：黑衫軍長得什麼模樣，他在哪裡看到他們，他親眼見證哪些罪行，他日後打算傳喚哪些願意佐證的證人。他始終規勸她三思而後行，但他登載種種懲處，卻認定自己不會受到同樣懲處，還有什麼比這樣更欠缺思量？

她撕下打字機上的紙，盛怒之中，她冷冷地拾起一個個塞滿申訴狀的多疊式檔案夾，張張申訴都是罪證，足以讓這位撰狀的律師被定罪。她爸爸以為自己是誰？他怎麼可以把陌生人的自由看得比自己家人的安全更重要？於是她拖拉著多疊式檔案夾走到街尾的巷子裡，清空一個個檔案夾，全數扔進一個鏽跡斑斑的鐵桶，點燃一根火柴。火柴劃過石板地，嘶嘶作響。她把火柴湊向紙張，火柴沿著紙緣燃燒，助長了火勢。紙張皺縮捲曲，火苗漸漸吞噬她爸爸用打字機油墨陳述的申訴。日後當她試圖解釋自己的行為，她始終聲稱自己之所以這麼做，純粹出於受到誤導的愛，因為在那段動盪不安的歲月裡，除了你的家人，你還願意為了誰承擔風險，阻止他們做出傷害自己的事？在那個有如煉獄般酷熱的羅馬夏日，除了你的爸爸，你還願意為了誰生火？

她燒掉大多數文件之後，一個鄰居聞到煙味打電話報警，然後衝出來制住她，以免她燒光整條街。一個制服筆挺、剪個小平頭的警察來到現場，他隨手翻閱還沒燒起來的申訴狀，立刻察覺這事超出他的管轄範圍，於是通報墨索里尼的祕密警察。瑪麗亞拒絕回答祕密警察的問題，但她說或不說都已經無所謂。鄰居告訴警察們拉嘉納一家住在哪裡。

朱塞佩刷牙時聽到有人用力敲門，他放下手裡的牙刷，第一個祕密警察衝進來把他推到地上，用手銬銬住他，第二個祕密警察審問安紐麗塔時，先前銬住他的祕密警察翻箱倒櫃，搜索他的書房。他不知道他嘴裡的牙膏該怎麼辦。吐在自家地板上有失尊嚴，他不需要承受更多屈辱，所以他滿口泡沫，呆呆地看著那些穿著廉價皮鞋的男人踏過他。他沒有注意到瑪麗亞從戶外回到公寓，當她出現在他身旁，他以為她被種種騷動吵醒。她幫他端來一個小碗，讓他把牙膏吐在碗裡，還端了一杯水讓他漱口。他雙手被銬在背後，所以她把杯子送到他嘴邊，還來不及幫他把臉擦乾淨，祕密警察就把他帶走。她爸爸，那個她生平所見最文質彬彬的男人，這會兒襯衫沒塞進褲腰、鞋帶沒有繫上、嘴角滲著薄荷味的泡沫，就這麼被推到街上。

祕密警察把他帶到天皇后監獄[8]，在獄中，三人組成的特別法庭判他「內部流放」，他將在聖羅倫佐的拘禁區服刑。

✦

九月過得好像一場以慢動作進行的竊案。先是她媽媽再也沒有機會穿戴的珠寶和貂皮消失無蹤，再也沒有賓客可為之擺飾的精美餐具隨之不見蹤影。隨著債臺日漸高築，傢俱跟著消失。瑪麗亞幾乎從未注意過這些東西，直到她看見它們又出現在附近當鋪的櫥窗裡，她卻覺得非常不捨。那張躺椅讓她哭得多麼傷心！那張椅凳讓她心裡多麼難過！她媽媽抑制心中每一絲情感，藉此因應這些時刻。

當瑪麗亞問起椅凳到哪裡去了，「什麼椅凳？」她媽媽說，語氣聽起來甚至有點嚇阻。

她媽媽籌到的錢招致虛假不實、舌粲蓮花的保證。安紐麗塔知道賄賂只是虛擲金錢，但當你絕望迫切，每一個敞開的口袋都是許願井。到後來安紐麗塔自己勤跑警察局和午餐場所，最後去了一位副部長的旅館套房，這傢伙向來欺負囚犯們的老婆，迫使這些女人承受他差勁的床上功夫。當他應聲打開那間裝潢典雅的房間，他沒穿襪子。其後半小時，她憑藉意志力迫使自己變成室內裝潢的一部分，冷淡至極，毫無感情，與其說她是一個人，不如說她是一張硬邦邦的桌子，隨手一抹，你就可以拭去任何印記。完事之後，她回家，頭髮被一根根肥胖的手指弄亂，衣衫因為倉促穿上而起皺，副部長的鼻息依然黏貼在她的耳

8 Regina Coeli，羅馬最出名的監獄。

中：「我幫妳打聽了，只有元首才可以赦免妳先生。」

安紐麗塔不記得自己回到了家，不記得瑪麗亞相迎，不記得她泡了四十五分鐘的澡，不記得她用一杯威士忌灌下鎮定劑，不記得她跌跌撞撞走到她的臥室，她反而記得清晨兩點，她的被子被拉開，她女兒挨到她身邊躺下，她像小動物般驚醒，眼瞼赫然一睜。

「怎麼了？出了什麼事？」

「沒事，媽媽，」瑪麗亞輕聲說。「妳剛才只是在作夢。」

其後幾星期，安紐麗塔詳細閱讀墨索里尼的講稿，以元首自己的話語提出充分的理由，致函呈交威尼斯宮請求特赦。此舉看似跟仰天高喊聖經經文一樣徒勞，不過還有什麼話語比元首自己的話語更全能全知？儘管如此，不管她寫信給誰、對誰哀求、對誰奉承，不管她花了多少錢賄賂、動用了什麼關係、做出了什麼威脅，她喚起的只是可憎的憐憫、空虛的承諾、喧囂的沉默。她何必大費周章去營救一個一旦獲釋、她極可能馬上離開他的男人，她自己也想不清楚。她不是已經再三警告朱塞佩別跟反法西斯主義有所牽扯、否則絕對沒有好下場嗎？她不是已經叫他繼續幫殺人犯、詐欺犯、盜用公款犯等一般歹徒辯護，別管那些冒犯政府的罪犯嗎？

到頭來她不得不寫信給她在洛杉磯的姑姑們，到了十二月，她已經弄到兩本護照、簽證和船票。只有一件事情尚待解決。啟程航向熱那亞十天之前，安紐麗塔和瑪麗亞搭夜車前往卡拉布里亞。

自從將近二十年前離開之後，這是她頭一次返回卡拉布里亞。她對朋友和鄰居宣稱自己出身義大利南部不怎麼有名的貴族世家，婚後十六年來，她始終隱瞞自己的出身，以免那些機警敏銳、嚴防底層社會人士躋身上流社會的長舌婦發現真相。但若是追蹤她那已被歲月掩沒的蹤跡，你會來到梅西納海峽[9]加利科港的廢墟，歐洲有史以來死傷最嚴重的地震，震央距此僅有幾英里。

說起一九〇八年那個難以形容的一日，安紐麗塔記得的不是地震，而是其後的海嘯——海水有如月光映照下的山脈，頂端覆蓋著白雪般的泡沫，不斷高漲，不斷攀升，直到西西里島盡沒海中，只見有如紅寶石冠冕般的熔岩映現在飄浮於埃特納火山上空的雲朵中。浪潮吞噬卡拉布里亞沿岸的各個市鎮，一瞬之間又如同反芻般把它們吐了出來。安紐麗塔疾行於斷壁殘垣之間，無法想像這些數以百萬計、散落各處的碎片怎麼可能重新拼接。四下環顧，奇怪的海底生物陳屍在開闊的路面。海生植物被拖拉到陸地，軟趴趴地垂掛在殘破的屋梁。彷彿成千上萬的靈魂緩緩升天，天空滾滾翻騰。那天，她的幾個親人沒入海中，她母親也是其中之一，他們沒有留下任何痕跡，讓人感覺他們並非溺斃，而是消溶於泡沫之中。

遷居北方，嫁給朱塞佩之後，安紐麗塔幫自己在羅馬市郊的維拉諾公墓買了一塊墓地。跟她攀談的石匠跟她保證，他雕鑿的墓碑至少兩千年之後都還看得清楚。離世時，她要用一個個大寫字母刻出她的名字，這樣就沒有人會找不到她。

曾有一時，她想不出任何理由促使她返回卡拉布里亞，現在她卻來到聖羅倫佐。她腳下的土地依然感覺不太穩固。

「來，小甜心，」安紐麗塔牽起瑪麗亞的手。日光蒼茫，一片暈濛，雖然白晃晃，但晒不暖路面印蝕著騾車車轍的後街小巷。女人們把雙耳瓶架立在庭院的泥地上，山羊懶洋洋地群聚在院子裡，豬隻大嚼丟棄在巷弄裡的殘渣，面色蠟黃的孩童朝彼此扔石頭。除了被拘禁的政治犯，鎮上大多都是女人，因為青壯年的男人幾乎都已外移，他們遠赴外地就業，幾乎不可能再回來了。瑪麗亞沒看到高聳的碉堡，也沒看到圈掛著鐵絲的圍欄，放眼望去只見被太陽晒得褪色的屋宅林立於布森托河畔，矗立在暈濛的天空下。

---

9 Strait of Messina，義大利西西里島和卡拉布里亞之間的海峽。

「監獄在哪裡？」

「我想這整個地方都是監獄。」

不管望向何處，瑪麗亞始終感覺一股帶著譴責的目光在瞪著她。過去幾個月，她媽媽試圖保住這個家，日子過得千辛萬苦，但瑪麗亞從未供認自己做了什麼事，也從未坦承、解釋、或是道歉。她媽媽似乎不想知道祕密警察為什麼在那個酷熱的八月天上門逮捕她爸爸。儘管努力隱瞞自己是卡拉布里亞人，但她媽媽依然以義大利南部人的心態面對痛苦：絕對不可明說，只可默默承受。

「我不知道妳的家鄉是一個像這樣的地方。」瑪麗亞說。

「不然妳以為我天生就是這副模樣？」

老實說，瑪麗亞多少就是這麼想。「我看得出來妳為什麼離開。」

「小甜心，」她媽媽說，「妳一點都看不出來。」

政治犯可以工作，也可以選擇自己想住哪裡，前提是每天兩次點名都必須到場。傍晚六點開始宵禁，但白天他們可以在兩平方公里的區域內自由移動。除了拘禁政治犯，護照攝影是市鎮上少數欣欣向榮的行業之一，朱塞佩已經在皮康尼家開設的照相館樓上租了一個房間。他站在門口等他們。瑪麗亞非常慚愧，甚至不敢迎上他的目光。

若在街上與他擦身而過，瑪麗亞說不定認不得她爸爸。過去半年來，他瘦了十二公斤，頭上的黑髮掉了一半，臉上的微笑無影無蹤。過去幾個月，他以半流質食品維生，而這樣的食品連餵給狗吃都說不過去，結果他瘦得肩胛骨突出、西裝外套鬆垮、皮帶多打了好多洞。他試圖找工作，但一個甚至不會閹豬的律師哪找得到事？當地人將他的學歷視為愚昧的表徵。當一個農民問他會不會耕田，朱塞佩說他在《安娜·卡列尼娜》裡讀過打穀。即使他會耕田，其實也無關緊要，因為農民們說不定得走十英里去耕作兩、三塊貧瘠的田地，但對朱塞佩而言，市鎮、國家、甚至宇宙本身，不過就是他只能自由活動的幾英畝。若是跨越那些無影無形、隨意劃定的界線，他將陷入更悲慘的境地，因為聖羅倫佐的條條道路，殊途同歸，最終都將通往單獨監禁的懲處。如果皮康尼太太沒有以提供食宿為報酬、聘他擔任她兒子的家教，朱塞佩真的不知道該怎麼辦。

瑪麗亞跟著她爸爸走進他陰暗的小臥室，她媽媽忙著打開一包包煙燻肉品和硬質起司。她媽媽帶著這些形形色色、冒著油花的熟食長途跋涉三百英里，皮包裡卻沒有沾上任何油漬，技術之高超，簡直媲美超能力。瑪麗亞看著她媽媽俐落地剝掉臘腸和起司的外皮，幾個月來，她頭一次感到安全：這一雙手可以抱著她橫越大海而不會失手，她也會毫髮無傷。

其後幾分鐘，他們不自在地閒扯，當一個男孩出現在門口，瑪麗亞鬆了一口氣。他比她小幾歲，大概九歲或是十歲，一頭亂糟糟的黑髮，雙手飄散暗房化學藥劑的氣味——多年之後當她與他重逢，她會記得這一點。

「這位是尼諾．皮康尼，這棟屋子的小主人，」她爸爸說。「尼諾，你何不帶我女兒出去參觀一下？」她跟著男孩走過一幅幅肖像，下樓走向露臺，肖像望似憂鬱易怒、陰晴不定，顯然以埃米利奧．索馬里瓦[10]的風格拍攝。一隻隻傷痕累累的鴿子在露臺上的鐵絲鴿籠裡跳來跳去，錫拉山在東方升起，綿延起伏、褐綠交錯的山脈有如手掌般環繞聖羅倫佐，河水淙淙流過河裡的岩石。尼諾問起她在羅馬的生活，諸如她住在哪裡、她有哪些消遣、她有沒有見過教宗，瑪麗亞試圖故作無聊地回答。這孩子熱心認真、沒有朋友、被媽媽保護得太好，瑪麗亞為他感到難為情，在此同時，她卻也不記得哪個陌生人曾經不帶憐憫

---

10 Emilio Sommariva（一八八三—一九五六），義大利畫家暨攝影家。

或是評斷、純粹基於好奇來跟她說話。她想要留住這種感覺。

「加州，」尼諾重複一次。「我真羨慕妳。」

「那你就是個白痴，」瑪麗亞說。

「喂，妳可以住在范倫鐵諾住的地方耶。」

「范倫鐵諾翹辮子了。」

「他最後幾部片子不怎麼樣，但我可不會說他——」

「他八月過世了，」瑪麗亞說。

「什麼？」

「所有報紙都有登。」

「我們這裡又買不到報紙。」尼諾握拳插進口袋，把一塊小石頭從露臺踢下去。「他怎麼死的？是不是因為心碎？」

「應該是腹膜炎。」

小石頭啪地沉入露臺下的河裡。

「那就當我沒說，我不羨慕妳了。少了范倫鐵諾，加州算什麼？」

這個問題略帶哲思，瑪麗亞回答不出來。

「妳要不要看看照相館？」尼諾問。

暗房裡一盤盤化學藥劑在琥珀色的安全燈下閃閃發光，一張張正在晾乾的照片夾掛在繩上搖搖晃晃，一個衣櫃裡吊著真絲洋裝和體面的西裝，顧客們可以穿了拍照。收銀檯後方，一個軟木板上釘掛著半張半張的護照照片，張張都從臉部撕成兩截，有些照片釘掛了好久，五官甚至褪色為灰濛的白影。

「這些人是誰？」瑪麗亞問。

尼諾說，來這裡拍護照照片、準備移民到國外的顧客大多不識字，所以他媽媽會多洗一張照片、把照片撕成一半、請他們抵達目的地之後把手邊那半張寄回來。當兩個半張拼成一張，你就知道那人已經平安抵達。

尼諾從收銀檯下抽出一本黑色相簿擱到櫃檯上，灰塵轟然飛揚。相簿裡保存數百張用漿糊拼黏起來的護照照片，而且加註姓名、日期、目的地。每張照片的左半部被圖釘釘了一個小孔，除此之外完好無缺。右半部卻布滿摺痕和汙漬，因一段段風吹雨打的路途而褪色。瑪麗亞看著一張張重新拼合的照片，多少時空的距離被壓縮在照片的接縫中？她想不透。

當她抬頭一看，尼諾手裡已經拿著一個相機。「我可以幫妳拍照嗎？」他問。

✦

照相館樓上，孩子們一離開，安紐麗塔就把門關上。這些個月來，她始終想著怎樣大罵她先生，怒氣在心中不停悶燒，愈燒愈旺，讓她愈來愈火大。現在呢？現在她甚至提不起勁。身為一個土生土長的卡拉布里亞人，即使沒有人點醒她，她也早就對種種制度不抱希望，婚姻制度亦是其一。他們結縭十六年，盛怒早已如同其他念想全燒成灰，說說想想就好，而不會真的付諸實行。

「你知道嗎？你是我見過最愚笨的男人。愚笨至極！」她的斥責中像帶著一絲景仰，好像認可他在某方面的成就，至於領域就不必深究，比方說流行音樂、大胃王比賽等等。

朱塞佩默認。他的眼睛比她記憶中更無神，好像兩顆暗褐的止咳喉糖。「我想妳要去洛杉磯？」他說。

安紐麗塔已經看慣破碎的心。在適婚年齡期間，她婉拒多位追求者的求婚，導致其中一位成了神職人員、另外一位成了無神論者，還有一位變得多愁善感，就著月光寫情詩。不管她傷了多少人的心，朱塞佩一說他知道她之所以來訪，純粹只是前來道別，她就知道自己已經遭到報應。

「你應該像一個普通男人一樣搞外遇，最起碼我可以理解。」

「我從來沒有劈腿。」他的口氣好像一個在海上漂流了好幾個月，卻沒有變成食人族的遇難者，雖然憔悴，但不免自傲。你對背叛的定義竟是如此狹隘，她心想，難不成背叛已被你降格為一個法律術語、一個辯護的手段？

忽然之間，她覺得好累，於是她往後一仰，躺到凹凸不平的床墊上。她先生的身軀在床墊上留下凹痕，這時更因他的重量讓她滾向他。她把頭靠在他身上。「你可別想歪了。」她警告。

「妳在美國就得像個白痴一樣微笑。那裡的人會期望妳這麼做。」

「顯然新教徒還不夠糟。」

「我相信還是有些好人。」

這點她可以接受。「一個因為離婚而創建的教派，想必不至於太糟。」

「離了婚妳就饒過我？我以為妳會要我的腦袋瓜。」

「我要你的腦袋瓜做什麼？我甚至不喜歡你的帽子。」她的手指輕輕撫過他長褲上歪七扭八的摺痕。

「誰幫你燙長褲？」

他耙梳她的頭髮。她閉上雙眼，事事物物緩緩消逝，只有她豐厚捲曲的秀髮在他指間漸漸鬆散。

「妳會幫自己找個牛仔嗎？」他問

「謝啦，我已經受夠了牛仔。我會找個搞婚外情、不投票的美國人。」

朱塞佩微微一笑，悄悄朝著她再湊近一英寸。她擔心他會吻她，但他只是伸手撫過她的髮間。

「妳絕對碰不到另一個像我一樣的人，」他說。「美國不夠大。」

「天主喔，我希望你說的沒錯。」她把手伸進他的手裡，湊到她的脣邊。他的手指天生是用來寫一手漂亮的好字，就像有些人的雙腳天生是用來跳一回優美的軸轉。他指節的肌膚微微凹陷，布滿細紋，讓她想起博物館的古畫，當她第一次在旅館裡親吻他的雙手，她不禁興起一股逾矩的快感，好像她把雙脣湊向一幅卡拉瓦喬的油畫。那時他們多大年紀？二十歲嗎？兩個未婚的年輕人以「羅西先生太太」的化名入住旅館。有天早上，他起得早，以為她還沒醒，在黑暗中慢慢穿上衣服。她靜靜躺在被毯下觀看。他的衣領有如公貓的耳朵般昂然豎直，優雅的手指輕輕穿過藍色的真絲領帶，打出一個結形。他少壯的身軀完美無瑕，真絲的領帶嘶嘶作響，撩撥她心中無限綺思。他與她同年，但他怎麼可能如此神采盎然、似乎跟死亡一點都扯不上邊？如果她可以在他們相處的十幾年裡留下十秒鐘，肯定就是那個她躺在旅館最便宜的房間、看著他在黑暗中打領帶的時刻。

這時他的手指勾住她的手指，拉著她站起。房裡沒有留聲機或是收音機，除了山羊喀喀踏過圓石小徑、鴿子撲撲揮動雙翅、痰沫沙沙擦過她的咽喉，四下別無聲響。她隔著他鬆垮的西裝外套撫摸他的肋骨，想要記住每根肋骨怎樣移動、他們的身軀在這間陰暗的小房間裡多麼契合、他們怎樣在潺潺水聲中隨著咕咕的鴿鳴聲搖擺起舞。

「瑪麗亞怎麼面對這一切？」

「她以為神不知鬼不覺。」安紐麗塔說。

「那就好。讓她這麼想吧。」

「有時我真想掐死她，她怎麼可以——」

的？」

金幣上刻著皇家肖像、羅馬數字、拉丁字母，在她的手掌中互相碰撞，叮噹作響。「你在哪裡找到

「我虧欠妳們母女的更多，這點我很清楚。但連新教徒都會收下黃金。」

他把手伸到床下，遞給她一個用細繩束起來的小袋子，袋裡的六枚金幣捕捉了最後一絲日光。

「喔，請相信我，」安紐麗塔從朱塞佩的懷裡抽身。「我怪的不是她。」

「她只是個孩子。這不是她的錯。」

他朝著窗戶點點頭。窗外的露臺上，瑪麗亞和男孩站在鴿籠旁。

「尼諾在河床裡找到第一枚，其他是我找到的。」

他告訴她，有天晚上點名之後，他走到布森托河畔游泳。一座座木橋橫跨河面，民兵拿著手電筒和步槍在橋上守候，但若在沒有月亮的晚上游泳，他就不會被發現。他經常潛到水面下，緩緩游向河岸。在水底世界中，他是一個拾集黃金的採蚵人。

他還有一樣東西要給她：他把那只從羅馬帶過來的褐色皮箱遞給她。

「但你需要皮箱。」她說。他在她的額頭印上一吻，其後一片沉默中，她瞥見自己的人生旅程，往後的歲歲年年都不再有他相伴。

她和瑪麗亞離開羅馬的前一晚，安紐麗塔帶著褐色皮箱去了一趟維拉諾公墓，在皮箱裡裝她自己那塊墓地的泥土，自此之後，她將與義大利永別。一鏟又一鏟泥土窸窸窣窣滑過絲綢襯裡。她凝視地上的坑洞，幾乎藏納不了心中的盛怒；她走了好長一段路，從斷壁殘垣的廢墟躋身鑲花木板的沙龍，但即使她腳下的土地多年之前就已不再晃動，地震的陰影依然緊抓著她，讓她心驚，讓她恐慌，讓她使盡全副力氣壓制。她已經做了所有她該做的事，得到的酬賞竟是這塊塞在她先生皮箱裡的墓地。她扣上皮箱的扣環，用

力從地上抬起。皮箱是個累贅，既不雅觀，又不切實際，沉重得令人難以承受。但她帶著她那塊可攜式的墓地橫越大西洋，而後橫跨美國，因為她不願放棄她走了好遠才達致的立足點，她要把這一小塊羅馬帶著上路，若在流亡時辭世，她也終將有家可回。

3.

在那座天使之城，有個聖徒之屋。

聖方濟．保拉望向瑪麗亞姑婆們家的前窗窗外，一九〇八年大地震逃離卡拉布里亞之後，摩拉畢托三姊妹——咪咪、菈菈、珮珮——就同住在這棟林肯高地的屋子裡。那是一棟舒適的組裝平房，外牆拼疊，屋簷垂懸，瑪麗亞聽說外型是復刻「西爾斯百貨」，入住外觀像這樣一間提供內衣郵寄到家服務的百貨公司的組裝平房，她媽媽可嚇壞了。

從大門走進來，你就來到小客廳，咪咪、菈菈、珮珮沒事就待在這裡，避開仇家們的妒忌。客廳裡掛著印花棉布窗簾，擺著一張用火柴盒穩住桌腳的咖啡桌，還有一張誰也不准坐在上面的長沙發。書架上唯一的書是聖經。對平房裡的住戶們而言，約伯是最能夠引發共鳴的人物。

星期一至星期六，瑪麗亞的姑婆們經營她們在北百老匯的餐館，客廳裡空空蕩蕩。但每逢星期天，客廳裡擠滿守寡的朋友和鄰居，而這些女人始終與咪咪、菈菈、珮珮比鄰而居，先是加利科港[11]，然後是

---

11 Gallico Marina，卡拉布里亞的觀光勝地。

林肯高地，她們身穿黑色洋裝、戴著黑色墨鏡，人人望似裝扮成死神前去參加好萊塢派對的葛麗泰・嘉寶。她們打紙牌，時時口述彼此的罪孽，以防聖彼得漏記一筆，而且粗口咒罵仇家們的祖宗八代，言詞之誇張，令人咋舌（「那個女人啊，馬拖拉著她祖宗棺材到摩爾人妓院讓他們星期天用來當糞坑、拉著拉著流汗流到雞巴上，那一滴滴汗都比不上她下作。」咪咪獲悉斯帕達芙拉太太詆毀她的烤梭魚之後如是說）。

聖徒們把一切看在眼裡。十二座石膏聖像莊嚴矗立在家中各處的小神龕上，神龕周圍擱著祈願蠟燭和去年聖枝主日留下的乾枯棕櫚葉。「小夥子們。」菈菈這樣稱呼他們。珮珮可以連珠炮似地說出他們的姓名和護佑的子民，好像播音員播報球員們的打擊順序和指標數據。這些聖像是洛杉磯主教教區販售的聖徒系列，尊尊顯現殉難的景象，有些手執弓箭，有些布滿抓痕，有些被火焰團團圍住，有些摟著遭到斬首的頭顱，瑪麗亞刷牙、或是半夜偷偷溜進廚房吃點心時，始終躲不了這些倒了大楣、受苦受難的聖徒。姑婆們對於天主教教義的理解輕率多變，你甚至不能稱她們為一神論者。這些聖徒比較像是收取保護費的集團。咪咪、菈菈、珮珮奉上禱詞供品，等著諸位聖徒提供護佑。如果哪位聖徒未能信守承諾，咪咪就客客氣氣、不當一回事地把一把鐵鎚留在他旁邊。如果這位聖徒依然推卸責任，他將發現自己面對逐步升級的最後通牒，最終導致自己再度殉難。

瑪麗亞的姑婆們對於受苦受難可不陌生。她們的先生飛快地相繼過世，此後數十年，她們始終等待天主讓她們與先生團聚。就此而言，她們可真失望。舉凡熬過了童年的摩拉畢托女子，天主全都迫使她們活到九十高齡。每天晚上，姑婆們都意欲在睡夢中過世。每天早上，她們也都一身黑衣出現在餐桌旁，有如傳遞噩耗的艦隊。

「你們看到這個了嗎？」珮珮指著《義裔美國人報》的訃聞說，這份報紙是洛杉磯兩份義大利報紙其中之一，摩拉畢托姊妹偏好《義裔美國人報》，因為這份報紙刊載的訃聞比較豐富。「安哥斯提諾太太，心臟衰竭。」

「有些人就是運氣好，」咪咪攪一攪她的咖啡。「我的心臟早就衰竭，而我人還在這裡。」

「所言甚是。」安紐麗塔邊說邊翻翻報紙，讀一讀生者的消息。

「妳這個可憐的女孩，」菈菈對瑪麗亞說，口氣一派真摯。「妳還有整整一輩子得過。」

儘管喜歡抽菸、大小病痛不斷、天曉得喝了幾杯私釀義式白蘭地，幾個姑婆們卻給人長生不老的感覺，或許應歸功於她們採用地中海飲食。摩拉畢托姊妹受惠於保鮮的橄欖油、防腐的油脂和食鹽，好像加油站販售的糕點一樣似乎永不過期，姊妹三人裹覆在嘻笑怒罵、憤世嫉俗的保護膜裡，不會變質，卻夢想著腐朽。

咪咪非常喜歡籌備自己的葬禮，這是少數她容許自己享受的樂趣之一。她幻想自己的葬禮，如同她曾經幻想她的婚禮，她挑選鮮花、音樂、聖經經文，詳列家人們哪些地方冒犯了她，預先安排把清單釘在棺材板上（咪咪的行事向來帶點戲劇性），偏偏她一再比承辦她喪事的人們長命。她最近又聘雇了一位喪事承辦員，這人名叫西西歐．斯科佩里提，是個油嘴滑舌的推銷員，亦是「林肯高地殯儀館協會」的理事長。繳交五十分錢月費，他就擔保一塊墓地、一口棺木、一位專業哭喪者出席葬禮、一篇詞藻華麗的訃聞，每個月另有專人在你的墓地擺上當季鮮花。

「這是唯一妳包贏的樂透，」他跟咪咪保證——在此之前，他已經推銷過各式各樣的靈藥仙丹，咪咪始終無動於衷。他下排牙齦只剩幾顆牙，但他頭髮濃密，而且有一輛自己的靈車。如果他沒有露出微笑、太陽也把你晒得兩眼昏花，他甚至因此看上去人模人樣。

「我很快就走，讓我這筆錢花得值得。」咪咪說。

「說不定我可以說服妳多待幾年。」

「說不定有人該洗一洗你那張臭嘴。」

「說不定妳有肥皂。」西西歐說。他沒有露出微笑，她的雙眼也被太陽晒得昏花。

過了幾天，他又上門，宣稱他忘了咪咪幫她的墓地選了什麼鮮花。「仙人掌，」她說，然後砰地把門關上。她聽著西西歐一邊踢踢躂躂走下臺階、一邊哼唱卡羅素的情歌。他的生髮油讓周遭飄散著柚木和薄荷的氣味，聞起來療癒又刺鼻。她站在原地，感覺一陣酥麻竄入毛細孔，然後走到後院殺了一隻雞。隔天早上，她在門廊上發現一盆繫著紅色緞帶的仙人掌盆栽。

林肯高地這一區的住家多半都有紅磚外牆和綠色天篷，康塔蒂納小館對時代變遷無動於衷，依然維持摩拉畢托姊妹一九〇九年開張營業的老樣子。同樣的每日特餐，同樣的一群顧客，牆上掛著同樣一個時鐘，時鐘停留在同樣一個時間。西西歐之類的義大利老鄉生錯了年代、住錯了國家，康塔蒂納小館讓他們感覺回到了家。

根據稅務機構，康塔蒂納小館是一家曾經低報所得的義大利飲食店，對老顧客而言，康塔蒂納小館是求職站、紅娘會館、會計師辦公室、懺悔室、時光隧道。方格桌布長年浸潤於菈菈那款老婦人的香水味中，餐桌對面，豐盛美食一字排開：瑞可達起司球、蔬菜燉湯、辣臘腸、麥稈辣味義大利麵，還有為了義大利顧客準備的各式海鮮料理。至於美國人顧客，小館奉上巨無霸肉丸和分量嚇人的千層麵。菜單上還有一道僅僅標示為「肉食」的菜餚，有膽你就試試看。在家鄉故里，人們或許婚喪喜慶才吃這樣的菜餚，但美國人向來誇張，時時頌揚喜怒哀苦，小館天天奉上這樣的菜餚，倒也不為過。

致贈仙人掌盆栽一星期後，西西歐・斯科佩里提到小館用餐。摩拉畢托一家老小全員出動，從年紀最小的開始登場：瑪麗亞擦桌子打雜，安紐麗塔奉上一壺壺聖餐葡萄酒——葡萄酒由當地的一位神父相贈，神父巧妙詮釋禁酒令的宗教特許，秉持實業家的創業精神，釀製這批聖餐葡萄酒——咪咪、菈菈、珮珮在鍋碗瓢盤之間晃來晃去，對彼此傾吐沉積多年的苦水。

「你要點什麼？」安紐麗塔問西西歐。她對顧客凶巴巴，一副愛理不理的模樣，就像對待挨戶兜售的推銷員。西西歐也是挨戶兜售的推銷員，早已習慣被人拒絕。

西西歐看看菜單。「我要點『咪咪西瑪』。」

每個家庭都如同一張抹去舊字、寫上新字的羊皮紙，世世代代一而再、再而三地重寫，掌廚之時，咪咪始終感覺自己已被精力充沛的下一代抹去了大半，變得幾乎難以辨識，因此她毫不在乎顧客是否滿意，甚至幻想著在菜裡下毒。若是想把她從廚房裡請出來，你就非得點她的招牌菜「咪咪西瑪」。

遠遠望去，「咪咪西瑪」望似融化了的錐形交通路標，色澤鮮明，令人膽怯。盤中偶爾看到一顆青豆，豆子軟趴趴，顏色像是被太陽晒得褪色的撞球檯呢絨桌布，此時就有一顆沉浮在醬汁中。菜單上沒有任何一道菜用了青豆，西西歐不免有點顧慮，但他寧可將之視為吉兆，一顆由兩杯鮮奶油、一條奶油、一磅義大利麵、半隻豬仔生成的珍珠。

咪咪從廚房裡走出來。西西歐放下刀叉，看著與這道菜餚同名的廚師慢慢走近。「咪咪西瑪」是咪咪的自傳和專述，她在這道麵點佳餚中尋得慰藉，讓她得以承受世間之苦。

「嗯，味道如何？」咪咪問，這位審訊者語氣疲憊，顯然指望見證人確認她已熟知的事實。問題的重點不是好不好吃，而比較像是心理測驗，比方說你知不知道今年是哪一年、現任總統是哪一位，而你也只能這樣回答：「好吃極了。」

西西歐成了摩拉畢托家的常客。他的生髮油在靠枕和椅背上留下印漬，好像蝸牛爬過的痕跡，循跡追蹤，你就勾畫得出他在家裡的走動路線。菈菈把小小的餐巾布墊在他的後腦勺，好像女服務生拿著杯墊墊在水氣騰騰的小酒杯下。他在她們的傢俱留下無法拭除的痕跡。咪咪的媽媽起先不接受西西歐，但他那些添加大量氮肥的生髮產品大幅改善她的菜園。肥料——或說肥料的主要成分——是西西歐賴以為生的本錢。儘管他移民自西西里島的卡塔尼亞，從來不曾歸化為美國公民，但他宣稱自己是「天生的美國人」，好像「美國人」並非國籍，而是星座。他什麼都願意嘗試，什麼失敗都不在乎。除了否認自己歧視任何種族，這是他最像美國人的一點。

早在成為電影和航太工業的樞紐之前，洛杉磯是庸醫的大本營。長年臥病、風濕痛、感染肺炎的病患，還有那些只是想要永遠看起來像是二十五歲的男男女女，全都因為據稱具有療效的氣候湧至南加州，招搖撞騙的推銷員當然隨後而至，西西歐即是其中之一。他的藥品基本上全是副作用。他的護膚霜讓你暈眩，他的減肥藥讓你掉髮，他的萬靈丹什麼都治不好，他的抗老化藥水形同藥效強得嚇人的瀉藥。服用西西歐一整套藥品之後，你會感覺如此孱弱、暈眩、噁心、虛脫，一不當心就相信加入「殯儀館協會」好處多多，毫不猶豫就成為會員。「我有辦法讓他們來來去去。」他跟咪咪說。她翻個白眼，回了一句：「是喔，來來去去上廁所。」一個開靈車的男人居然有辦法說服大家他知曉永生之祕，光是這一點就足以證明他的個人魅力，而他也藉著他的魅力承諾奇蹟。

瑪麗亞十四歲的那個夏天，西西歐聘她擔任祕書。他以為若是有個祕書幫他接電話，他就可以耍耍派頭，佯裝專業。每天早上，他們一起去西西歐的「辦公室」。西西歐居然有個像樣的地方處理公事，著實難以想像，但瑪麗亞爬進西西歐的靈車，兩人沿著嘶嘶作響的電車纜線行駛，橫越汙濁的洛杉磯河，駛入市區之中，戲院的招牌掛在屋側，與炫目的霓虹燈相映生輝。

「我們到了。」西西歐慢慢把車停好。東方哥倫比亞大廈天堂般的色調出自一位金主眼中璀璨的太平洋。大廈樓高十三層，寶藍色的牆面妝點著金光閃閃的旭日圖形和窗間隔板，看起來好像神祕古國亞特蘭提斯的皇家寶藏被人從深海中拖拉出來、重新上漆、搬遷到灰白繁忙的洛杉磯市中心。

「你不可能在這裡工作，」瑪麗亞說。

西西歐從皮夾裡掏出一張名片。名片上的地址相符。但姓名不對。

「誰是查爾斯．史卡波洛夫醫師？」瑪麗亞問。

「妳眼前就是他本人，」西西歐．斯科佩里提說。一個教育程度只有小學二年級的男人，居然膽敢謊稱自己是個醫師，瑪麗亞真是佩服。但當她發現名片上的電話號碼是大廳裡其中一具公共電話，她就不敢恭維了。西西歐拉開電話亭的摺疊門。「歡迎來到我的辦公室。」

「這是一個公共電話亭。」

「這是一個高級主管辦公室。」

「你怎麼辦到的？」瑪麗亞問。

「我有個朋友，」西西歐說。這個所謂的「朋友」是大廈的門房，他把電話亭租給老千、組頭、專門為辯方做偽證的證人，藉此發了一筆小財。電話一響，瑪麗亞就幫史卡波洛夫醫師記下留言，西西歐則坐在一旁看報紙。十二點整，他們坐上靈車，登門拜訪當天早上打電話來約時間的客戶。

四面八方傳來街上的種種聲響：理髮店裡，收音機的播報員口若懸河地廣播球賽；午休時刻，總機小姐有聲有色地交換她們聽到的閒話。瑪麗亞聽在耳裡，全盤接收。有次她閒晃到一間地下酒吧，瞧見整牆私酒，琳瑯滿目，令人眼花撩亂，莫內頭一次瞧見自己手繪的荷花，肯定就是這種感覺。如果生意清淡，西西歐就請他的小祕書喝杯鮮果露。他們搭電梯到市政廳的觀景臺，樓高三十二層，比周圍的建築物高三倍，有如天際線中的驚嘆號般顯著。你可以從那裡看到北邊幾條街外的唐人街和東邊幾條街外的小東京。你可以看到一棟棟環繞著普辛廣場的新古典風華廈。你可以看到威爾榭大道，這條繁華的商業大道曾是拓荒者的小徑，乳齒象、傳教士、電影明星都曾來回穿梭。伯班克機場的飛機劃穿空中的雲朵。工匠風平房和庭院星羅棋布，草坪和泳池相間交錯，朝向聖塔莫尼卡山綿延伸展，山的那一頭據說即將開發，謠言甚囂塵上，有如中世紀橫行國界的獅身羊頭怪獸。如果站得夠高，你說不定甚至可以看到林肯高地夾在雜亂無序的都市叢林中。

遙遠的那一端，瑪麗亞的媽媽也迷失在城市中。剛抵達洛杉磯那天，她覺得無所適從，直至今日，她依然沒有家的感覺。她英文不通，也沒有車，孤立於林肯高地，與等著入土的寡婦們相伴。她女兒可沒讓她的日子好過一些，這孩子適應力很強，而且喜歡賣弄。每當安紐麗塔需要翻譯文件，或是跟銀行行員溝通，或是處理無數因為語言障礙而無法進行的事務，瑪麗亞逮到機會就大翻白眼。為了不讓女兒插手，安紐麗塔刻意縮小她的生活圈，小到她不靠瑪麗亞的幫忙也可以過活。

當瑪麗亞滿十四歲時，安紐麗塔試圖教導她生命的真相。她想說的無關健康教育——在天主教家庭中，所有的生育都是處女生子，所有的受孕都是純潔無瑕——而是義大利女性生存所需的氣勢與欺偽。市場即是磨練這些技術的最佳場所。安紐麗塔去市場就像是希臘人上戰場：以詭計狡詐備戰，以威武的諸神為靠山。她去市場不是為了買菜，而是去跟攤販殺價。成功的討價還價等於是明目張膽的搶劫，吵到最後攤販低頭盯著鞋子、精神萎靡、垂頭喪氣、懇請她想拿什麼盡量拿、哀求她趕快走人。

但瑪麗亞沒有興趣學習她媽媽傳授的課題。瑪麗亞試圖適應加州的水土，她媽媽卻只想跟肉販討價還價、強索一些吃了說不定犯法的豬牛部位。

「那妳寧可吃什麼？」安紐麗塔問。

「水果果凍。」

喔，這孩子知道怎樣讓她媽媽傷心。安紐麗塔已經見識人們對飲膳更等而次之的輕慢——雜菜燉鍋，多麼褻瀆！——但從未想過自己的女兒會說出這種話。她的親生骨肉怎麼可能把一團軟趴趴、顏色鮮豔得不像話的玩意視為食物？更別提這玩意的原料是馬蹄和……科學！美國菜不是給文明人吃的。你若提到槍枝暴力或是查稅，美國人會滔滔不絕回應你，但你若提到諸如食物、調情等生活樂趣，美國人的回答內容簡直乏善可陳。至於她女兒會是怎樣的「美國人」，她想都不敢想。

空閒的下午，安紐麗塔就去「大車站」[12]。車站的拱狀圓頂線條優美，罩住回音裊裊的腳步聲。水珠一滴滴地凝結在牆上，散發的熱氣凝聚在空蕩的天花板，宛若四季的雲朵。播音員廣播火車誤點，精準播報，但聽來陰沉，好像一個沒酒可喝的酒徒詳細計算他已經幾天不曾開懷暢飲。她站在聖塔菲鐵路線的出發時刻看板下，試圖想像看板上一個個閃動變換的城市是什麼模樣，轟轟隆隆的車輪行駛多遠才可抵達。買張車票，人間蒸發，聽起來似乎好容易。大地震之後，她已經這麼做過；拋下滿目瘡痍，隻身離去。如今她為何留下？因為她女兒？才不呢。瑪麗亞從未錯失任何機會，讓她媽媽知道自己多麼不需要她。整個洛杉磯只有這個車站大廳讓安紐麗塔感覺賓至如歸。她甚至數度帶著那個褐色皮箱前來，深信今天就是她離開的日子。

一個七月的午後，瑪麗亞跟西西歐一起去大車站跟觀光客兜售他那些慘綠的萬靈丹。瑪麗亞在大廳等候，聆聽高坐在擦鞋攤上的推銷員們閒扯，就在這時，她看到她爸爸的皮箱；她先認出皮箱，然後才認出那個坐在皮箱旁邊的女人。她媽媽穿著天藍色衣領的綠色真絲洋裝，腰間繫著細細的皮帶，只有在想要

12 La Grande Station，洛杉磯主要的火車站，一九八九年啟用，一九三九年被「聯合車站」（Union Station）取代。

給人留下好印象的場合，才會這樣打扮。她低頭翻閱火車時刻表，神情既是嚴肅，卻也充滿期待。

其後的整個下午，瑪麗亞設想各種藉口和理由，試圖告訴自己在火車站看到的人並不是她媽媽，就算果真看到，肯定也有個單純的解釋。早在她任職於電影界之前，她已經領悟到一點；幻想之所以誘人，並非因為它荒誕得令人咋舌，而是因為它貌似真切得令人心痛。

那天傍晚當她回到餐館，她媽媽正用土褐色的圍裙擦拭酒杯，好像今天跟其他每一天沒兩樣。瑪麗亞走過她身邊，什麼都沒說。晚餐的尖峰時段過了之後，她們一起坐在離廚房最近的一張桌子旁吃飯，她這才打破沉默。她絕不可能坦白自己在車站大廳看到她媽媽，於是她只是輕描淡寫地說她和西西歐下午去了大車站。

一滴湯汁從她媽媽的湯匙裡滴了下來，啪一聲滴落碗盅。「是嗎？」

「是的。」

她媽媽放下湯匙，雙手交握，仔細端詳她。由於在熱氣騰騰的爐子前站了幾小時，捲髮已經扁塌，胡亂塞進髮網裡。她精疲力竭，過度勞累，讓人幾乎看不出她就是瑪麗亞在車站大廳看到的優雅女子。她媽媽的活力展露在流盼四顧、無所不知的眼神中，即使晚餐當班、忙了很久，她依然能夠看穿瑪麗亞。

「有件事我一直想要跟妳說，」瑪麗亞發現自己脫口而出。明天她媽媽說不定就搭上東行的火車；如果瑪麗亞現在不說，搞不好就永遠沒機會。「關於爸爸被捕的那個早上。」

「妳要跟我說一說妳爸爸？」

「不，我要跟妳說一說我。」

「親愛的，拜託妳別說。」

「為什麼別說？」

「因為說了也改變不了任何事情，肯定不會讓妳好過。」

「但是，媽，我——」

「無論妳想說什麼，我都不想聽，」她媽媽厲聲婉拒，口氣之斷然，讓瑪麗亞嚇了一跳。「何不輪到妳聽我說？讓我跟妳說一個我從妳姑婆朋友們聽來的故事。她們來自聖羅倫佐附近的山間，那裡最有趣的事情顯然發生在兩千年前。妳有沒有聽過阿拉里克王？他是古代的日耳曼君王，殺了不少羅馬人，如果妳問我，我覺得這人可不是好東西。他從羅馬一路洗劫到義大利半島，最後在那個現在叫做聖羅倫佐、以前不曉得叫做什麼的地方過世。他的軍隊把布森托河改道，強迫當地人在河床掘墓，墳墓大到可以埋葬他和所有他搶來的金銀財寶。妳想想，阿拉里克王的手下花了好大功夫把河流移來移去，當然是為了隱藏遺體和寶藏的地點。我們這就講到故事的重點：阿拉里克王的手下知道如何保守祕密。他們殺光掘墓者，確保每一個親眼見證的人全都沒命。妳猜怎麼著？直到今天，阿拉里克王的墳墓依然沒有被人發現。」

「媽，妳說什麼啊？別改變話題。我想跟妳說一件重要的事，妳——」

「我要跟妳說的更重要：殺了哪些見證者無所謂，瑪麗亞，重點是你留下活口。」

那天晚上，她們在牆角的餐桌旁坦承對彼此造成的傷害，自此之後，絕口不提。她媽媽知情；她當然知情。瑪麗亞怎能想像她不知情？她怎能期望一個對醜聞極度過敏、一聞就聞得出女兒心中不潔思緒的女人不會發現一個如此重大的祕密？

但瑪麗亞不瞭解的是，她媽媽通常樂於讓她感到愧疚，尤其是那些她無法控制、或是根本沒做的事情。這麼說來，她為什麼對這件事保持沉默？她為什麼拒絕追究責任？不願讓她女兒承擔如此重大的過錯？如果妳無法原諒妳的女兒，妳索性假裝她不央求妳原諒她，說不定妳也只能以此表達妳的慈悲。但對瑪麗亞而言，這樣一點都不慈悲。

其後幾年，她和安紐麗塔的關係淡化到只針對一些平庸的瑣事交換意見，諸如外面天氣如何、桌上的菜好不好吃，這樣的閒聊多半說過就忘，純粹只為了讓自己在初次見面的陌生人面前應付交差，而且是一個未來不太可能再相見的陌生人。

既然只能獨自面對沉重的心緒，瑪麗亞只好愈來愈常跟她爸爸寫信。她用奧利維蒂打字機寫信，滔滔不絕、喋喋不休地描述洛杉磯。十五歲時，她寫下對她高中時期的第一印象，將之描述為孩童邁向成年的中途之家，裡頭全是荷爾蒙失衡和情緒障礙的少男少女。十六歲時，她跟爸爸提到一個名叫安傑羅的漁夫之子，這傢伙是個無所事事的小混混，瑪麗亞卻迷上他，即使明知她的社交圈無法接受，她依然迷戀他。春夏秋冬，歲歲年年，她始終不忘跟他描述康塔蒂納小館的常客，有些人打零工，背都挺不直，有些人叨叨懷舊，好像比賽誰比較思鄉心切，還有一些是姑婆們的朋友，她們道人長短，而且用她們在八卦小報上學到的英文加油添醋。

當「環球影業」發行詹姆斯．惠爾[13]改編的《科學怪人》時，瑪麗亞一到首映當天就去報到。對於光顧林肯高地戲院的義大利人而言，劇院無異是個教室。在戲院裡，你可以從匿名的觀眾席研究你移居國的種種風俗，明白誰值得羨慕、誰只能得到鄙夷。《科學怪人》的原著和其後改拍的電影有個場景，恰可描繪這樣的體驗。在這個場景裡，奔逃中的科學怪人瞧見林間的小木屋，被放逐的他孤孤單單，隔著木屋的窗戶看著屋裡的一家人，他心想，如果他學會他們的風俗文化，他們就會歡迎他從寒冷的戶外進屋。瑪麗亞坐在漆黑的戲院裡，在科學怪人的身影中看到了自己：她就是一個站在屋宅窗邊的怪人，那兒不是她的家，她卻試圖找個法子進去明亮的屋內。她也跟她爸爸這麼說。她什麼都跟他說，唯獨不提那件至關緊要的往事。

即使果真收到她爸爸的回覆，寄達的信件也封封遭到審查。信裡整句整段被刀片裁割，好像動手術似地被切除。瑪麗亞和她爸爸只好訴諸代碼式的語言，以暗諷和引喻書寫信函。有時瑪麗亞在信裡加上幾句政治評論，純粹只為了滿足聖羅倫佐當局大刀一揮的慾望。你若明目張膽地違逆，審查員就會忽略隱含於其後的意思。其他時候，審查員想刪就刪，好像只想讓通信的雙方氣結。除了一處處的空白，朱塞佩的信還剩下什麼？連他的姓名都不詳，因為審查員從不失手，確切裁割了她爸爸的簽名。

✦

「她快滿十八歲，今年春天就畢業囉，」菈菈大聲說。一陣有如電影中那種直直落下的滂沱大雨狠狠地掃過窗玻璃。「時光喔，不是嗎？」

對咪咪、菈菈、珮珮而言，愛情如同人心的花柳病，靠著婚姻才可根治，而且就像任何侵入性治療，你最好趁著年紀還輕趕緊把婚姻搞定，如此才可從愛情的心疾中康復。她們在教堂、巷子裡的手球場、聖母子的齋日遊行仔細打量年輕小夥子，依她們之見，找個好丈夫就像是在二手市集蒐購一次性商品，這種商品奇貨可居，你必須仔細研究，若是看到好貨，而你居然買得起，要不是騙人，就是貨品有瑕疵。她們評量肉販、裁縫、水果攤老闆的兒子們，隨即判定上一代的種種習性已經悄悄潛入這些年輕人的心裡，於是不准瑪麗亞跟他們交往。即使瑪麗亞快要變成老小姐，姑婆們依然無法接受瑪麗亞嫁給她們稱為「洋鬼子」的美國佬。美國佬發明古董車的後車座、旅館的「請勿打擾」掛牌、內華達州式的離婚，而這恰可解釋美國人的婚姻為什麼如同卡拉布里亞當地新生兒的平均壽命一樣短暫。

瑪麗亞抗議說她還年輕，現在結婚還太早。

---

13 James Whale（一八八九—一九五七），英國影星，也是知名的導演，代表作為《科學怪人》。

「妳以前就用過這個理由。」咪咪說。

「那個時候我十五歲。」

「妳十五歲的時候，我說這事不急，讓瑪麗亞等到十六歲再結婚。我的小丫頭啊，妳只能騙得過我一次。」

「十七歲，而且還沒當媽，」菈菈說。「怎麼好意思？」

「妳知道在我們老家，一個還沒結婚的十七歲女孩會被叫做什麼？」

「沒長大的小孩？」

「沒長大的小孩？妳別逗我笑。」

「懷了孕、當了媽，妳才不是個小孩。」

「她會被叫做可悲的老處女，」咪咪說。「就像我這兩個妹妹。」

「沒人要，總是勝過被西西歐．斯科佩里提之類的傢伙追，」菈菈拍拍咪咪的手。「但願天主盡早讓妳上天堂，免得妳再受罪。」

「最起碼我上了天堂之後依然是個小孩。」咪咪話鋒一轉，朝著瑪麗亞說：「一個悲哀可憐、成天跟貓講話的老處女，難道妳希望自己的下場就是這樣？把生命浪費在跟沒心肝的畜牲講話？」

「這會兒我就在跟沒心肝的畜牲講話。」

「哎喲，妳怎麼講這種話！而且是在星期天。」

「講這種話真不要臉，而且是在星期天。」

雖然她們深信自己無足輕重，但瑪麗亞知道她的姑婆們是巨人。她們直到暮年才從故鄉移居至此，自力更生，怎能說是無足輕重？她們逐夢踏實，就此而言，移居至此，可說是畢生最精采的一舞。她們是身著黑色洋裝的芭蕾名伶。

「……如果我跟她同樣年紀，我會怎麼做？」

「妳會從離這裡最近的鐘塔跳樓，妳不說我也知道。」瑪麗亞說。

「一個字，」珮珮說。「就這一個字。」

「妳會只說一個字？我才不相信。」咪咪說。

「一個字。我只會跟自己說一個字。」

「哪個字？」

摩拉畢托三姊妹當中最鐵齒的珮珮，突然好像穿越了時空似地回望瑪麗亞，大喊但願當年有人對她道出的一字箴言：「逃。」

✦

瑪麗亞的確逃了。西西歐掩護她。偷偷摸摸在一起五年之後，西西歐終於在三月一個異常炎熱的星期二，在康塔蒂納小館的餐室正大光明地跟咪咪求婚。

「……而且你不可以被迫作出對你另一半不利的證明。憲法裡有提到。」西西歐花了五分鐘分析婚姻的稅務和法律優惠，最後做出總結。咪咪明白他之所以求婚，原因在於緩和眾人對瑪麗亞遲遲未婚的指責，但整個小館的顧客都看著她，除了說好，她還能說什麼？說不定她可以用仙人掌當捧花，這樣一來，她或許可以開心丟擲新娘捧花。

籌備婚禮、人仰馬翻之際，瑪麗亞也悄悄為自己做準備。她把《好萊塢報導》徵求祕書、打字員、接線生的分類廣告圈起來，把她那份真確得可悲的履歷表和求職信拿給西西歐看一看。

「妳介不介意我幫妳美化一下？」他問。

他所謂的「美化」意思是「捏造」。他把她的履歷表改得跟「根據真人故事改編」的名人傳記片一樣靠不住。

「我沒有讀過祕書學校。」瑪麗亞指著他修改過的版本說。

「切勿以為妳的成就沒什麼了不起，」西西歐斥喝她。「據實以告無異於自貶身價，查爾斯．史卡波洛夫從沒見過比妳更稱職的祕書。」

婚禮之前的一星期，她看見一則分類廣告，徵求一位通曉法文、德文、西班牙文、或是義大利文的祕書。徵才廣告本身就讓她覺得機會相當大，因為上面打錯了十八個字。

當瑪麗亞前來「水星國際影業」面試時，她穿過製片廠的總辦公室，裡面隔成一間間小房間，跟賭場一樣牆上沒有掛著鐘，因為這樣一來，製片廠每週都可以從員工身上壓榨出額外的工時。這是製片廠比較站得住腳的策略之一，目的在於挺過經濟不景氣。在那段時期，編劇通常在星期五傍晚被解雇，星期一早上被聘回，週末也被要求都必須加班。製片廠偶爾還跟色情電影業者租二手道具，因為相較於正經製片廠的道具部門，色情電影業者的收費較低。「水星國際影業」是默片時代最成功的製片廠之一，但由於經濟大蕭條和有聲電影的來臨，「水星國際影業」榮景不再，早已不像昔日那麼風光。瑪麗亞覺得自己好像走過一個曾經盛極一時、如今淪為廢墟的大廣場。

「抱歉，我跟費德曼先生有個面試。」瑪麗亞朝著一個匆匆走向出口的男人說。

男人高聲狂笑，指指走廊另一頭。

「亞提．費德曼，副總裁暨製片總監」以粗黑工整的字體印在門上。「文宣總監、客戶總監、行銷總監」草草寫在紙上，貼在黑字之下。

除了等候期間讀到的剪報，瑪麗亞對亞提．費德曼所知有限。剪報上了框，詳細報導三K黨告他毀謗，因為他在一部頌揚社會正義的劇情片裡「過度真實」地描繪三K黨的各種作為。「對我品格的一切控訴，恰是對我品格的最佳見證。」費德曼先生在標題上大發豪語。

瑪麗亞敲門。門內有人堅定地怒吼：「不！」瑪麗亞不確定該怎麼辦，於是她又敲了一下，自行入內。

桌上擱著四部打字機，每部夾著紙，分別打出劇本、製片備忘錄、廣告文案、誠意不足的公開致歉，誠然是電影宣傳週期的四個樂章。亞提是一人擔綱的四重奏樂團，只見他奔波於四部打字機之間敲敲打打，宛如追求對位的旋律，最後他終於瞧見瑪麗亞站在門口，直接開口問她是誰。

瑪麗亞自我介紹。「我來應徵打字小姐。」

「喔，我以為妳是為了那樁不幸的事情上門。」他看她一臉困惑，加了一句，「我們一部西部片的演員舉槍自盡。」

「天啊，」瑪麗亞說。「您損失了一位演員，真是遺憾。」

「我損失的不只是一位演員，」亞提神色凝重地點點頭，接受她的致哀。「我還得多花一萬美金重拍結局。老實跟妳講，這種事情發生的次數頻繁到我不想承認。」

「真抱歉，但是——您的員工經常自殺？」

「最近愈來愈頻繁，而且我跟妳說，不只是用槍，好幾次是用弓箭，有一次甚至用斧頭。所以囉，妳說妳來這裡應徵？」

瑪麗亞試圖接受戰斧可以用來自戕之際，亞提就開口解釋。經濟大蕭條期間，為了壓低費用，他雇用同一個演員在同一部電影裡飾演不同角色。「不知怎麼地，這個笨蛋居然有辦法讓自己同時飾演牛仔和印第安人，他在第五卷膠片已經開槍射殺自己，直到今天才有人注意到。」

「這麼說來……他依然與我們同在？」

「不，」亞提在菸灰缸裡用力按熄香菸。「我今天早上已經叫他走人。」

還沒花時間記得她的名字，亞提就口述一封給發行商的信，信中籲請發行商以新的片名重新發行不賣座的電影，直到電影賺錢為止。瑪麗亞注意到打字機的驚嘆號鍵已因過度使用磨得光滑。亞提統計她每分鐘打多少字、正確度、對粗話的容忍度，對這些必要條件皆感滿意，於是遞給她一根菸。

亞提一向喜歡義大利人。好萊塢剛起步時，華爾街常春藤盟校那些反猶太的傢伙沒有一個肯借錢給電影人。好萊塢人士的貸款首選是賈尼尼[14]，賈尼尼在舊金山創辦「義大利銀行」，也就是後來的「美國銀行」，其實賈尼尼也是異邦人，但在加州，義大利人被視為只是遵奉不同安息日的猶太人。亞提崇敬賈尼尼，而在他們這一行，「崇敬」可是極為罕見。他崇敬賈尼尼促使銀行大眾化，就像劇院促使電影大眾化。「你們的人格就是你們的擔保，」賈尼尼借錢給費德曼兄弟創辦「水星國際影業」的那一天，說了這麼一句。亞提從未逾時還款，而且每張支票都親自簽發。

他跟她解釋狀況：「我們利用晚上拍電影的外語版，以便電影出口。法國、德國、西班牙、義大利的移民演員用同樣布景、穿同樣服裝、以他們的語言把白天拍的英語版再演一次。我們可以用比拍一部電影多一點的錢拍出五部電影。所以啊，妳的工作除了打字之外，還必須把劇本翻譯成義大利文。」

身為家中唯一英文嚇嚇叫的成員，瑪麗亞經驗豐富，早已習慣把義大利文譯成英文，反過來也難不倒她。

「我猜妳是天主教徒？」亞提問。「妳對地方上的主教有沒有什麼影響力？」

「沒有，費德曼先生。」

「真可惜。」亞提點根菸，往後一靠。菸灰缸裡已經有兩根點燃的菸，但就像他擁有的打字機和假髮，亞提始終多多益善。「我不介意主教之類的大人物幫我美言幾句。『電檢處』剛剛任命一個叫做喬伊・布林的審查官，這傢伙顯然是個非常虔誠的天主教徒。」他灰色的雙眼閃爍著嘲諷的微光。「依據我的經驗，當天主教徒來到一個市鎮整頓事務，當地人幾乎免不了倒大楣。」

亞提擱下手裡的菸，換抽菸灰缸裡其中一根悶燒的菸。

「我跟妳說，布林跟我保證，他這套愚笨的道德標準，目的在於永保電影事業興盛。誰曉得呢？為了達成目的，說不定魔鬼也會援引聖經經文。這話是莎士比亞說的。至於我？我覺得這個叫做喬伊・布林的傢伙跟祈禱前的心思一樣狡詐而不誠懇。他不想要擁護者；他想要的是追隨者。」亞提又換抽香菸。「宗教不是人民的鴉片，因為你為了鴉片，可得花大錢。好，你想想，如果宗教也得花大錢，比方說，大家星期天上教堂得付錢，你沒辦法免費宣揚宗教，你以為大家還會對宗教感興趣嗎？當然不會。大家若對宗教不感興趣，我怎麼可能在大銀幕上叫賣宗教的價值觀和道德感？我辦不到。所以囉，拉嘉納小姐，既然妳嫻熟於天主教教義，妳說我該怎麼做？」

「我只是過來應徵打字小姐，」她提醒他。

一抹微笑凝滯在亞提的嘴角。「這下可好，我碰到另一個笨蛋。」

瑪麗亞拿起皮包，走向門口。但一想到空蕩寬廣的人行道、返回林肯高地的漫長車程，更別說傍晚時分，她又得在康塔蒂納小館擦桌子、洗碗盤，心情不禁一沉。她轉身。

---

14 A.P. Giannini（一八七〇—一九四九），全名 Amadeo Peter Giannini，美國銀行家，創辦「美國銀行」，現今多項銀行業務都出自於他的構想。

「你想要知道我會怎麼做？我會給布林先生夠多東西讓他刪剪，因為如果他認定你會越過界線一英里，當你稍微越界，他比較不會注意到。」

亞提瞪視瑪麗亞，一臉好奇。「妳哪知道怎麼應付審查員？」

她跟他說了她爸爸的事情。亞提請她坐下，語調之中隱隱帶著景仰。他瀏覽她的求職信，看到一半就擱下，手指停留在信紙的下半截。「妳為查爾斯．史卡波洛夫醫師工作？」

瑪麗亞皺皺眉頭。「你認識他？」

「沒錯，我認識他。」亞提從頭上拿下假髮。「我喝了一瓶他的減肥藥方，胖了十五磅，頭髮也掉了。我老實跟妳說，我們還真需要那種天不怕、地不怕的膽識。妳下星期開始上班。」他朝著他的四臺安德伍德打字機點點頭。「隨便妳用。」

「我有我自己的打字機。」

她走到戶外的人行道，站在製片廠入口處的警衛亭旁，入口處的石灰拱門高高聳立，拱門上印綴著「水星國際影業」的漆黑花體字。瑪麗亞出生長大的亞汶丁山丘曾有一座水星神殿，數千年來，旅者、譯者、書信代書爬上亞汶丁山丘，在展開旅程之前奉上供品，祭拜護佑他們的神祇。瑪麗亞在入口處站了好一會兒，然後低頭在皮包裡翻尋，直到找到一枚一分錢的銅板。她把銅板擱在人行道上，祈願這就足以換來旅程之神的護佑。

✦

瑪麗亞開始在「水星國際影業」上班之前的星期天，咪咪步入聖彼得義大利天主教堂的聖壇。她拒絕穿上白色的新娘服（「我騙誰啊？」），挑了一件她妹妹們堅稱是薰衣草色的淺灰洋裝。教堂長椅上坐滿鄰居、康塔蒂納小館的常客、對這段老男人老女人羅曼史至感震驚的長舌婦，西西歐這邊的長椅上坐滿在東方哥倫比亞大廈閒晃的小混混、殯儀館協會的會員。他的債權人也來了不少。

典禮結束之後，神父看起來臉色青綠。過去幾年來，咪咪已經不在星期六的告解時刻向神父懺悔她的罪。光是告解沒什麼意思，為了好玩，她捏造出一段段她與教區顯要人士的婚外情，而且鉅細靡遺、活靈活現地向神父告解。大家都知道神父過度擔心自己的健康，隔天做了聖餐禮之後，神父明知某些教友的雙唇探索了不潔之處，卻依然不得不喃喃祝禱，把聖禮放在他們的舌頭上，而咪咪非常喜歡看著他結結巴巴、蠕動不安的模樣。神父始終試圖透過告解室的格窗，想像這位神祕偷情女子的樣貌。在他的想像中，她三十出頭，一頭紅髮，但當咪咪許諾永遠忠貞，他透過新娘頭紗，認出了那個先前只聞其聲、不見其人的聲音。

管風琴的樂聲震天響，賓客和道賀的人們湧向街道，眾人鼓掌喝采，恭喜之聲此起彼落，菈菈和珮珮輕輕擦拭雙眼。人人的臉頰都被印上一吻。西西歐靈車的水箱護罩掛滿鮮花，他自己開車，載著他的新娘沿著阿拉梅達街駛向義大利堂，廳堂之內，侍者們有如合唱團般齊聲道賀，歡欣鼓舞地擺上一盤盤開胃小點。婚宴接待區簡陋宛如公共工程，營收來自不實藥品和殯葬業——胡佛執政之時百業蕭條，只有這兩個行業欣欣向榮——經由轉投資婚宴，供應十四道葷素菜餚和各式酒水，八人西西里樂隊娛樂賓客，白酒多到足以抹淨紅酒酒漬，紅酒多到足以供應聖經中的喜宴，不但振興地方經濟，十幾個商家和一個刑事辯護事務所甚至因為西西歐和咪咪的婚禮平衡了收支。等到賓客們打開裝了杏仁禮糖的糖果盒、西西里樂隊奏起明快的塔朗泰拉舞曲，瑪麗亞已經喝多了，陷入一種半睡半醒的美好狀態，她看著姑婆們隨著一首民謠跳舞，歌詞有點猥褻，似乎頌讚一個肉販、一個農夫、一個漁夫超凡的性能力，姑婆們光著腳手舞足蹈，蔚為奇景，她看在眼裡，感覺自己也掙脫了種種束縛。

沒有人注意的時候，她起身離開。

過了一小時，安紐麗塔注意到女兒不在場。她問婚宴的賓客們有沒有看到瑪麗亞。大家都說沒有。她問新郎。「別擔心，她沒事，」西西歐說。「她會沒事的。」

當安紐麗塔返回家中，屋裡空空蕩蕩。她大聲呼叫，但無人回應。她是不是來遲了？她沿著走廊往前走，探頭看看瑪麗亞的臥室。一個褐色的紙袋被扯開，瑪麗亞仔細摺疊的衣物從紙袋裡湧到地板上。瑪麗亞坐在屋後的臺階上抽菸。

「啊，妳在這裡。」

安紐麗塔伸手抱抱女兒，彷彿只有在濛濛的黑影中，她才看得清楚女兒的模樣，認得出瑪麗亞是誰。瑪麗亞忍受媽媽的擁抱，好像那是她逃不了、甩不開的肢體侵犯；她裝死。

夜間的蚊蟲從園圃裡嗡嗡揶揄。

安紐麗塔往後一退，撫平她綠色真絲洋裝的下襬。她忽然放下矜持，表露出慈愛，違反了世代相承、理當恪守的禁令，連她自己也感到驚訝。她感覺瑪麗亞在她的懷裡畏縮，再度確知自己長久以來的信念果然真切：對孩子的愛是一股無法抑制的衝動，最好獨自管束，別讓孩子們知道。

「西西歐跟我說妳找到事做了。」

瑪麗亞點點頭。

「妳會住在哪裡？」

「我在女子公寓租了一個房間。」

安紐麗塔斟酌接下來的幾分鐘該怎麼說，而不至於造成無法彌補的傷害。「妳會沒事吧？」瑪麗亞眼中的怒意漸漸消退，安紐麗塔看著女兒這麼不信任她，心裡也難過。夜晚清涼，飄散著茉莉花和樹木的清香，飛蛾繞著燈火團團飛舞，令人目眩。她在臺階上蹲下，飽經風霜的臺階隨即嘎嘎作響。

「我們應該慶祝一下妳的好消息。幫我們拿兩個杯子過來。」

當瑪麗亞從廚房走回來，她媽媽也拿著一個布滿層層鐵鏽和汙泥的澆水壺從小木棚走過來，她把手伸進壺裡，掏出一瓶「老烏鴉」威士忌。

「這瓶威士忌是誰的？」瑪麗亞問。

「妳以為是誰的，我的小天才？」

烈酒連同短髮和褲裝，全都受到安紐麗塔的蔑視，她經常對啜飲烈酒的「美國淑女」表示不滿，而「美國淑女」一詞始終伴隨著輕蔑的神情，彷彿嘴裡稱她們為「淑女」，其實打心眼裡覺得根本不配。瑪麗亞不知道自己為什麼訝異她媽媽居然也喝烈酒。她媽媽天生具備在位者說一套、做一套的天賦，輕而易舉就把過失推得一乾二淨。

「所以妳是酒徒？」

「不然妳以為我是園丁嗎？」

安紐麗塔倒了兩指幅的威士忌到兩人的杯子裡。琥珀色的醇酒捕捉了遠方街燈的微光，酒精的暖意漫入清涼的夜風中，瑪麗亞狐疑地聞一聞，猶豫之中帶著天真，好像不知道該如何是好，這個小小的舉動讓安紐麗塔心中一震，往昔當瑪麗亞對她別無所求、只求她的慈愛時，她為什麼沒有多加關懷？「長命百歲，」她邊說邊跟瑪麗亞碰杯。在園圃的暗影之中，趁著四下無人時，她教女兒純飲波本威士忌。

瑪麗亞喝了一口，威士忌火辣辣地直下食道，嗆得她不停乾咳。「我這杯不太對勁。」她氣喘吁吁地說。

「我下了毒。」

瑪麗亞大笑，隨即引發另一陣乾咳。她感覺她媽媽把手掌擱在她的肩胛骨間輕拍她的背，直到她喘過氣來。「喝的時候吸口氣，」安紐麗塔說。「比較容易喝下去。像這樣。」瑪麗亞看著她媽媽氣定神閒地啜飲一口火辣辣的威士忌，眼睛甚至眨都不眨。醇酒在她的上唇留下一道閃閃發光的水印，她的下脣在杯緣印下半月形的寶紅脣彩。她媽媽以她學不來的優雅，在月光下悠然啜飲。

「妳讓喝酒看起來好容易。」

「親愛的，」安紐麗塔泰然自若地說。「我讓一切看起來都好容易。」

「我以前從來不知道妳喝烈酒。」

「我很多事情妳都不知道，多到可以裝滿一座圖書館。」

這話沒錯。她媽媽是一座任何藏書都不准她翻閱的圖書館。「我不知道關於地震的事情。妳從來沒跟我提過。」

地震不可言說，這個話題極為忌諱，瑪麗亞只知道光是提起，大家馬上都不說話。

安紐麗塔輕嘆。「沒留下太多可說。」

瑪麗亞可以聽到鄰居的唱機傳來威爾第的樂曲、車輛沿著格里斐斯大道駛過、收音機天氣播報員滔滔不絕地評述。好多事情她們從未跟對方提起。「我始終想要瞭解。」

「妳以為自己瞭解？」

「不是地震。我說的是妳。」

安紐麗塔訝異女兒居然如此愚蠢。你跟一個人愈熟，你們愈不瞭解彼此。親密關係就是這麼一回事：你們並不瞭解彼此，而是順服於不解與無知。你認可另一個人其實跟你一樣，對自己的生命感到無所適從，因而任性放肆。

「拜託，媽，幫幫我。」

安紐麗塔把杯子放在飽經風霜的臺階上，竭力表達她表達得出的慈愛，轉頭跟女兒說：「我不知道怎麼幫妳。」

她等到瑪麗亞進屋才撫平自己的綠色絲綢洋裝，把威士忌放進澆水壺裡，走回木棚。園圃裡一畦畦以粗繩區隔的百里香和羅勒香氣四溢。安紐麗塔回到屋裡，走向她的衣櫥，拖出她那只褐色皮箱。她把它拖到屋外，小心翼翼地別讓紗門砰地關上。她跪下，從皮箱裡撈出羅馬的泥土，遍撒在園圃之中。月光為番茄籠架上了釉彩，到了夏末，這些細細的鐵絲將覆滿茂生的綠葉，宛若一根根青綠的羅馬圓柱，而八月的許多傍晚，安紐麗塔將蹲在這裡，一邊啜飲威士忌，一邊照拂生長於墓地泥土中的蔬果。

倒光泥土之後，她把皮箱帶回屋裡，把皮箱裡層擦乾淨，擱在瑪麗亞床邊。「皮箱還有點髒，但比扯破了的紙袋強。」瑪麗亞鬆開刮痕累累的黃銅扣環，盯視皮箱裡層。這是安紐麗塔唯一一件帶到大車站的行李。這是唯一一件她想要保留的物品。現在她把它交給女兒。

安紐麗塔在廚房水槽裡洗手，肥皂水有如浪花繞著排水口迴旋，她讓熱水流著，盡情享受騰騰熱氣。她用一條擦碗巾把手擦乾，打電話叫計程車。瑪麗亞若是趁著眾人從婚宴回來之前離開，對每個人都好。先是加利科港，接著是羅馬，然後是現在；這是她生平第三次遭逢深沉哀痛的別離。她從未想過她會是被拋下的一方。

車前燈的光影漫過牆面。計程車在屋外怠速等候。

石膏聖徒們從窗裡看著安紐麗塔拿著褐色皮箱走到屋外，計程車司機把打字機放進後車廂，然後走回駕駛座，砰地關上車門。母女兩人站在街燈映照、閃閃耀目的垂懸綠葉下。

「有件事我走之前應該跟妳說。」瑪麗亞說。

「不，妳沒有。」

「我有。」

安紐麗塔低下頭，無可奈何地等著瑪麗亞必須做出的告白。

「妳做得真棒，媽。」

安紐麗塔大笑。「妳真會鬼扯。」

✦

過了兩個星期天，瑪麗亞才又回去林肯高地。她憑一己之力在「水星國際影業」力爭上游，回家的次數也愈來愈少。她最先幫義大利演員們翻譯劇本，這些演員通常在清晨三點，等到法語版、德語版和西語版拍完了之後才上工。然後她負責監製義語版的拍攝，她第一部監製的電影名為《意想不到的淪落》，片子裡講到空難、私生子、精神錯亂，她好說歹說，邀了家人們星期天到放映室看義語版。菈菈帶了一副歌劇望遠鏡前來觀影，西西歐問說這個地方付多少錢購買洗手間的肥皂。瑪麗亞調暗燈光，朝著放映師打個手勢。這部電影的情節大多繞著片名雙關語打轉，但似乎果真打動她的家人們，而且大家感動得有點不像話。直到她媽媽說：「如果聽得懂他們在講什麼，電影就比較有意思。」瑪麗亞才意識到她的家人們從來沒看過一部以他們母語發音的電影。對他們而言，瑪麗亞已將無聲化為有聲。

其後幾年，瑪麗亞的家人們星期天擠進西西歐的靈車，開車來到製片廠看「水星國際影業」的義語版影片。走向到放映室途中，瑪麗亞帶著她媽媽穿過外景場地，在這裡，倫敦、巴黎、紐約等遙遠的角落，安紐麗塔突然皆可造訪。這些安紐麗塔在大車站幻想著前往的地方，如今全在步行距離之內。她整個禮拜都期待星期天的到來，等著看看她女兒接下來將帶她前往何處。

他們通常在放映室野餐，一邊吃東西，一邊看那些僅由最少數量的工作人員在黎明前拍攝的荒唐搞笑片和濫情催淚片。不管是哪種類型，安紐麗塔始終帶著愉悅的心情觀看，彷彿從片子裡預卜了未來。這一部部義語版電影，即使是「水星國際影業」出品的不合史實、純屬幻想的時代劇，似乎全都來自一個她不可能親眼見證的未來。銀幕上長得像是她、說話也像是她的人們都是值得敬重的公民，沒有受限於身分、語言、本土主義，悠然自得地遊走於這個令人困惑的國家。電影裡的男女影星都是義大利移民，來自西西里、卡拉布里亞、坎帕尼亞[15]、普利亞[16]、巴西里卡塔[17]，在以英語拍製的電影裡，他們充其量只是臨時演員和跑龍套的小角色，人人都是義大利佬。但在「水星國際影業」的義語版裡，他們飾演科學家、新聞從業人員、警探、企業家，與美國公民享有同等權利和特權。只有在一個專為出口而拍攝的幻想國度，安紐麗塔才找到她的歸屬之地。

一九三八年，瑪麗亞收到她爸爸的一封信。審查員裁割了一句又一句，但一行至關緊要的話語逃過審查員的剃刀：「我很快就會見到妳。」那是她最後一次接獲她爸爸的來信。過後不久，墨索里尼禁播美國進口的電影，「水星國際影業」停拍旗下電影的義語版，放映室的星期日野餐因而劃下句點。最後一部片子放映結束之後，瑪麗亞跟著她的家人們走到高爾街，跟大家說再見。她回想她離家的那個傍晚，她站在怠速等待的計程車旁，跟她媽媽再度保證她離這裡僅僅七英里。

15 Campania，義大利南部的一個大區。
16 Puglia，義大利南部的一個大區，海岸線綿長，風光明媚。
17 Basilicata，義大利南部的一個大區，與坎帕尼亞、普利亞相鄰。

「親愛的，」她媽媽當時說。「這跟妳去了羅馬有什麼兩樣？」

有那麼一段時間，在週週的星期日，她們確實也都去了羅馬。

第二章　大人物

1.

瑪麗亞坐在「水星國際影業」的員工餐廳，想著德國縮尺模型師的製片廠模型之際，亞提．費德曼坐在重達數千磅、固若鐵甲、底特律出廠的轎車裡，沿著聖塔莫尼卡大道往西馳騁，轎車的車頂開啟，大風耙梳他的「頭髮」。

他那部車齡一星期的林肯敞篷車乳白微黃，線條圓潤，貌似香草聖代。汽車是洛杉磯人的保護殼，每年生日之時，亞提就犒賞自己，幫自己買部新車，他似乎堅信年年升級的林肯轎車會抵消自己的年華老去，遏制自己隨歲月凋零。最起碼他知道自己不會開著一部新車尋死。

比佛利山莊飄散著橙花、香奈兒五號、排氣管的廢氣味。太平洋電車公司的紅色列車叮叮噹噹停靠在他的右側。遊客們魚貫下車，漫步於格狀藤架和比佛利花園枝葉繁茂的樹冠下。再過去是一塊塊平地，一九二〇年代房市蕭條時，你只要用你的帽子當作訂金就可以在那裡買一塊地。平地再過去就是日落大道和那座著名的山丘，山丘上住著電影圈尊榮備至的上等人士，放眼望去盡是錯落有致的西班牙磚瓦、高爾夫球場、游泳池、裸露的肚臍眼。亞提和他太太米德蕾考慮在那裡買棟房子，但他之所以想在山丘上置產，原因不僅在於當地限制猶太人不得購買某些地產，更明文規定房屋出售的招牌不得超過一平方英尺，這點可就惹火了亞提，因為在他眼中，看板招牌是最基本的自我表達。二十年前，這個地區是一大片豆田，現在連賣房子的招牌都受到限制，未免太過虛偽。

但亞提一星期至少會在比佛利山莊露一次面。電影圈就像個老人院，你若沒在人前亮個相，大家就當你翹辮子了，一個藉由消費青春來牟利的行業，卻一直守著這套成規，想來荒謬。

在雨果餐廳[1]吃頓歐陸式午餐，在黃道帶酒吧[2]的拱頂時鐘下喝杯酒，在希洛夜總會[3]一身康康舞衣的香菸女郎之間跳隻舞。亞提用餐的那些地方把名人主顧的尊姓大名印在菜單最上頭，好像他們可以被當作開胃菜送上桌。每逢週末，他參加比佛利山莊的庭園盛宴，沿襲東岸上流社會的花園派對，席間圓舞曲樂聲輕揚，開些不痛不癢的玩笑，群聚在紅白條紋相間的帳篷裡展現風雅。如果外來的賓客想要體驗八卦媒體傳揚的狂歡喧鬧，亞提就得帶他們去市中心主街大道上的夜總會，這些場所喧嘩嘈雜，不怎麼入流，恰好迎合中西部暴發戶大老們的胃口。

但如果你想要讓大家瞧見你在午餐時洽談公事，沒有太多地方比羅迪歐大道上的羅曼諾夫之家更有成效。餐館中沿牆擺設的座椅經過精心排列，確保餐館裡每個人都看得到你，唯獨跟你同桌用餐的仁兄看不到你的尊容。光是觀察餐廳領班安排座位，就看得出這個人在職場的起落。亞提一走進餐館就感覺到眾人的注視。他聽著餐巾颼颼攤開。餐具在陶瓷餐盤上鏗鏘作響。鋼琴手激昂地彈奏荀白克的樂曲，雙手有如追逐彩蝶的小貓一樣在琴鍵上飛舞，既是激猛，卻也優雅。

與餐廳同名的老闆站在領班旁，捋著他的小鬍子。

「嗨，麥克王子殿下。」亞提邊說邊把車鑰匙扔給穿著紅背心的泊車小弟。

麥克王子抬頭一望，漆黑的雙眼流露出曾經見證王朝衰亡的憂沉。從他口中，人們得知麥克．羅曼諾夫是那個羅曼諾夫家族之後，倘若你的家族名聲顯赫到必須被加上定冠詞，比方說 The Romanoffs、The Frankensteins、The Donners，下場絕對不妙。麥克．羅曼諾夫曾是尼古拉二世的姪兒，如今執掌一個菜單上列有鳳梨和茅屋起司沙拉的餐館，即是明證。

但亞提心知肚明，麥克．羅曼諾夫王子並非羅曼諾夫家族之後，也不是尊貴的皇族。他名叫哈利．葛古森，來自布魯克林的葛古森家，變成王子殿下之前，他以熨燙長褲維生。在洛杉磯，一個熨燙長褲的傢伙居然能夠晉升為遭到廢黜的皇族，你怎能不愛上這個天使之城？大家都知道麥克．羅曼諾夫跟他的牛津劍橋口音一樣虛假，換作其他任何地方，這事若遭到揭發，肯定會被社交圈掃地出門，但在這裡？在這裡，麥克．羅曼諾夫卻是妥妥的皇族。他的老主顧之中，哪個人不曾更名改姓？哪個人不曾竄改自己的過往？你無法不仰慕一個跟你做出同樣勾當的傢伙，只不過他比你更不受限於羞恥心或是可信度。

但最讓亞提受不了的是，即使大家都知道麥克．羅曼諾夫是個冒牌貨，他依然受聘擔任顧問，為關於這個俄國王室的劇情片提供諮詢。一個藉由電影中的幻想招搖撞騙的傢伙，居然成了這方面的權威，不但將幻想合理化，甚至廣為散播，如此循環不已，沒完沒了，荒誕至極。這些幻想一點都不真實，但話又說回來，怎樣的自虐狂偏好所謂的「真實」？真實無所不在，令人厭惡。亞提之所以從歐洲移居至此，為的就是逃避陰沉的真實。如果曼哈頓那些有幸冠著英國姓氏、系出常春藤名校的傢伙執迷於真實，那是因為他們的處境比亞提塑造的更不真實。

少年時，亞提白天在拳擊館受訓，辛苦了一天之後，晚上還得在百老匯的劇院當門房，公園大道的名流仕紳花大錢到戲院看戲，觀看易卜生劇中的鄉巴佬隨時隨地被惡整，他從中習得一事：只要窮人不是真

1 Victor Hugo Restaurant，一九三〇年代洛杉磯知名的餐館。
2 Zodiac Bar，一九三〇年代洛杉磯知名的酒吧。
3 Ciro，亦稱 Ciro's Le Disc，一九四〇年開幕，位於日落大道，是社會名流經常光顧的夜總會。一九六〇年代正式歇業。

的，有錢人就會把窮人當人看。亞提自此發誓絕不迎合那些閱讀影評、到戲院看戲、或是擁有公園大道房產的人。他瞭解他的觀眾所知之事：舉凡真正接觸到真實的人，沒有一個相信真實值得頌揚。哪一個手中握有好萊塢超凡神力的惡徒或是笨蛋會不經修改、不提救贖、直接了當地重現人生的樣貌？如果世界果真減縮到你可以修改或是救贖，對亞提．費德曼而言，這樣的世界只存在於電影的畫面。

他跟著羅曼諾夫走到他的桌邊，把奈德的生日禮物塞到他的椅子下。「如果你看到一個自鳴得意的共和黨員，麻煩你叫他過來這裡。」

過了幾分鐘，另一位費德曼先生抵達餐館。奈德．費德曼比他弟弟高四分之一英寸、早八分鐘出生，看來年輕，最起碼似乎保養得宜，恰是亞提心中所願。他們雖是雙胞胎，但絕對不會被大家誤認為對方。奈德一頭棕髮，有如貂皮般濃密，而且看起來始終像是剛剛吃了增強體力的早點。週末的陽光浴尚未消退，臉頰依然閃閃發光。擺脫第一次婚姻的致命束縛之後，他甩掉三十磅和四分之一世紀的爭吵。他吃起酪梨，散發出重獲新生的光暈（亞提腦中的速記員一言以蔽之地道出奈德的樣貌：混帳東西）。

奈德坐下，翹起二郎腿。他沒扣上扣子的衣領中飄散出柑橘古龍水的濃烈香氣。

「亞提，」奈德說。亞提格子襯衫上的圓點花紋喧囂騷動，讓他哥哥看了皺眉頭。

「奈德，」亞提說。兩人的姓名出自彼此口中，口氣介乎不帶感情的問候和粗魯的咒罵。亞提和奈德在西里西亞出生長大，西里西亞位居德意志帝國的東境，境內普魯士人和波蘭人意見相左，唯一的共同點是反猶太。亞提和奈德比他們的故鄉、他們的元首、他們的真實姓名都撐得久，一九〇一年，他們的姊姊雅妲籌錢把亞提和奈德送到紐約投奔親戚，移民美國十年之後，他們在紐約開了一家五分錢劇院，劇院很不巧地與「鐵達尼號」同名，座椅則是從殯儀館租來的。

他們迅速擴張，一九一八年，亞提致函威廉二世，他在信中告知這位被罷黜的君王，雖然他們一家已經承受歷代普魯士君王的迫害，但他非常樂意提供這位待業中的君王就業機會，讓威廉二世在他旗下六家劇院的任何一家從最基層做起。「我始終用得上一個具有管理經驗的員工，」他對曾經貴為一國之君的威廉二世說。但劇院擴張得太快，規模也過大，不久就遭逢與「鐵達尼號」同樣的命運。亞提和奈德．費德曼撤逃至洛杉磯，在一個遠離他們債權人律師的城市重新出擊。他們在高爾街和日落大道的街角創辦「水星國際影業」，在默片電影時代，製片廠獲利頗豐，二〇年代大多時間營獲暴利，但有聲電影時代來臨，再加上經濟大蕭條，「水星國際影業」因而淪為二級製片廠，拍攝一些讓人過目即忘的電影。

整個過程中，亞提和奈德始終有如充滿敵意的交戰者，而這場戰爭的停火協議經常語焉不詳，三不五時才強制執行。他們確實有如死敵，但在戰壕裡並肩作戰的死敵往往比親兄弟更親。在一個友情快速流失的行業，費德曼兄弟對彼此的憎惡卻是穩固如一。亞提願意捐贈器官給奈德，但不願給他一張五元鈔票、一條手帕、或是一聲讚美。有些時日，他們唯一的共通點在於兩人都仰慕弒殺兄弟的該隱。喔，還有他們都持有這個拍攝爛片的二流製片廠的股份，看來似乎不算什麼，卻幾乎是兩人的一切。

家人之間必須相隔三千英里，唯有如此，家族企業才有辦法成功經營。九年以來，奈德．費德曼一直定居曼哈頓，在美東確保「水星國際影業」的財務穩固。他住在公園大道，到劇院看戲，閱讀影評。他求教於「水星國際影業」的表演指導，這位教練專門指導腦袋空空的英挺小生，讓他們講起話來像是卡萊．葛倫，奈德跟他研習演說術，如今一口跨大西洋口音，只有銀幕小生和新英格蘭某些遊艇俱樂部才講得出這樣的英式英語。奈德一心想要躋身上流社會，亞提看在眼裡，只覺可悲。他有一部遊艇，但他不玩船；他有一座圖書館，但他不讀書；他家掛了一幅幅已逝貴族的油畫肖像，但他跟他們從未碰過面；他在共和黨的募款餐會上一擲千金，但探頭到製片廠每一間他走過的洗手間關掉電燈。據說胡佛有意派任奈德出使烏拉圭，直到跟奈德碰了面才改變主意。最令人難過、只有家人才知曉的是，奈德收集名人的親筆簽名。他不但收集電影明星的親簽，還以各種藉口致函政界和商界領袖，藉此得到他們回函上的親簽。奈德以與他通信之人的地位評量自己。他是製片廠的總裁，卻也收集名人親簽成癖。他象徵著亞提窮盡一生之力試圖顛覆的虛假與偽善，但即使亞提對他心懷憤怒、蔑視、妒忌、嘲諷、漠然、憎惡、困窘、不齒，大多時候，亞提只覺得他很可悲。

「我們的小比利還好嗎？」奈德邊說邊翻開菜單。

亞提察覺奈德的話語中隱藏著一絲竊笑。如果奈德獲知他這個小兒子最近的一樁八卦，那就表示米德蕾跟奈德的前妻講過話。如果這兩個女人又開始聯絡，天知道米德蕾分享了多少道聽塗說的私事。

「比利？」他說。「嗯，我該怎麼說？他是我兒子。我是他老爸。」

「老弟啊，這是贅言，」奈德說。這話一語道盡奈德是哪種人：他之所以敢用「贅言」之類的字眼，純粹只因亞提或許以為那是某種繩結。「我聽說他是個不錯的神射手。」

奈德確已獲知。這下可好。對費德曼兄弟而言，「家庭祕密」是個自相矛盾的詞語：既是一家人，怎麼可能保密？就像是「幸福成婚」和「兄弟友愛」：既已成婚，怎麼可能幸福？既是兄弟，怎麼可能友愛？

說說相關事實吧。過去幾個月來，亞提十一歲大的么兒每晚夢遊走進主臥室，在亞提的洗衣籃裡撒尿。米德蕾為這孩子辯護，說他在夢遊。亞提才不相信夢遊這個藉口。奇怪的是，儘管米德蕾的洗衣籃擱在亞提的洗衣籃旁，比利卻始終只在亞提的洗衣籃裡撒尿，原因究竟何在，連亞提這種擅長自圓其說的電影人都說不出來。洗衣店老闆已經開始對亞提投以異樣的眼光。他八成以為亞提是那種喜歡開趴的電影人，那種「派對」擠滿「歐洲人士」，人人樂於「與彼此社交」。他已經可以聽到洗衣店老闆每講兩句話就含沙射影地刻意嘲諷。

在這個國家生養小孩……唉，你倒不如開一家精神病院收容沒有保險的無政府主義者。他這三個孩子對什麼都有意見，從就寢時間到蔬菜，樣樣都抗議，他們喧嘩違逆、一團混亂，簡直是一群天殺的暴民。每個父母都是失敗的獨裁者；養兒育女幾乎足以讓你欽佩真正的獨裁者。幾年前，墨索里尼尚未像個人工肛門袋般緊貼著希特勒之時，亞提閱讀墨索里尼的自傳，期盼從中獲知養兒育女的祕訣。自傳筆調浮誇，好像寫給半文盲的讀者閱讀，字裡行間盡是獨裁者的廢話，閱讀此書有如在你腦袋裡動刀、讓你自此失去對文學的興趣，但墨索里尼的領導風格倒是可以激發出一些管教子女的點子。亞提實施宵禁，勒令子女對他效忠。如今比利卻夜夜對亞提的洗衣籃伺機而動，好像一個準備轟炸鐵路要站的反抗軍。若非感到相當難為情，亞提說不定會對這個小小的突襲略感驕傲。

「米德蕾下星期帶他去看心理諮商師。」

「我猜這是戀母情結，」奈德邊做出診斷邊研究菜單。「嗯，奶油黑胡椒腰子，不知道味道如何？」

「你只想給你孩子最好的，但他們要的是什麼？」亞提問。「他們只想殺了你，跟你的老婆上床。」

「我聽說羅曼諾夫之家的腰子燒得不錯。」

「你知道嗎？你以前從沒聽過男孩想要殺了他們的爸爸。現在呢？現在你一天到晚聽到弒父。」

「現在的小孩喔，」奈德說。「誰知道什麼會激怒他們？」

「我們還小的時候，通常是爸爸想要殺了兒子，不是嗎？」

「這是一個重大的傳統。猶太基督教的信念就是奠基於此。」

「我敢跟你打賭，亞伯拉罕逮到以撒在他的洗衣籃裡撒尿之後把他帶到山頂，而且這種事情不只發生一次。去他媽的，以前不就是我抱著比利走上邦克丘、汗衫還被他的大便搞得髒兮兮？」

「還有耶穌，」奈德提醒他。「他搞髒了誰的洗衣籃？」

「那個可憐的傢伙才需要心理分析。他以為他爸爸是天主、他媽媽是處女，難怪他有彌賽亞情結。但我必須承認我喜歡耶穌的處世觀。餵養飢餓的人，賜福溫馴的人，穿著袍子去上班。」

奈德皺皺眉頭；一個「哥倫比亞影業」的無名小卒被帶到一張比他們顯眼的桌邊。「基督教的問題當然都出在基督徒。」

「這就像共產主義。信念本身建立在人性的尊嚴，但不知怎麼地，卻激發信徒們大屠殺。」

「你知道嗎？」奈德說，「我碰過一個一星期索價五百美金的作家，他以前都把他的劇本寄給心理分析師讀一讀，藉此瞭解劇本有什麼問題。」

「結果呢？」

「他現在是英語系教授。」奈德闔起菜單，仔細端詳他弟弟。「拜託喔，亞提，比利到底怎麼回事？」

奈德顯然也知曉這事。這下可好。「他在學校還是被霸凌，」亞提說。「這個小傢伙有他自己的一套，堅強得很，問題是他們班上有個叫做丹尼斯．布力克的小混蛋，這個小孩的媽媽在孤立主義者的圈子裡很有號召力，『母權運動』、『美國第一委員會』都聽得到她的聲音。你看看華府目前的狀況，我相信她肯定在她兒子面前說了很多我的壞話。」

「這麼說來，我不怪比利。說不定我也會在你的洗衣籃裡撒尿。」

「我試著教他拳擊，但他寧願在花園裡閒晃，拿著放大鏡看昆蟲和花。」

一位侍者端了新調的飲品過來，真是謝天謝地。亞提一口灌下三分之一。「別說我了。你家那兩個還好嗎？」

奈德的一兒一女是一對小王八蛋。蕾秋被一位巴黎女家庭教師一口一口餵大，端莊嫻淑至極，說不定連打噴嚏都帶著玫瑰花香。喔，還有堅稱玩船是真正運動的小爵爺亞當。但亞提不應該太刻薄。奈德始終渴求名望，嚮往受到尊重，這兩個小王八蛋承受來自父親的壓力，比較值得憐憫，而非輕蔑。

一提到他的小孩，奈德的臉色一沉。

「你知道蕾秋上個月跟傑克走進禮堂，」他說。「對了，謝謝你送的瓷器組，蕾秋覺得漂亮極了。傑克的家世不錯，跟蕾秋相當速配。所以即使我花了大錢，在華爾道夫大飯店辦了連忽必烈汗都沒話說的婚宴，我依然問傑克想要什麼結婚禮物。你知道他要什麼嗎？一份工作！他說他想要一個在『水星國際影業』能夠迅速晉升的職位。」

亞提眉頭一皺。「太令人失望了。奈德，我真是抱歉。」

「這還不是最糟的。亞當在達特茅斯學院讀大二。你知道達特茅斯多麼難進嗎？我得捐一棟系館給學院。我從未見過如此可怕的敲詐，而我因為欠錢跟黑手黨之類的犯罪組織打過交道喔。亞當在那裡讀了兩年，他的前途無量，法官、外交官、政治家，他想走哪一行都行。有時他讓我覺得好驕傲，我甚至不敢相信自己生得出這樣的兒子。現在呢？現在他想要輟學幫我工作。我跟他說：門兒都沒有！你絕對不敢相信他試圖用什麼說服我：他說他成績很好！」

「如果他動手揍了他的教授，我會說，嗯，說不定他夠格在這一行混。但是成績很好？」

「多謝、多謝，總算有人講出公道話。」奈德用指關節揉揉深邃的眼眶。他摯愛的兒子如此敬仰他，甚至想要追隨他的腳步，真是令人洩氣。「我跟他坐下來好好談一談，我老實跟他說，他缺乏在好萊塢出人頭地必須具備的侵略性，你知道他做何反應嗎？」

「他做何反應？」

「他開始啜泣。」

「老天爺啊。」

「我想跟他說，如果你像個水龍頭一樣哭哭啼啼，光憑這副德行，你永遠不可能在電影圈出人頭地。亞提，我們的小孩在我們出生長大的那個世界絕對撐不下去，我們在他們將要踏入的那個世界也絕對撐不下去。我們盡全力改善他們的命運，結果卻只讓他們注定誤解我們。我真想告訴亞當，我成為一部推土機、幫他開了路，好讓他成為一部路賽自行車、自由自在地奔馳。」

「你跟他這麼說？」

「當然沒有。他在達特茅斯學院就學，以為自己知道些什麼。我送他去那裡讀書，這樣他就不必瞭解這個世界。結果呢？他以為自己知道些什麼。我能怎麼辦？」

「你盡力了。」

「我能做的都做了。」

「喂，你捐一棟系館給學院。多少人會幫他們的小孩這麼做？」

奈德伸手招呼侍者。「你我這種人就會，亞提，你說是不是？我們這些皮貨商、鞋商、手套商的第二代，我們這些自從力抗『愛迪生托拉斯』[4]就待在這一行的電影人？我們來這裡為自己建造了一個殘缺的王國，王國之中只有殘缺之人才會成功，但當我們想要幫我們的孩子成為一個完整的人，他們卻用這一點跟我們作對。」

「我們的孩子並不完整。他們只是承受比較細微的挫敗，他們的殘缺比較微妙。」

「微妙的殘缺就是我所謂的完整，」奈德說。他伸手拍拍亞提的肩膀。「你是個好爸爸，亞提。你知道我為什麼曉得嗎？因為你兒子在你的洗衣籃裡撒尿，而不是試圖穿跟你同樣一套衣裝。」

漸漸走近的侍者穿著緊身背心，步履搖搖晃晃，一支筆懸置在記事本之上，神情不耐。

「腰子味道如何？」奈德問。

「還沒有人吃了翹辮子，」侍者保證。

奈德闔起菜單。「你都這麼說了，我還能不點嗎？」

亞提點了鵪鶉。

「點得真好，先生。」收回菜單時，侍者問亞提有沒有計劃再去哪裡度假。

「度假，」奈德說，好像提到老祖宗的宿敵。「在這一行，如果我上洗手間上得太久，大家就忘了我是誰，而你居然去度假。」

「我非去度假不可，」亞提邊說，邊再點一杯馬丁尼，然後未雨綢繆地吞了一顆阿斯匹靈。「我必須挽救我的婚姻。」

去年，離婚的陰影有如暗鬱的暴風雨般漸漸逼近。亞提深愛他太太，這點絕對無庸置疑。沒幾個人有勇氣跟他同搭電梯；米德蕾卻跟他共度一生。她具有長跑者的堅忍和典獄長的性情，她跟亞提結縭二十年，倘若應付敏感易怒的他讓她變得暴躁無情，若非對他有愛，她幹嘛依然留在他身邊？她是他的人，在天主創造的世間，只有她受得了礙眼的他。她喜歡氣泡酒、維吉尼亞·吳爾芙、探看他的肚臍眼有多深、跟年齡比她小一倍的男人搞婚外情、購買索價過高但畫中人物的眼睛和耳朵全都混在一起的畫作。她喜歡在聖塔芭芭拉度過她的週末，探索療癒身心的鄉間。在他認識的人當中，只有她真的喜歡歌劇和魚子醬，

4 Edison Trust，一稱 The Motion Picture Patents Company，一九〇八年由愛迪生創建，夥同九家業者成立企業集團，目的在於壟斷電影業，於一九一五年解散。

而不只是說說罷了。她身高僅只五英尺，盛怒之時挺直腰桿子，那股氣勢令人嘆為觀止，依然讓亞提渴慕得說不出話來。她嬌小豐滿，在這個到處都是高挑年輕女星的城市裡，格外具有叛逆性的美感。她宛若魯本斯畫中的女子一樣圓潤，也有如魯賓三明治一樣豐美[5]，畫家與三明治皆是造物主的巧思，她亦是不容置疑的明證。

問題是，二十年的婚姻讓他們的生活糾結難分，致使她成了他自我厭惡的目標之一。兩年前，國務院以制式的信函斬釘截鐵地拒絕他姊姊雅妲的簽證申請，自此之後，抑鬱就有如鐘形罩般籠罩著他。他在床上待到中午，眼皮怎樣都睜不開，深受其苦。陰鬱在他心中漫開，他卻找不到開關，點燈將之驅除。他的軀體豎起白旗，屈服於心中的陰鬱，卻也抗拒不了這樣的快感。他幾近痴迷地研究比利的童軍繩結，靜靜凝視天花板上的吊扇，竟夜思量吊扇可以承受多少重量。他的家人們將會衣食無虞。自殺就像其他奢侈品，只有富人才負擔得起。他默默設想各個細節：那套乾洗了的西裝，那個留待特別場合才用的威士忌酒杯，那條打了漂亮繩結的狗繩，那張傾倒在波斯氈毯上的餐桌椅。你必須發揮想像力，讓自己超越那個毛骨悚然的一刻，置身無夢無慮、無痛無苦的境地，這就是自殺的訣竅。他的孩子們還是會恨他——比利說不定會在他的棺材上撒尿——他只願自己值得米德蕾的哀悼，但說真的，這個世界對我們始終冷漠以待，誰能怪他推門而出、永不回頭？

置身在他自己的腦子裡，就像狩獵季節置身在森林的鹿。為了生存，他日日夜夜、分分秒秒都必須走運。獵人？憂鬱？那個殘酷的王八蛋卻走運一回就行了。亞提終究鼓不起勇氣動手。他反而把自毀的精力加諸在他的婚姻。離婚等同自殺的倖存之道，亦是懦夫唯一的出路。他賭光大把現鈔，訂購成打量身訂製的襯衫，即使戴假髮，他依然花大錢理髮。他的銀行帳戶有如興登堡號的高度計般直線下滑。他跟一個名叫貝蒂．拉德羅的年輕投注莊家搞婚外情，外遇持續了幾個月，他也如願地把米德蕾逼到幾乎離婚。他的憂鬱漸漸平息。為了挽救他們的婚姻，他決定帶她搭郵輪。

「只有你們兩個在海上，」奈德說。

「只有米德蕾和我。喔，還有貝蒂。」

「你帶你的情婦搭郵輪挽救你的婚姻？」奈德忍不住微笑。「你這樣不會消化不良？我的小孩搞不懂我為什麼每天早上把鎂乳漿跟玉米穀片混著吃。他們應該問問你。」

「每個男人都有一座想要征服的聖母峰。米德蕾就是我的聖母峰。」

「好吧，貝蒂呢？她是你的行李夫？」

亞提聳聳肩，用牙籤扠起馬丁尼酒杯裡的橄欖。「馬洛里[6]有毛皮大衣和登山設備。我有滿腔怒氣和滿心欠缺。」

「亞提，你知道馬洛里後來死在聖母峰。」

「我知道。馬洛里的聖母峰就是聖母峰。他太遵照字面解釋，非得征服喜馬拉雅山的那座高山，這樣反而對自己不好。我嘛？我把我的聖母峰保留在應當歸屬之處，」亞提邊說邊拍拍胸前的口袋，意指他的聖母峰在他的心裡，挺立在一包香菸和一條薄荷糖的後頭。

「好吧，郵輪之旅如何？」奈德問。

✦

5 作者在這裡玩了文字遊戲，原文「Rubenesque」語帶雙關，一是畫家彼得・保羅・魯本斯（Peter Paul Rubens），一是魯本三明治（Reuben Sandwich）。

6 George Mallory（一八八六—一九二四），英國登山家。

亞提用心良苦，好心好意規劃一切，但若是缺乏貝蒂獲償不菲的情感支持，他怎麼提得起勁修補他的婚姻？於是他想出「歐洲式」的解決之道，而他所謂的「歐洲」不見得是哪個洲陸，比較像是一套具有可塑性的道德尺度。他在郵輪的頭尾兩側各訂一間艙房，白天他和米德蕾在過氣要人們充滿憐憫的目光中做日光浴，米德蕾向來早起，晚上不到九點就上床休息，當她沉沉入睡，他就換上燕尾服和跳舞的皮鞋悄悄溜出房門。他甚至把瑪琳．黛德麗在電影《摩洛哥》戴過的大禮帽帶上郵輪，他花了三千美金在慈善拍賣會標到帽子，這是他最寶貴的珍藏。

米德蕾又漸漸被他的笑話逗得大笑，亞提又漸漸感覺坦然自在，事事順利至極，真的，一切好極了，直到第三個晚上，當亞提踏入貝蒂的艙房，赫然發現床上有兩個交纏的肉體。一個是貝蒂。另一個不是亞提，甚至並非同一族類。那人從床單裡伸出的手臂肌肉糾結，亞提多年之前亦是如此強健，但早已看不到自己的手臂哪有肌肉。他的小三有了小三。一旦有此頓悟，世界立即陷入漆黑。亞提以為自己昏了過去。他僅是閉上雙眼。眼前景象漸漸重現在他的眼中，星星點點，卻清晰得讓人難以承受：那人的肩膀寬闊平滑；那人的脊背強健驍勇；那人的腹肌有如甲蟲外殼；貝蒂緊抓著那人濃密的頭髮，無需擔心頭髮會被扯掉。

小三男子一看到亞提就光著身子從床上跳下來，陰莖依然勃起，看了令人洩氣。他不需要一片無花果樹葉遮掩。他需要一整棵樹。既然這會兒大家都在海上，他無法跳窗遁逃，只能隨手抓著離他最近的東西遮掩，於是他從亞提的頭上拿下禮帽，罩住他的陰莖。

貝蒂轉向光著身子的男人，神情自若地說了一句：「哎喲，洛夫，你不曉得女士在場之時，你不該戴上帽子嗎？」她那副自信滿滿的神態，讓亞提好想要她。

小三男子的神情略似讓「派拉蒙影業」發了大財的卡萊．葛倫。天啊，他甚至跟貝蒂差不多歲數，真是沒天理。

「誰是洛夫？」亞提結結巴巴地說。「你是誰？」

「費德曼先生，我是洛夫．拉德羅。」他朝著亞提伸出一隻手，瑪琳．黛德麗的禮帽大刺刺地掛在他的陰莖上。「很榮幸終於跟您見面。貝蒂跟我說了好多關於您的事情。我必須謝謝您帶我搭郵輪。」

「我幫他付船票？」

「抱歉，亞提，」貝蒂邊說邊把床單披在身上。「但我們一直沒機會好好度蜜月。」

「誰沒機會好好度蜜月？」

「哎喲，洛夫和我，」貝蒂說，然後伸手握住她先生的手。一聽到貝蒂已婚，亞提的膝蓋發軟，幾乎站不穩。世上難道已無誠信與尊嚴？艙房的地板一傾，鵝毛床墊搖搖晃晃地接住他。

「他以為我遵奉一夫一妻制，」貝蒂說，經她一說，「一夫一妻」聽來異乎尋常，略帶異國風情。她鬆開亞提的領結，拿起對摺的《生活》雜誌幫他搧風。「亞提今年過得不太順。他跟他哥哥執掌的製片廠瀕臨破產。家族企業啊，跟近親牽扯通常沒有好下場。」

亞提想像自己呼吸急促到雙肺蹦了出來，好像一雙髒兮兮的襪子。當他終於喘得過氣來，他問這事已經持續了多久。

「你是說我們結婚多久？十月就滿三年。」

「我以為這趟郵輪之旅是浪漫假期，妳卻把它變成蜜月。」

「你不也帶了你太太一起來嗎？」洛夫指出。這個說法倒也合理，但亞提可沒心情跟一個把他那頂三千美金的禮帽當作性感丁字褲的男人講道理。

「貝蒂，我之所以邀妳一起來，原因在於米德蕾跟我已經很久沒有親熱了。」

「你因為你的小孩不愛你所以哭到睡著，除非這樣就讓你爽歪歪、讓你覺得這就是親熱，否則我們也很久沒有親熱了，亞提，」貝蒂粲然一笑，笑容好像彈簧刀的刀片般彈出。「洛夫，你瞧，我對你可是遵奉一夫一妻制，沒讓你戴綠帽子。」

亞提踏出艙房，跌跌撞撞地走過排氣歧管，歧管噴出白花花的蒸汽，恰如他熱滔滔的怒氣。弦月低垂，月色黃白，有如老菸槍露齒微笑。月光漫過靛藍的大海，滾滾浪濤銀光點點。亞提拍拍胸前的口袋，掏出一支香菸，在蒸汽裡再添加幾口熱氣。

他聽到甲板上傳來赤足的腳步聲。貝蒂？他願意接受她任何條件。他會請船長為他們在公海上證婚。他是一個可憎的男人、一個差勁的先生、一個失職的父親，他願意拋下每一個人，讓自己成為另一個人。

「費德曼先生？」

原來是洛夫。

「您忘了您的帽子。」洛夫拿著瑪琳・黛德麗的禮帽，交還到亞提的手中。亞提從他的鈔票夾裡抽出兩張紙鈔，叫這個英俊的傻瓜幫自己買幾件內褲。

他可不會跟他哥哥坦述這一切，所以當奈德問他郵輪之旅如何，他只說：「阿卡波可[7]這個季節非常宜人。」

✦

侍者端了腰子和鵪鶉回來，奈德拿起湯匙攪了攪濃稠的醬汁，侍者說這道菜吃了不會翹辮子，但乍看之下，這道菜似乎吃不得。

亞提看到恩斯特・羅司納站在餐廳另一頭。恩斯特執掌會計部，而會計部門是「水星國際影業」最具創意的部門。他一臉愁苦，雙眼充滿無奈，誤信領結可以增加一個人的魅力，看起來始終像個被人甩了的前夫。他長期在費德曼兄弟身邊工作，你若問起哪個牌子的制酸劑和安眠藥最有效，他絕對可以像個侍酒師般跟你推薦。他早已四處求職，希冀另覓新職。為「水星國際影業」的財務掌舵，就像是在經常受到硫磺和洪水襲擊的美索不達米亞平原擔任首席氣象播報員，你若想把工作做好，你就得訴諸恐慌、悲情、甚至天意。

恩斯特看到費德曼兄弟，走了過來，為遲到致歉。「我不放心把我新買的凱迪拉克交給泊車小弟。」

奈德騰出空間。「那部車很美。」

恩斯特擠進來坐下。「亞提，你看到那部車了，是吧？」

「我看到了，」亞提說。「其他人或許會用比較不明顯的方式彰顯自己的性能力。」

「這點我絕對不意外，」恩斯特說。誠如他們這一行的其他事物，車輛是權力的象徵，你開什麼車，等同宣示你有多少斤兩。亞提以前刻意只開林肯車系，因為他覺得此舉巧妙展現他對美國的忠誠，讓大家看得到他以實際行動擁護美國的創造力與汽車業。後來亨利．福特發表種種反猶太人的言論，波蘭各個城鎮奉為神諭的一貫化作業竟是形同不人道的壓榨，亞提才把他典藏的林肯轎車託付廢車場，讓它們跟其他車廂裡塞著屍體的汽車一起生鏽腐蝕。

「我說點別的，跟你們報告一個好消息，」恩斯特邊說邊從公事包裡抽出一個檔案夾。「『東方國民銀行』願意提供一百萬美金的信用額度幫我們撐過接下來的幾季。」

亞提眉頭一皺。運勢有如熱力學，自始至終保持平衡，換言之，這樣一個天大好消息絕對會被一個天

7 Acapulco，墨西哥濱臨太平洋的港口城市，亦是觀光勝地。

大壞消息抵銷。「但是？」

「但是他們要求以百分之三十三的公司股份當作抵押，約莫是你們兩人股份的一半。」

亞提揉揉眼睛。「好，我們把話說清楚：為了一百萬美金的信用額度，我們必須以市值兩百萬美金的股票當作抵押？」

「嗯，亞提，你先別爆粗口罵我，容我提醒你，當初是你說要這筆貸款⋯⋯」

「沒錯，」奈德附和。

「⋯⋯因為是你惹人厭，搞到被國會傳喚。」

「這也沒錯。」

「唉，還有更糟的，」恩斯特繼續說。「『東方國民銀行』希望奈德回到洛杉磯，常駐在此監管事務，他們還要求幾個董事會的席次。如果貸款少繳五分錢，我敢保證你還來不及拍拍口袋找零錢就會被這些傢伙趕到路邊。他們不想借錢給你。他們想要擁有你。」

亞提暫且不管奈德即將搬遷到洛杉磯；他已經聽了夠多壞消息。他反而頹然陷坐在沿牆擺設的真皮座椅，想著阿道夫．祖科[8]、威廉．福斯[9]、傑西．拉斯基[10]等金融大亨，他們全都上了非猶太人銀行家的當，被迫把製片廠交給銀行。電影業草創之初，沒有任何一家名門貴族的投資公司願意借錢給販賣影像的猶太電影人。一直等到那些電影人證明他們的影像創作確實可以獲利，華爾街的禿鷹們才蜂擁而至，剔食他們骨頭上的肉。比方說卡爾．拉姆勒[11]，拉姆勒創辦「環球影業」，他被迫以市值將近六百萬美金的股票當作抵押，商借一筆七十萬美金的貸款，債務人卻依然奪走他的製片廠，而卡爾．拉姆勒曾經以小搏大，戰勝湯瑪斯．愛迪生的托拉斯壟斷。如果這些非猶太人銀行家搞得出花招整倒卡爾．拉姆勒這樣小有名氣的大亨，你能想像他們會怎樣惡搞亞提．費德曼嗎？

「你打算讓我們走進銀行被偷、被劫、被搶……被洗劫一空？」

亞提振振有詞，恩斯特假意笑笑說：「沒錯，這些銀行家確實像是攔路強盜。但亞提，誰知道呢？說不定你們逃得過槍彈。你們兩個熬過最糟糕的狀況。你們可是費德曼家族。」

The Feldman——被加上定冠詞的家族。亞提苦笑。看來他的小比利果真沒指望了。

恩斯特重新整理他從公事包裡取出的文件。「凡事都有光明面，目前的狀況也不例外。『東方國民銀行』是『華納兄弟』的大股東，他們力促『華納兄弟』重新配置資金，聚焦於聲譽卓著的鉅片，希冀藉此與『大都會影業』抗衡。這表示『華納兄弟』將會需要更多B級片填補時段，『東方國民銀行』跟我擔保，他們可以讓你們的片子透過『華納兄弟』的戲院上映。」

亞提眨眨眼，等候聽聞接下來的但書，恩斯特卻沒有再開口。「你說真的？」

「我看起來像在開玩笑嗎？沒錯，我是說真的。」

「你曉得這些事情嗎？」亞提問奈德。

奈德點點頭。「我們一直希望重回巔峰，躋身主要製片廠之列，這個機會我們已經等了好久。」

擊敗「愛迪生托拉斯」之後，諸位電影大亨立刻有樣學樣地玩起壟斷招式，將製片、發行、放映打造成一條龍服務。米高梅、派拉蒙、二十世紀福斯、華納兄弟、雷電華五大製片廠透過包場排片[12]和盲目

---

8 Adolph Zukor（一八七四—一九七六），匈牙利裔美國電影製片人，「派拉蒙影業」的三位創始人之一。

9 William Fox（一八七九—一九五二），匈牙利裔美國電影製片人，「福斯影業」的創始人，亦是美國電影界的傳奇人物。

10 Jesse Lasky（一八八〇—一九五八），好萊塢知名製片人。

11 Carl Laemmle（一八六七—一九三九），德裔美國電影製片人，「環球影業」的共同創始人。

拍賣[13]排擠「水星國際影業」之類規模較小的製片廠，因為依據這兩項措施，獨立劇院如果想要買下眾星雲集的A級片提高票價，就得連帶買下該片廠的整批影片。亞提在座椅上往後一靠，試圖想像他監製的影片再度在有如宮殿般華麗的劇院首映，他的姓名在水晶吊燈的燈光中閃閃發光。

「我不明白，」亞提說。「我們甘冒風險，把主要股東權拱手讓給華爾街那些油滑到必須用晒衣夾把帽子夾在頭髮上的傢伙，只為了貸到一百萬美金？」

一位侍者走過；奈德指指他空了的酒杯。「只是百分三十三。」

「百分之三十三和三個董事會席次，」恩斯特說，逕自動手吃了一口亞提的鵪鶉。「我們貸到一百萬美金，這表示他們多付了一百萬美金，若不是我善於隱瞞公司無力償債，你們肯定連五根變黑的香蕉跟一聲『你好嗎』都拿不到。公司今年之所以略有盈餘，完全只是因為你們把露天片場租給其他製片公司。」

奈德察覺亞提已經無路可走，趕緊乘勝追擊。「況且，亞提，我很抱歉，但我們現在之所以一團糟，原因在於你和這次的國會調查。」

「這些調查始終只是虛張聲勢，」亞提說。「記得『戴斯委員會』試圖揭露好萊塢傾共人士的身分嗎？他們聲稱秀蘭．鄧波兒是共產黨員。鄧波兒是全世界最有錢的十歲小女孩，他們卻認為她不爽資本主義。」

恩斯特偷偷摸摸地挖一挖左邊的鼻孔，把鼻屎抹在長褲上。

奈德伸手戳一下亞提。「多年以來，這些政客始終在好萊塢東翻西找，想要抓幾個猶太人殺雞儆猴，你非但沒有保持低調，反而探頭出來讓他們抓。」

「你知道還有哪裡看得到很多猶太人嗎？」

「他們用來痛扁你的聖經裡面？」恩斯特說。

「洛杉磯每一個主要製片廠的高級主管辦公室裡面，」亞提說。「我們還是當中唯一一個受邀到國會作證的貧窮製片廠[14]。」

「你怎麼可以說我們是貧窮製片廠？」奈德打斷他的話。「我們只是這幾年營運不佳。」

「我說的就是這回事。我們將跟華納兄弟、派拉蒙等製片廠一起坐上證人席，再度跟他們平起平坐。沒錯，我知道我聽來像是在狗屎河裡打撈黃金，但這可能是個轉機，奈德，我們再怎樣都買不到這樣的宣傳和曝光，說不定我們將自此東山再起。」

奈德慢慢地眨眨眼，深深吸了幾口氣，直到眼中不再盈滿殺氣，而只是惡狠狠。「這是我聽過的最他媽的蠢話。恩斯特，我弟弟後面是不是有一個拿著大木槌的小矮人……」

「很難說。」

「……因為我敢發誓，每次他一張開嘴巴，他聽起來就像被人狠狠敲了一槌。」奈德往前一傾，把湯匙放入小牛腰子的黏稠醬汁裡。「美國參議院執意用老虎鉗幫你修指甲，你卻以為自己是烈士，是喔，在全國廣播網張揚你的事蹟，果真是散播我們聲名的最佳方式？」

亞提凝視酒杯中喝剩的馬丁尼，默默提醒自己今後將午餐的調酒當作早餐。「好吧，奈德，你已經把話說得很清楚。」

「是嗎？因為你聽起來像個喜劇演員，而不是一個狠角色。過去這一個月，我在華爾街東奔西跑，

---

12 block booking，亦稱「綑綁預約」。
13 blinding bidding，亦稱「盲買」。
14 Poverty Row Studio，拍攝廉價 B 級片和西部片的獨立製片廠。

以防債權人把你那幾頂假髮賣給標本博物館。跟我會談的每一間銀行主管都認為參議員奈伊下星期會把你K得滿頭包。『喔，不會，』我告訴他們。『我跟參議員奈伊碰過一次面。他最近一次競選，我甚至捐了錢。他不是我弟弟的對手。我以前在布魯克林的拳擊館親自訓練亞提，參議員奈伊連他出了拳都不曉得。』但你知道嗎？我應該跟他們說你放棄拳擊手套，換來了一雙小丑鞋。」

恩斯特喃喃找個藉口，悄悄溜走。

奈德把手伸過桌面，揉揉亞提的肩膀。他的手掌暖暖地貼在亞提的格子襯衫上，足使亞提產生錯覺，奢想兩人並未因為兄弟鬩牆而心生嫌隙。「我很擔心你這個大笨蛋，」奈德說。「你看起來很糟糕。你平常看起來就不怎麼樣，最近似乎更糟。」

亞提不願承認，但奈德說的沒錯。五十出頭之時，憤怒、沮喪、憂慮潛入他的心中，至今依然折磨著他。他不知道這些念頭從何而來，他創建一家員工上千人的製片廠，他的名字鐫刻在入口處的大門上，若是依據他的出身來評量，他的成就可說是不合常理。他自小成長的那個泥巴廣場八年前更名紀念費德曼兄弟，典禮感人至深，致使亞提承諾鋪砌廣場，甚至答應出錢在廣場北側興建一座石砌的校舍。但這些都難以平息撕裂他內心的憤怒。既然他的預算已被刪到所剩無幾，唯有憑藉憤怒，他才有辦法與那些融資比他雄厚的對手競爭。這已是他最主要的商場策略。他的預算、製片，或是廣告經費都比不上「大都會影業」、「福斯影業」、甚至「哥倫比亞影業」，但他的憤怒可以把他們全都壓下去。他已經力抗共和黨員、民主黨員、共產黨員、商會、一週四十小時的工作時數、日光節約時間、男士涼鞋、洛杉磯鄉村俱樂部、他自己的會計部門。他依然是個鬥士。說不定正因如此，所以他這麼不快樂。

「這不關我的事，」奈德說，「但我耳聞你又陷入嚴重憂鬱。還有傳言說你最近花錢如流水。」

「這會兒你他媽的聽信傳言？」

「你又回到牌桌了嗎？」

亞提低頭凝視桌巾，臉上悄悄浮現羞愧的神情。亞提在牌桌上的傳奇甚囂塵上。他曾跟敵對製片廠的高級主管在紐約和費城的俱樂部通宵打牌，或是登上賭船一擲千金，賭船停泊在距離長灘岸邊三英里之處，剛好在聯邦和州政府的管轄之外。牌桌是穿戴袖扣的男士們的格鬥場。他在牌桌上跟財神爺進貢，也在牌桌上磨練戰技、詭辯與直覺。

最近這次迫使他安排郵輪之旅的婚姻危機肇因於米德蕾查了帳，她發現他們的支票帳戶逐週銳減，立刻設想出最合邏輯的解釋：賭博失控。米德蕾翻舊帳，列舉種種證據支持她的猜疑，他卻沒有勇氣承認。米德蕾的指控，他的迴避事實——亞提不確定何者讓他更難過。

「我打牌沒有比平常打得凶，」亞提揮揮手，打消奈德的暗示。「至於我的膽固醇？每次點一份煎蛋就跟玩俄羅斯輪盤一樣搏命。」

「那你究竟是怎麼回事？」奈德盤查的眼光穩穩地掃過他，好像節拍器般抗衡他狂亂的心跳。「華爾街捧著一大袋一大袋的鈔票從天而降，你的臉色卻像禮儀師的衣櫃一樣陰暗。」

亞提伸出雙手托住臉。桌面模模糊糊。他的視網膜好像被塗上了凡士林。「我最近一直寄錢給姊姊。」

奈德隔著感覺宛如五百英里的桌面看著他，眼中流露出亞提幾乎從未見過的柔和。「喔，亞提，你這個他媽的大笨蛋。」

當雅姐把亞提和奈德送往美國，依靠紐約下東區的遠親時，她已經嫁給當地一家小旅社的老闆，所以沒有跟著一起上路。過了三十年，亞提才又在廣場的命名典禮與雅姐相見。說真的，亞提等於是雅姐帶大的。這些年來，他始終鼓吹她搬到加州跟他們團聚，甚至提議幫她在太平洋海岸買一間雅緻的小旅館，但她的旅社生意興隆，她不願放棄自己一手打造的事業，亞提也尊重她的想法。而後一切卻都太遲。一年多前，她跟他說世上拒絕核發她簽證的國家多了個秘魯，自此之後就音信全無。但每週週間，他依然寄一百美金給她。每張面值一百美金的大鈔等同分期付款的款項，意圖化整為零，買下虛無飄渺的希望。他太羞愧，致使無法叫停；他也太自傲，致使無法更早跟他哥哥提起此事。

「誰曉得呢？」亞提說。「說不定有一封寄得到。」

「誰曉得呢？」奈德讓步，但聽起來不太有把握。

「波蘭的郵政始終不可靠，肯定會偶爾把信誤送到正確的地址。」

「亞提，這會兒是德國郵政囉。他們已經把費德曼廣場換了名字。」

「換成什麼？」

「希姆萊廣場。」

他們滿心挫敗，靜靜地坐著。沒有籌碼代幣或是撲克紙牌，沒有綠色的絨布賭桌或是穿著背心的投注莊家，沒有拳賽裁判或是拳擊手套，四下望去，只有喝乾了的馬丁尼酒杯、鵪鶉雞骨、他哥哥沾滿腰子黏膩醬汁的手指，但亞提感覺全身充滿只有在牌桌或是拳擊臺才感受得到的活力，在那些場合，他不以輸贏評量自我，而是以他甘冒哪些風險、承受得了多少痛苦斷定自我。

「好吧，」亞提說。「你對付那些銀行主管，那些參議員就交給我。但你得跟我保證，如果我找到法子唬過『電檢處』，你不會干擾我拍《魔鬼的交易》。」

即使最好別問、問不問都沒差、問了說不定會有反效果，奈德依然忍不住問亞提能否含蓄一點。

「我很含蓄，」亞提說，暗自懊惱穿了圓點花紋的格子襯衫。許久之後，一切都將昭然若揭：他們在餐館簽定的契約，日後將毀了製片廠和他們的家庭，但即使在那時，奈德也已做出比較長遠的盤算。等到亞提有機會問起這些問題，一切都已太遲。他不可能知道在羅曼諾夫之家敲定的交易將導致他失去「水星國際影業」、成為一個千萬富翁、夜夜盯著天花板吊扇沉思默想。一年之後的一個晚上，他會站在吊扇之下，回想著跟他哥哥握手的那一刻。他會看著吊扇有如電影膠卷鬆解時光似地旋轉，心裡想著該不該請瑪麗亞寫他的遺書，畢竟這些年來，他的生日卡、結婚週年卡、情人節卡都是由瑪麗亞代筆，他可不想讓米德蕾認為他的遺書是由一個陌生人代筆。

他們付帳之後，亞提把手伸到椅子下拿出一個包裝精美的盒子。「遲到的生日禮物，」他說。「讓我猜一猜。盒裡是一隻死臭鼬。」奈德解開緞帶。盒裡是頂禮帽。

「等那些高檔夜總會或是鄉村俱樂部收你為會員，你會需要它。」

奈德摸摸禮帽的帽緣。這是一個精美的禮物。即使他們出生的時間只差八分鐘，亞提通常忘了他的生日。「太好了，亞提，謝謝你。」

亞提把禮帽穩穩戴在他哥哥的頭上，說了一句：「你絕對猜不到誰戴過它。」

2.

「真的嗎？」瑪麗亞的祕書薇德特．克萊蒙說。薇德特人還沒到，香水味就先飄進來，不管她走進哪個房間，房裡人人都被那股有如三氯甲烷般濃烈的香水味薰得無力，瑪麗亞推斷，薇德特把香水味當作防衛機制，藉此制住主管們隨意遊蕩的鹹豬手。

薇德特站在門口，她一頭捲曲的金髮，穿著一件藍色的洋裝，腰間緊緊繫著珊瑚紅和黃色條紋的腰帶。「什麼真的嗎？」瑪麗亞問。

「亞提和奈德真的打算賣掉製片廠？」薇德特是散播辦公室八卦最強力的媒介，而且專門散播誰搞婚外情、誰酗酒、誰走運、誰倒楣，她一本正經、義正詞嚴地把各個八卦講成警世故事，以免任何人指控她講閒話。在其他製片廠，當你的部屬再也不讀你的備忘錄，你就知道你在公司的時日不多。在「水星國際影業」，當薇德特再也不纏著你探聽閒話，你就知道你的解雇通知單已備妥。

「當然不是真的，」瑪麗亞說。「只是一筆貸款。妳聽好，薇德特，拜託妳打電話給航空公司，幫我在亞提明天的班機上多開一張票。」

「妳要去國會山莊？我真羨慕妳。」

「為什麼羨慕我？如果妳想看西裝不怎麼體面的男士們打斷對方講話，妳去會議室就行了。」

「這話沒錯，但我不能搭飛機去會議室。」

瑪麗亞微微一笑。「倒也沒錯。」

「反正啊，我過來是因為有個傢伙在找妳，但他沒有事先跟妳約，我是不是該叫他滾蛋？」

「他叫什麼？」

「文森．寇迪斯。」

瑪麗亞已經三年半沒有收到她爸爸來信，收到一封完全沒有受到審查的信，更是多年之前的舊事。連春雨之際在布森托河游泳之類不痛不癢的敘述都難逃審查員的剃刀。瑪麗亞聯絡先後獲釋的犯人，但沒有人知道她爸爸的下落。雖已接受他失蹤或是離世的事實，但她制止不了自己沉溺於幻想，奢望有朝一日他會出其不意地現身，有時甚至興起一個念頭，設想自己把她爸爸安插在「水星國際影業」的法務部門；若說亞提．費德曼始終用得上什麼，那就是一位優異的辯護律師。在此同時，她依然等待著另一個寫著她姓名的信封。

一個拿著藍色旅行袋的男人靠在警衛亭上，他看起來有點像是許久之前在聖羅倫佐幫她拍護照照片的男孩，但那已經是好久之前的事，男孩的名字也不是文森。

他看到她，雙眼一亮。他大老遠前來，而且有事相告。

第三章　文森．寇迪斯死後的一生

1.

抵達聖羅倫佐那天，朱塞佩．拉嘉納跨越路面上那條標示拘禁區盡頭的界線。只要還在這裡，自由與不自由沒有分別，但當他閉上眼睛時，看什麼是他的事。

一星期之後，他張開眼睛逃跑。沒有計畫，沒有食糧，除了一股出於本能、推著他奔向家人的衝動，他什麼都沒有。他在鞋帶上潑上阿摩尼亞，就這麼朝西逃了十九英里，直到警犬嗅出他的行蹤。他幾乎逃到了海邊，隔著警車的鋼條，他已經聞得到大海的鹹味。聖羅倫佐新上任的執政官多明尼戈．加洛看著警車慢慢駛近，嚴肅的臉上露出滿意的神情，他接掌的是全新的職位，目的在於確保地方事務僅由一位忠誠的公職人員全權管轄。

逃跑的懲罰是關入地牢，地牢設在多明尼戈．加洛的辦公室下方，大小僅只來回走個幾步，唯一的傢俱是尿壺，漆黑得讓人發狂。大地閉上眼瞼將你團團罩住，直到服刑期滿，你什麼都看不見。他們不告訴你會在地牢裡待多久，這也是懲罰之一。最近被關入地牢的傢伙是叫做米歇的熱那亞人。朱塞佩摸出這個用螺絲釘在石牆上刻出的名字。

在無法掙脫的漫漫長夜中，時日失去意義，連按時送上的三餐都沒有用。為了讓自己不要發狂，朱塞佩在牢裡踱步。往前三步走到牆邊，往回三步走回原處。他依照他記憶中的阿庇亞道勘測自己的步伐，一次三步，朝著家中走去。

地面上不過一個月，但在地底下，時光的腳步不盡相同，彷彿已經過了十年。滿臉鬍鬚、眨著眼睛冒出來的那人，看上去也不像是被關進去的同一人。根據謠傳，從地牢裡被放出來之後，熱那亞人米歇立刻走到祖埤橋，跳到布森托河裡自盡。朱塞佩並不想打破傳統，但當他走到祖埤橋，卻未受鬼魂所惑。儘管如此，多數的下午他依然走到橋邊，看著日光在水面上畫出波紋，暗自猜想熱那亞人米歇被河中的什麼攫奪了心靈。

一艘小艇停泊在橋下。十月的午後，一個光著上身的男孩經常把小艇划到河中央，縱身跳進水裡。某天下午，男孩沒有浮出水面。朱塞佩看著空蕩蕩的小艇在原地打轉，白浪點點的急流抹去男孩沒入水中的波紋。他必須做些什麼，這點他很清楚，但是要做什麼呢？他可以走回橋的另一端、從河堤爬下去，但在那之前男孩可能早就溺斃。時間緊迫，他只能從橋上跳下去。想當初熱那亞人米歇從橋上跳下去，結果一命嗚呼。

理智伸出一絲絲觸鬚，穿過朱塞佩的腳後跟，緊緊抓取地面，他感覺自己被一股力量往上抬，但那是什麼力量？不是勇氣或高尚的道德情操，也不是徒勞無功的美德，或是孤注一擲的愚勇。他以兩條性命當賭注擲銅板，一條在水面上，一條在水底下，要嘛兩人都活命，要嘛兩人都沒命。他踏上橋的欄杆，雙腿一縮，縱身一跳。有那麼一瞬間，他不受重力束縛，全然無拘無束。最終重力吞噬了他。

他破水而入，河面一分為二，朝著他的身軀聚攏。酥麻感有如音叉般嗡嗡竄過他的背脊。不知怎麼地，他沒撞上岩石露頭，而是驟然沉入水深之處，此處幾乎沒有任何阻礙，似乎是為了他頻頻掙扎的身軀量身打造。泥濘的河水燒灼他的瞳孔。他看見了：男孩倒臥在離他十二英尺之處的土石堆裡。顆顆水珠繞著他的頭漂浮滾動，好像漫畫裡的對話泡泡。在這裡，所謂的天與地，不過就是溺斃之人的夢境。

朱塞佩閉上眼睛，划過轟轟隆隆、令人目眩的河水。他從兩塊岩石間扳出男孩五指緊握的小手，把這個軟趴趴的小傢伙扛到肩上，划向岸邊。壓力聚積他的胸口，愈壓愈重。

不一會兒他就躺在一片隨波漂流的屋頂上，空氣颼颼灌進他的肺部。他把男孩癱軟的身軀拖到岸上，用手掌猛搥男孩的胸膛。長腿的河鳥在淺灘踉蹌而行，無動於衷地看著這個全身濕透的男人規律捶打男孩的肋廓，直到廓內傳出規律的心跳聲。

男孩咳得厲害，直到河水從口中飛濺出來。他鬆開拳頭，掌心之中，一枚錢幣閃閃發亮，正面是刻在黃金上的皇帝半身像。

✦

朱塞佩站在皮康尼照相館門口，浸滿了水的西裝外套好像重達十磅，壓得他下垂。他肩膀痛，一陣寒顫竄過脊骨。

尼諾的媽媽是鎮上的人像攝影師，她緊緊抓住這個臉色鐵灰的男孩，好端端地看了一會兒，確定他還在呼吸，然後重重甩他一巴掌。熱辣辣的巴掌聲迴盪在石牆之間的窄巷中。血色流進她在男孩臉頰上留下的手印。

「你是哪一位？」她問朱塞佩。

他自我介紹。當他說他以前是律師，皮康尼太太的頭一歪，好像試圖衡量兩人之間的情勢。

「所以你很聰明？」她說，顯然對他的說詞抱持懷疑。

「書唸得愈多，並不表示愈聰明。我目前的狀況就是明證。」

「他們把你安頓在哪裡？」

自從被判拘禁之後，他就生活在絕望之中，事事懸而未決，停滯不前。他被安頓在憲兵營房，白天可以在鎮上自由晃蕩，晚上則被困鎖營房，他跟一個患了疝氣的那不勒斯人同房，這人被關得意氣極度消沉，甚至只用被動式說話。朱塞佩開不了口跟安紐麗塔要錢，所以負擔不起跟當地人租個房間。

「你就在這裡待下，」皮康尼太太說。這不是提議，也不是徵詢，而是命令。「二樓的走廊走到底有個空房間。」

「那是我的房間，」尼諾用當地的方言說。

「現在不是了，」他媽媽更正。

「謝謝妳的好意，但我負擔不起。」

「我不要你口袋裡的東西，我要的東西在你腦袋裡，」她說。「你是個受過教育的男人，我兒子是個笨蛋，你得教教他。」

地牢最可怕的折磨不是黑暗，而是黑暗強加在你心中的殘酷自省。時時刻刻，不斷沉思，將過錯化為懊悔，而最不可原諒的莫過於丟下瑪麗亞。他始終深信自己有很長時間陪伴她。他可以多帶她看幾部電影、多回答她幾個問題、多說幾句他但願自己的父親會跟他說的話。他以為他還有時間彌補每一個他應該好好把握但反而錯失的場合。如今他時間很多，一切卻已太遲。

「我可不這麼認為，」他說。「我不太會教小孩。」

皮康尼太太雙手抱胸，忿忿地嘆了一口氣，意思似乎是她太忙、沒空被一個西裝外套濕透了的傢伙頂撞。「把衣服脫下來，」她說。

「抱歉，妳說什麼？」

「你的衣服，它們濕透了。我這星期已經洗過地。」

一灘河水在朱塞佩的腳下漫開，流竄在他血管中的腎上腺素已經消退，他沒有力氣跟這位口氣決然、設想錯誤的女士爭辯，也不忍心跟她說自己不打算管閒事。

巷弄之中，兩個抬著一籃穀粒的女人停下腳步，看著這位羅馬最受崇敬的辯護律師在聖母瑪利亞的聖像前脫得只剩內衣褲。

「你得確保我兒子的死活，好嗎？」尼諾的媽媽說。

✦

這可不容易。尼諾是那種滿腔熱誠、不乖乖就範、會被其他小孩塞進木桶裡推下山丘的小孩。尼諾之於鄰里的小霸王們，就像是名畫〈聖家庭〉之於拉斐爾：他有本事激發他們源源不絕的想像力，一再創新惡搞手段的可能性。

就連花招最多的小霸王們都打算罷手了，尼諾也有辦法招惹他們，讓他們再次霸凌他。比方說，在電影院看了一部美國片之後，尼諾把頭髮中分，用髮膠把頭髮抹得像是一頂漆皮頭盔。他叫理髮師傅讓他看起來像是范倫鐵諾。理髮師傅讓他看起來像個小油頭。

當地的孩童一致贊同：

「這是蘑菇頭！」

「這是屁屁帽！」

一個曾是法文教師的囚犯剛好走過，跟著大家一起調侃。「不，諸位小朋友，這是 *derrière hair*，也就是我們所說的『屁股頭』！」

儘管用熱風吹燙、上了大量髮油，尼諾的頭髮依然不到十點就從兩邊翹起，好像他的頭髮一旦得知自己長在哪顆腦袋上，立刻想要逃之夭夭。後來他聽從朱塞佩一個頗為可疑的建議，把他媽媽的絲襪套到頭上保持頭髮中分，像個九歲的銀行搶匪般在照相館大搖大擺地閒晃。

友伴們週末照樣霸凌他。每逢星期六，尼諾不甘不願地穿上他那件黑襯衫和綠短褲，參加法西斯少年組織「巴利拉」強制規定的軍事演習，模擬被敵人的槍彈殲滅和挖出共產黨員的眼睛。小組由當地一個麵包師傅領軍，這人是個小獨裁者，他藉由體育課實施社會達爾文主義，依據體能把男孩們分為「掠食組與獵物組」、或是「進食組與食品組」，每次尼諾試圖做個伏地挺身，他就在旁大談古羅馬人的殺嬰之舉是多麼有智慧，暗示尼諾這樣孱弱的小孩根本不該活到現在。

一個逃避霸凌者目光的男孩，自然會覺得躲在暗房、沖洗他媽媽拍攝的照片最安全。這些照片以皮康尼照相館為起點，說不定遨遊至數千英里外的遠方。一個身在奧地利的父親只能從尼諾母親拍攝的照片裡認識他的孩兒；一個身在阿根廷的女兒看著父母在月復一月寄達的肖像照裡老去，直到一個二月的早晨，她收到一張她父親的照片，照片中的他穿著下葬時的殮服、孤零零地站著。尼諾的媽媽教他如何依據照片的目的、人物、對象打光。「我們會讓他愛上妳，」他媽媽跟一個年輕的女裁縫師掛保證，為了等一個有意追求她的男孩前來拍照，成天焦慮不已。男孩是個石匠，住在俄亥俄州，透過尼諾母親的鏡頭，頭一次見到他畢生的摯愛，七十三年之後，女裁縫師將下葬在他的身旁。她把自己所知的一切傳授給她兒子，至於她無法傳授的諸事，她倚仗朱塞佩幫她指點。

就教養子女這方面，他的紀錄不佳，儘管如此，朱塞佩察覺自己竟然愈來愈喜歡這個被他從河裡拉上岸的男孩。你看他幾乎像是運動健將般被大家追得滿街飛奔，怎能不心生憐憫？如果朱塞佩是個拳擊手，他肯定教導尼諾如何迎擊。但他是個律師，他教導尼諾如何思考。當尼諾滿十歲，朱塞佩送給他柏拉圖的《克里同》。當尼諾滿十一歲，朱塞佩送給他但丁的《神曲》。當尼諾滿十二歲，他媽媽因瘧疾去世，朱塞佩把自己的聖經送給男孩。

✦

一個陰沉的十一月早晨，腳下的石板劈啪作響，白花花的河水有如明鏡般映照出雲朵。

「康瑟塔太太算是親人，」朱塞佩撒了謊。「遠房表親。」

「我從沒聽過她，」尼諾說。

「非常遠房的表親。」

他媽媽下葬已經兩個月，但當他閉上眼睛，尼諾依然看得到她躺在狹窄的硬紙板棺材裡。入殮之時，他媽媽不太像是固體，而比較像是液體，占滿床鋪的各個角落。她怎能安息在那個狹窄的硬紙板棺材裡？她這輩子從來沒有睡得這麼擠。

在追悼儀式和葬禮上，他忍著不哭，但回家之後，他在她數千張底片裡找不到任何一張她的照片，不禁把頭埋進雙手，為他媽媽啜泣——這位技藝高超的人像攝影師不願浪費底片，因而從來不把鏡頭朝向自己。

他有幾個親戚住在雷焦[1]，但由於一段非常古早、確切成因在幾代之前就已不可考的家族糾紛，他們拒絕收留他。於是朱塞佩與寡婦康瑟塔・寇迪斯談好條件：一個月付她兩百里拉，負責照顧尼諾。

這會兒尼諾把一塊石頭扔進河裡。「你跟我媽媽保證過。」

「執政官可能把我移送到另一個拘禁區，也可能又把我關進地牢，你每天放學之後，我還是會過來看你，但我沒有資格當你的監護人。」

尼諾以一個十二歲孩童所能召喚出的殘忍與輕蔑，小聲地說：「你是個懦夫。」

他們沉默地沿著河岸往前走，朱塞佩看著幾個穿著高筒防水靴的掘墓人奮力逆風攤平一張地形圖，日耳曼君王阿拉里克失佚的陵墓據說就在布森托河畔，數世紀來，不計其數的尋寶人在這裡眼見希望化為泡影，如今執政官企圖為聖羅倫佐爭取正面報導，提議進行迄今規模最宏大的挖掘行動。

「我們到了，」朱塞佩邊說邊朝著前方一座低矮的石屋點點頭。康瑟塔·寇迪斯從屋旁的雞舍裡走出來，她四尺十一吋，八十五磅，足蹬上教堂穿的鞋子，頭髮用白手絹紮高，髮色有如灰濛的雲朵。她左邊的眉毛被火燒了，右邊的眉毛一揚，手裡倒抓著一隻抽搐顫抖的雞。

朱塞佩自我介紹。

只見康瑟塔手一扭，俐落地扭斷雞的脖子。「你過來，」她邊說邊把尼諾拉到她瘦巴巴的胸前，親吻他的臉頰。最後一股氣息有如電流般竄過雞身，康瑟塔擁抱他時，尼諾感覺毛茸茸的雞身貼著他的肩膀一抖一抖。

康瑟塔唯一活下來的兒子站在門口探看，拇指悠閒地勾在皮帶扣環上。尼諾在學校見過這個經常蹺課的男孩，知道他名叫文森。文森精壯結實，個性火爆，蒙主之賜早早踏入青春期，說不定九歲就開始刮臉、十歲就生了私生子，是個荷爾蒙旺盛的超級怪胎。他動不動就發脾氣，跟人說話好像只是為了找個藉口痛扁對方。至於文森是天生火爆，或是因為過多男性荷爾蒙竄過他十二歲的腦袋瓜、使他無法克制怒氣，尼諾不曉得。他只知道這個陰沉易怒、獨來獨往的男孩，肯定會讓他的日子更不好過。

朱塞佩遞給康瑟塔幾張對摺的鈔票。

---

1 Reggio，一譯「瑞吉歐」，全名為「雷焦卡拉布里亞」（Reggio Calabria），是義大利南部卡拉布里亞大區的一個省。

文森看著鈔票消失在他媽媽的洋裝口袋裡，眼中頓時煥發出異樣的光芒，尼諾因而從俎上肉晉級為糧票。

隔天，兩個學童試圖強迫尼諾吞下一隻活生生的蜥蜴，文森平心靜氣，幾乎是無動於衷地打斷他們的鼻梁，拉著尼諾站起，把蜥蜴扔進灌木叢。「我不是你的朋友。」文森說，以免尼諾想錯了，但從那時起，文森好鬥的形影鮮少離開尼諾的身邊。冬夜時分，他們靠在爐邊一起取暖。夏日傍晚，當他們相約到河裡游泳，康瑟塔會在窗邊留下一盞點亮的油燈，好讓她那兩個男孩在黑暗中找得到回家的路。

當尼諾滿十七歲，承蒙朱塞佩的教授友人之助拿到羅馬大學的獎學金，文森也跟著他前往羅馬。到了那時，尼諾早已不再猜想文森是不是他的朋友。

✦

三年之後，當午後的天光在五百萬隻翱翔於羅馬上空的椋鳥之間閃閃爍爍，尼諾試圖接受文森告訴他的消息。「美國？」他說。這兩個字幾乎刺痛他。

「美國，」文森重複一次。「我老闆需要有人幫他關照他在紐約的生意。」

他們離開聖羅倫佐時，文森是尼諾的跟班，在他們的友誼中，文森是資淺的合夥人，但你瞧瞧他現在的模樣：頭戴紳士帽，一根金色的牙籤在齒間上下晃動，渾身散發出自信，十足是個老千。一個具有文森這種天賦的卡拉布里亞人，只有在黑社會才有辦法發達，而他也的確漸漸出頭。他起先是個打手，然後是個保鑣，然後是個黑市掮客的合夥人，這人躲過海關稽查，從奇維塔韋基亞港走私違禁品。現在他想要飛躍到大西洋的另一端。

尼諾試圖提起勁來為他的朋友感到開心，但隱藏不住他的失望。

文森不顧尼諾的消沉，把金色的牙籤塞到耳後，點起一支雪茄。「這事成不成得了氣候，我們等著瞧。我聽說那裡的成年人晚餐之後喝牛奶？什麼樣的國家會這樣？成年人還喝牛奶？」

「你媽媽怎麼辦？」

「如果紐約的生意做得下去，我會回來接她。至於你嗎？」文森伸手揉亂尼諾的頭髮。「你繼續認真研究那些法律書本，將來才可以把我從牢裡弄出去。」

但尼諾幾個月前就不去上課。他放棄法律書本，反而研讀反法西斯組織發行的小冊子、私下印行的《團結報》[2]、經由西班牙文、法文、德文轉譯為義大利文的托洛斯基演說。姑且不論他們是社會主義者、共產主義者，或是無政府主義者，聖羅倫佐最稱職的醫師和教師是島上的囚犯。誰能夠像這些革命分子一樣立下榜樣、為他揭示如何成為值得稱許的公民？當他景仰的每個人都是不法之徒，他怎能想像自己可以是個律師？

留在羅馬的左派分子不多，而且圈子似乎愈來愈小。該年秋天尼諾參加的會議裡，大家討論的話題始終繞著西班牙內戰打轉。墨索里尼遣送士兵和物資協助佛朗哥的民族主義者，在此同時，流亡巴黎的反法西斯人士籌組了義大利志願軍，前往西班牙與共和軍並肩作戰。尼諾的幾位同志已經啟程前往巴塞隆納。

「這些共產黨啊，尼諾，他們是白痴，」文森說。「讓他們的頭被轟了？為了什麼？就為了被那些配戴紅星、而不是穿著黑襯衫的政客惡搞？」

「他們想要讓這個世界變得比較像樣。」

---

2 l'Unita，義大利共產黨的官方報紙，一九二四年創刊，其後二度停刊復刊，二〇二三年三度復刊。

「我說過了，他們是白痴。」

「這並不表示他們錯了。」

「拜託你跟我說，你沒有想要加入那些瘋子。」

「說不定我會，」尼諾坦承。他近來一直認真考慮此事，甚至在文森宣布遷往紐約之前就開始盤算，現在似乎更加急迫。他忌妒文森令人興奮的好消息。他不願意當那個被留下的人。

「朱塞佩知道這些嗎？」文森問。「不，他當然不知道，因為他會講跟我一樣的話。我不想重提舊事，但每一個聖羅倫佐的學童都給過你顏色瞧瞧，這幾乎是成長必經的儀式。你不是鬥士。你甚至沒握過槍，是吧？」

「我只想握著相機拍照。」

幾星期之前，他看到一張羅伯特・卡帕[3]的作品，卡帕捕捉了一位共和軍士兵中槍倒下的那一刻，尼諾從未見過如此陰鬱、如此令人不安、如此具有說服力的照片。生平頭一遭，他把相機看成一個器械，而這個器械可將光線轉換為證據。

文森說他太天真，但堅信紀實攝影可以是個解毒劑、藉以抗衡荼毒人心的政治宣傳，這樣叫做天真嗎？

「天啊，你真他媽的瘋了。」

但過了一星期，當文森搭上蒸汽船、航至格陵蘭以南某處，尼諾在供膳寄宿處收到一個包裹。一部三十五毫米的徠卡相機放置在薄薄的棉紙間，羅伯特・卡帕用的就是這款相機。包裹裡沒有字條，也沒有卡片，但不問也知道是誰送的。

可惜尼諾終究去不了西班牙。組織裡一個告密者通報祕密警察，尼諾和其他六人在法國邊境遭到逮捕。主審尼諾案件的特別法庭原本可以把他流放到西西里島，但其中一位法官因為同情這個痴心妄想、斷送了自己前途的年輕人，於是判處他在聖羅倫佐服刑。

✦

朱塞佩每個月到廣場上看著另一批囚犯抵達，囚犯們被銬在一條鐵鍊上，朱塞佩在一長串難掩哀傷的臉孔中看到尼諾，他感到氣餒，但不意外。尼諾的師長們是當權者的公敵，而他是個勤勉的學生。

尼諾返回聖羅倫佐時，朱塞佩已經在布森托河挖掘場工作。在執政官的指揮下，眾人在此著手搜尋阿拉里克王的陵墓和墓裡的寶藏。這份工作相當辛苦，卻是附近報酬最豐厚的差事。他們在地底下建造出一座城市，隧道和洞穴全數以木柱支撐，懸掛其上的鈉氣燈提供照明，規劃是如此繁複、執行是如此無度，導致整個行動不太像是挖掘古墓，反而像是為了下一位君王打造陵寢。挖掘工有天無意間挖到一個亂葬坑，坑內埋了數以千計的骸骨，全都是被迫為阿拉里克王築墓、陵墓完竣之後即遭屠殺的當地人。執政官拍電報給羅馬稟告這個消息。成群野狗闖入挖掘場，其後幾個月，朱塞佩可以聽到野狗欣喜若狂、嘎扎嘎扎地咬嚼屍骨。

墨索里尼始終留意歷史奇觀的政治效力，於是將此事知會納粹政權。柏林的宣傳人員向來習於從混沌不清的迷思中舉例，赫然察覺布森托河畔潛力無窮，畢竟希特勒不就是阿拉里克王再世嗎？他不就是那位殲滅各個帝國、致使歐洲大陸陷入黑暗時代的君王嗎？更何況法西斯和納粹政權已經開始討論軍事聯盟，於是雙方一致同意，挖掘共享的過往或許是個絕佳的宣傳，有助於推銷兩國共創的未來。羅馬一些

3 Robert Capa（一九一三—一九五四），二十世紀最著名的戰地記者之一。

歷史學家對此大表不滿。阿拉里克王荼毒羅馬，沿著半島一路掠殺，導致義大利耗時千年才修復失落的文化。這些關切與擔憂的聲響卻被推到一旁。每一位極權主義者都知道你無法改變未來，只能重寫過去。聖羅倫佐的電報線路滴滴答答響個不停，傳來一個又一個來自羅馬和柏林的消息。一九三八年春天，墨索里尼的爪牙突然來到聖羅倫佐，準備迎接海因里希．希姆萊來訪。

那年春天，文森返回聖羅倫佐接他媽媽前往紐約，他發現這個跟他交情最久的老朋友再次需要他的保護。「你他媽的大白痴，」他親一親尼諾的臉頰，然後一把將他拉到懷裡，朱塞佩從門口看著他們，當年他就是站在這裡，在正午的陽光中脫得只剩內衣褲。「我會把你弄出去，」文森說。「好嗎？我會把你弄出去，我們一起離開這個鬼地方，永遠不要回來。」

尼諾搖搖頭。「沒有人有辦法離開聖羅倫佐。」

「去年我才躲過海關稽查，搬運了十二公噸的違禁品。你覺得我躲不過兩個監獄警衛、搬運一個六十公斤的大白痴？」文森瞄了朱塞佩一眼。「你要不要也一起？」

「要靠罪犯把辯護律師從牢裡弄出去，這個國家真是走回頭路，」朱塞佩說，他搖搖頭，心裡卻想著：我要！我要！是的，我準備好了。從地牢裡被放出來，至今已逾十二年，朱塞佩準備好再試一次。

2.

海因里希．希姆萊抵達的那天，文森用手肘推開皮康尼照相館的大門，把兩罐汽油擱在地上。

朱塞佩一隻指頭擱在嘴唇上示意大家安靜，走向收音機，聽命於心中那個疑神疑鬼的自己，調高收音機的音量。朱塞佩堅信憲兵隊百分之百無能，但他也知道在現今的義大利，沒有任何行業比電話竊聽員更有保障。收音機的訊號在雜音中忽隱忽現。尼諾似乎聽得見無線電波彈跳於周遭的山嶺之間，回聲裊裊，緩緩消逝。

朱塞佩好像開保險箱似地調轉收音機的按鈕，在此同時，尼諾把汽油罐拖進暗房，根據他的盤算，如果民兵剛好上門搜索，汽油罐藏放在一桶桶沖洗照片的化學藥劑之間，比較不容易被發現。過去這三星期，聖羅倫佐準備迎接希姆萊，他們三人準備離開。出城的道路上密布哨站和警犬，民兵嚴加巡邏，每部車輛都得經過搜查才放行。但最近來往車輛太多，愈來愈多車輛被揮手放行，偶爾才有幾部被匆匆搜查。如今民兵已讓所有德國車輛直接通行。文森堅持等到希姆萊抵達時才行動，因為據他推測，當眾人的目光聚焦於黨衛軍身上時，是最佳時機。

文森在櫃檯上攤開一張地圖；各式地形在攀升的山嶺間蜿蜒開展；通往海岸的路徑望似一道灰色的皺紋。他已用星號標出哨站和路障，測量彼此之間的距離，記下換班的時間，提出行動評估。

「你入錯行了，」朱塞佩邊說，邊摸摸他的八字鬍。「你應該是個將軍。」

文森客氣地聳聳肩，但尼諾猜得出來，對一個被貶為心性不定、喜歡幹架、極可能死於意外事故的傢伙而言，朱塞佩的讚譽意義非凡。

之前幾星期，文森推敲出一套他覺得風險最低的計畫，只有把謀殺當正經生意的幫派分子才會覺得這套計畫行得通。今晚他將偷竊一部德國人停在聖羅倫佐憲兵局後面的黑色賓士。明天他將把車交給尼諾和朱塞佩。然後他們說拜拜。若是運氣不差，再加上那兩罐汽油，尼諾和朱塞佩說不定在大家發現他們失去蹤影之前就已抵達那不勒斯。然後他們朝北前進，沿途借住獲釋囚犯們提供的閣樓和空房間，最後徒步溜過法國邊境。在此同時，文森將帶著他媽媽返回紐約。

「希姆萊為我們提供逃亡車輛。」這個點子依然讓朱塞佩感到困惑，卻不失是個妙計。畢竟蓋世太保屬意的黑色賓士，用途就在於三更半夜悄悄架走異議人士。車子的玻璃窗上了色，這是為了希姆萊所設的維安措施。就算朱塞佩和尼諾把蘇聯國旗當作長袍披在身上，哨站的衛兵們依然會揮手放行。

「我數過了，憲兵局後面停了四十二部賓士，除了車牌號碼，每一部都一模一樣。大家要過了好幾天才會發現其中一部不見了。」

「你依然覺得你拿得到鑰匙？」

「啊，這就是計畫最巧妙之處，」文森說，聲音之中洋溢著自信。「你曉得伊莎貝塔．貝利諾的妓院嗎？」

「我或許聽說過。」

文森微微一笑，但沒有繼續追究朱塞佩的抗辯。「過去幾星期，妓院做了不少改進，準備好好招待我們的德國朋友們。今晚她們要幫他們辦個小小的派對。」

「所以呢？」

「所以啊，當司機的褲子擱在地上，你從口袋裡偷東西就容易多了。」

朱塞佩和文森討論種種可能發生的狀況之際，尼諾站在窗邊，偷偷感到窒息。他鬆開他的領帶，卻依然感覺領帶勒住脖子，這才察覺衣領的鈕扣還扣著。二十二歲的他年紀尚輕，不知珍惜他棲附的這副肉身賜予他的悠然自在，等到來日不多，才會垂涎這副肉身的慷慨。年少歲月就像任何豐富的天然資源，只有在被揮霍濫用之後，人們才懂得珍惜，最起碼文森的媽媽康瑟塔如是說。康瑟塔雖然不識字，卻經常以如同格言家的金玉良言點出尼諾的無知，尤其是在她兒子面前，尼諾的無知更是表露無遺。你瞧瞧文森：這小子俯身盯著地圖，一身黑幫西服，輕聲哼唱幾年之後才會在義大利流行的爵士大樂團歌曲，金色的牙籤捕捉到一絲午後的日光。再過九天，他將帶著康瑟塔搭乘哥倫比亞號航往紐約，尼諾和朱塞佩將穿著硬紙板製成的鞋子和塞了報紙的夾克，徒步攀越阿爾卑斯山。他的寬肩撐起他的風衣，風衣的口袋跟鞋袋一樣深，似乎專為美國的豐饒而裁製。以前他沾尼諾的光。現在呢？現在他渾身上下都是光。

犯人們不准用鎖，似乎與拘禁本身自相矛盾。在政治犯的住處，門閂的螺絲釘被鬆開，鑰匙孔被膠水填滿。房門被推開之時，你可能正在洗澡、睡覺，或是計劃逃跑，守衛隨時可能足蹬髒兮兮的靴子走進房裡，有如索取供品般收下你的臣服與恭順。

「點名，」衛兵大聲宣布。

房裡另一頭的朱塞佩冷靜地攤開報紙蓋住地圖。尼諾無精打采地斜靠著牆，一臉漠然，讓人看不出心思。他已經知道如何應付盤查的目光。

「皮康尼、拉嘉納。」衛兵是個臉色蠟黃的彪形大漢，他近視太深，鏡片的度數不夠，瞇著眼睛看著名冊，在兩人的名字旁邊打勾。「女屋主呢？」

「過世了，」朱塞佩說。

尼諾的媽媽已經過世十年，但她的名字依然列在民兵的名冊上，每天被點兩次名，足見行政當局的無能真是歷久不衰。有些時日，尼諾聽到衛兵叫出她的名字才想得起她的模樣，唯有如此，她才繼續活在他的心中。他記得一些最奇怪的事，比方說，她留下咖啡渣幫番茄施肥，她扔掉舊麵包之前先親一下，她把撕成兩截的照片釘在收銀檯後面的軟木板上。有次她走進他的鴿籠，挑了一隻鴿子烤了當作晚餐。「你知道你為什麼到處都看得到鴿子嗎？」她問。「因為牠們什麼都願意吃。」雖然沒有上過學，但她的聰慧卻未因此降格，依然傳授令人難忘的人生課程，尤其是如何永遠離開聖羅倫佐。尼諾想念當兒子的感覺。

自從回到聖羅倫佐，他每隔幾天就造訪康瑟塔，心懷不該期望的期望，奢想她會跟愛她自己的孩兒一樣愛他。他砍柴、打水、提水、幫她寫信給文森。他為康瑟塔書寫那些他自己渴望收到的信函，當康瑟塔口述信函時，他經常想像自己是她的孩子。

衛兵頭一歪，好像聽見尼諾的內心話，朝著那個身穿風衣的陌生人點點頭。「你是誰？」他問。

「我只是個顧客，」文森親和地說。文森當然不可以透露他的姓名，因為他們逃走之後，衛兵的名冊會被詳查，任何跟他們曾有接觸、被登記下來的平民百姓都將涉嫌。

「你的文件呢？」衛兵質問。

「先生，這不太好吧。」

「給我看你的文件。」

「隨你便。」文森朝向手心用力咳嗽，然後掏出他的護照。「只是肺炎，不怎麼嚴重，」他跟衛兵保證。「我已經好多了。」

衛兵往後一退，好像忽然看到細菌在護照上蠕動，然後出於迷信伸手摸一摸雞巴，以示阻擋厄運。他說不定半信半疑，但當地的診所被稱為「停屍間」，其實不無道理，況且一個相信狀況最糟糕的人，十之八九也總是錯不了。

衛兵離開之後，文森從菸灰缸裡拿起尼諾抽剩的香菸，賣弄似地一口氣抽完。

「你決定到了法國之後要做什麼嗎？」他問尼諾。

「我會繼續前往西班牙。『國際縱隊』[4]還在那裡，我想幫他們拍照。」

「你什麼時候變成了一個小頑固？你成績這麼好，為什麼連最簡單的教訓都學不會？」

「說不定你是我學習的對象？」

文森笑著搖搖頭，比劃了一個十字。

「你不應該回來這裡，」朱塞佩警告。他在一張紙片上匆匆寫下時間和地點，塞進文森的風衣口袋。

「我明天跟你在那裡碰面。把車開到那裡。」

「這你拿著。」文森把他的護照推過櫃檯。護照裡夾著哥倫比亞號的船票，他和他媽媽下星期將以這張船票前往紐約。「我今天晚上不想把它帶在身上，以防我萬一被憲兵搜身。」

文森離開時，朱塞佩給他一個先前從布森托河挖到的金幣。文森堅稱他是基於友情出手相助，但朱塞佩知道天下沒有白吃的午餐，聖羅倫佐也不例外。

✦

朱塞佩和尼諾動身前往布森托河之時已近傍晚，夕陽西沉，粉紅色的餘暉漫過皮康尼照相館後面巷弄裡的石牆。

「我們繞過去警察局一趟，」朱塞佩說。「我要去拿信。」

過去這些年來，他已經在信中跟瑪麗亞和安紐麗塔描繪上千次聖羅倫佐。在此地，囚犯們用未來式述說過去。在此地，老人家指指嘴裡的狹縫說，當他們的小孩從美國寄錢回來，他們就會在狹縫裡填滿黃金。在此地，教堂的墓地預留兩個墳位，慵懶的盛夏午後，囚犯們經常拿著報紙爬進墓穴裡避暑。在此地，無花果置放於彈簧床墊上在戶外曝晒，農民們睡在石板地上。在此地，一個害怕染上肺炎的衛兵在雜貨店外拆開蠟紙，拿出包在紙裡的肥皂，好像吃香草冰淇淋般舔拭。

警察局裡一位職員把他那一落捆紮起來、從執政官辦公室取得的信交給朱塞佩，整捆信只是一行一行

---

4 International Brigades，西班牙內戰時期共和政府的軍事組織，由中國、英國、法國、美國的志願兵組成，以對抗西班牙的法西斯勢力。

字句，全是從他最近寫給瑪麗亞的信裡裁剪下來。執政官辦公室的審查人員週週都可能把裁剪下來的字句寄回來給他，他收到的信，其實就是他寄出的信，只不過全是斷簡殘篇。這是另一種形式的懲罰：明知他寫了多少，卻也確知他的妻女只能讀得到多少、他又只能逃得過多少。

尼諾把頭探過他的肩膀。「有沒有什麼有趣的？」

朱塞佩匆匆瀏覽被裁剪的部分，看看執政官究竟刪掉什麼。信件絕大部分都被刪掉，裁剪成一個個整齊的長方形，但「我很快就會見到妳」居然逃過了審查，令他訝異。「有個好消息，」他說，然後把那捆信塞進口袋，留待稍後詳讀。

✦

擴音器喝令聖羅倫佐的民眾和犯人到布森托河畔集合，一起歡迎德國代表團，尼諾跟著朱塞佩走到擁擠的河畔，數百位當地民眾已在河畔等候，人人被迫擺出愛國的模樣，任由淤泥漫過他們的腳踝。祖埤橋上，閃光燈啪啪亮起，嘶嘶熄滅。新聞攝影機轉動，一秒鐘消耗一英尺膠卷。地方政要披戴三色肩帶，望似深以地方為榮，私底下卻渴望被調派到比較不荒僻的市城。

「野蠻人回歸囉，」朱塞佩說。

一個攝影師朝著一部掛著德國國旗的黑色賓士招手，賓士停車，攝影師透過車窗縫隙跟司機耳語，賓士倒車，從燈光比較明亮的那一頭駛向祖埤橋。

尼諾自小在照相館長大，早已明白所謂的客觀是最有效的騙局。攝影機在橋上操作歷史，黨團人士爭著搶鏡頭，他們非但是歷史的見證者，更是歷史的編造者。鏡頭汲取了光，自身也煥發光采。連執政官都擠破頭要沉浸在它的凝視中。

一部部黑色賓士停在橋中央，一位外交部的高官費力地下車，從掛在他胸前的勛章判斷，這人顯然是墨索里尼的親信之一。他的靴子嘎扎嘎扎踏過被丟棄的閃光燈，他的西裝外套被一枚枚顯赫的勛章壓得下垂。他幫貴賓開車門。攝影師必須換底片。外交部高官走回乘客座旁，第二鏡位正式開拍。憲兵隊示意群眾鼓掌。新聞攝影機啟動，精心安排的群眾大會於焉成了歷史史實。

士兵併攏雙腳，卡搭一聲行個軍禮，海因里希·希姆萊緩緩下車，他看起來一點都不像尼諾想像中的惡人，而只是一個矮矮胖胖、一身軍裝、戴著眼罩、看來疲倦的平常人。德意志帝國曾是九頭蛇、女妖、單眼巨人與海怪的國度，那些神話中的怪獸並未死去，尼諾心想，它們只是演化成容易患胃潰瘍的官僚，就像恐龍演化成鴿子。

一道焰火嘶嘶劃破黑夜。火樹銀花伴隨如雷的聲響從天而降。道道焰火一飛衝天，一道道炫光來回穿梭，如繡針般補綴天空。

希姆萊大步走過密密麻麻、舉手行禮的人群，凝神望向布森托河。攝影機緊隨而行。他的身影倒映在六十英尺之下波光粼粼的河水中，有如野蠻人的君王，他高舉手臂，向河面上隱隱晃動的倒影致敬。

✦

一英里之外，文森造訪阿戈斯提諾街上的妓院。妓院的老鴇伊莎貝塔·貝利諾在門口相迎，身上那件真絲洋裝打著漂亮的蝴蝶結，結打得很鬆，一拉就鬆開。文森把風衣遞給她，換來一張衣帽間的收據。

「你來過這裡嗎？」伊莎貝塔問。

其實他十二歲的時候來過。他花了八個月的時間，每個星期六在採石場搬石頭，攢錢支付伊莎貝塔一小時的時段，及至今日，那一小時依然是他生平最划算的投資。

「第一次來，」文森邊說邊把衣帽間收據放進口袋。妓院跟他記憶中完全不一樣。為了迎接德國代表團到來，妓院獲得一筆市府原先為了宣導防治瘧疾撥發的款項。接待室拓寬為沙龍，鋪上金光閃閃的緞面壁紙。摩登的長沙發優雅伸展，望似行走中的灰色獵犬。彩繪的檯燈映照吧檯，燈影在桌面開出一朵朵傘狀的彩花，衣著正經八百的德國人坐在吧檯旁跟從北方帶來這裡的女人們說笑。

文森機靈地走過兩位記者身旁，記者們正在跟三個提洛爾人暢談埃米爾・詹寧斯[5]的為人。他點了一杯利口酒，挑個位子坐下。幾個女人過來搭訕；他客氣地婉拒她們的陪伴。他往後一靠，聆聽電唱機傳送的旋律。男士女士翩然起舞，長筒靴和高跟鞋輕踏凹痕累累的鑲木地板。他媽媽會喜歡布魯克林嗎？文森希望她會。他小時候給她惹了好多麻煩，他希望他終於可以帶給她些許安樂。他跟她提起他的新公寓，裝潢很漂亮，有四個房間，離教堂一條街，她早上可以步行過去望彌撒。她聽了之後說：「四個房間？我們幹嘛需要四個房間？我怎麼打掃才可以保持乾淨？」「媽，妳不必打掃，家裡有個波蘭女孩。」「我該拿一個波蘭女孩怎麼辦？」「她撣灰塵的時候，妳坐在沙發上打盹就行了。」他媽媽聽了之後覺得還不錯。喔，她覺得好極了。但文森擔心她能否挺得過下星期的航程，即使他所知的堅忍毅力都是從她身上學來的。

夜色愈來愈深，男男女女各自配對，慢慢走向臥室。文森四下環顧，探尋妓院的老鴇，心中莫名其妙地升起一股他誤以為是慾望的渴慕。

伊莎貝塔坐在吧檯旁，戴著一副龜殼框的老花眼鏡核對今晚的進帳。

「妳今晚沒空吧，」他問。不管先前吹噓自己多麼勇敢，勇氣已經離他而去，他又是個緊張慌亂、急需專人指點的少年。

她一隻手搭在臂部，往後一靠做做樣子，上下打量他。然後她揮揮手，文森看到一只閃閃發光的婚戒。

「算我沒福氣，」他說。「請留步，別送了。」

但他反而逕自冒險上樓。聖羅倫佐的住家全都不准上鎖，妓院也不例外。他沿著走道往前走，厚重的地毯搗蓋了他的腳步聲。他悄悄推開幾扇門，直到他看見一件燙得平整、對摺鋪放在扶手椅上、隨手即可拿取的長褲。房間另一頭的床上，長褲主人的屁股像活塞般一上一下，以德國著稱的規律與精準不停抽動。文森匆匆搜尋長褲口袋，但他忽略了兩件事。其一，床頭板上方裝了一面鏡子，方便顧客們觀看自己的表現。其二，德國人把手槍帶上床。文森蹲在地上，摸到了冷冰冰、叮叮響的車鑰匙。當他抬頭一看，德國人也正低頭看著他，全身上下僅著一把魯格槍。他的女伴在床上看望，目光敏銳冷然。

文森聽不懂德國人究竟狂喊什麼，但大意卻是八九不離十。他應該扔下鑰匙、一步一步退出房間，但文森從不理會權威或是命令，這點他的師長們皆可證實。他用肩膀撞門，五十磅重的木門狠狠擊中德國人，德國人被打得摔到地上。文森拔腿飛奔。走道的地毯踩踏在他腳下，步步沉重。樓梯一階階地消失。他衝進暗夜之中。他全力奔跑，雙腳有如自由落體般落地，鞋帶拂過路面的碎石。煙火在上空綻放，他跑了三條街，才放慢速度喘口氣。他雙手插進口袋裡，在冷冽的夜風中顫抖。他的風衣依然在衣帽間。五分鐘之後，他到達憲兵局後面的停車場，停車場上，幾十輛黑色賓士排成兩列，整整齊齊並排停放。他走向第一列的盡頭，試著用鑰匙打開駕駛座的車門。在傾瀉而下的煙火中，他沒有聽到有人光腳踏過碎石而來。他沒有聽到槍響。赤身露體的德國人從屍體鬆開的手中抓起他的鑰匙，走回妓院拿他的衣服。煙火盈

5 Emil Jannings（一八八四—一九五〇），德國影星，默片時代的巨星，亦是第一屆奧斯卡影帝得主，二次大戰之時熱衷參與納粹宣傳電影，戰後影藝事業失意，寂寥而終。

滿文森空洞的雙眼，有如熔融的星點，而在繁星點點的天國中，地上這具屍體，不過是個註腳。

小時候，當他和尼諾夏天傍晚在河裡游泳，文森的媽媽會讓油燈在窗邊燒著，好讓他們在黑暗中找得到回家的路。他們會在他家外面等一等，讓微風吹乾他們的身子，靜候聖羅倫佐蒙上夜色。他們會聽著水生昆蟲嘰嘰喳喳、山間狼群長嚎怒吼、來往旅人走走停停。門在那裡，沒有上鎖。文森轉身看著他的朋友，知道他必須獨自穿越這扇門。只需一推，他就會在那處。他想要在這個不可思議的世間多待一會兒，聆聽種種旋律，但他應該進屋，因為他媽媽想要確保兒子在油燈燃盡之前回到家。

3.

當洛可・費南度探長果真作了夢，他夢見紙張：成疊紙張被風吹得飄過他的夢鄉，嶄新的白紙如同風暴般飄過，等著他給予意義和指令。自從高層主管們察覺費南度是聖羅倫佐唯一善於拼字和文法的警官，他就被派去坐辦公桌。警方文件全都由他經手。文書事務是他的使命。如果他在追求正義之時發揮創意，比方說這裡漏寫一些證據、那裡捏造一些事實，這也是因為依他之見，虛構的警方報告最有辦法伸張正義。

在夢裡，他沿著布森托河追逐隨風飄揚的紙張，正要伸手抓取，電話就響了。他猛然坐起，一頭撞上牢房小床的上鋪。他把話筒貼在耳邊，卻只感覺疼痛透過額頭的凹縫滲入意識，瞬即唉唉叫痛。電話在遠遠的一端繼續鈴鈴響，費南度這才察覺他貼在耳邊的不是話筒，而是他的鞋子，而且鞋子似乎先前踩到了什麼東西。

有些早上甚至比這更糟，比方說上星期的一個早上，他的貓把他的家燒光光——一根沒人看管的香菸，加上一隻好奇的貓咪，結果可想而知。由於希姆萊的來訪，方圓幾英里之內都找不到空房，這就是為什麼洛可·費南度探長在牢房裡醒來，拼命擦拭沾黏在耳朵上的鬼東西。

電話在另一個房間裡繼續鈴鈴響。費南度起床，走過水泥地，拿起監獄的鑰匙——近來他漸漸把這副鑰匙視為家裡的鑰匙，想來有點憂心——從鐵條欄杆裡把手伸出去，打開牢房的門鎖。

當他終於接聽，電話在他辦公室裡已經響了四、五十聲。

「我以為你又被鎖了起來，」他的警佐吉歐凡尼·貝利諾在電話另一端說，聽來頗為愉悅，甚至幸災樂禍，簡直等同違逆上級，但費南度不跟他計較，貝利諾是個野心勃勃的年輕警官，但在命運、天主、官僚體系的驅使下，不得不在一個戴著眼鏡、專管文書的熱那亞人手下工作，而這個熱那亞人從未經手任何刑案，頂多被指派調查哪個人當街便溺。但貝利諾只需再當十二到十八個月的副手，因為醫生在費南度的肺部X光片發現黑點，跟他說了這個時限。

「你順路去一趟執政官的辦公室，看看他今天需要我們做些什麼，」費南度說。他拉開窗簾，陽光如同檸檬氣泡酒般炫目，讓他眉頭一皺。「當心一點，知道嗎？外交部一半的官員都跟著希姆萊從羅馬前來，這些混帳讓大家忙昏了頭。」

貝利諾承諾從執政官的辦公室打電話給他。費南度把話筒掛回話機上，準備開始他的一天，他的貓——亦即他的室友、知交，以及唯一的朋友——神情睥睨地看著他。

「別這樣看我，」費南度跟貓說。「都是因為你，我們才會陷入這團混亂。我只不過轉開身子一分鐘，你就做出什麼好事？你讓整棟屋子著了火。」貓咪悄悄走過來，毛茸茸的尾巴繞住費南度的腳踝。

「你別擺出無辜的模樣。我是洛可·費南度探長，竊賊盜匪一聽到我的名字就——」，貓咪把頭靠在他的腳踝上磨蹭，「好吧、好吧，我也愛你。」

刮了臉、穿好衣服之後，他從堆疊在檔案櫃旁的幾十本書抓了一本。除了他的貓，他從大火中只搶救了這些書。在出現在泛黃書頁之間的各個偵探裡，他最喜歡的當然是福爾摩斯。福爾摩斯是左撇子的伽利略，他以放大鏡取代望遠鏡，著眼於近端的一片漆黑，試圖洞悉其中的秩序。在他的伴隨下，費南度可以想像自己置身一個不同的世界，在那個世界裡，探長得以重建正義公理，而非不公不義的始作俑者。如今他的生命再過十二到十八個月就劃下句點，他也就放任自己沉醉於想像之中，讓自己相信那個世界確實存在。

雖然他發揮創意撰寫的警方報告深得上級稱許，但在他的部屬眼中，洛可・費南度是個跳梁小丑，除非借助捏造的證據和無中生有的證人，否則連最簡單的案件都無法偵破。執政官偶爾會請他記載當地仕紳的情色奇遇——即使他需要一張尺寸驚人的貝葉掛毯才有辦法一一記載——或是調查政治人物的公開告發，目的不外乎是翻舊帳、打發情敵、摧毀競爭對手，理由林林總總，都稱不上挑戰體制。但老實說，費南度不想離開辦公桌。雖然他的警佐視他為一個可悲的小公務員，能處理公文就心花怒放，但費南度知道自己有多少能耐，多少慶幸自己擁有一份沒什麼本事也做得來的工作。

在警察局的廚房裡，他幫自己拿了一條風乾的臘腸、幫貓拿了一個水煮的魚頭。貝利諾再次來電。

「我在執政官的辦公室，我有好消息和壞消息跟你說，」貝利諾告訴他。「好消息是，警方發現一具屍體，而且你絕對猜不到在哪裡。」

「哪裡？」

「憲兵隊。」

費南度忍不住大笑。「老天爺啊，憲兵隊又讓自己被榮光籠罩。死者是他們自己人嗎？」自從獲知病情後，他頭一次感到輕快開朗，心中微微一震。地方警察跟憲兵隊是死對頭，雙方都把時間花在破壞彼此辦案，而非專注於自己的案件。

「壞消息是，打電話報警的傢伙說不是。死者似乎是個偷車賊，試圖偷竊德國人車輛的時候被槍殺。」

「好吧，我開始準備文件，你順便問一問寇索利督察長需不需要幫忙。我來看看我們能不能把這樁謀殺案歸咎於憲兵隊。」

「長官，你花太多時間打字，」貝利諾說。「我一直跟你說你看那些小小的字會看到瞎眼。」

「而我一直跟你說你是個大白痴。」費南度注意到貓已經吃了他的臘腸，把水煮魚頭留給他。你把畢生最美好的歲月給貓，而付出心力得到什麼回報？睡在牢房的小床，額頭裂了一條縫，吃水煮魚頭當早點。

「我的意思是，你絕對看不到一個不識字的人必須戴眼鏡，」貝利諾嘆口氣。「長官，我知道這聽起來沒什麼道理，但執政官希望你去一趟犯罪現場。」

寇索利督察長不但官階高他一等，其他方面也都在他之上。重大刑案全由寇索利負責，每次商請費南度支援，他總是指派那些有失身分的差事，比方說幫他撐傘、幫他拿點心、或是清理他家小狗的大便。

「今天督察長打算怎麼羞辱我？」

「你沒有聽說嗎？督察長因為葛雷科那樁案子前往那不勒斯。執政官說這個案子……嗯，老天保佑，由你負責。」

貝利諾肯定搞錯了。費南度的紀錄不言自明。「什麼叫做『由我負責』？」

「我的意思是說，執政官親自下令由你主導辦案。」

就憑著這句話，聖羅倫佐諸位殺人犯的黃金時代於焉登場。

費南度一邊在手帕裡吐了一茶匙的痰，一邊用肩膀推開憲兵局的大門。

「你看吧，書看得太多，對你的身體不好，」貝利諾警佐評論。費南度繼續咳出一團團顏色有如內臟的濃痰。「喂，長官，你還好嗎？」

「我沒事，」費南度撒了謊。「只是春天的小感冒。」

貝利諾點點頭，悄悄把他胸前口袋裡的袋巾塞得更深一點。貝利諾身穿時髦的方格布襯衫、配戴銀袖扣、足蹬漆皮雕花鞋，優雅英挺，恰如其名[6]。他在頸間抹上薰衣草精油、在西裝翻領別上鮮花，左頰隱隱可見一道道紅印，好像有人在他趕著出門時匆匆印上一吻。貝利諾沒辦法跟你說何謂十誡，或是七宗罪，但他可以覆誦裁縫幫他縫製新西裝所需的十八個尺寸碼。他是方圓一百英里衣著最體面的男人，而他卻為一個全身都是貓毛的傢伙工作。

等到他喘得過氣，費南度環顧空蕩的憲兵局。通緝要犯的照片副本貼在牆上，與墨索里尼的肖像和美豔女星桃麗絲．杜蘭蒂[7]和克拉拉．卡拉梅[8]的海報共享牆面，即使憲兵隊不以勤奮著稱，但他以為週間早上十點半局裡最起碼有些動靜。「大家都到哪裡去了？」

「任何一個可能的目擊者都剛好在我抵達之前的幾分鐘被調派出去，」貝利諾說。

這倒是一點都不驚奇。就連少數廉潔正直的憲兵都拒絕跟地方警察合作；費南度將之歸諸於地方文化的向心力。協助探長辦案，等於是承認探長維護的地方律法，在此同時，本地人自古就將中央律法及中央指派的憲兵隊視為難以洞悉的惡勢力，就像地震和傳染病，令人厭惡，卻也無法擺脫，只能無奈地默默接受。根據費南度的觀察，這就是為什麼農民們和政治犯能夠發展出特殊的友誼，這兩群人在任何方面都不一樣，卻像熬過同一場災禍的倖存者般接受彼此。

「那是什麼？」貝利諾邊問邊朝著費南度手裡的紙張點頭，紙上列出八十幾個德國人的姓名，一個比一個更難發音。

「聖羅倫佐的每一個德國人，」費南度說。「九個叫做漢姆特。」

「難怪他們是個非常好戰的民族[9]，」貝利諾說。「如果我叫做漢姆特，我八成也會是個好戰的混蛋，但我不是。長官，我可是有點帥氣。」

屍體躺臥在憲兵局後面的停車場，寸草不生的停車場還停了幾十部黑色賓士。從剪裁得宜的西裝和髮型研判，死者應該不是本地人，但他的皮膚卻是百分之百南義人的膚色，費南度直覺地檢查他的脈搏，即使橫布在碎石地上的腦漿和血肉明確顯示死者已去世幾小時。蚊蠅在一灘灘血水上空飛舞，還有幾隻繞著胸前、胃部、臀部的彈孔嗡嗡叫。費南度心想，若是沒有這四顆子彈，這人肯定會比他多活五十年，而他居然會羨慕一具屍體比他長命，想來令人憂心。

「一套這樣的西裝碰上這種狀況，真是可惜，」貝利諾說。「你瞧瞧那個優美的粉筆條紋。你知道嗎？長官，粉筆條紋顯瘦，這個花樣很適合你。」

「你覺得他是不是囚犯？」費南度猜想。

「如果監獄裡有人點名沒到，我們應該已經聽說。」

---

6 貝利諾的原文是「Bellino」，在義大利文裡，這個字的意思是美麗、華貴。

7 Doris Duranti（一九一七—一九九五），義大利女星。

8 Clara Calamai（一九〇九—一九九八），義大利女星。

9 漢姆特的原文是「Helmut」，在德文裡，這個字的意思是鬥志、好戰、戰場。

費南度走向貝利諾的車子，拿著望似手風琴的相機走回來，準備拍攝案發現場。他解開死者的西裝鈕扣，翻翻各個口袋。貝利諾已經私自收取死者皮夾裡的物品，當作是對自己的酬賞，但他沒動長褲左口袋裡的金幣和衣帽間收據。死者身上沒有證件。姓名不可查。

費南度幫死者扣好鈕扣、拉直領帶、雙手交疊擱在胸前。

貝利諾皺眉。「你在幹嘛？」

「拍照的時候，一個人應該看起來很體面。你不就經常跟我這麼說嗎？」

「嗯，沒錯，但是，長官，這是案發現場的照片。」

「這不是藉口。」費南度幫死者拉直領帶，卻不知道他的姓名，似乎不太應該。這是他頭一次偵辦凶殺案——老實說，這是他頭一次偵辦任何案件——但他已經見證死亡讓你淪為一個令人不敢恭維的研究對象，你的遺體被陌生人剝光了衣服，被一個上完廁所不洗手的法醫解剖。但姓名是你的表徵，宣告你是一個獨特的個體。你不再只是一具無名的屍體。費南度最起碼必須知道死者姓名。

不消說，米歇逃過這些最終的屈辱。費南度買了一艘小艇，花了幾星期在布森托河打撈，但河水已將米歇完全吞噬。米歇變成一個沒有遺體的名字，此時此刻，費南度站在一具沒有名字的遺體前，感覺汗水刺痛他的額頭，心中也興起一股無名的騷動。

「讓我看看衣帽間的收據，」貝利諾說。費南度把證物袋遞過去，貝利諾默默過濾他經常光顧的妓院、酒館、賭館等藏汙納垢的處所之際，費南度一語不發，靜靜等候。

「伊莎貝塔，」貝利諾說，神情有點怪異。「她是阿戈斯提諾街那家妓院的老鴇。」

「妓院居然有個衣帽間。」費南度想不通這個世界變成什麼模樣。他站起來，撢撢膝蓋上的泥土，逕自拿起貝利諾的帽子遮住死者的臉。毛帽一碰到屍體，他那位始終面帶微笑的警佐馬上嘴角下垂。「嗯，好吧，我們到哪裡找線索？」費南度問貝利諾。貝利諾輕蔑地搖頭。費南度曾經協助寇索利督察長辦案——所謂的「協助」，通常只是幫督察長去洗衣店拿衣服——但若是願意對自己說實話，他會坦承他僅知的辦案技巧來自閱讀福爾摩斯。問題是福爾摩斯生活在一個事事用邏輯解釋得通的宇宙。很不幸地，費南度生活在聖羅倫佐。

他們在枯黃的草叢間搜尋，找到四個九毫米子彈的彈殼，每個彈殼都蝕刻著兩個費南度不想看到的字母：DR。

「Deutsches Reich[10]，」他說。「希姆萊隨行人員攜帶什麼武器？」

「九毫米魯格手槍。」

費南度咒罵。不說也知道，若是沒有得到執政官的許可，他們絕不可能訊問來訪的德國人。這下他們處於什麼狀況？滿街都是可能的凶手，一具無名的屍體。

貝利諾最後再看一眼案發現場。「我敢說凶手叫做漢姆特。」

✦

執政官多明尼戈·加洛精瘦，穿著合身的黑色制服，渾身刮鬍皂的香味，拿著獾毛刷在頸間橫豎塗上香味濃郁的泡沫。

「你要不要吃酥皮捲？」他問。「我自己烤的。」

甜滋滋的酥皮捲擱在昨天的《義大利人民報》上。貝利諾不客氣，自己動手拿了一塊。費南度克制

---

10 德意志國。

地婉謝。根據鄉野傳說，執政官對廚藝的熱愛始自戰俘營，在營中，他靠著雪水、靴子的皮革、結了冰的獸肉、一個來自普利亞的二等兵活了下來——二等兵運氣差，抽到最短的稻草，祭了眾人的五臟廟。這些當然都是道聽塗說，但依然讓人食慾不振。

「真好吃，」貝利諾說。桌上的電風扇轉來轉去，糖粉被吹得飄過他的胸前。

「這是唐娜．希姆萊的食譜。我聽說她把麵團擀得極薄，隔著麵團都可以讀勒索信。」

「她廚房裡有很多封勒索信嗎？」貝利諾問。

「她烘烤酥皮捲的時候就有。」

執政官的卡拉布里亞口音夾帶著一絲威嚇，而威嚇才是他真正的母語。自聖羅倫佐到雷焦的公職人員皆以權謀術士般的嚴謹解析他的執法，網羅其間種種意涵，用來譴責或是推崇他，但你必須精通反社會人格和馬基維利學，才有辦法解讀這個人。多明尼戈．加洛出生於聖羅倫佐，據說他辭謝部長級的職位，留在這個荒鄉僻野擔任執政官，以官僚作風展現他的憤世嫉俗。他冷酷無情，變化無常，閒暇時以審查政治犯的信件自娛，囚犯的拘禁區和布森托河的挖掘行動都由他一手籌策，或說最起碼他極力給人這樣的印象。但費南度知道加洛不同於其他執掌南義各大都城的黑衫軍執政官，他的動力不是來自貪婪，而是建立在對家鄉的忠誠，一心想要改善居民們的生活。正因如此，他遠比費南度可鄙，也遠比費南度崇高。

「你告訴我，你的同事是個笨蛋嗎？」執政官聽了貝利諾稱讚德國人制服的剪裁之後提問。

「他只是不愛說話，」貝利諾說。

「我在問他，不是問你。」

貝利諾的嘴角像是傾盆大雨中的帽緣般下垂。費南度趕緊奪下話權，以免他的警佐多嘴惹禍上身。貝利諾動手再拿一塊酥皮捲，找個藉口走了出去。

執政官放下手中的直刃刮鬍刀，從口袋裡摸出金幣。「考古學者們跟我說，你從死者身上取得的金幣是西元四世紀末的古錢，約莫是羅馬帝國滅亡之前。」他在小毛巾上擦一擦沾滿泡沫的刮鬍刀，在臉頰刷上更多泡沫。「我從小到大聽了許多阿拉里克王的故事，他們說第二神殿的大燭臺、波斯金幣、古希臘雕像等掠奪自羅馬帝國的寶藏，全都埋在布森托河的河床裡，這些是說給小孩和笨蛋聽的故事，」——他望著貝利諾先前坐過的椅子——「我不會相信這種事情。」

這番話引起費南度的注意。持續進行的挖掘行動規模浩大，隧道與洞穴緊緊相連，一如地面上的市鎮。如果地底下什麼都沒有，何必耗費可觀的人力與資源？

「我們在隧道裡挖掘的是未來，」加洛說。「在那些德國野蠻人裡，我唯一感興趣的是希姆萊，坦白跟你說，我覺得他是那種未開化的粗人，偏偏這種人就會仰慕阿拉里克王的屠殺和洗劫。如果——如果——我可以說服他讓德國參與挖掘，我就可以跟上級說德國人進駐聖羅倫佐，藉此對羅馬當局施壓，讓他們投資老早就該投資的公共建設，比方說造橋鋪路、改善下水道、興建一座不單只是停放屍體的醫院，若是想讓希姆萊那夥人在聖羅倫佐住得舒服，羅馬當局就得讓我們也住得舒服。簡而言之，調查哪個人給了死者這枚金幣時，我希望你限定你的調查範圍。說不定你會發現更多金幣。我們可以把金幣埋在隧道裡，明天希姆萊來訪時挖出來，打動這些巴伐利亞野蠻人花不了太多功夫。」

「凶手呢？」

「我不希望抓到凶手。這就是為什麼我把案子交給你。寇索利督察長那個乖乖牌肯定堅持把凶手緝捕到案。」

「你的意思是？」

「指控我們的賓客是殺人犯形同潑冷水，只會削弱彼此的默契與利益。我看過你的警察報告，每一篇都非常可信。你擅長竄改官方報告，這樣的天賦派得上用場，讓此事不動聲色、不留痕跡地落幕。」

✦

阿戈斯提諾街的妓院是聖羅倫佐領有執照、接受當局管理的三家妓院之一。每隔一週就有一批新來的小姐，確保妓院裡有些新面孔，而地方上搞婚外情的男士們始終殷切企盼，一如期待莊嚴肅穆的聖禮。當局設下繁瑣嚴苛的配額——八個金髮女郎，八個黑髮女郎，紅髮女郎免談，法國女郎多多益善——望似選擇無窮，實則大同小異，縱情聲色的男士們趨之若鶩，費南度卻不明白為什麼。

費南度從未在不執勤之時造訪城裡的妓院。這些場所為了絕望沮喪的人們而設，裝潢擺設給人一種富裕的假象，雇用的小姐都是家裡只供得起一份嫁妝的次女，嚴重觸犯他的道德觀。除了囚犯們，地方上精力充沛到經常造訪妓院的男人為數不多，兩部電梯就裝得滿。但他們鴻運當頭，每隔一週就有新來的小姐為伴，而那些掙錢繳稅、保持妓院營運的女孩們沒有醫療保險、沒有像樣的住所、沒有機會受教育、沒有穩定可靠的工作，除了廣播稱頌她們無畏與堅忍，當局什麼都沒給。

伊莎貝塔有兩扇門：單身男子由前門進出，已婚男子由後門進出。既然是公事，於是費南度和貝利諾走向前門。貝利諾打個噴嚏；除了今早的諸多事端，他還對費南度的貓過敏。

「你跟妓院的老鴇有些瓜葛？」費南度問。

「我們像是希臘和特洛伊，」他的警佐坦承，擦了擦鼻子。與其說貝利諾顧家，不如說他不只照顧一個家，他一邊敲門、一邊看著手上的婚戒。「我們……嗯……應該算是夫妻。」

「是喔。」

「自從她發現我跟另一家妓院的老鴇搞外遇，我們的關係就不是很好。」

費南度毫不意外。

伊莎貝塔一臉倨傲地倚著門框，她足蹬三吋高跟鞋、穿著絲襪、領口低得讓人看了忍不住吹口哨、右手好像握著斧頭般緊抓一個粗重的鐵十字架，她透過十字架緊盯貝利諾的太陽穴，似乎正在盤算用十字架打人會不會褻瀆天父。

「我們為了公事而來，」貝利諾說，他悄悄走遠一點，跟她手中的十字架保持距離。

伊莎貝塔的右眉一揚，以示懷疑。

「親愛的，拜託喔，我們只是想要問幾個問題。妳不是……不舒服吧？」

伊莎貝塔高舉十字架。「我只是在禱告。」

「就妳一個人？」

「我和聖靈，」伊莎貝塔說。當貝利諾靠得夠近，她揮動十字架，朝著他的太陽穴重重一敲，然後心滿意足地把十字架插進絲綢長袍的口袋，嘴角微微一揚，彷彿稱許自己幹得好。

「你可以進來，」她跟費南度說。她最後再瞪貝利諾一眼，補了一句：「前提是你離開的時候把這個垃圾帶走。」

伊莎貝塔從吧檯後面的冰櫃裡拿出一塊豬肉，啪地貼在貝利諾被十字架擊中的傷口。

「把肉貼在傷口上。這樣你的手就有的忙，不會不老實。」她把貝利諾帽子凹下去的地方推平，扔到桌上。他們坐下。貝利諾一手拿著里肌肉貼在額頭，一手把衣帽間的收據遞過去。「我們在找這件大衣，」他說。

「他們把大案子全都交給你們喔？」

貝利諾眼睛一亮，彷彿認可她聲調中的挑逗，然後色瞇瞇地看著她，以示回應她的調情。他朝著她伸出一隻手。「沒錯。當心喔，不然我下次就會逮到妳。」

伊莎貝塔把菸灰彈在他的掌心。「你哪知道從哪裡下手。」

貝利諾往前一靠。「我會先把妳銬起來。」

她也往前一靠。「然後呢？」

「然後搜身，看看哪裡有指紋。」

伊莎貝塔撩撥貝利諾，雙腳在桌子底下磨蹭他的雙腿，好像踩踏管風琴的踏板。費南度移開目光。

伊莎貝塔拿著一件風衣走回來，風衣尺寸超大，專為強調寬肩、遮掩小腹剪裁，費南度穿上風衣，襯衫的袖子滑過絲綢襯裡的袖孔。在童心的驅使下，他踮起腳尖轉個圈，風衣的下襬繞著他的膝蓋飛揚。

「嗯，那件大衣？」

「我看起來如何？」

「依我專業之見，」伊莎貝塔說，「你看起來像個混蛋。」

費南度拍拍風衣口袋，摸到兩支還沒抽的雪茄、幾張捏成一團的收據、一張紙片，紙片上草草寫著地點（維托里奧．維內托廣場公車站）、日期（今天）、時間（下午七點）。

伊莎貝塔看到費南度西裝口袋裡塞著一本書，她自己動手把書拿過去，翻到目錄頁。

「《福爾摩斯回憶錄》，」她唸道。她看看費南度，低頭看看書，再抬頭看看他。她草草翻閱各個故事，看到費南度的批註和劃線的章節，這位探長顯然試圖從福爾摩斯的案件學幾招，她搖搖頭，看來真心同情這兩個人。她說：「難怪他們把大案子全都交給你們。兩個想要成為福爾摩斯的華生。這是什麼跟什麼？」

貝利諾摸摸太陽穴，痛得皺眉。「這本很悲傷。書裡最後福爾摩斯從瀑布上縱身一跳，結果……噗啪！」

「福爾摩斯其實沒死，」費南度說，難掩聲調中的賣弄。「他想要躲避他的死對頭莫里亞蒂教授，但莫里亞蒂始終如影隨形地跟著他，一路追到底。福爾摩斯在萊辛巴赫瀑布跟他槓上，兩人扭打，不相上下。福爾摩斯只能靠著犧牲自己來打敗他，他們兩人都從瀑布上墜落，溺斃在水裡。多年以來，華生、倫敦警務廳、福爾摩斯的每個讀者全都相信福爾摩斯死了。但他沒死，唯一知道他還活著的是他的作者亞瑟·柯南·道爾。」

這個故事為什麼觸動他的心弦，理由昭然若揭，連像他這麼一個欠缺自知之明的中年文書職員都看得出來。幸好沒有人在聽他講話，費南度鬆了一口氣。貝利諾愛撫伊莎貝塔的大腿，好像在她的大腿上印手印。她從他臉上扯下結了冰的里肌肉，放緩她的聲調，聽來像是躁動的呢喃，好像在一個傢伙的耳邊悄悄傳遞重要情報，他不禁睜大雙眼。

「妳會是一個最美麗的寡婦，」貝利諾說。

伊莎貝塔勾起手指如扳機，作勢把貝利諾的心轟個大洞。

當他們回到車上，天空的雲朵已經布上墨灰的紋理。

「我忘了拿我的帽子，」貝利諾說。

「你的帽子戴在頭上，」費南度說。

「喔，我的皮夾。我忘了拿我的皮夾。嗯，你何不把案發現場的照片拿去皮康尼照相館沖洗？我跟你在局裡碰面。」貝利諾的臉頰紅通通，領帶歪了一邊，頭髮被伊莎貝塔揉得亂糟糟，眼神中流露出隨風飛揚、無拘無束的驚嘆，匆匆忙忙走回妓院，一隻手依然按著他老婆曾作勢在他胸前轟出的大洞。

市警局寧可一筆一筆花掉大把金錢，而不願以適度的經費設立自己的暗房，多年以來，案發現場的照片和嫌犯的大頭照都交由皮康尼照相館沖洗。費南度始終很喜歡皮康尼家的男孩。這事可得從他被流放到聖羅倫佐的童年好友米歇說起，米歇投河自盡之後，費南度在布森托河打撈了幾星期，結果依然徒勞無功，後來他把小艇停放在米歇投河的那座橋下，尼諾問說可不可以借用，費南度覺得應該不會有問題，所以說好。後來出了意外，他過了好幾個月才得知此事，但他想到這個男孩從米歇溺斃的河裡復活，心中依然充滿對尼諾的溫情。

當費南度走進照相館，尼諾擱下《基度山恩仇記》說：「我不知道你今天需要洗照片。」

「我也不知道，但這個可憐的混帳絕對不知道自己會變成你的生意。」費南度把底片遞過去。「謀殺案。」

「嗯，寇索利督察長請病假嗎？」

費南度決定忽略充斥於尼諾口氣中的諷刺。大多時日，他僅靠著選擇性聆聽維持他的自尊。他心想，如果他任職於一個真正的極權國家，非得藉由聆聽監控民眾，不知道是什麼感覺？他無法想像。

「不關你的事。謀殺案可不是開玩笑，一個敏感的大學男孩可承受不起？」

一聽到費南度提及大學，尼諾的眼神變得陰鬱。費南度知道個大概：政治犯朱塞佩．拉嘉納幫尼諾爭取到獎學金，讓他前往羅馬攻讀法律，而尼諾北上就學在當地可是一件值得驕傲的大事。眾多受過教育、家境富裕的北方佬遷入聖羅倫佐，尼諾．皮康尼是少數能向那些北方佬宣示他跟他們享有同樣權利的本地人，所以大家都不明白他為什麼自甘斷送前途、試圖前往西班牙拍攝那些自相殘殺的粗人。他想去哪裡都行。但你瞧瞧，這會兒他卻回到原點。

「你什麼時候需要照片？」尼諾邊問邊寫張收據。

「愈快愈好。」

「明天可以拿。」

費南度把收據放進口袋，站在門口回頭一看。「你昨天晚上有沒有去參加慶典？」

「你沒去？」

「位階夠高就不必去，」費南度說。「希姆萊長相如何？」

尼諾慎選形容詞。「不討喜。」

「大多數殺人犯長相都不討喜。」

當費南度回到局裡，他的貓在門口相迎，尾巴興奮地顫動。「老兄，我知道。」他摸摸貓的肚子，貓開心地呼嚕。「我也想你。」貓跟著費南度走到他桌邊，跳到他膝上。費南度攤開他從死者風衣口袋裡掏出的紙片：維托里奧・維內托廣場公車站，下午七點。

費南度決定過去看看死者到底打算跟誰碰面。或許正是給他金幣的那個傢伙。

4.

挖掘場蒙上煙火的炮灰，厚厚一層，有如灰白的皮屑，朱塞佩一路踢著炮灰走到工具棚，在棚裡簽名登記，從衛兵手中領取鐵鏟和十字鎬，衛兵出生於西西里，無論性情還是嘴唇上那撮小鬍子在在顯示他是不折不扣的西西里人。衛兵把工具遞給朱塞佩，朱塞佩循著原路往回走，一路走到挖掘場入口，他跟渾身汙泥、走出隧道的夜班挖掘工點頭打招呼，他們大多是當地的農民，有男有女，人人都已習慣了翻鬆石塊、犁耕瘠地的挫折感。

他搖搖晃晃地走過木頭跳板，踏入黑暗之中。他一步一步往下走，空氣漸漸凝滯，感覺冰冷。木頭支柱撐起隧道的土牆，大地覆蓋其上，望若拱頂。朱塞佩彎著身子往前走，彎到後來脊椎骨幾乎脫臼。釘在梁杆上的鈉燈為他照路。

對挖掘工而言，隧道無止無盡，沒有特點，也沒有目的。一位曾是考古系教授的囚犯指出，轟炸基岩、開鑿隧道將會摧毀執政官所要尋找的陵墓，這人後來被移送到蘭佩杜薩島[11]，朱塞佩才恍然大悟，就連發起這個龐大挖掘行動的主事者都不相信阿拉里克王的傳說。行動的規模，資源的調度，堅忍的奇觀，這才是挖掘工在那些地底通道中挖到的一切。這樣的規模促使商品的開挖變成商品本身。

他把十字鎬和鐵鏟扔進礦車，車輪嘰嘰嘎嘎輾過生鏽的車軌。隧道一再分岔，當他抵達隧道盡頭，他伸手鬆開鈉燈的螺絲，站在全然的黑暗中揮動手中的十字鎬。只有在黑暗之中，他才感覺得到他該朝向哪裡挖掘。

傍晚時分，朱塞佩回到皮康尼照相館，上樓走向這十二年來夜宿的房間。今後他再也不會在此過夜。今晚七點，朱塞佩將在維托里奧・維內托廣場取得賓士，到了午夜，他和尼諾將已駛過出城的最後一個路障。到了早晨，他們將已開到那不勒斯北境。到了下星期，他們將已抵達法國邊境。不到一個月，朱塞佩將會在巴黎、尼諾將會在西班牙、文森和他媽媽將會在布魯克林，不管實際距離如何，朱塞佩知道從巴黎到洛杉磯，總比從聖羅倫佐到洛杉磯近多了。或許年底之前，他就可以與瑪麗亞和安紐麗塔相聚？他想像他的妻女生活在豐饒富裕的加州。她們會怎樣看待他？一個長褲磨得破破爛爛的陌生人、早已不似她們記憶中的模樣？說不定最好就讓朱塞佩存在於她們的記憶之中，而不要將之取代為他已變成的鬼魅？他忽然想到一點，至感心煩：如果拘禁改造了他，讓他變成一個連妻女都認不得的人呢？如果他變成一個只有在聖羅倫佐才會安然自在的人呢？

他沖個冷水澡，用熱水刮了鬍子，喝了幾口紅酒，藉此讓自己打起精神，然後他擦乾身子，穿好衣服，檢查床底下和衣櫃裡，確定自己沒有忘了任何東西。除了擱在他床邊那個紅白相間的雪茄盒，這裡沒有任何東西值得帶走。他走到暗房看看兩罐汽油是否藏妥，然後把文森昨晚出去偷車之時留交保管的船票放進口袋。

「這一天我已經等了好久，」走回樓下的店面時，朱塞佩跟尼諾說，口氣中帶點宣示的意味。「好久好久了。」

「我知道你等了好久。」

「你準備好了嗎？」

「我會準備好。」

尼諾來回踱步，試圖遏制心中的緊張，這時，朱塞佩注意到尼諾那本破舊的《基度山恩仇記》下面壓著底片。「我們今天有顧客上門？」

「費南度探長，」尼諾說。「我跟他說我明天下午才會把照片洗好。」

到了那時，他們早已上路。

朱塞佩打量幽暗的雲朵，從傘架抽下一把雨傘，回頭望望微暗的照相館，有股衝動想要對尼諾坦承心中的畏懼。但他反而搖搖頭，隨手把門帶上。

尼諾走上多年之前朱塞佩的女兒告訴他范倫鐵諾已經過世時的露臺，看著朱塞佩伸手攔下鎮上的公車。公車是一部鏽跡斑斑、嘎嘎作響的老爺車，以燒柴的引擎啟動，司機每隔幾小時就得停在路邊，叫大

---

11 Lampedusa，義大利最南端的小島。

家下車砍樹幫引擎添加柴火。鴿子在露臺另一端的鴿舍裡咕咕叫。這群鴿子有如江洋大盜：傷痕累累，眼睛半瞎，腳踝細瘦，一瘸一拐。尼諾把牠們當作信鴿訓練，直到衛兵們把牠們當作槍靶。

他雙手伸進鴿舍，鴿子撲撲紫藍色的羽毛，停歇在他手臂上。曾遭擊落的鴿子冠頂寶藍、腳足鵝黃、鳥羽如鱗，隻隻在他的手臂上動來動去、跳上跳下、搧舞羽毛。尼諾張開手臂，靜悄悄地在鋪了石板的露臺上踱步，身殘的鴿群彷彿為他的手臂鑲了邊，他一抬起手，鴿群便乘著記憶的翅膀飛翔，劃穿夜風。他會想念聖羅倫佐。

打包只花了十分鐘。當你想帶的東西多半帶不走，打包其實很容易。他藍色的旅行袋裡大半是照片，其中幾張是翻拍羅伯特．卡帕和潔妲．塔羅[12]的照片，但大部分是他自己的作品：布森托河的挖掘工，女人們在陶罐裡盛滿噴泉泉水，一個當地的法西斯官員在美容院裡修指甲，聖母費歐莉的遊行行列，行列之中，馬庫索神父高舉一支跟象骨一樣巨大的蠟燭，一群男孩緊隨其後，人人手拿雪鏟耙著小山高的蠟油，把滴落的蠟油剷進油漆罐，冷卻後捏成圓柱、編捻燭蕊、賣回給神父。還有一些照片是街上熱鬧滾滾的即興行動劇，由農民們擔綱演出，人人的臉上塗著石灰，以燒焦的軟木塞劃上一條條斜線，望似鬼魅，照說是重演宗教事蹟，但不免轉為示威，抗議政府近來強加在人民身上的屈辱。一張照片中，雜貨店的店面掛著上下顛倒的促銷廣告，先前宣布調漲貨物稅的告示，高高出現在照片的右上方。下一張照片中，鏡頭從店面的另一端拍攝，只見十幾個路人歪著脖子查看今天的折價品。這樣一群人是如此微不足道，在他的眼中，似乎只有藉由照片才足以證明他們確實存在。他想要逃開這一切，卻也會將一切帶走。

他提著旅行袋下樓，把袋子擱在門邊。他走向收銀櫃檯，翻開他媽媽這些年來存放護照照片的黑色相簿。小時候，尼諾非常喜歡看著她把撕成兩半的照片拼合起來，一張完整的臉孔漸漸浮現。現在他用雙手抬起黑色的真皮相簿，即使它非常笨重，即使它非常累贅，他還是會帶著它上路。這是他媽媽留給他的紀念品：一千張陌生人的臉孔，卻沒有一張她自己的容顏。

他和朱塞佩將徒步穿越阿爾卑斯山入境法國，國境沿著濱海山脈蜿蜒伸展，越過無人居住的荒野，無需簽證，也無需證照。但當雨點打上灰泥屋頂，他依然走進攝影棚，架好照相機。他在聖羅倫佐的最後一張照片將是他自己的護照大頭照。當底片洗好晒乾，他把大頭照撕成兩半，一半貼在黑色真皮相簿裡，另一半塞進他的皮夾。公車不久就會把朱塞佩載到維托里奧・維內托廣場。他心想，與其盯著牆上的時鐘操心，倒不如找些事情做，於是他把費南度的底片帶進暗房，他會幫探長洗照片，這些將是他的道別信。

5.

天候惡劣，人們傍晚沒辦法出門散步，費南度孤零零地冒著細雨走進廣場。月光為潮濕的小圓石鑲上扇貝狀的光影，鴉群在愛國志士的雕像下避雨。希姆萊那群人下榻的波本皇殿被籠罩在霧中，隱約矗立在前方。貝利諾蹲在陽臺的欄杆旁，拿著一副從帕爾米[13]當地自稱在賞鳥的偷窺狂那裡沒收來的望遠鏡巡視廣場。

費南度穿著從衣帽間取得的風衣，暗自希望他們等候的傢伙會將他誤認為凶殺案的死者。他拉緊腰帶，試圖保留從警局夾帶過來的些許暖意，走向會面的地點。維托里奧・維內托廣場公車站是當地破壞公物者和隨地便溺者時興的聚散之處，幾條性命斷送在公車站的長椅上，長椅上卻也孕育出了幾條性命。若

12 Gerda Taro（一九一〇—一九三七），德國戰地攝影師，拍攝西班牙內戰時犧牲，被認為是第一位女性戰地記者。

13 Palmi，義大利雷焦卡拉布里亞省的一個市鎮。

把唱針湊近指甲抓出的條條縫隙，你會聽到靈魂窸窸窣窣地進出虛無。

他找個位子坐下，把臉埋到雙手間。墨索里尼在他後面緊盯著他。泛白發黃的宣傳海報頌揚義大利的偉大，卻只有方圓三百英里的民眾才有同感。某些反傳統人士用一道紅漆為元首割喉。一位初露頭角的詩人在底下寫上「馬屁」。不消說，徹查這樁罪行將是他下一個大案子。

六點五十五分，他攤開報紙、壓低帽緣、把頭埋在頭版標題下。

喝哧喝哧，轟隆轟隆；公車的大燈斜斜照過廣場。

乘客們爭相下車，飄動的雨衣和撐開的雨傘劃穿霧氣。費南度強迫自己不要探頭偷瞄。忽然之間，他感覺有人看著他。一個男人在他前方約莫十英尺之處站定，雙眼緊盯著他。巴士車燈從他的背後照過來。他的身影映上報紙，朦朦朧朧，好像醫生診所胸腔X光片上的陰影。

再往前幾步，男人就走得夠近，可以將他上銬。費南度從來沒有用過手銬。如果他一不注意銬住自己呢？他願意付出任何代價回到他的辦公桌旁，埋首於成疊文件之中，因為只有在那裡，他確知自己在做什麼。然後貝利諾從陽臺上大喊，費南度扔下報紙，男人先前站立的地方，如今只見兩百英尺深的濃霧和一隻朝著牆壁抬腿撒尿的雜種狗。費南度赫然察覺問題出在哪裡：從陽臺俯瞰，貝利諾看不清傘下的臉孔，而費南度用報紙遮臉，也看不清嫌犯的臉孔。他一躍而起，衝入廣場。雨水滴滴從屋頂的瓦片上飛濺。

忘了收進屋的衣服吊掛在離他最近的一條巷子裡，費南度躡手躡腳地前進。巷子遠遠一頭傳來呼吸聲。他拍拍他的腋下，摸摸冰冷的槍身，舉起那把他從未用過的左輪手槍。

他喝令那人現身。當他輕扣扳機、瞄準那人的膝蓋，他可以感覺陰暗的巷裡瀰漫著恐懼。他說他數到三。然後他數到五。數到二十八，手槍在他手裡一滑，他意外地開了槍。

槍口白光一閃，炫亮到讓人瞳孔大張，費南度腦中轟隆一片，一時之間，他似乎只是攀附著雷光閃電，颼颼地衝過暴雨。

當炫目的白光暗了下來，他看到腦漿被槍彈轟得好像波隆那肉醬般橫掃牆面。他說不出話來，只好脫下帽子，這是他想到唯一能做的事。

他走向暗處檢視屍體，伸手一摸，摸到毛皮。

十秒鐘之後，他大步走向廣場，全身火藥味，雜種狗的氣味依然卡在喉口。他試著奔跑，但他每天抽三包菸，胸肺裡早已煙霾爆燃。他怎能輕易就忘記近來他的體能活動僅限於咳嗽和屙大便？

他可以聽到廣場傳來飛奔的腳步聲，但他彎下腰、咳得出血、試圖歇口氣，等到他喘過氣來、邁著沉重的步伐走回街上，先前他隱約瞧見的人已經不見蹤影。

費南度轉身，但只瞧見女人們晚禱之後拖著沉重的步伐回家燒飯、店家準備打烊、人們在戲院搭起的大帳篷下排隊、白寡婦們[14]談論移居外地的先生、街燈在霧中投下朦朧的光暈、神情哀愁的男人們默不作聲地等候家人入睡之後再回家。

貝利諾追上費南度，遞給他一把雨傘。費南度一語不發地接下。他被雨淋得渾身濕透，但在絲絹的傘頂下，空氣卻乾燥得可以點菸。

✦

一小時之後，費南度關上乘客座的車門，舉步維艱地踏過河床的爛泥，打開飛雅特汽車的後車廂。

「我們真的要這麼做？」

---

14 White Widows，泛指先生移居到外地的婦女。

「執政官的命令，」貝利諾說，好像這是一個不可違逆的天命。

在霧氣濛濛的車燈燈光中，費南度可以看到那個挖到五世紀骸骨、促成羅馬和柏林密集交流溝通、最終導致希姆萊來訪的土坑。

「你抓著左手臂，」貝利諾說。

衰亡的帝國再現榮景，逝去的君王起死復生，極具象徵意義，影響層面更是廣泛，否則何必冒險調查誰殺了一個早已遭人淡忘、甚至沒有人通報失蹤的卡拉布里亞人？還有哪裡會比亂葬坑更適合棄屍、更不會讓人對屍體起疑？他將使出全力支吾其詞、搪塞推諉，依照執政官的要求給這份報告一個乾淨的收尾。

他們抓著屍體的手腕，把死者拖到土坑，土坑長寬三十乘二十公尺，毫無遮掩，比四周的暗夜更漆黑。他們踏過布滿雜草和藤蔓的爛泥走回車旁，從後車廂拿取兩把鐵鏟。

費南度把鐵鏟插到土裡。他彎下身子幫死者解開鞋帶，脫下每一隻臭襪子。剝光死者衣服之後，他們把屍體拋入土坑，屍骸重重落地，坑內傳來泥土飛濺和屍骨斷裂的聲響。費南度等著他的警佐說幾句欠缺考慮的話，但貝利諾只是拿起鐵鏟，繼續工作。

其後幾分鐘，四下寂靜無聲，只聽見河水撲撲趴趴、泥沙從鐵鏟颼颼濺入陰沉的暗夜。銀河繁星點點，刺穿朵朵雨雲。星光肯定來自數十億英里之外，結果卻只是無謂地一閃一閃，映照著一個不看也罷的景象。

「你瞧，你看得出『O'Brian's Belt』，」貝利諾邊說邊伸出大拇指勾住他的吊帶。

「『Orion's Belt』[15]。」

「『O'Ryan』。」

「『ORION』，」費南度說。「一個希臘人。」

貝利諾用手帕抹抹額頭的汗水。「原來如此！我始終想不透一個愛爾蘭人跟星座有什麼關係。」

費南度用力把鐵鏟插進爛泥，挖出一鏟黏糊糊、被蚯蚓翻攪成一團的泥巴。在霧氣瀰漫的遠處，他看到那座橋。當年米歇從橋上縱入河中，他沒有道別，也沒有解釋，僅有困鎖在他自己心中的謎團。有些時日，費南度依然心想，如果他不是如此無能，說不定他找得出為什麼，想了就讓他心碎。他找不出答案。即使後來划著小艇在河裡搜索了幾星期，他甚至連具可以下葬的屍體都找不到，只有河中的一個名字和一副米歇靈魂乘向永恆的空棺。橋上只有米歇一人，孤零零地在心中與自己的宿敵搏鬥，唯一值得欣慰的是，米歇已經帶著他的宿敵一起滅頂。

「你有什麼想說嗎？」他們埋屍之後，貝利諾問。

「我想說這件事情從頭到尾都是他媽的見鬼。」

「我的意思是，你想不想為死者說幾句話？比方說萬福瑪利亞？」

費南度脫下帽子，試圖想起一句拉丁文禱詞。他想以一種再也無人使用的語言發出詠嘆，藉此減緩心中的悔恨。多年之前，他踏下正義的路徑在旁撒泡尿，卻再也無法從林間找到回返的路。

「你值得結交一個比我更好的朋友，」他曾如此告訴米歇，至於這具他埋葬的屍體，他說了在深夜此一時刻，他所能想到最和善的話語：「你明天可以睡晚一會兒。」

他戴上沾滿霧氣的紳士帽，走回車旁。

---

15 獵戶座。

6.

相紙在顯影盤裡慢慢顯現出如夢般的影像。影子與輪廓悄悄漫過相紙：一個男人躺在銀閃閃的賓士車徽下。影像顯現得如此悠然，致使尼諾跟自己說他看到的不是完整的樣貌，他肯定漏掉某些重要而有待斟酌的背景。他手裡的夾鉗把相紙從顯影劑放入停影劑、從停影劑放入定影劑，一切卻都只是反射動作，因為這時他已飄浮在幾英尺的上空俯瞰自己的軀體。他感覺被嚇得麻痺，但從某個層面而言，他倒也不是十分意外。文森這樣性情的黑幫通常不會壽終就寢，自從文森變成打手，尼諾就擔心他的下場會很淒慘。但不是現在。不是這裡。時候還沒到。文森仰躺，領帶被拉直，西裝鈕扣扣上，雙手交握擱在腹部，冷靜沉著，自信滿滿，雖然挨了四顆子彈，看起來卻是出奇平靜。尼諾深呼吸，悄悄潛回自己的軀體，哀痛自此席捲而來。

當朱塞佩回家，尼諾蜷縮在暗房的地上，兩隻手臂抱住小腿，眼睛蒙上一圈淡紫，紅色的燈泡為他的臉頰灌注一絲血色。朱塞佩拉張凳子坐下，這才注意到掛在線繩上晾乾的照片。繩線上下搖晃，照片滴著水，照片裡的年輕人頭蓋骨被轟出血淋淋的洞孔，文森．寇迪斯的氣焰已從洞孔飄然逝去。

「喔，天啊。」朱塞佩移開目光。他感覺自己是如此欠缺擔當，甚至承受不了一張被晾衣夾固定在鞋帶上的照片。一條生命就這樣逝去，著實無謂。

他請尼諾描述費南度下午的來訪，察覺探長尚未指認出文森。他怎麼可能指認？文森已把護照和證件留交朱塞佩，萬一被逮到，他的身分就不會被認出來。

「其中一個德國人肯定開槍殺了他，」尼諾說。「說不定在他試圖偷車的時候。」

「我猜也是。」

「那我們怎麼辦？」

朱塞佩想要說幾句話安慰他，但強自壓下這股衝動。他把領帶拉直，拂去微濕西裝外套上的毛球。他必須保持冷靜，他必須沉著，甚至如同冰山般冷硬，即使他感覺自己的心防漸漸潰堤。他只能伸出一隻手，生硬地搭在尼諾肩上，除此之外，他不知道如何表達他的同情。「為了今晚，」他說，「我們能做的都做了。」

尼諾一上床休息，朱塞佩就回到暗房。他點了一支雪茄，以精算師的視角思量接下來的風險與得失。他可以叫停，放棄多年以來第一個逃亡的時機，並承受可能被揭發的風險。或者他可以且戰且走。這是他生平代價最高的抉擇。他不到十秒鐘就做出了決定。

他翻看文森的護照，翻過簽證頁，目光停駐在下星期文森和他媽媽即將航往紐約的船票。文森·寇迪斯——願他安息——已經辭世，但他的姓名仍有生機。

✦

尼諾時睡時醒，雖說睡了五小時，感覺卻不像是休息。他拖著身子下床，走到樓下，朱塞佩坐在餐桌邊，一語不發地把一本護照推過桌面。尼諾翻翻護照，一看到身分頁，立刻驚訝地抬頭。

「我重洗你昨天拍的照片，其他由我親手製作。」朱塞佩的雙眼閃閃發光，既是滿意自己完成此事，卻也覺得此事可鄙。

尼諾的臉孔和他亡友的姓名被行政人員以潦草的字跡搭在一起。他照片的右下角斜斜蓋上一隻象徵美國國徽的雄鷹。桌上的軟木塞經過精心切割、蝕刻、上印。尼諾試圖想像朱塞佩彎腰駝背坐在軟木塞前、拿著縫衣針在銅板大小的老鷹上蝕刻羽毛。

「我比文森年長將近三十歲，不可能假冒他。所以囉，這是你的。他的名字是你的名字。一路順風，文森。」

「朱伯伯，我不可以。」

「你不可以？」

「這樣不對。」

「不對？」朱塞佩的目光愈來愈陰鬱。「這不僅只是一本護照。這是你的救生筏。如果你不接下，你就活該溺死。」

這話切中要害。尼諾可以感覺自己洩了氣，眉頭一皺。「我收受不起。」

「這是個禮物，也是個遺贈。我願意付出一切代價擁有我給你的這樣東西，你瞭解吧？」

尼諾沒說話。

朱塞佩瞇起戴著銅框眼鏡的雙眼，朝著暗房點頭。「探長再過幾小時就會過來拿案發現場的照片，是吧？然後呢？然後文森遲早會被指認出來。難不成你以為費南度會逮捕一個德國人？他鐵定會把這件事栽在你我頭上。」

「費南度是我們的最好的顧客之一。」

「你以為這樣就救得了你？」朱塞佩問，尼諾如此信任顧客的忠誠，讓他搖頭感嘆。依照他的紀錄判斷，費南度堅信起訴與否不受限於證據或是不在場證明，是否清白也無關緊要。

「你呢？」尼諾問。

「我會跟你一起上路，」朱塞佩保證。「但我們沒有太多時間。我們早上就必須離開，你得去看看文森的母親。」

一聽到這話，尼諾的腹胃就緊縮。他還沒想到康瑟塔太太。根本想都沒想。

「我會告訴她，」尼諾說。「她始終就像是我自己的母親。我必須——」

「你不能這麼做。對不起，尼諾，但我是說真的，大家必須認為文森活得好好的，你那本護照才有用。」

「我可以跟她解釋一切。我們可以帶她一起走，是不是？」

「除非安葬了兒子，不然她不會離開聖羅倫佐。你我都很清楚。如果你跟她說她兒子被謀殺，她會去警察局索求遺體。然後呢？然後文森的護照就會被註銷。」朱塞佩搖搖頭。「跟她說不必擔心。跟她說文森出門幾天，但已經在回家的路上。」

雖然是個無神論者，但尼諾依然信賴天主教對罪孽的區分：有些罪孽是可以原諒的小過，唸誦經文、撥撥唸珠即可悔改，有些罪孽是不可饒恕的大過，導致人們不再心存恩慈。奪取一個人的生命是謀殺，也是最不可饒恕的大過，這點他非常清楚。但奪取一個人的死亡呢？因為尼諾將從文森母親的手中奪取文森的死亡。這樣的罪孽何以名之？它是否與謀殺截然不同、卻也可與謀殺等同視之？就連曾是羅馬知名律師的朱塞佩都說不出這是怎樣的罪孽。

「這不是贈禮，」尼諾邊說邊把護照塞進口袋。他沒有勇氣多想這事的代價或是誰會付出代價。

「這裡是聖羅倫佐。沒有什麼是免費的。」

✦

尼諾一離開，朱塞佩就拖著兩罐汽油走出去。汽油隨著他的腳步飛濺。時辰尚早，他肩膀也好像快要脫臼，但他的行動卻是出奇地機敏。旭日東昇，陽光在東方的群山之間閃爍，喚醒他的晝夜節律。等到他走到挖掘場，他已經清醒。

一個牌子被一條發黃的麻繩栓掛在隧道入口的上方，指示人們改道走向旁邊的衛兵亭，兩個衛兵在亭裡呼呼大睡，朱塞佩悄悄走過，雙腳一前一後跨過垂到地上的破爛麻繩，踏進隧道入口。不管他對於駕車離開聖羅倫佐抱持什麼夢想，文森一死，夢想全都落空。如今他只想得出一條逃脫之路。

走了二十步之後，隧道直直下行。周遭伸手不見五指，但他依然睜著雙眼。在地牢關禁閉之時，他學會摸黑走路。木板鋪出一條小徑，他踏著上下彈動的木板前進，空氣凝重，聞起來像是翻攪過的大地，帶著濃郁的土味。他再也聽不到上方溪河汨汨的聲響。

他走到隧道盡頭，把兩罐汽油擱在地上。他手一伸，摸尋上方的電線，電線用釘書釘固定在梁杆上，串掛著一個個電燈泡。他從固定扣拆下電線，電線搖搖晃晃地下垂，他伸手摸尋，一把抓住，然後拿著廚房小刀把絕緣的橡膠劃開幾英寸。他把電線浸入汽油罐，磨損的銅絲漸漸變得粗硬。

幾小時之後，一個睡得飽飽的衛兵將會打開電燈，為今天稍微延誤的頭一輪班作準備。電流將會沿著五百英尺的銅線流入兩罐精心煉製、連最挑剔的賓士引擎都會滿意的汽油之中，而當電子碰上碳氫化合物，勢必啟動熱力反應，任何政治要脅都阻止不了這個定律。火勢將從隧道內竄升，有如點燃山頂上的信號燈般吞噬一根根木頭支柱，直到隧道陷入一片漆黑。說不定整座挖掘場都將塌陷。最起碼每一個衛兵、憲兵、民兵都會從駐守之處、守望塔、哨站被調過來，出城的公路也就無人看守。地底五十英尺深處的汽油將助長他們脫逃。他大汗淋漓，渾身汙泥，下背肌肉扭成一團，隱隱作痛，但他感覺自己心中充滿狂喜：他用電燈開關製作引爆裝置，如此簡單，卻又出奇完美，怎能不令他欣喜若狂？

他趁機莽撞，手指沾些泥巴，在隧道的牆上塗鴉——遠自舊石器時代的阿爾塔米拉洞穴壁畫，近至地牢陰暗無光的石牆蝕刻，人們似乎始終想要這麼做。大功告成之後，他往後一退，忽然想要待下。這不是尋死，而是恰恰相反。燈光亮起之時，他想要親眼見證。他想要在隧道的牆上讀到，來自羅馬的朱塞佩曾經來到這裡。

7.

費南度埋了屍體之後回到警局，心中極度麻木，懊惱悔恨僅僅如同針刺，但到了清晨四點，麻木的感覺漸漸消緩，他想起布森托河，回憶生動鮮明，有如淙淙河水般湧現。他用肥皂洗臉洗手，但無名墳塚的氣味依然揮之不去。腐屍不在眼前，而在心中。某處警犬咆哮嚎叫。

他剛打起瞌睡就聽到有人叫他，他猛然坐起，額頭撞到上鋪。

貝利諾在鐵條欄杆的另一側盯著費南度眉毛之間的傷口。「長官，你應該小心一點。」

有時當他迷失於夢境或是沉迷於書頁之中，費南度可以想像自己是個有勇氣、有擔當、有榮譽感的傢伙，但當故事終結、書頁闔上，他醒了過來，想起自己是誰：一個鄉下警局的小文書，一個唯命是從、只會虛構警方報告的小職員，一個坐在監獄牢房裡、頭上撞個大包、肺裡有黑點、鼻子裡有貓毛的笨蛋，正聽著他的警佐說，一個衛兵兩天前看到貌似死者的陌生人造訪朱塞佩·拉嘉納和尼諾·皮康尼。

8.

康瑟塔·寇迪斯依然住在文森出生的那棟石板小屋，小屋低矮，磚瓦堆砌的屋頂上可見沙包、花盆、打盹的虎斑貓。屋前的晒衣繩上晒著床單，在簇生的草叢上方隨風飄動。坑坑洞洞的泥地上擱著一壺壺引水道接來的清水。康瑟塔不喜浮誇，也擔心引來惡意的睥睨，她只把大門的黃銅絞鏈擦得亮晶晶，藉此展示她那個流氓兒子的財力。這時，尼諾敲了敲那扇絞鏈閃閃發光的大門。

她比尼諾整整矮了一個頭，但尼諾沒有任何一個時刻感覺她比自己矮小。她站在門口，一手扠在腰上，圍裙上血跡點點，顯然剛剛俐落地殺了一隻雞，尼諾看在眼裡，心中僅存的勇氣全都飛出窗口。他抱歉打擾，喃喃承諾下次再來。

「進來吧，」康瑟塔說。她特別會用專橫的口氣說話，使得每一個提議聽起來都像是命令。她把死雞像是花束般橫置在前臂，白色的雞毛因死前無謂的掙扎而凌亂。

屋裡是個石砌的大房間，簡樸無華，布置得當，一塵不染。一個竹籃高懸在床鋪上方，以一條破舊的麻繩吊掛在梁木上。康瑟塔的六個孩兒都曾以竹籃為床。其中三個在籃裡夭折，撐過了童年的三個之中，兩個死於疾病和仇殺，雖可避免，卻也在意料之中。等到尼諾過來跟她同住，她身邊只剩下文森這個小兒子，其他全都被她安葬在馬庫索神父的教堂墓園。但曾有那樣的時光，她輕搖這個吊掛在梁木上的竹籃，輕聲安哄她每一個孩兒。

「我那個死心眼的兒子叫你過來跟我說什麼謊？」她問。每當她大嘆兒子讓她多麼頭痛，她的口氣尤其慈愛。

當尼諾試圖開口，她朝著他舉起一隻手。太多說謊高手跟她撒過謊，她先生尤其是個中翹楚，她可沒耐心聆聽半吊子的謊言。

「別想跟我撒謊，」她說。「我看到文森星期五晚上西裝筆挺出去找女人。你以為我看不出一個男人打算去妓院？我嫁給了他老爸耶——願他安息。」

康瑟塔盯著尼諾，看看他有沒有被她的話嚇得畏縮。赤褐的虹膜環繞著她的眼球，煥發出萬花筒般的光采，但她的雙眼卻陰鬱深邃，眼中望似怒火的光芒早在她安葬第三個孩兒之時熄滅。

「只要他趕得回來帶我去紐約，」她說，「就算他做了什麼聖母也不會寬恕的事情，我都會原諒他。」

「他很快就會回來，」尼諾好不容易擠出話。「他八成只要我跟妳這麼說。」

「我想也是。」康瑟塔雙手浸到一個浮著肥皂泡的水桶裡，然後用圍裙把手擦乾。尼諾看著桌上的義大利護照，護照跟他口袋裡的那本一模一樣。

「文森有沒有跟你說我們會住在布魯克林？」康瑟坦問。「四個房間的公寓，附帶一個波蘭女傭。」

她的護照裡夾著她的船票，下星期將由那不勒斯開往紐約。他還有時間。他可以告訴她發生了什麼事。說不定他甚至可以說服她一起上路？但朱塞佩說的沒錯。除非把她兒子安葬在教堂墓園，否則康瑟塔絕對不會離開聖羅倫佐，她絕對不會允許尼諾冒用文森的身分，也絕對不會同意參與這個可憎的騙局。當她心存懷疑地猜想波蘭女傭能否符合她操持家務的標準，尼諾望向角落的小床——他媽媽過世之後的五個年頭，他每天晚上都睡在那張小床上。

他坐到桌邊，在那隻被宰殺的死雞旁啜泣。康瑟塔的直覺反應是蔑視。啜泣與其他排泄功能無異，只能獨自悄悄進行，不能提及，就像是一個重要的生理機制，你不計較自己這麼做，卻蔑視其他人公然表露。她察覺他在悼念她的離去。她伸手抱住尼諾的肩膀。他癱軟的身軀壓扁了她的胸脯。他緊繃的頸背在她的觸摸下緩緩抽動。她依稀聞到洗衣肥皂、檸檬香的髮蠟、朱塞佩先生的二手雪茄菸。自從被判刑流放到聖羅倫佐，尼諾一星期過來家裡好幾趟，幫她劈柴、扛水、或是寫下她口述給文森的信。他是個好兒子，但不是她的。

「別哭了，我們會再見面。有一天我會回來，」她說，但她永遠不會回來，即使有人難捨她的離去，她也絕不回返。若非卡拉布里亞殘酷無情的神祇，她的孩子們可以為她送終。

「振作一點，」她說，「做你過來這裡要做的事。」

「我過來這裡要做的事？」

他看著她的神情，讓她覺得他這輩子全都取決於她的回答。

「把我的籃子從梁木上拿下來，」她說。「我該打包了。文森和我有好長的一段路得走。」

9.

當費南度懷著沉重的心情走進皮康尼照相館，他聞到一股明顯的汽油味。「哈囉？」他大喊。無人回應。有人匆忙進出，泥濘的腳印弄髒了門檻，但四下寂靜無聲。費南度搜尋各個房間。最裡頭的房間擺了兩個木頭托架，在閃光燈泡尚未普及的時代，端坐拍照的顧客們可以倚靠其上，以免在長時間曝光的過程中移動。費南度試圖想像打算移居外地的顧客們排隊等著拍照，或是多年之後，他們的家人過來拍張照片寄過去。人們居然以為藉由攝影即可看到彼此，即使種種證據顯示並非如此，人們依然深信不疑，對費南度而言，這似乎正是攝影的魅力。

他爬樓梯上樓，一步一步、搖搖晃晃地踏過嘎嘎作響的木板地。他打開通往露臺的門，露臺每一根觸手可及的欄杆上都停著鴿子，屋簷上的一對鴿子似乎打算朝著他屙大便，讓他滿頭鴿糞。門在他身後颼地關上，砰地一響。四周的鴿子應聲飛揚，隻隻伸展羽翼，緩緩飄向空中。潔白的鴿羽撲撲顫動，牽動記憶之中的一個影像，剎那間，他似乎又看到了八月的白雪。

那時已是好久以前。那時一切尚未分崩離析，他十八歲，思緒清明，未受病痛之擾，一身皮囊有如剛洗燙的西裝，服服貼貼地套著身軀，煥發著初生之犢不畏虎的光采。那年夏天，工人大罷工，共產黨員在鐘塔上攤展紅旗，熱那亞的街上動盪不安。豔陽高照，八月的日光從上午十時延伸至午夜，把人晒得精神萎靡，洛可・費南度每天下午在一家進口商的倉庫工作，搬運一袋袋二十五公斤重的白糖。倉庫裡始終熱得讓人幾乎中暑，隨便一動就汗流浹背，任何距離都是艱鉅的挑戰。而後有一天，米歇帶了一把電風扇出現，真是奇蹟中的奇蹟。四葉式的電風扇罩著鉻鐵護網，銀光閃閃，線條優美，專為熱氣襲人的時節而製。葉片呼呼轉動，吹送出陣陣涼風。葉片的微光在費南度的臉上閃閃爍爍。清涼的感覺真是爽快，好像重拾遭到遺忘的美好回憶。

他們脫下濕黏的襯衫，光著上身站著，任憑渦旋般的勁風呼呼吹向他們的胸膛。米歇的肌膚光滑無瑕，胸前汗珠點點，隨風晃動。費南度站得離他好近。任何事情都可能發生。然後米歇踢翻一袋白糖，白糖有如山崩般傾瀉而出，電風扇一吹，潔白的糖粒漫天迴旋。白糖蒙蔽了費南度的雙眼。數以百萬計的糖粒黏附著他潮濕的肌膚，為他罩上一副銀白的盔甲。白花花、亮晃晃之中，他看不見米歇，但他感覺一隻濕熱的手忽然貼在他的胸前。白糖飛入他的齒間，觸動某種令人狂喜的多重感官：一片白茫之中，他似乎嚐到了米歇的觸摸，滿嘴甜滋滋。當費南度睜開雙眼，他看見米歇已經把手移開，僅只在他胸前留下一個完美的手印。

米歇緊盯著他，熾熱的目光似乎為糖粒增溫，粒粒更加白熱。洛可・費南度曾經是顆鑽石，而他願意悼念多年之前那個八月的午後，有那麼短短的幾秒鐘，他曾是如此璀璨。

「你看看他們兩個，」其中一個工人說。

「一對娘炮，」另一個工人懶洋洋地說，好像樂於瞧見自己的刻板印象證實無誤。「我一看到他們就曉得。」

費南度轉向米歇，朝著米歇的臉上重重揮一拳──他必須這麼做，以免自己受到心愛的人的傷害。

多年之後，米歇因為性傾向偏差而遭到流放，當費南度得知聖羅倫佐召募來自北方的警官，他志願受到徵召。當年這個男孩把手擱在他怦怦跳動的胸前，下一分鐘，他卻把這個男孩打得住院。他想要彌補；他想要讓這個男孩安逸度過拘禁。當他在聖羅倫佐自我介紹，米歇聲稱不記得他是誰，但眼神中的畏縮卻是不容置疑。那天晚上，米歇逃跑。執政官的警犬天一亮就嗅出他的行蹤，到了下午，米歇已經被關進地牢，然後他就走上了祖埤橋。費南度是米歇的宿敵嗎？他是緊追著米歇的惡魔嗎？米歇只有從高處縱身而下才擺脫得了他嗎？米歇的遺體始終未被尋獲，但費南度買了一艘小艇，在布森托河裡到處打撈了好幾個月，宛若盜墓者或尋寶人，搜尋米歇的安息之地，尋覓布森托河唯一值得尋覓的屍體，那個八月時節變魔術般召來白雪的熱那亞男孩。

鴿子降落在樹枝上，樹枝被壓得上下晃動。

費南度知道朱塞佩．拉嘉納和尼諾．皮康尼已經離去。

10.

按理而言，那是一艘小艇。實際而言，那個半埋在河岸的船殼是菌菇的圖鑑，也是樹苗的溫床。船緣覆滿苔蘚，油漆剝落。槳架鏽跡斑斑，蒙上蛛網。座板上刻著情侶們的姓名縮寫和愛情宣言，少男少女想必在此解析感情的困惑。整艘小艇搖晃得非常厲害，連在陸地上都會翻覆。

「你知道嗎？」朱塞佩說。「小艇的狀況比我料想中好。」

尼諾回了一句：這艘小艇沒有所謂的「狀況」。它沒有面積體積，只是一堆被泥巴和沼氣勉強湊合起來的微小顆粒。

朱塞佩敲掉船槳上的泥巴。「我們得從樂觀的視角來看事情，這點很重要，也是我們的傳承。」

「我們的傳承，是嗎？」

「沒錯。」朱塞佩拖拉著船頭的壓板。「我們是義大利人。我們的祖先發明了透視視角[16]。」

尼諾思索這項傳承的利弊得失。「我寧願我們的祖先他媽的發明了船。」

半小時之前，他們在照相館會合，步行穿過舊城條條交錯的小巷。尼諾踏著鵝卵石，每一步的迴聲，在他身後迴盪。他們快步走下被千萬足跡磨蝕的大理石階，穿越壓印著中世紀車轍的巷弄，行經一個個正把雪茄塞進菸嘴的老先生，走過一座座陽臺下，陽臺的鍛鐵欄杆纏上密密的帆布，以防不老實的傢伙偷窺仕女們的腿肚。等到馬庫索神父敲響教堂的鐘鈴，朱塞佩和尼諾已經抵達布森托河畔。

當他們幾乎把小艇從河岸裡拖上來，地面突然下陷，而且相當突然，好像打開電燈開關。稱不上是地震，只是一個嚴正的警告：你不過是一隻騎乘在大地肩膀上的小獸。

船身重重一顫，停擱在河岸。

黑煙自南方升起。

警車的燈光在聖羅倫佐的石牆上迴旋閃動。

朱塞佩臉色一沉，但難掩興奮。「你瞧，警衛們全趕過去了。」

河的下游，橋上的哨兵們棄守崗位，騎乘汽車、馬匹、自行車趕往爆炸起火的挖掘場。進出聖羅倫佐的通道無人看守。橋與橋之間，河水一閃一閃，光華耀目。

16 這裡說的是十四世紀義大利建築師布魯涅內斯基（Filippo Brunelleschi，一三七七—一四四六），據稱是透視法的鼻祖。

朱塞佩解開鞋帶，捲起褲管，小心翼翼地把小艇推入水中，居然浮起來了，真是奇蹟。尼諾爬進船裡，朱塞佩跟著一腳跨進去，河水馬上從船身中央腐爛的木板裡滲進來，他跨出去，小艇又再浮起。

「你有文森的護照，你有他的船票。現在你有這個。」

朱塞佩把一個紅白相間的托斯卡尼雪茄木盒遞給他。

「你打包了雪茄？」尼諾問。

「這是給我女兒的禮物。」

尼諾把雪茄盒放進他的旅行袋，轉身幫忙朱塞佩爬進小艇，但朱塞佩拱起肩膀抵著船尾，用力一推。尼諾感覺小艇船尾嘶嘶地擦過砂土，沿著河岸再滑兩英尺，撲通入河。

小艇被尼諾壓得東搖西晃，尼諾在座板上穩住身子。急流沖刷船殼。他與漆黑的河水之間僅僅隔著一英寸寬的腐朽木板。

朱塞佩看著小艇漂流。他沒有爬進去。船殼布滿腐朽的洞孔。小艇承受不了他們兩人的重量。

「趕快上船！你在等什麼？」尼諾大喊。

朱塞佩感覺自己被栓在這個緩緩消失的彈丸之地，他的挫敗、悔恨、希望在此刻交會，也將隨之消失。「我在等你上路，」他說。

尼諾的眼神穿透了他，留下貫穿的傷口。

幾星期之前，在其中一封每週來信裡，瑪麗亞坦承她在朱塞佩的被捕中扮演的角色。她寫道，雖然她不值得他的諒解，但她的歉意難以丈量。她用打字機打出她的信，工整的字句之間散發深沉無盡的自責，穿透朱塞佩的心。在他的回信中，朱塞佩跟她保證這絕對不是她的錯。當然不是。他拼命想要解除她的枷鎖，但執政官的刀片一週週裁掉他對她的諒解，遭到審查的信件被裁成一條一條寄回給他，他收到的信幾乎全都是這些字條。那些尋常而必要的字句——他愛她、他懊悔在她的生命中缺席、她讓他感到好驕傲——始終逃不過多明尼戈・加洛的刀片。執政官煞費苦心執行如此冷酷的懲罰，只因朱塞佩膽敢奢望自己可以逃離聖羅倫佐。

這會兒瑪麗亞的信沾染了手指的油汁和腋下的汗水，穩穩置放在他胸前的口袋裡，蓋住他的心跳聲。信封的摺口垂掛在口袋外頭，好像行刑隊的小隊長在他胸前別上靶紙。

離岸幾英尺之處，急流湍湍湧入銀閃閃的河道，沖刷著河床裡的大圓石，在河面上留下一道道有如彗星尾巴的潔白泡沫。朱塞佩看著尼諾跌跌撞撞移到船尾，削瘦的身軀貼著船殼扭動，拚命想要把手伸長。朱塞佩只需伸手一握。但他心中一片清明，呆站在原地。他永遠離開不了聖羅倫佐。這會兒他看出來了。天黑之前，執政官會把他關入地牢。因此，被告答辯完畢之前只剩下一件事情得做。他最後再推一下，用力把小艇送入急流之中，看著布森托河帶走這個他曾從河裡拖上岸的男孩。

11.

開著飛雅特飛快駛向下游時，費南度從樹幹之間瞥見小艇忽上忽下。其他車輛奔馳於北上的車道，從憲兵到郵差，每一個身穿制服的傢伙都衝向崩塌的挖掘場，夾在小艇和飛雅特之間。

他超前五百英尺，比小艇更快抵達祖埤橋。橋上只見一個木箱和兩張板凳，箱上散置著打到一半的撲克牌，板凳倒向一側，先前坐在板凳上的人猛然站起，板凳因而傾倒，除此之外，橋上空空蕩蕩。他掏出他的貝瑞塔手槍，把槍抵在橋邊護欄的磚石上，瞄準河上的目標。

小艇在急流中搖擺晃動。尼諾・皮康尼坐在槳手的座位上划槳前進。潔白的船槳劃破漆黑的水面，雲朵的倒影在水中微微晃動。費南度看著這個年輕人划船朝著山區前進，忽然感覺十二到十八個月真的非常漫長。

他扳下擊錘，瞄準目標，朝著漆黑的前方開了一槍。

這一槍絕對命中。執政官若詳細調查，他會在費南度的手上看到殘餘的火藥，也會看到一個貝瑞塔手槍的空彈殼。他自己已經提供足夠的證據，證明他將撰寫的警方報告所言屬實，立意良善，打算以下列字句作結：開了一槍，嫌犯中槍，未能尋獲遺體。推定溺水身亡。

這一槍乾淨俐落，在小艇前方不遠處激起一道水花，尼諾．皮康尼繼續划槳，渾然不覺已經遭到一顆打偏了兩百碼的子彈射殺，也不知道自己已是書面上另一具在布森托河遍尋不獲的屍體。

費南度相信他精湛的文書報告極具效力。只有在撰寫文書報告之時，他才是一位誠實無欺、品德高尚、廉潔正直的執法人員。只有在文書報告中，正義公理才有可能。他可以在被視為官方紀錄的虛構證詞中槍殺划槳手，以保住對方性命。他可以在搜捕行動尚未開始前就宣告取消，因為除了撰寫警方報告的他，沒有人會知道真相。

划槳手消失在聖羅倫佐邊界的橋下。

船槳撲撲地帶著划槳手越過波光粼粼的遠方。

當尼諾抬頭一看，洛可．費南度探長摸摸帽沿，以示道別。

第四章 日落大道旁

1.

歐洲戰事方興未艾，由此衍生的離奇境遇，不輸好萊塢賣力編導的狗血大片。托瑪斯．曼[1]、佛列茲．朗[2]、比利．懷德[3]、海蒂．拉瑪[4]、利翁．福伊希特萬格[5]、道格拉斯．瑟克[6]、阿爾瑪．馬勒[7]、勞勃．席歐馬克[8]、貝托爾特．布萊希特[9]、尚．雷諾等人，全都因為不可思議的巧合或是千鈞一髮的狀況來到洛杉磯，聖羅倫佐的尼諾．皮康尼亦是如此，但如今他已自稱是文森。瑪麗亞坐在她的辦公椅裡，

1 Thomas Mann（一八七五—一九五五），德國知名作家，曾獲諾貝爾文學獎。

2 Fritz Lang（一八九〇—一九七六），知名導演、編劇和製片人，是德國電影表現主義大師，代表作為《大都會》和《M》。

3 Billy Wilder（一九〇六—二〇〇二），猶太裔美國導演、製片和編劇，也是美國影史上最成功的導演之一。

4 Hedy Lamarr（一九一四—二〇〇〇），猶太裔美國女演員暨發明家，代表作為《霸王妖姬》，同時也是藍牙科技的創始人之一。

5 Lion Feuchtwanger（一八八四—一九五八），猶太裔德國小說家。

6 Douglas Sirk（一八九七—一九八七），德國導演，好萊塢通俗文藝片大師。

7 Alma Mahler（一八七九—一九六四），德國音樂家馬勒之妻，亦是知名的作曲家暨編輯。

8 Robert Siodmak（一九〇〇—一九七三），德裔美國導演，以執導驚悚片著稱。

9 Bertolt Brecht（一八九八—一九五六），德國劇作家暨詩人。

身子往前傾，聽他講了十分鐘，尾椎開始發疼。現在他快講完了，她問了唯一值得一問的問題：「我爸爸出了什麼事？」

他盯著他的雙手。「我不知道。」

「我已經三年沒收到他的信，」瑪麗亞說。她講得很慢，深深吸氣，因為壓抑怒火對心肺功能可是一大考驗。「三年了。在那段時間，你從來沒想過打電話、寫封信，或是傳個電報？」

「我一直不知道該說什麼。現在還是不知道。我很抱歉。」

她不屑地看了他一眼。「這趟道歉的路還真遠。」

「我想這是我欠妳的。我必須過來道歉。」

「你應該留下。這是你欠我爸爸的。他救了你一命，你卻留他在那裡送死。」

「事情發生得好快，我——」

瑪麗亞舉起一隻手，示意他別再說了。每次想到她爸爸，兩股互相牴觸的思緒，總在天人交戰。她好想知道，卻也好想忘記；她渴求赦罪，卻也抗拒任何受到寬恕的可能。有時她覺得，她這輩子就在她走到巷子裡燒了她爸爸檔案的那個早上對摺成兩半：她做出最惡劣、後果最嚴重、最不可原諒的事情；那是她一生的摺線，過去、現在、未來都是如此。尼諾或許把她爸爸留在聖羅倫佐，但讓他被關在那裡的是瑪麗亞。他們都辜負朱塞佩．拉嘉納，這時她以通常保留給自己的輕蔑，惡狠狠地望著尼諾。

「我不想讓妳更傷心，」他說，然後拿起帽子走向門口。他讓她想起那些她的姑婆們試圖撮合、卻始終失敗的年輕小夥子——鼻子跟日晷一樣挺直，眉毛跟格魯喬．馬克思[10]的鬍鬚一樣濃密——但缺乏一絲和藹可親，看來似乎沒有穩定的工作，也沒有鄰里閒話為他的品格掛保證。她氣他棄她爸爸於不顧，這倒無可厚非；寬恕他做出她無法寬恕自己的事，這可想都別想；請他吃個三明治，這她做得到。

「水星國際影業」員工餐廳的食物出了名難吃，她真想讓他的腸胃受點折磨，但今天餐廳已經打烊。於是他們穿過高爾街到維克藥局。一排寶紅色的真皮高腳凳沿著吧檯延展，瑪麗亞逕自挑了一張坐下，鐵格烤肉架上方的鏡子濺滿油脂，鏡中倒映著形形色色的制酸劑和幫助消化的糖漿，菜單上所謂的「優質餐點」，其實是誇大其辭，甚至算得上是不實廣告，吃了必然消化不良，恰好藉由店裡販售的制酸劑和糖漿舒緩。

執掌燒烤的是藥局老闆維克·雷諾斯。儘管他擺放在方格蠟紙上的餐點令人難以下嚥，但瑪麗亞依然不得不欣賞這個套著髮網的男人，因為他藉由自己的菜餚，充分表達對人類這個物種的憎惡。他和咪咪姑婆絕對相處甚歡。

她點了菜單上最保險的兩道菜——雞肉沙拉和巧克力蘇打——轉頭看看……嗯，她該怎麼稱呼他來著？

「你說你現在叫做文森？」

「這樣比較容易。」

「那就請便。如果康斯坦絲·奧克曼可以變成維若妮卡·蕾克[11]，沒道理尼諾不能變成文森。」

維克把他們的三明治從吧檯另一頭推過來。文森掀開一角，一臉懷疑地看著夾在裡面的玩意。美國人的味蕾不太妙，時時考驗他的忍耐極限：手推車旁大口嚥下的熱狗，紙盤上東歪西倒的醃黃瓜，盛裝在

10 Groucho Marx（一八九〇—一九七七），美國著名諧星，註冊商標是他濃密的眉毛和八字鬍。

11 Veronica Lake（一九二二—一九七三），美國知名女星，原名康斯坦絲·奧克曼（Constance Ockelman），代表作為《蘇利文遊記》（*Sullivan's Travel*）。

形似鞋油盒裡的鮪魚，喔，還有三明治。「三明治」之名簡直是蓄意欺騙。他們的三明治偷偷塞進所謂的「沙拉」。在文森看來，沙拉應該包括生菜。但在美國的午餐吧檯上，沙拉是一團黏答答、不知其名、事先加了美乃滋的肉末，用冰淇淋勺子舀一球，胡亂夾在兩片軟趴趴的白麵包之間。他仔細檢視眼前的三明治，他的腸胃簡直要心碎了。

「你三年半前搭『哥倫比亞』號從那不勒斯到紐約，」瑪麗亞說。「在那之後你住在哪裡？」

「我到處住。」

起先文森真的打算直接到加州找瑪麗亞，跟她說她爸爸發生了什麼事。但朱塞佩究竟發生了什麼事？他不知道。最佳的情況難以言喻，最糟的狀況難以想像。除非知道能說什麼，否則寧可什麼都不說。他以紐約為起點，途經各個義大利人的聚集區，愈朝西走，有如城市中孤島的義大利區愈來愈寥落。有個冬天，他在費城城南剷雪、在匹茲堡的布魯姆菲爾德運送柴火；隔年春天，他在鋼鐵廠、礦坑、草莓田幹活。他在克里夫蘭的曼菲爾德街露宿了幾個月，在俄亥俄州哥倫布市的「貝瑞兄弟螺栓工廠」掃了一星期的地，有個夏天在印第安納波利斯為不識字的屠宰場工人朗讀聖經經文。早先那幾個月在一連串的驚愕中度過，其間夾雜著擔憂、思鄉、恐慌。在他眼中，在地居民視而不見的種種景象才是真實：霓虹招牌和理髮店的三色旋轉燈，整晚都沒拉上的客廳窗簾，計時收費的停車碼表，添加物過多的調味品。來自聖羅倫佐、他幫他們拍了護照照片的同鄉讓他打地鋪，吃頓熱騰騰的餐點，跟他說哪裡找得到工作。九個月之後，他存夠了錢，買了一個拍照的大黑箱、明膠乳劑、金屬板——有了這些東西，他就可以在任何一個街角，以不到五分鐘的時間拍出一張便宜的錫板肖像。

於是他成了遊走四方的攝影師。他的足跡遍布中西部和南方各州，來到唸不出名字的貧窮小鎮，在那些小鎮，連五分錢的錫板肖像都是奢侈的事。他在星期六的露天市集和星期天的教堂外架起相機，他在海灘的步道和鄉鎮的廣場走得磨破了鞋子，他大聲吆喝拍兩張五分錢、拍五張十分錢。數千個美國人的臉孔在他的鏡頭前晃過。一個農民的小孩在奧克拉荷馬州的農場拉扯牧牛的耳朵；南達科他州蘇瀑的吃熱狗大賽冠軍和德州阿馬里洛的選美皇后；一個美好的春日，新婚和剛離了婚的夫妻站在雷諾一個法院的臺階上，後者的笑容比前者更燦爛。許久以來，他所能行走的範圍僅限於流放之地的兩平方公里，但在遼闊的美國內陸，陸地似乎永無止境。只有當他行抵太平洋，終於再無陸地可行時，他才準備傳遞他自始至終只想逃避的訊息。

現在訊息既已傳達成功，他想要讓自己和瑪麗亞相隔得愈遠愈好。

瑪麗亞啜飲巧克力蘇打嘶嘶作響的乳白泡沫。「所以你接下來打算去哪裡？」她問。

「舊金山。我已經存夠了錢在北灘[12]開一家我自己的照相館，拍攝結婚照等等。這張——妳記得這張嗎？」

他翻開他那本黑色的護照照片相簿，翻到十五年前他在聖羅倫佐幫她拍的照片。

「我忘了這回事，」她說，但她想得起來她跟著他走進暗房，暗房裡飄散化學藥劑的味道，聞起來很陌生。她也想得起來他鉅細靡遺地跟她解釋沖洗照片的過程，口氣中帶著少男的羞澀和難為情。照片洗好之後，他撕成兩半，一半交給她，一半釘在軟木塞板上，跟其他僑民們的半張照片釘在一起。抵達洛杉磯之後，她第一件事就是把手邊的半張照片寄回去，好讓她爸爸知道她已經平安抵達。

她把她的照片從相簿裡剝下來，捏成一團，扔在吧檯上。

「我可不會用這些照片來攬客，」瑪麗亞邊說邊翻翻其他護照照片。「新娘在她們的婚禮上通常不會

12 North Beach，舊金山的小義大利區。

想要看起來像個窮苦的移民，即使是舊金山也不例外。」

「我拍了一張義大利志願軍前往西班牙的照片，《真理報》刊登了那張照片。」

「《真理報》？從來沒聽過，」瑪麗亞說。

「那是蘇聯共產黨的官方報刊。」他很失望《真理報》在美國居然連半個讀者都沒有，如果《真理報》有美國版，他就不會淪落到過去三年都在農產博覽會拍售錫版肖像。「在蘇聯非常有名。」

「你這個可憐的蠢蛋。我也不會跟準新娘們提到這一點。你今天就去舊金山嗎？」

「我從這裡上路。」

「好，這樣最好，」瑪麗亞說，但他們兩人都沒有離開吧檯。她但願他根本沒有過來找她，她以被同事們誤認是沉著的疏離表情掩埋了千頭萬緒，她只願他沒有將之一一挖出。她感覺自己打心眼裡被撕成兩半，就像他相簿裡的護照照片，她想要跟她抑鬱的過往和解，卻甚至不敢回望，生怕看了就憎惡自己。

最重要的是，她想要確保文森在舊金山生意興隆、永遠沒有理由再來找她。正因想要永遠擺脫他，所以她建議他多待一天。「我今天下午會發出試鏡通知，」她說。「到了明天早上，我會有幾十個穿著結婚禮服的臨時演員讓你拍照。這些照片會比較吸引舊金山的新娘們，而不是愁眉苦臉的農民和共產黨的官方報。」

「我可不這麼認為，」他邊說邊把皺成一團的護照照片從吧檯上拾起，塞進他的口袋。「恕我直言，也謝謝妳的招待，但我已經說了我必須告訴妳的話。我寧願不要再見到妳。」

瑪麗亞一得知對方也照樣看她不爽，不禁喜形於色。「我明天一早飛華盛頓。你永遠都不會再見到我。」

2.

「我可不要在默比爾[13]購買廣播時段，但討論一下無妨，」亞提邊說邊把聽筒夾在肩頭。「你去弄一頂那種好像滑雪面罩的毛帽……嗯，那叫做什麼來著？Balalaika？不，那是巴拉萊卡琴、俄國的烏克麗麗。*Balaclava*！沒錯，巴拉克拉法帽！就是這個。我們雇個傢伙，讓他戴上巴拉克拉法帽、穿上長長的風衣，叫他拿著……就說開山刀吧……叫他拿把開山刀在默比爾的街上走來走去。他把路人追到巷子裡，跟著他們走進他們的家，反正就是肆無忌憚。當他們放聲尖叫，他就說：『如果你們覺得我這樣叫做嚇人，你們等著看看星期五上映的《午夜跟蹤狂》！』我不知道，鮑伯，我不是律師，何況默比爾在阿拉巴馬州，那裡沒有什麼是不合法的。」

亞提揮手示意瑪麗亞進來，隨之掛了電話。從剛才到現在的幾小時裡，他收件夾裡有如摩天樓高的文件又增高了幾層。

「妳有沒有聽過這麼瘋狂的事？」亞提邊說邊吞下一顆阿斯匹靈。「單單為了一家默比爾的戲院購買廣播時段？」

瑪麗亞在其中一張辦公椅坐下，急著聽聽「東方國民銀行」那筆交易的細節。亞提坐在他的胡桃木辦公桌後面，幾年前，他把辦公桌架在一個平臺上，讓人感覺他像個小額訴訟法院的法官般威風凜凜，而這樣的法官藉由輕率的聽審和飛快的判決累積經驗。這是整個製片廠最精心規劃的布景。

他點根菸，先看看點燃的火柴，再看看如山高的文件，眼神中流露出渴望，好像很想放火一焚，然

---

13 Mobile，阿拉巴馬州的第三大城市。

後懊惱地把火柴丟進菸灰缸。「我改變一下氣氛，跟妳說個好消息，」他跟瑪麗亞說。「『東方國民銀行』批准了信用額度，我幾乎必須雙手奉上我家老大，而老實講，免費奉送都沒問題。讓他在別人的洗衣籃裡撒尿吧。我們把公司的三分之一當作抵押，還得放棄幾個董事會的席位。但不管華府那邊進展如何，我們算是保住了飯碗。」

「那是好消息。」

「壞消息是奈德也保住了差事，而且他會回到洛杉磯，長住下來。但為了表示善意，他答應資助《魔鬼的交易》，前提是我們必須得到『電檢處』的批准。講到這個，妳有沒有再想想我們可以怎樣應付布林？」

把文森留在維克藥局之後，瑪麗亞去了一趟「水星國際影業」的研究圖書室。她把皮包掛在衣櫃裡，裡面還擱著一套大猩猩戲服和一袋十加侖重、用刷白了的玉米穀片製成的雪花。在一個推陳出新、用盡花招曲解史實的製片廠執掌研究圖書室，似乎是煉獄般的懲罰，但性情開朗、兩鬢發白、下巴鬆垂的西蒙斯先生把研究圖書室變成聖殿，在深陷於虛構的製片廠裡捍衛真實。松木書架上排列著數以千計的書籍：百科全書、各式圖鑑、史學書刊、新聞剪報，剪報收放在文件夾裡，標示出日期和主題。研究圖書室不但孕育劇本，也實現劇本。藝術總監、造型指導、道具組員、布景設計，全都倚賴研究圖書室的型錄營造道地的顏色和氛圍。除了莎士比亞全集和大英百科全書，你還找得到一疊疊來自四大洲的菜單、五百頁關於爬蟲動物的有趣小常識、一整本中西部加油站的商標、八十年的郵購時裝型錄、一整組新奇咖啡馬克杯的照片。知識被拆解為最微小的細節，一萬張白色的索引卡抄錄著形形色色的瑣碎常識，交互參照，令人眼花撩亂。

瑪麗亞一走進來，西蒙斯先生就站起來。他是個和藹可親的傢伙，他那股為萬事萬物分類的幹勁或許顯得瘋狂，其實本人倒是還好。他的笑容溫和，半月形的眼鏡架在他的鼻梁。

「拉嘉納小姐，」他說。「我能為妳提供什麼服務？」

「今天早上喬伊・布林擱置了一份對亞提而言很重要的劇本。我想要看看你這裡有沒有什麼東西可以讓我當作籌碼，方便我跟『電檢處』協商。」

「電影的劇情是什麼？」

「一個柏林的藝術電影導演同意拍攝一部宣傳電影，藉此換取拍片的資金，讓他完成他的曠世傑作。那些為下星期華府聽證會撐腰的參議員，據說對這個浮士德般的藝術電影導演很有意見。」

西蒙斯先生伸出食指輕點噘起的雙唇。「去年我讀過一篇報導，報導中說德國領事館想為《東方之勝》爭取『電檢處』的許可，那是一部宣傳電影，導演是哈索・貝克。」

「哈索・貝克？我沒聽過這人。」

西蒙斯先生蹺起細瘦的雙腿。「他二〇年代幫『UFA電影公司』[14]拍了幾部評價不錯的表現主義電影。希特勒上臺執政之後，他同意為戈培爾[15]拍片。」

「真有這事？」

「他的前妻在這裡工作。安娜・韋伯？那個縮尺模型師。」

「關於《東方之勝》，莫非布林選擇無聲的抗議。」

---

14 UFA，亦稱「Ufa LogoUfa」，成立於一九一七年，是德國歷史最悠久的電影公司。

15 Paul Joseph Goebbels（一八九七—一九四五），一譯「保羅・約瑟夫・戈培爾」，德國政治人物，納粹執政之時的國民教育與宣傳部部長，擅長講演，被稱為「宣傳的天才」。

「喔，剛好相反，」西蒙斯先生微微一笑。「布林先生說的才多呢。」

「電檢處」發布聲明，在這份三段的官方聲明中，布林冷冷地斥責仇恨意識形態危害民主價值，滿紙陳腔濫調，完美至極。喬伊．布林可以把一份劇本刪得體無完膚，藉此宣判它的死刑，但他可不能刪改他自己說的話。

「我建議用布林的聲明為《魔鬼的交易》拉開序幕，」瑪麗亞跟亞提說。「如果我們把整部電影架構成警世錄，以誇張的手法強調布林自己對宣傳電影的斥責，說不定他就不得不批准這部電影。尤其是如果他知道他若否決，你打算刊登全版廣告指控他偽善。」

一想到如此公開羞辱喬伊．布林，亞提不禁心想，宇宙或許不是他想像中那麼冷酷無情。

「這下我幾乎希望他會否決，」亞提坦承。

「雙贏。」

亞提興高采烈地說：「我有沒有告訴妳，我始終就想要有個像妳這樣的兄弟？」

這是她老闆對她的最高稱許。「我猜你和奈德對這件事情的看法不同？」

「如果我的愛國情操讓奈德胃潰瘍發作，那我倒不介意犧牲小我。」

他們討論其他種種必須解決的當務之急。比方說，預定在《家庭至上》片中飾演模範青年的演員竟有三個私生子，而且吸毒吸得厲害。《破曉時分》——一部虛情假意、奈德力推的通俗劇——已經比預定的進度落後三天，而且超支一萬五千美金。與「哥倫比亞影業」承租部主任的合約協商看來不妙。《意想不到的沉淪》在國內徹底砸鍋，在南美洲卻賣座奇佳，「水星國際影業」在里約的辦公室甚至吵著要求拍續集。喔，還有參議院那一關。

「薇德特已經安排我跟你搭同班飛機前往華盛頓，」瑪麗亞說。「我們可以請製片廠的幾個編劇幫你草擬開場聲明，你覺得如何？」

「不了，我自己來就好，」亞提說。

「你確定嗎？我們有兩個編劇是耶魯大學畢業生。」

「所以他們不需要任何解釋也瞭解什麼叫做勢利，可真幸運。」亞提頹然靠向椅背，一手輕撫戴在頭上的「梅菲斯特」。「我會自己寫我的開場白。那些參議員會後悔叫我坐上證人席。」

瑪麗亞仔細端詳亞提，好奇從早上到現在發生了什麼變化，然後想了想，頓時明白了：亞提．費德曼基本上就像一個在嘉年華會高聲招攬顧客的商販，而美國參議院正遞給他一支麥克風。

「我們都擅長作戲，瑪麗亞，而擅長作戲的人不會輸掉擺擺樣子的公開審判。」

3.

那天晚上，瑪麗亞回家途中經過維克藥局，她注意到文森依然坐在同一張高腳凳上，啜飲同一杯五小時之前點的咖啡，明知不應該，但她依然用肩膀頂開藥局的門，輕輕拍了一下他的肩膀。

「我給你看一樣東西。」

文森花了三年半從義大利來到洛杉磯，卻只花了五分鐘就回到義大利。他跟著瑪麗亞走過一座熱帶叢林，踏入一個鋪了人造石板的廣場，街燈在廣場上投下乳白色的光暈，他感覺自己像是一位探險家，無意間發現了失落文明的宏偉遺跡。精心擺設的店面陳列著不合時宜的洋裝和標錯價錢的鞋子。粗黑字體的義大利文招牌妝點著櫥窗，一座隱密的鷹架安裝在磚瓦屋頂上，掛著巨大的遮光布簾，可以上下拉動，以便白天拍攝夜景。黃白交錯的遮陽篷下擺著一張張空蕩的咖啡桌，一張椅子的椅腳墊著火柴盒保持平衡，餐廳領班的桌上擱著一疊菜單。四下望去不見海報、標語口號、或是墨索里尼咄咄逼人的注視，這樣的廣場重現一個他認不出的義大利。或許這些失真是某種形式的至善至美，文森心想，不是既成的差錯，而是可能的遠景。說不定正因如此，所以他在這個陌生的市郊興起鄉愁，思念著他那已不復存在的世界。

「這是我們為一部場景設在羅馬的脫線喜劇搭的布景，」瑪麗亞說。「一個美國的千金小姐愛上一個辛苦奮鬥的歌劇演員，繼而發生一連串誤會。這真是一部大爛片，但基於個人多愁善感的緣故，這是我最喜歡的布景。」

「的確很漂亮，」他承認。

她推開立面布景板的其中一扇門，兩人沿著後方的狹窄通道往前走，木板通道一路延伸，方便美術人員走動，通道的盡頭有個小房間，房間的牆面一片空白，房裡擱著一張祕書桌和一座停擺的掛鐘。

「這是我的第一間辦公室，」瑪麗亞說。多年之前，當她為自己爭取辦公室，亞提的一位部屬把這個隱蔽的小房間指派給她。戲組人員曾在這裡打牌、打盹、幽會，房裡擺著一張牌桌和一張沙發，數以千計的花生殼撒落在地，牆壁的每一寸都貼著性感美女的養眼海報，十張、二十張相互交疊，層層皆是光裸的大腿和嘟起的豐唇。不管她每天最早到最晚走，薪水卻比誰都少，不管她多麼勤奮、多有才華，對那些一鼻孔出氣的男性經理人而言，她就只能待在這個髒兮兮的小房間，坐視愚蠢的中年男子打量年輕女孩的胸圍。瑪麗亞確實考慮辭職。但她反而找個週末一個人過來重新裝潢這個王老五的老巢。她從木工店鋪借了一把油漆刮刀，剝下一層層不雅的海報，直到看到光禿的牆面。她掃地刷地，在各個牆角撒鹽，以示驅趕邪魔厄運。她自己動手搬來桌椅和掛鐘，那位指派給她這間「辦公室」的馬屁精有個酒櫃，她也一併搬了過來。她把這個房間變成自己的小天地，然後鎖上房門，以防先前進出的人們想要進來瞧瞧。即便如今她已擁有一間正經的辦公室，在她的心目中，製片廠裡依然只有這個房間才真正屬於她。

「我猜你今天晚上沒地方過夜？」

「我會沒事的。」

「來，」瑪麗亞說。「我的副業是旅館經理。」

瑪麗亞走進蒙特克萊時，陸艾迪在櫃檯當班，收音機流瀉出輕柔的薩克斯風樂曲，字紙簍裡，金黃的香蕉皮斜斜壓著一本本信仰療法的小冊子。

「妳今天比較早下班。」艾迪吐出濃濃的雪茄煙霧，揮揮手裡那本讀了又讀的《凡尼亞舅舅》，惡狠狠地瞪著那個穿著廉價西裝、隨同她走進來的男人。「喂，你，滾蛋！這裡是正當住家。」

「蒙特克萊以好客著稱，」瑪麗亞跟文森說。

「妳認識這個流浪漢？」

「說來話長。他只需要一個房間過夜。」

艾迪聽得出瑪麗亞口氣裡的警告，於是他詢問文森的全名和出生年月日，準備填寫入住表格。「你的職業……我猜你不會想要我填『流浪漢』吧？」

「那是中太平洋鐵路嗎？」文森瞪著一張艾迪釘在牆上的照片說，照片裡是個火車頭，小小一張，色調紅褐。「我坐過好多次。」

「那是有史以來最精良的鐵路，」艾迪的口氣帶著權威，讓人聽不出他根本沒有離開過洛杉磯。最近這一陣子，艾迪在演藝圈最固定的差事是幫一家唱片公司灌錄人體的各種噪音，然後把這些噪音壓製成黑膠唱片，以便廣播劇製造音效。瑪麗亞帶著文森上樓時，艾迪開始排練。就連他假裝放屁的聲音也帶著一絲哀戚，流露出悲劇演員的本色。

他們走上三樓，經過一扇扇這些年來被無數警察踢開臨檢的木板門。3E的房客是個侏儒，他是雪莉・鄧波的特技替身，曾在幾個州競選公職，但都未能勝選，現正撥弄一把烏克麗麗，彈奏著輕柔的曲調。3F的房客是一戶斯伐洛克難民，現正操著迷人的口音輕聲交談。3D的房客是個酒鬼，他天天一事無成，只求喝夠了酒、朝著一屋子陌生人公開表達愛意。蒙特克萊其實跟「水星國際影業」差不了多少，兩者都是走向下坡的中途站，在此稍作停留，接下來即是監獄、停屍間、或是受到遺忘。

「我幾乎忘了。我還有個東西給妳。」文森單膝跪地，從他的旅行袋裡掏出一個用手帕包著的長方形包裹。「妳爸爸給妳的。」

那是一個紅白相間的雪茄盒。盒子的封口已經毀損。瑪麗亞幾乎喘不過氣。

「這是什麼？」她輕聲問。

「我不知道。」

「你花了三年橫越美國把它交給我。」

「三年半，」他說。「但它不是我的，輪不到我打開。」

瑪麗亞默不作聲，過了好一會兒才把雪茄盒夾在腋下。打開盒子時，她不希望身邊有人。

「你聽好，」她說，「我明天一早就得去機場，所以我的祕書會在大門口跟你會面，帶你看看劇照組。我已經發出試鏡通知——上百個穿著新娘服的女孩會等你幫她們拍照，到了下午，你應該就有足夠的肖像照說服舊金山任何一位顧客，她們肯定相信你拍結婚照拍了好多年。」

「謝謝妳，瑪麗亞。我會從舊金山寄明信片給妳。」

「如果你想要謝謝我，」她說，「你就別再回來。」

瑪麗亞回到她在二樓的房間，解開綁著雪茄盒的紅色繩子，掀開盒蓋。

她從她媽媽那裡學會一件事，流露感情只是浪費精神體力。你最好保持你眼神的冰冷，以免讓任何人瞥見你心中的熾熱。這麼說來，安紐麗塔若是瞧見她女兒熾熱的眼神，肯定馬上明瞭雪茄盒裡裝的根本不是雪茄。

盒裡反而裝著數百張長長的字條，張張是她爸爸信中遺漏的字句，經過聖羅倫佐審查員銳利的刀片裁割。瑪麗亞仔細查看這些碎紙，上頭盡是她爸爸一絲不苟的字跡，有些不是完整的句子，有些只是一個勾動思念的字，看著看著，她感覺整個人被抽空，幾乎無法挺直身子。她深深吸口氣，悄悄把盒子放進皮包，走到房間另一頭的梳妝臺，從最上層的抽屜裡拿出這些年來她收到的信，信被紮成一疊，一封封經過審查。現在是十點半，她有事待辦。

那晚稍後，當「水星國際影業」的夜班警衛巡邏穿過廣場時，他看到布景板其中一扇窗戶的燈亮著。他慢慢晃過去，心想他應該把燈關掉。夜班警衛一年半前逃離波蘭，現在暫住博伊爾高地[16]的表哥家，把客廳的沙發當作床鋪，這份工作就是他表哥幫他找的。他脫下棒球帽，把臉貼在玻璃窗上。牆面一片空白的小房間裡有個女人。

如果他記得那個晚上的任何事情——而他寧可忘卻他生命中這段時日的一切——他會想起小房間裡的女人把信從信封裡抽出來、一張一張釘在空白的牆上。她從左邊走到右邊、從上方挪到下方，一面牆貼滿了，她就移到下一面，在牆上貼上一打又一打信紙。信紙上缺了一段段字句，在粗糙的牆面留下一塊塊長方形的空白。當牆壁的每一寸都貼滿了信，女人從一個雪茄盒裡掏出手寫的字條，用長長的字條填補牆面的空白。警衛站得太遠，看不清拼湊出來的信。他不知道信從哪裡來、信裡寫了什麼、信是否太晚寄達。但這位收信者看來寬慰，就此研判，信裡顯然傳達可喜的消息。如果他記得任何事情，警衛會想起小

16 Boyle Heights，洛杉磯東區。

房間裡的女人望著牆上她一手修復的信、神情之中流露出回到了家的安適。他已經好久沒有在任何地方感受到同樣的自在。

多年以前，他看過一部電影。電影裡的怪物逃避一群壞人，無意間看到一棟像這個房間的林中小屋。怪物透過亮著燈光的窗戶窺視，毫無惡意，只是試圖想像屋裡的人們怎麼學會了住在屋裡。警衛想不起電影的結局，他猜想八成取決於誰是怪物、誰在屋裡。他看了一下懷錶，如果現在不走，他就得一直工作到晚餐過後。但他依然逗留在窗邊，多待一會兒。

第二部

第五章 人民公訴亞提・費德曼

1.

四個月之後，一九四一年十二月的一個星期天傍晚，《魔鬼的交易》在洛杉磯首映，地點是與製片廠同名的「水星劇院」。

一部郵輪般的白色加長型禮車停在為了首映從巴西領事館租來的紅毯旁，奈德下車，示意他的女伴挽住他的手臂，兩人一起迎向攝影記者耀眼刺目的鎂光燈。

「我無法決定誰比較糟糕，」米德蕾・費德曼從緊隨其後的豪華禮車裡做出觀察。「可鄙的男人、或是覺得可鄙的男人很迷人的女人？」

米德蕾穿了一件及膝的貂皮大衣，看起來像是一個過度自信、此次露面之後就失去蹤影的登山客。適切極了，亞提心想：對於試圖躋身上流社會的人們而言，比佛利山莊等同他們的喜馬拉雅山，而米德蕾依然努力攻頂。

「奈德比較糟糕，」他判定。「他的女伴只是想要成為下一任的前奈德・費德曼夫人。你若是明瞭她為了贍養費才想要嫁給他，你就有理由原諒她，就像是因為正當防衛犯了罪。」

深色的車窗濾去紅毯絢爛奪目的色澤。

「如果貪婪可以合理化卑劣的行為，那我們全都無辜，」米德蕾說，即使他們已經結縭二十年，她那種至高無上、輕鬆自若的語氣，依然勾起亞提強烈的慾望，讓他一顆心有如打雷般怦怦跳。「提到無辜，我剛剛還在想伊迪絲的晚宴進行得如何。抱歉我錯過了。」

「妳應該感到抱歉，」亞提漠然地說。「伊迪絲是妳的好友。」

米德蕾頭一歪，納悶他們為什麼停滯不前。「反正晚宴隔天最有意思。你打電話給其他賓客，大家在電話裡討論昨晚的晚宴多麼糟糕，這才是最有趣的時刻。所以我每一季頂多籌辦一次晚宴，幹嘛把仇敵邀到家裡，還奉上刀劍讓他們砍？」

亞提微微一笑。某些他最心狠手辣的經商謀略，靈感正是來自他太太的待客之道。

鎂光燈一閃一閃地橫掃深色的車窗，好像炸彈相繼轟然引爆。白光忽然一閃，隨即陷入墨黑，蜂擁而至的人群有如置身定格動畫，感覺極不真實。

人群比瑪麗亞事先安排的更可觀，不是嗎？亞提曾經透過選角公司雇用影迷，但近來他轉而借助於一個頗有生意頭腦的高中生，這小子旗下有一群收集明星簽名照和樂於鼓掌叫好的少年，你可以花錢雇用他們，而他們絕對可以為首映會熱場，或是提升清純女星的知名度。你用同樣金額事先策畫一場貌似自發參與的活動，或是在全國各地刊登廣告，宣傳效果不見得更好，經濟效益也不一定更佳。除了曼哈頓，好萊塢的記者人數比任何地方都多，連梵蒂岡都指派一位全職特派員長駐好萊塢。如果各家通訊社報導他精心策畫的喧鬧，電影的海外權利金說不定一夜之間就暴漲三倍。去年他安排《公路響馬》片中的惡棍策馬在梅爾羅斯大道攔下赫達·霍珀[1]的座車，露易絲·帕森[2]因而寫了一篇對他讚譽有加的人物特寫。腥羶

1 Hedda Hopper（一八八五—一九六六），美國八卦專欄作家暨女演員，四〇年代全盛時期，讀者人數曾高達三千五百萬，與另一位八卦專欄作家露易絲·帕森是死對頭。

色固然有利宣傳，但不小心就會釀成醜聞，甚至引發抵制和抗議，車外的情景眼看即將成為例證。

他喝光水晶杯裡最後一口烈酒。他穿著白色的正式西裝、別著金色的袖扣、戴著規矩的假髮，感覺卻像個冒牌貨，就像被米德蕾那群朋友的先生們強押著發表對第九號鐵桿的看法。黑色的領結緊箍著他的下顎。兩杯加長型禮車酒吧裡提供的波本威士忌讓他的嘴巴又苦又辣。根據一篇早先見報的影評，只有喝醉了酒、腦筋不清楚的觀眾，才會想買票觀看《魔鬼的交易》。

過去一整個星期，亞提不停為米德蕾朗讀來自聖佩羅德[3]一場試映會的觀眾迴響，張張戲劇性十足，可稱奇文共賞。試圖重述電影劇情時，一位觀眾聽起來像是船員想要找出新的詞彙形容霧氣。米德蕾心想，聖佩羅德不過是個海港小城，這種語氣未免過於恃才傲物。亞提通常樂於冒犯保守的影評人，這時他卻詳讀意見卡尋求徵兆，好像一個藉由觀鳥占卜禍福的官吏，讓人看了不免擔憂。

奈德的加長型禮車慢慢駛離路邊。

亞提的司機在簇擁的人群中龜速前進。

「說不定聖佩羅德的意見領袖都錯了，亞提。人數還不少，不是嗎？」

車外的陣仗遠超過亞提的策畫，但不管用哪一種貨幣付費宣傳，他都願意掏腰包。加長型禮車慢慢駛近紅毯時，他看到孤立主義者舉牌示威：與希特勒談和等同爲美國謀和、美國歐洲互不干涉、摧毀好萊塢戰時文宣機制，各個標語有如背鰭般掠過抗議的人海。他把鼻子貼在車窗上，感覺一顆心沉到谷底。興風作浪、爭取免費宣傳是一回事，踏入一群被幾條絨繩制住的暴民之間又是另一回事。

「我們應該下車嗎？」米德蕾問，無畏於這群人打算砍了她先生的頭。「或者我們過去看看『奧芬戲院』上演了哪部片子？」

「我們下車。」但亞提無法動彈，好像被縫在禮車的真皮座椅上。肯定是因為波本威士忌。他顯然喝得不夠醉。問題是，所謂的「夠不夠醉」只有久久之後才看得出來。比方說只有在牌桌上輸了七千美金之後，或是狂飲三天恢復意識之後，或是煽動足使公司破產的抵制之後，他才可以瞥見他應該在哪一刻叫停。過早叫停的恐懼勝於做得過火的羞愧，而這正是米德蕾和奈德無法瞭解的一點。他們認為自毀的種種行為，在他看來則是自保：亞提把他的恐懼轉化為羞愧，藉此熬過心中的恐懼。

過去這一年，多事之秋，一再撩起恐懼的火苗。倫敦大轟炸，德國占領的區域日漸擴張，俄國的防線日漸瓦解，雅妲依然音信全無。在波蘭華沙，納粹黨衛軍扛著絞架遊行炫耀，上頭掛著劇院老闆的屍體，而這些人只因被裁定播放腐化墮落的影片就被絞死。「水星國際影業」出品的幾部片子已被列入違反風紀的名單。亞提百思莫解的是，當道德的行動激發極不道德的反應，你如何行之以德？他很訝異自己的思路依然清晰，這表示他得再多喝幾杯，好讓恐懼的火苗漸漸平息、不會於心有愧。

「你哪裡不對勁？」米德蕾問。她已經非常習慣她先生的陰晴不定，只有當他不對勁到了極點，她才覺得有必要一問。

「我哪裡不對勁？那個傢伙的標語說：約瑟夫・史達林給《魔鬼的交易》五顆紅星。」

「說真的，亞提，我確信史達林日理萬機，沒時間評論你的電影，」米德蕾說。伊迪絲曾經私底下跟她說，如果她先生沒有自個兒找小三，她會主動幫他找一個，她把這話當作絕對機密告訴米德蕾，米德蕾聽了感同身受。亞提近來不斷陷入陰鬱，讓她幾乎想念那個已經從他們生活中消失的貝蒂・拉德羅。天知

---

2 Louella Parsons（一九〇二—一九六五），美國八卦專欄作家暨編劇，全盛時期的讀者人數高達兩千萬，人稱「好萊塢八卦新聞之后」，跟另一位八卦專欄作家赫達・霍珀長年不合。

3 San Pedro，洛杉磯近郊的海港城市。

道她先生向來不懂圓滑，但米德蕾確信他絕對不會張揚自己的出軌。在他們的社交圈裡，你若審慎地搞婚外情，你就會被視為具有紳士風度。所以囉，米德蕾心想，亞提花了這麼多功夫瞞她，幾乎稱得上是浪漫。

亞提看了看車外說：「這裡的氣氛跟葬禮差不多，不是嗎？」

「講話別那麼誇張。這是電影首映會，哪會像是葬禮？」

「妳怎麼知道？」

「舉個例子來說吧，你的葬禮會在掌聲中落幕。」

亞提大笑。天下之大，眾生之廣，但他最愛的是她。「妳確定？」

「我會率先起立鼓掌。」

「但妳得確定製作人是大衛．賽茲尼克[4]。」

「他只跟大人物合作。」

「那我他媽的算什麼？」

「你是戴了大頂假髮的傢伙[5]。」米德蕾牽起亞提的手，兩人一起迎向你推我擠的攝影記者，踏入鎂光燈有如炮火的射程之中。

日後亞提幾乎無法描述頭先幾秒鐘對感官的衝擊：閃光燈爆裂，滲漏出鎂合金的焦味；記者們把證件斜斜插在帽帶上，叫嚷著讓人聽不清楚的問題；一盞租來的探照燈大放光明，白花花的光束橫掃天空；街上人聲沸騰，瀰漫著六百多位民眾的怒氣。

「天啊，亞提，」米德蕾說。「你究竟做了什麼？」

他做了什麼？在他的左側，鎂光燈有如暴風雨般席捲示威者。「美國第一委員會」——孤立主義者最重要的遊說團體，圖謀私利者與易受煽動者的權謀共同體——提供地方分會的會員們示威木牌：制止發戰爭財的好萊塢外國財閥，亞提・費德曼是反美的邪惡共產黨，別讓**我們**的子弟爲了**他們**的子弟送命。

紅毯另一端，「國民陣線」的行動派人士，羅斯福總統的支持者，不切實際、愚善到令人難以忍受的改革者揮舞橫幅，橫幅上的標語雖然不像對手的標語一樣天馬行空，卻也同樣自以為是：勞工聯手對抗法西斯，別讓英國孤軍無援，增加對英援助，向寄居的屈枉正直的，必受咒詛—申命記 27：19。

紅毯兩側的警察緊抓著警棍，神情渴望迫切，好像酒鬼緊抓著發誓絕對不會開了暢飲的酒瓶。馬路對面，衣著神態如同聖經推銷員一樣無趣的聯邦探員忙著記下車牌號碼。一個圍著圍裙的小販高聲叫賣烤香腸和冰可樂。街道的另一頭，目瞪口呆、進退維谷的路人們等候群眾開始鬧事，以便辯解自己為何抬頭觀望。

奈德拉拉他的手臂。「拜託跟我說這些都是你搞出來的。」

「不是，」亞提說，聲音有點顫抖。「我只是被牽扯進來。」

米德蕾跟隨在後，默默承受攝影記者對她的漠視，雙眼有如兀鷹般檢視群眾，希冀從中覓得一、兩樁她可以在晚宴上描述的軼聞。近來她最感興趣的軼聞都是關於其他賓客，好像沒別的可說。

「這事鬧大之後，他們非得頒座奧斯卡給我們，」她說。

---

4 David Selznick（一九〇二—一九六五），美國知名製片人暨編劇，經典名片《亂世佳人》和《蝴蝶夢》都是由他監製，兩片皆獲奧斯卡金像獎。

5 原文是「A big wig」這是作者的文字遊戲：bigwig vs. big wig。前者的意思是「大人物」，後者的意思是「大頂的假髮」。米德蕾明知亞提是大人物，但依然跟他開玩笑，戲稱他是個「戴了大頂假髮的傢伙」。

「我現在比較擔心會不會去坐牢，」亞提說。「或是被送到太平間。」

米德蕾同情那些猛烈抨擊她先生品格的示威者，但她認可他搶版面的天賦。

「當你拿了一座奧斯卡，你得在得獎感言裡感謝我。」

她的信心毫無根據，亞提幾乎誤以為她在諷刺他。

「米德蕾，倘若這事果真讓我拿到一座奧斯卡，我會先感謝我的離婚律師。」

一個攝影記者果真拍到了這句話引發的反應：米德蕾在亞提臉上甩了一巴掌。一九八二年，費德曼家孩子們把米德蕾送進格倫代爾的安養院之後，他們會在她的隨身物品裡發現這張照片。「獻給我最美麗的米德蕾」，他們的爸爸在照片後面寫道，「即使過了這些年，妳依然讓我發光發亮。」到了那時候，亞提已經過世好幾年，米德蕾也罹患阿茲海默症，那個最無情的審查官褫奪她的語言能力，讓她再也無法清晰表達。但當他們把照片拿給她看，她說：「啊，我那個戴了大頂假髮的傢伙。」她的孩子們互看一眼。然後她又補了一句：「你到哪裡去了？你究竟到哪裡去了？」大家都不知道她說的是照片裡的哪一個人。

二十四個攝影記者站在警察陣仗後面。亞提認得其中幾位。另有幾位受雇於他。他希望他的公關宣傳照捕捉到社會名流的風範，也就是說，他要讓大家看到他有如明星般被蜂擁而上的相機圍繞，他也總是會派幾個人站在記者群裡充場面。

瑪麗亞擠過人群，問他剛剛在哪裡。

「最後這兩條街花了我們一小時，」亞提說。「他們為什麼還不開門？」

一個矮胖結實、頭髮剪得極短的男人果斷地站在大廳門旁。「警佐希望人群疏散一點之後再開門，」瑪麗亞說。「他怕大家說不定會衝進去。」

團團環繞的示威者堵住街道。亞提逐漸察覺情況不妙，這時，一個頭髮淺棕色的男人爬到停在路旁的車上，站在引擎蓋上煞有其事地對示威群眾發表演說。此人參選州長失利，擁護「美國第一委員會」，而且跟加州大多數共和黨員一樣，為了搞政治而從政，立場早已偏頗。

「他上次競選，我捐款贊助他，」奈德失望地說。為了證明對他移居國的忠誠，奈德始終與那些不允許他在此安身立命的政治人物一鼻孔出氣。亞提瞭解奈德之所以這麼做，純粹是出自恐懼，若非如此，他八成會覺得奈德的心態可鄙。那些人證實你緊抓著不放的信念，跟他們結盟，豈非再自然也不過？除了堅信自己是個非法闖入的外地人，還有什麼信念更讓你緊抓不放？

「你應該捐多一點。他在州長官邸成不了氣候，這會兒他站在引擎蓋上演講，反而造成更多傷害，」說著說著，一道彩色的閃光掠過他的眼前，反示威群眾中颼地飛出一個東西，速度之快，讓亞提難以辨識。一抹亮晃晃的紅光飛過人群上方——說不定是個磚塊——劈啪打中那個參選失利的州長候選人。驚呼聲傳遍人群。結果政客沒事——他只是被一顆成熟的番茄打中臉頰——但一切都已太遲，因為示威雙方豈不就是為此而來？群眾等待的不就是一個藉口嗎？

示威者暴跳如雷，皮鞋重重踩踏水泥地，不一會兒，群眾突破警方陣仗，你推我擠，蜂擁向前；人人摩拳擦掌，叫罵聲不絕於耳，狂揮手中的示威木牌，好像揮舞著戰斧。滿地都是遭到踐踏的軟呢帽，好像一張印滿腳印的氈毯。奈德的女伴用她的高跟鞋猛踩一個迎面襲來的示威者。群眾一窩蜂地擠向窄小的入口，胳臂交纏，亮晶晶的皮鞋也被踩得失去光澤，人人擠得前胸貼後背，幾乎動彈不得。亞提看著示威木牌被人群吞噬，力倡以理性取代暴力的標語顯得蒼白無力。

被隔絕在示威現場外的群眾站在街角，目不轉睛地看熱鬧，無法移開視線。

米德蕾緊緊牽著他的手，他用屁股從人群中擠出一條路，拉著米德蕾穿過一分開就閉合的縫隙。她的嘴巴離他的耳朵只有一英寸，但在喧囂之中，他聽不出她說什麼。大廳的門鎖被撞開，人群湧入大廳，亞提看著香菸女郎的小方帽忽上忽下，沉浮於有如潮水般的人群之中。

然後天旋地轉，大廳傾覆。天花板在他腳下旋轉，水晶吊燈在地上閃閃發光。誰搞出這個花招？天窗漸漸擋住亞提視線之際，他看到水晶吊燈蒙上警車警示燈的紅光，有如片片花瓣。

2.

導致暴亂的種種事件始於數月前在國會山莊的聽證會，在那個鑲了楓木飾板的會議室裡，「電影製片協會戰時文宣調查小組」傳喚好萊塢各大製片廠的負責人前來作證。參議員傑拉德．奈伊率先發表證詞。參議員奈伊是調查小組的發起人，也是孤立主義派參議員之中最直言不諱的反猶太要員，聽證會一開始，他發言譴責好萊塢的大亨們散布「有史以來加諸於文明大眾最惡毒的宣傳」。

大亨們有備而來。他們聘用去年共和黨總統候選人溫德爾．威爾基[6]擔任律師，威爾基聲稱種種指控皆是羅斯福總統的障眼法，藉此減低聽證會的公信力，在他的示意下，大亨們聲稱自己是屈居下風的弱勢團體，而他們監製的電影恰可證實民主的價值。

瑪麗亞坐在旁聽席，看著哈利．華納[7]、尼可拉斯．申克[8]、戴洛．札努克[9]吹噓自己如何捍衛參議員們極力詆毀的民主自由。調查小組的參議員們顯然感到焦躁，因為向來只有他們有權義憤填膺，現在他們的專利卻受到挑戰。聽證會進行到第八天，輪到亞提上臺作證。他穿上灰色的西裝，打了一條天藍色的領帶，式樣保守，色調相配，讓人幾乎認不出是他。更讓人驚訝的是，他擺出一副平常人的態勢，完全褪去真實的本性，藉此迎擊參議員奈伊的指控。最後他請求調查小組准許他朗讀一封製片廠幾年前收到的影迷來函。

亞提拍拍口袋找老花眼鏡，舉止之中帶點戲耍的意味，結果發現眼鏡在證人席的桌上。他把玩眼鏡，然後撫弄信封，直到察覺調查小組的主席用圖章戒不耐煩地敲敲講壇。「你在考驗我們的耐性，費德曼先生。」

「抱歉，諸位先生，」亞提說。「我哥哥和我想要借用以下發言表明我們兩人和我們電影的品格。我這就逐句朗讀：『貴製片廠出品的電影兼具娛樂性和教育意義，讓我至為景仰，您致力捍衛我們共同珍視的核心價值，更讓我欽佩。我非常榮幸將您視為我的支持者，我也希望您會視我為您的支持者。』」他把信摺起來，補了一句：「我說完了。」

「誰寫了這封……頌詞？」調查小組的主席問。

「我不想讓寄信的那位先生難為情。他是個聲名顯赫的公眾人物。」

參議員奈伊強自壓下心中的激憤，將之淡化為不屑與輕蔑。克敵制勝的快感流竄他的全身，但他只是皺皺眉頭，適如其分地表示譴責。他打算叫他的幕僚長幫他撰寫聲明，刊登在明天報紙的頭版。「我不樂見，也未沾沾自喜，但由我發起的調查小組揭發另一個陰謀集團……」大意如此，只是更加詳細。

「費德曼先生，容我提醒你，你已經宣誓講真話。」

「如果您非得提醒我不可，參議員先生。」

「喔，是的，費德曼先生，我非得提醒你不可。」

6 Wendell Willkie（一八九二—一九四四），美國政治人物，曾於一九四〇年代表共和黨競選總統。

7 Harry Warner（一八八一—一九五八），原名Hirsz Mojesz Wonsal，「華納兄弟影業」創始人之一。

8 Nick Schenck（一八八〇—一九六九），俄裔美國影業大亨。

9 Darryl Zanuck（一九〇二—一九七九），美國電影製片人暨高級主管。

證人費德曼戴上眼鏡——嗯，那是什麼？證人咧嘴微笑嗎？

「說來難為情，」亞提說。「這封讚揚表彰的信看起來出自參議員傑拉德．奈伊之手。」

驚呼聲連連，嘆息聲四起，好像國會山莊的根基冒出漏洞。主席拿起議事槌猛敲，但已經來不及維持秩序。費德曼先生轉向記者席，戴著老花眼鏡、神情謙恭的他，難掩一絲炫耀與賣弄。

「參議員奈伊根本沒有任何信念，純粹是幫自己打預防針，讓人不會說他言不由衷。」

笑聲轟隆響起，鎂光燈閃個不停，奈伊當下即知自己會上明天報紙的頭版。

「我哥哥奈德熱衷於收集名人親簽，」亞提興高采烈地揮舞手中的信，繼續說下去。「他保留諸位要人寄來的信，在座這位參議員即是其中之一。幾年前，他開了一張二十五元美金的支票給參議員奈伊的競選總部，參議員回了這封信，信中的溢美之辭讓人覺得噁心，但他說的我完全贊同。儘管如此，」——這會兒亞提轉身朝著奈伊說話，奈伊頹然坐在座椅上，看起來幾乎垂頭喪氣——「參議員先生，您真的應該抬高價碼。我若打算花錢在《紐約每日新聞》買一篇這麼正面的評論，絕對不只二十五元美金。」

參議員堅稱這封信出自他的幕僚長之手，他看都沒看就簽名，但在眾人的訕笑之中，他說了等於白說。

等到飛機降落在洛杉磯，亞提已經比他雇用的演員們更出名。華特．溫契爾[10]在專欄和廣播節目裡讚揚他，甚至當面稱讚他——溫契爾是個專欄作家，專寫名人八卦，他的廣播節目吸引全國三分之一的民眾收聽，他對羅斯福總統相當忠誠，而且經常抨擊「美國第一委員會」，因而被孤立主義運動人士視為眼中釘。亞提遭到的批判也變本加厲。航空英雄暨「美國第一委員會」發言人查爾斯．林白稱他為「汙穢不堪的跳梁小丑」，林白還說他那套把戲顯示「跟他同類的忠貞分子都應該、也必須受到質疑」。這傢伙讓赫爾曼．戈林[11]為他授勛，居然敢說出這種話，未免過於放肆。

「我只不過讓一個無能的參議員看起來像個蠢蛋，」從機場坐計程車回製片廠時，亞提不禁感嘆，依然對自己引發的媒體旋風感到不解。「我真是入錯行了。我應該去搞革命。」

一想到她老闆戴著不可一世的假髮，穿著方格花紋的休閒外套衝上城牆，瑪麗亞覺得真是逗趣。「我很高興你沒有被媒體的關注沖昏了頭。」

「講到過度膨脹的自我，我們請魯迪·布洛赫重寫《魔鬼的交易》的劇本，妳有沒有聽說進度如何？」

「應該已經在我的桌上，」瑪麗亞說。「我明天重新呈交給喬伊·布林。」

計程車將近午夜把她送到蒙特克萊，她從街上看到艾迪窗戶裡透著燈光。不管她什麼時候回來，他始終熬夜等著跟她一起上床休息。他們兩年前在拍攝《上海誘騙案》時初識，《上海誘騙案》是一部令人發窘的東亞偵探片，艾迪在片中飾演一個經常用錯字、發錯音的跟班，劇本是一個失職的記者和一個稱職的酒鬼趁著打撲克牌的空檔胡謅編寫，寫得極差，可說是拙劣敘事的經典範本。有一天瑪麗亞走過攝影棚，聽到亞提的聲音。這就怪了，因為亞提那個星期到紐約出差。工作小組將艾迪團團圍住。他正在模仿製片廠的高級主管們，他模仿得唯妙唯肖，放縱他受限於刻板印象無法發揮的演技，逼真到讓人難為情。

當他模仿瑪麗亞，她在他的口音中聽到自己RRR的輕微顫音——每次講話講得太快，這種義大利式的抑揚頓挫依然讓人覺得她話語慌張。她花時間收聽KNX廣播電臺的現場直播，以節目中的謀殺案審判作為範本，努力自學滔滔雄辯的說話技巧。在艾迪的模仿中，她可以聽到這番努力。她應該覺得受到

10 Walter Winchell（一八九七—一九七二），美國知名八卦專欄作家，一九三〇年代因主持廣播節目聲名大噪。

11 Hermann Goering（一八九三—一九四六），希特勒的副手，曾任空軍總司令、國會議長等要職，被視為希特勒的接班人。

侮辱，卻也在這個陌生人的口音中聽出自己聲音的質感，反而感覺親密。

迄今為止，瑪麗亞已以各種各樣的語句迴避直說「我也愛你」，次數之多、原創性之高，足以寫出一篇語意學的博士論文。有鑑於姑婆們從她小時候就花了大把時間想要把她嫁出去，她覺得自己長大之後絕對有權享受一個人的生活。她之所以受到艾迪吸引，部分原因在於他們的關係欠缺長久承諾，而長久承諾通常讓一段感情從一開始就注定失敗。因為州政府的法令，他們的關係注定會悲劇收場。沒錯，他們可以開車到墨西哥找個教堂舉行婚禮，但從加州州政府的觀點而言，一個義裔美國女子和一個華裔美國男子在墨西哥提華納結婚，其合法性就像「米高梅製片廠」浪漫喜劇片的劇終婚禮一樣假。

預期兩人沒結果，反而促使兩人繼續走下去，這倒是出乎她的意料。當瑪麗亞愈來愈受不了艾迪未經要求就主動提出建議、鋪床鋪得不甘不願、吵架絕對不讓步，與其給他機會改進這些缺點，她反而不予理會。艾迪禮尚往來，忽略她放他鴿子、把她的事業擺在第一位、始終不願說出心中真正的感受。這套事先預防衝突的做法，使得這段關係成為兩人生命中最經久的戀情。去年夏天，當瑪麗亞隔壁2C的住戶搬了出去，艾迪搬了進來。對他們而言，比鄰而居已是最近似同居。

她自己開門走進他的房間，把皮箱扔在地上，噗地跳上沒鋪好的床。浴室的門一開，艾迪腰間圍著浴巾，從浴室裡走出來。檯燈燈光閃過一升起就揮發的水蒸氣。

「別客氣，何不就把這裡當作妳自己的家？」艾迪隨口說道。艾迪最喜歡用這種似是而非的語氣表達他的情感，聽起來極不誠懇，其實最為可信，打動瑪麗亞的心。

「你應該試試把這裡當作你自己的家，」瑪麗亞回了一句。「你住在這裡耶。」

「喂，我們都會犯錯，不是嗎？」艾迪在她身旁坐下，一隻手搭在她絲襪的襪帶上，意圖讓她寬心，說不定也想趁機把她的洋裝再拉高一點。「聽證會進行得如何？」

「簡直是一場鬧劇。」

「我知道。我在報上讀到了。」

「你應該看看亞提的模樣。天啊，誰會想到亞提・費德曼居然是美國的良知之聲？」

「他知道他自己在做什麼嗎？聽起來他好像惹火了一些有權有勢的大人物。」

「我不清楚。我真的看不出他是否事先經過盤算、或是純粹因為火大、一心只想著自己。」

瑪麗亞把艾迪的手從她的大腿上移開，把他拉近一點。洗澡水的熱氣在他毫無瑕疵的臉頰留下瀅瀅的光采。每天早上，她如同縮尺模型師般精準計算，在臉上撲撲抹抹，好像定期使用潤膚乳、冷霜、面霜就可能造就驚人的改變。而此刻，艾迪用旅館的肥皂就達到更佳效果。

「小心一點，好嗎？」他說。「我這輩子已經應付夠多本土主義者。那些人以為你的祖宗如果不是從『五月花號』下船，你再怎樣都是初來乍到、格格不入的新移民。」

只有艾迪得到瑪麗亞的特許，得以關心她的福祉。起先他的掛念令她感到窒息，即使從任何標準而言，他的掛念只能說是微不足道。他知道她童年的種種動盪，比方說她因為爸爸被捕心懷愧疚、流亡異鄉的不安全感、她媽媽不願表露慈愛，這些都促使她渴望自立自強，卻也讓她容易受制於感情的依附。電影圈近來流行精神分析，最近這幾年，她每星期乖乖地去看一位奧地利精神分析師，接受這人的殷殷訊問，但就算她辨識得出哪些相互牴觸的心理需求必然促使一段段感情無疾而終，並不表示她能夠克制心中所求。她每星期支付精神分析師的帳單，感覺好像賄賂氣象播報員阻擋風雨。艾迪威脅不了她、誘惑不了她，除了他這個人，他什麼也給不起，正因如此，他和她交往過的其他男人都不同。他不指望她幫他調雞尾酒或是準備晚餐；他不想改善她或是改變她。她的週薪比他的月薪還高，她負擔得起比蒙特克萊好多了的住處，她想要什麼時候離開都行。她知道艾迪在意他能給她的實在很少，但他給得起的那一丁點，她也就只想要那麼多。

「我絕對不要再搭船，」瑪麗亞說。「從現在起，我只搭飛機。」

「喔，妳是個真正的大人物，不是嗎？」

「我是個非常重要的人物，艾迪。」

「重要的人物最讓我著迷。」

「你本來就該著迷。」

「搭飛機的感覺如何？」

「很可怕，」瑪麗亞坦承。「引擎震天響，聽起來毛骨悚然，起飛之時，機翼不停顫動，然後就遠離地面，下方的一切都好快就變得好小，真是不可思議。你哪天也該試試看。」

「不，謝啦。我是個陸地動物。我還是坐火車吧。」

瑪麗亞知道除了太平洋電車公司的紅色列車，艾迪從來沒有踏進任何車廂。有次他甚至坦承自己從來沒有離開過洛杉磯，艾迪的世故與老成，全都取自他住了一輩子的兩平方英里，實在讓瑪麗亞稱奇。她數次建議他們度個假，但艾迪始終阮囊羞澀，而且自尊心太強，不肯讓她幫他出錢。

「我但願你跟我一起去，」她說。

「我這裡有事要處理。」

瑪麗亞伸手遮住嘴，深感窘困，她居然忘了艾迪參加試鏡，試圖爭取契訶夫劇中的角色。他已經好幾個星期每晚練習臺詞。「進行得如何？」

艾迪搖搖頭。「他們非常過意不去。」語氣中沒有一絲驚訝、氣憤、或是怨恨，只是簡單陳述事實。面對失望與挫折時，艾迪深深地退縮到內心的一角，以至於他的無奈很容易被誤認為接受。瑪麗亞從她媽媽那裡承襲了種種心理缺陷，再加上為了管控這些缺陷必須壓抑的情感，令她不時陷入低潮，艾迪卻有辦法完全控制陰鬱的念頭，讓她著迷。只有入戲之時，他才願意冒險吐露積壓在心裡的暴怒。當她頭一次聽到他在臺上朗讀一段莎士比亞的獨白，她頓時領悟艾迪為什麼需要一個奧賽羅或是李爾王之類的角色；只有如此浩大的角色才乘納得了他，讓他盡情傾吐。臺下的這個男人是劇中人物，但當他站在燈光下、將生命注入已有四百年歷史的英文字句，那才是真正的陸艾迪。

「真是遺憾，親愛的，」她說。「我知道你多麼想要這個角色。」

「想要又如何？」艾迪在她的額頭印上一吻，套上汗衫和內褲，回到床上。

「文森已經順利上路了嗎？」她問。

「不，他還在這裡。」

瑪麗亞坐起，心中興起一股說不出的憂慮和困擾。「為什麼？」

「劇照組顯然欠缺人手，看到他操作相機，他們就給他一份工作。」

瑪麗亞非常光火。她只打算給文森一個機會補強他那本黑色的肖像相簿，他可以拍幾張穿著結婚禮服的臨時演員，用這些照片打動舊金山的新娘們，她只想確保他生意做得成，這樣他才不會再上門找她。她絕對沒有打算、也絕對不想讓他留在洛杉磯，更別說留在一個她絕對可以忘卻過往的地方。

「我得讓他被炒魷魚，」她說。

「為什麼？」艾迪問，她口氣非常激烈，嚇了他一跳。瑪麗亞可能相當頑固，但她不是一個冷酷的人。「他看起來沒什麼惡意。」

「他是個混蛋。」

「他也是個失眠者。我值夜班的時候，他跟我作伴。我們玩牌。」

「因為他，所以我爸爸還在聖羅倫佐。」

「根據妳跟我說的，他似乎沒什麼選擇。」

「文森背叛他，」瑪麗亞堅稱。「他棄他不顧。就算我爸爸還活著，他肯定在那個該死的地方受罪，這都是因為文森，而他過了三年半才來告訴我？暫且別管我爸爸，他背叛我。不，去他媽的。明天一上班我就告訴警衛室把他攔下，讓他進不了製片廠。」

「這有點過分，不是嗎？畢竟他幫妳爸爸把他信裡被刪掉的片段帶給妳。」

拼湊她爸爸的信確實讓她得到安慰，那種感覺很強烈，卻也短暫。她讀了又讀，安慰的感覺卻愈來愈淡，足見他們一家的嫌隙太深，遠非小小的紙片所能覆蓋。她不能接受她爸爸的寬恕。她怎麼可能？她滿心愧疚，卻又想要愛她爸爸，若是無法區隔這兩種心緒，她怎麼可能接受他的寬恕？

「跟我說妳怎麼了？」艾迪說。

過去兩週的華府之行讓她情緒激昂，一天之內橫越美國讓她身體疲憊，再加上艾迪飄散出的肥皂味，致使她一時失算，不知不覺鬆了口。她躺回他的床上，盯著天花板斑駁的油漆，跟他娓娓道來：她爸爸彙整政治犯家屬的證詞；劇院被燒毀；她把她爸爸的文件帶到巷子裡，想要保護他，卻也怒氣難消；牙膏從他的嘴角滲出來。

「天啊，瑪麗亞，」艾迪坐起，深知瑪麗亞最需要安慰之時，也正是她最不想要受到安慰之時。「我都不曉得。」

「如果你為我感到難過，我就回我自己的房間睡覺，」她警告他。「我說真的。」

「我眞的難過。妳出了這些事情，實在很糟。」

「我累了。我們睡吧。」

「再問一個問題就好：為什麼現在跟我說？」

瑪麗亞開始後悔，她應該什麼都別說。逃避或許不是最理想的因應之道，但比懺悔有益。吐露最不快的心事，藉此淨空心靈，感覺就像鞭笞肉身為靈魂去汙一樣痛苦，卻也一樣無效。

「因為我想要結束這個對話，而不是再說下去。」

「我們在一起兩年了。妳任何時候都可以跟我說。為什麼是現在？」

「我不是白痴，艾迪。我或許欠缺自我覺察，但這不是我的缺點。」

「自我覺察太強，說不定就是短處。」

「我有理由憎恨自己，我也基於同樣理由憎恨文森，不然我說不定會同情他，這些我都知道，好嗎？」

「說不定就是基於那個理由，所以他值得妳的憐憫。」

艾迪苦苦相逼，堅稱她比她自己所知道的高尚，令人光火。「憐憫？抱歉喔，艾迪，但我不曉得該怎麼憐憫。」

「根據我有限的經驗，憐憫就是我們選擇不要做什麼。」

「比方說我現在選擇不要揍你？」

艾迪微微一笑。「絕佳例證。」

「如果你別再說了，我明天就不會叫人把文森從製片廠拖出去。最起碼我不會一早就這麼做。」

「最起碼這是個起步。」

「你幹嘛在乎他？」

「喔，瑪麗亞，我一點都不在乎他。」艾迪輕撫她的額頭，撫平她的皺紋。「我在乎的是妳。」

瑪麗亞的睫毛修長，上了睫毛膏，閃閃發亮，有些時候，當他像現在這樣俯視著她，艾迪感覺自己慢慢飄入她的眼中。她眨眨眼，他看著自己的倒影重新出現在她清澄的目光中。他在她身旁靜靜坐著，直到她墜入夢鄉。

他熬夜翻閱契訶夫選集，選集擱在他床頭小桌上，壓在一瓶威士忌底下，就像孤獨的信徒說不定會在那裡擱本聖經。試鏡不成，實在可惜。他一直想要演契訶夫的戲劇。在諸如《海鷗》和《櫻桃園》的戲劇中，連小人物在他們自己眼中都是大人物，如果他可以在契訶夫的戲劇中演出，就算自始至終只能跑龍套，他也甘之如飴。

最近這一陣子，就算他果真得到工作機會，不過也只是飾演一位卑躬屈膝的僕役、一位英文講得洋涇浜的奴隸販子、或是一位留著辮子、被菜鳥記者和穿著緊身毛衣的金髮女郎阻撓的鴉片小販，這些角色要嘛完全欠缺男子氣概，或是完全充滿男子氣慨，極盡誇張，幾乎是離經叛道。

浮士德博士、凡尼亞舅舅、馬克白——他真想飾演這些跟劇作同名、也跟劇作同樣有內涵的角色，即使只是一次也好。叫他飾演陳查理或萩尾先生也無妨，但這些可敬的東亞偵探通常由東歐猶太人飾演，而他們在眼瞼上貼上膠帶，獲准飾演任何族裔，唯獨不准飾演東歐猶太人。他當然也願意在臉頰抹上油彩、飾演西部片裡即將上戰場的阿帕契人。所以囉，或許他是個差勁的信使，不擅長傳達自己的權利受到剝奪。或許種族歧視如此根深蒂固，甚至讓受害人都成了偽君子。

戶外，一部滿載中西部觀光客的露天遊覽車緩緩停下。車側一排霓虹燈管閃著「星光下的追星之旅」，字字燦爛耀目。導遊站在遊覽車最前頭，以多采多姿、真確性待考的軼聞追述影視紅星們的生平，講者愈是詳盡到難以置信，聽者愈是安心信服。

艾迪記得挽馬拉著遊覽車慢慢穿越唐人街——不是現在這個以中央廣場為核心的唐人街，而是為了興建聯合車站被夷平的舊址，中太平洋鐵路完竣之後，他祖父就在那裡安家立業。冬天一到，病弱和退休的人們搭上火車，乘著他祖父搭建的鐵軌來到美西，最受歡迎的行程之一是唐人街之旅。人們坐在備有豪華雙層座椅的板車上，挽馬拉著板車緩緩穿越唐人街，導遊拿著擴音機大聲叫嚷，述說一段段當地的傳奇，而這些故事和流傳在街坊間的事蹟一樣謬誤。在導遊的敘述中，每一間茶館都是鴉片窟，每一個衣冠楚楚的男人都是幫會黑道。手執擴音器的導遊把唐人街的居民定型為各種角色，不管聲名多麼顯赫，沒有人逃得過被定型。艾迪小時候為了錢，主動表現出人們預期的模樣，因為這些伸長脖子，看到什麼都相信的觀光客會扔給他五分錢、十分錢，有次他甚至拿到一枚銀元。

在某些攝影棚裡，他的感覺沒什麼不同：他仍是唐人街裡一個為了小錢而工作的小人物，一個白人仍然拿著擴音機，指揮他怎麼表現。

他祖父是個世界級的吹牛大王，曾經宣稱自己搭著一個超大的冰塊來到加州。那是七十多年前的一個下午，他在沙漠建造中太平洋鐵路，沙漠極為荒僻，僅有的草木帶著倒鉤，望似格鬥士的叉戟。天氣熱到眼前出現幻景。他祖父聽到火車嗚嗚嗡嗡駛過銀閃閃的鐵軌，呼哧呼哧停在他的正前方。透過火車車廂的條板，他祖父看到璀璨炫目的藍彩。火車司機說，兩公噸冰塊是從伊利湖切鑿下來，預計運往加州，然後跨海運往上海。冰塊捕捉透過條板斜斜映入的日光，他祖父可以看到冰面布滿數以百萬計的細小裂痕。

「然後你做了什麼？」六歲的小艾迪問。

「我爬上去坐在浮動的冰塊上，一路坐到沙漠的盡頭。」

瑪麗亞衣服都沒脫就在床上睡著。艾迪小心翼翼地幫她拿下耳環擱在床頭小桌上，拉起被子蓋到她的下巴。他這個三十五歲的男人，除了接二連三掛名飾演小角色之外一事無成，在好萊塢最破舊的旅館擔任夜班經裡，但當他坐在這裡，看著他心愛的女人在他的床上沉沉入睡，他訝異自己的生命會是如今這番樣貌，心中充滿感恩。

清晨一點，他應該回去一樓的櫃檯值班。他心想，文森是不是還醒著，會不會想要跟他打牌。

✦

文森原本沒打算在洛杉磯待超過一晚，但當他到場幫幾十個穿著新娘禮服的臨時演員拍照時，戲照組神情嘲諷、戴副眼鏡的組長雅各先生上下打量他，說了一句：「他們好快就派你過來。」

文森解釋他不是「水星國際影業」的員工。雅克先生對人事問題沒興趣；這些四處晃蕩的新娘已經夠讓他頭痛，更別說他人手不足。組裡一位人像攝影師半小時前剛被趕回家，這位仁兄是個無可救藥的酒鬼，從事攝影這一行，你的視線不能模糊，雙手也必須持穩，但他雙手抖個不停，只好叫他提早下班。雅各先生聞一聞文森有沒有酒味，把新娘們送去選角指導的辦公室，然後跟他說明今天的工作重點：文森得幫一位穿著低胸戲服的女星拍照，送交「電檢處」核准。在送交審查的劇照中，女明星的照片從低角度拍攝，但在片場中，拍攝角度通常拉高，以便多拍一寸不見容於審查員的乳溝。就算文森的技術尚可，但他不酗酒，光憑這點就讓雅各先生對他印象甚佳，於是每當劇照組的人像攝影師喝得酩酊大醉，雅各先生就叫文森過來代班。文森幫「水星國際影業」考慮簽約的女演員們拍試鏡照，照片隨之送交到高級主管們的辦公室，由辦公室裡各個身材矮胖、一身蹩腳西服的男人判定照片裡的小明星必須承受電針除痣、美齒、整容手術、急速減重、或是儀態訓練，承受這些可怕的程序之後，若是還有任何不盡完美之處，那就交由劇照組的專職修片師以氣筆噴除。

過去三年半，他居無定所，四處為家，剛到洛杉磯的那段日子，他過得焦躁不安，不管怎麼翻來覆去，他就是睡不著，他起床評估狀況，發現問題出在床鋪動也不動。長久以來，他始終在運貨火車顛簸的車廂裡過夜，致使任何時速低於三十五英里之處，他都不可能睡得安穩。

他拿到第一張薪資支票之後，艾迪帶他到布洛克百貨公司，幫他添購粗花呢西裝外套、色澤鮮豔的休閒襯衫、卡其布長褲等行頭。矮胖的女裁縫在他的衣服上捅了一針又一針，售貨員的嘴裡冒出一個個法文單字，聽起來不像是法國的巴黎，反倒像是德州的巴黎[12]。加州時裝圈的靈感似乎來自交通訊號燈，基本用色鮮豔亮麗。他覺得太搶眼，但艾迪說時下就是流行搶眼。他穿著綠色的西裝外套和紅色的休閒襯衫，坐上艾迪的老爺車參觀各個景點。所謂的「景點」包括聖塔安妮塔和好萊塢公園的賽馬場，他薪資支票剩餘的金額就在泥濘俗麗、讓人希望破裂的賽馬場全數耗盡。賽馬播報員的聲音透過廣播飄入冷冽的晨間，嘶嘶沙沙，彷若可樂被倒進冰鎮的玻璃杯。馬蹄踐踏泥地，土塊四處飛揚，周遭因而飄散著泥土的氣味，久久不散。鮑勃·霍伯據說曾在大看臺現身。文森把他最後一分錢押在一匹叫做「吊車尾」的小馬。

每次在蒙特克萊的走廊與瑪麗亞擦身而過，文森始終感覺她客氣的神態中隱藏著冷漠與疏離。他知道他應該上路，他應該繼續前往舊金山，別跟自己過不去，執意叨擾一個幾乎難掩眼神中對他的輕蔑的女人。但弔詭的是，他之所以留在洛杉磯，原因就在於她的輕蔑。方圓六千英里，只有她看得出他是個怯懦欺瞞的逃犯和冒牌貨。還有誰看他一眼就可以擊倒他？除了一個心懷與他同樣愧疚悔恨、從義大利流亡至此的女人，還有誰能以他渴求的冷酷無情來評斷他？他怎能離開美國唯一知道他真實姓名的人？

艾迪休假的夜晚，當沒有人陪他度過難以入眠的漫漫長夜，文森就翻閱那本黑色的相簿。在他所有的私人物品中，只有相簿稍微有價值，裡頭貼著重新拼湊的護照大頭照，張張看來眼熟，伴隨他橫越成千上萬的異鄉里程。整本相簿只剩下最後一張尚未拼湊。他那張被撕成一半的護照大頭照下方寫著：尼諾·皮康尼，啓程日：一九三八年三月十五日。抵達日：________。他原本打算等他跟朱塞佩抵達巴

---

12 德州東北部確實有個名為巴黎的小鎮，位於拉馬爾郡（Lamar County），人口約兩萬五千人。

黎之後把照片拼好，但旅程中他不曉得在哪裡弄丟了照片的另一半。

透過旅館房間的窗戶，他可以看到街燈在低矮屋舍投下淺藍的斑紋，屋舍朝向四方擴展，一路延伸至聖塔莫尼卡山脈與天空的交界，直達山巒起伏的遠方。他也可以看見夜間定時灑水的草坪上矗立著璀璨的拱門。楔形的車前燈拖曳著一道道五顏六色的餘光。他但願朱塞佩也在這裡。

聖羅倫佐沒有傳來任何消息。往返大西洋的郵件已經中斷。歐洲彷彿陷入黑洞，僅從周邊傳出種種謠言。儘管杳無音訊令人抓狂，但也讓他陷入一種暫且不信的心境。說不定朱塞佩千辛萬苦地越過了庇里牛斯山？他可能在里斯本等候戰爭終結，或已搭船航向英國。說不定他在馬賽、尼斯、土倫等法國休閒勝地找到管道登船——往昔當人生尚有前景，歐洲的難民們曾在這些地方度蜜月。朱塞佩的命運未卜，固然令人擔憂，康瑟塔的命運確切，才更令人心碎。他可以看到她坐在桌旁，她的竹籃也已打包，等著她兒子回家。

他的惡夢向來無關加洛、費南度、或是希姆萊，而只有康瑟塔．寇迪斯。當夢中的惡人是他自己，夢醒之後，他就會感到心安嗎？他欺騙了她，掠奪了她的希望，偷走了她兒子的死亡。這種不值得活下去的心情，是不是浪費生命的能量？每一個流亡人士是不是都透過同樣負面的眼光觀看自己？或許他的不值比較特定，建立在於那個他偷來的名字？

如果運氣好，他說不定在天亮之前閉得了眼。

✦

到了一九四一年初秋，已有超過一萬名講德文的流亡人士在洛杉磯安頓下來。其中幾十人經由「歐陸電影基金」的安排在「水星國際影業」找到工作，該基金提供猶太人和異議分子工作機會，費德曼兄弟在道義上熱烈支持，在資助上卻是不慍不火。他們原本指望爭取到跟恩斯特・劉別謙[13]一樣才華洋溢的電影人，最起碼可以撈到幾位原本週薪四千美金、現在以週薪五百美金和免費午餐就雇得起的導演，但主要製片廠撈走其中的菁華，把剩餘的渣滓留給「水星國際影業」，比方說自視為編劇的現代主義詩人、權充為藝術總監的前衛主義畫家，有些人精通十二音列，卻寫不出讓人可以哼唱的曲調，有些人是德意志共和國的頂尖劇作家，擅長描繪繁複至極的種種心緒，卻連最基本的英文文法都搞不通，連一個簡單的句子都講得結結巴巴。流亡人士把母語當作機密的外交文件般收藏，只有在員工餐廳裡，才願意從外交郵袋裡打開封印，冒險啟用。

這些來到「水星國際影業」的流亡人士講德語、匈牙利語、法語、波蘭語、義大利語、捷克語、英語、意第緒語、世界語[14]，以手語、圖像文字、誇張的手勢重述製片廠的八卦和戰場的新聞，文森置身其中，漸漸比較願意開口。除了艾迪，他們是他在洛杉磯唯一的朋友，而在這群冒牌貨和悲觀主義者的相伴下，他感覺怡然自在。

「文森，喝杯香檳，」奧圖・哈茨吉說，奧圖是個冠上匈牙利姓氏的德國猶太人，他一九二四年在奧地利的教堂改信路德教，一九三九年在里斯本的猶太會所又再改宗猶太教。人人的過去都不單純。

文森坐下。桌子對面坐著一對亦敵亦友的伴侶，兩人幾乎打從同床共枕就吵個沒完。魯迪・布洛赫是《魔鬼的交易》的編劇，他出生於維也納，是個劇作家，身材圓滾，狂妄自戀到了無可救藥的地步。安

---

13 Ernst Lubitsch（一八九二—一九四七），德國導演，擅長浪漫喜劇片，是電影史上最知名的喜劇導演。

14 Esperanto，一譯「萬國新語」或「希望語」，一八八七年由波蘭籍猶太人眼科醫生柴門霍夫創建，宗旨在於消弭國際交流中的語言障礙，據稱全球約有兩百萬人使用世界語。

娜．韋伯是來自柏林的縮尺模型師，擺置在亞提辦公室外面的製片廠縮尺模型就是她的作品。

安娜比文森大十七歲、高四英寸，也比他多懂幾千個英文字彙。她對自己的口音感到不自在，其他諸事倒是不在乎。她跟魯迪住在聖塔莫尼卡的一棟平房，他們每天得多花二十分鐘開車上班，但若能遠離德國，這樣的車程倒也值得。她的項鍊有個吊墜，裡面擱著一撮貝多芬的頭髮，頭髮竊自阿爾瑪．馬勒的晚宴——當時阿爾瑪．馬勒為賓客送上咖啡，特准賓客們看看這簇灰白的頭髮，安娜趁機偷了一撮。她在辦公室裡養了一隻烏龜，龜殼上鑲著銀光閃閃的小碎鑽——「水星國際影業」的布景設計師向以不按牌理出牌著稱，而她只准許他們做出這一個古怪的設計——午餐之時，她總是幫烏龜點一份生菜沙拉。她憤世嫉俗，尖酸刻薄，離了兩次婚，非常不好相處。她對笨蛋始終毫不留情，讓文森想起康瑟塔。

「喬伊．布林今天從『電檢處』辭職，準備接掌『雷電華電影公司』[15]，他會是最新一任把雷電華搞垮的執行長，」安娜邊說邊把文森杯裡的水倒進一株盆栽，幫他在杯裡倒滿香檳。「你猜他辭職之前批准的最後一個劇本是什麼？」

文森恭喜魯迪。

「拜託喔，魯迪哪需要人恭喜？」她說。「我們舉杯恭喜奧圖。他拿到一個角色，即將飾演那個類似戈培爾的壞蛋。」

「講話帶著口音的流亡人士很難拿得到任何角色，」奧圖說，「所以我知道我應該慶幸自己有這個機會，但我依然有些顧慮。」

「你擔心你沒辦法好好詮釋我的劇本，」魯迪說。

「嗯，倒也不是，」奧圖說，他試圖不要傷害魯迪的自尊，有如獵人迴避一頭耳朵中箭的大象一樣小心翼翼。他盯著香檳噗噗升起的小氣泡，緩緩說道：「若是想要在流亡之時活下來，你就非得扮演那些讓你踏上流亡之路的人物，實在非常諷刺。更何況還有一些實際的風險。我父母還在歐洲，哈茨吉也不是一個常見的姓氏，如果德國人決定讓我的家人過不下去呢？」

「片尾名單用個化名，」文森建議。「請亞提讓你掛名為『無名氏』。」

奧圖摸摸他的小鬍子。「這樣應該行得通，」他說。

「我絕對不會降格到使用化名，」魯迪宣稱。除了否認，「宣稱」是他最喜歡的表達方式。

安娜看了魯迪一眼，眼神之中帶著警告。「你別那麼孤僻。」

「『高智力往往令人孤僻，』睿智的叔本華如是說，」魯迪說。

「你絕對是高智力，」奧圖同意，言下之意是魯迪能夠引述智力比他高的名人之言。奧圖轉向安娜——除了她所挑選的情人，安娜的品味極佳。「妳覺得《魔鬼的交易》如何？」

安娜覺得不怎麼樣，主因在於魯迪的靈感來自她的一生。成為一位有名氣的縮尺模型師之前，她是個沒名氣的建築師。納粹掌權之後，她有機會拿到一個案子，為柏林奧運會設計場地，讓自己在她摯愛的城市留下印記。但她婉拒。魯迪起先把《魔鬼的交易》設想為另一個版本的過往，在這個版本中，安娜點頭應允。老實說，安娜但願自己果真應允。婉拒魔鬼是她畢生最沉重的遺憾。她的第一任先生哈索夠聰明，接下了案子。

「我覺得電影的前提有點令人沮喪，」安娜跟奧圖說。她捏捏魯迪的臉頰，補了一句：「就像寫劇本的這個傢伙一樣，電影太嚴肅，讓人沒辦法把它當真。」

這話含沙射影，魯迪聽了光火。「從我現在坐的主位看來，我認為——」

15 RKO，全名 Radio-Keith-Orpheum Pictures，好萊塢黃金時代的五大製片廠之一。

「你坐的不是主位，」安娜提醒他，魯迪卻認為安娜只會遵循字面意義，著實可悲。「親愛的安娜，我坐在哪裡，主位就在哪裡。」魯迪舉起一隻手，意思是叫大家住嘴。文森以為魯迪想要芥末醬。這下魯迪是個手執芥末醬的自大狂。曾有一時，他與知名劇作家貝托爾特．布萊希特齊名。

魯迪漫不經心地引用名人金句，而他始終以同樣十幾句名人金句作為搪塞，掩飾自己辦不到有條有理的爭辯。安娜望向別處，她瞄了一眼員工餐廳，發現餐廳裡的位階跟軍中的食堂、或是中學的學生餐廳一樣涇渭分明，想了真是奇怪。員工餐廳裡，導演跟導演同坐，演員跟演員同坐，編劇跟編劇同坐，由此根據薪資進一步區分，比方說，週薪五百美金的編劇絕對不會跟週薪三百美金的寫手同坐。位階被劃分成如此狹隘的等級，致使人人感覺全然孤單，即使你身邊圍繞著兩百多人。唯一的例外是圍成一桌一起吃飯的流亡人士，而這一桌啊，安娜心想，當然離餐點最遠、離出口最近。

魯迪說個不停：「……我的目標是以戲劇化的方式呈現卡爾．克勞斯[16]的格言：『如果魔鬼認為自己能讓人類比現在更惡劣，那他未免太樂觀。』」

一個人能否看著自己遭逢禍事而引以為樂？安娜猜想或許可能，不然她怎麼解釋自己受制於魯迪那套聽了讓人腦筋遲鈍的長篇大論、而不買個餐盒帶回辦公室、一個人邊吃邊聽短波新聞？但話又說回來，她知道電影圈的對話以兩種形式呈現：要嘛裝腔作勢地表示熱心，要嘛毫不掩飾地表示輕蔑，端視你置評的對象能否偷聽到你講話，因此，為了她的名譽著想，她盡量不要坐得離這一桌流亡人士太遠。魯迪繼續發表「高見」，滔滔不絕地說著他那套陳腔濫調，一再強調故事具有改革人心的力量，安娜感覺自己愈聽腦筋愈遲鈍，顯然故事只有辦法把它的信奉者變成讓人受不了的白痴，這是故事唯一的力量。

她和魯迪的關係已經持續二十年，期間兩人各自結了幾次婚，皆無伴侶之時，兩人偶爾上床，皆有伴侶之時，兩人經常上床，如此持續至今，想來令人訝異。只要他們跟另一半的關係不睦，他們跟彼此的關係就美好。他們相遇之時，魯迪甚至比現在更無足輕重，當時他是個專業舞伴，受雇於柏林幾家大飯店的舞廳，陪同沒有舞伴的女士們跳舞。魯迪以前真是一個風度翩翩的紳士，但當他的聲譽急轉直下，他卻把自己看得愈來愈高，結果造成心理不平衡，容易受到大家的訕笑。但他依然是一個了不起的舞者。你可以說他自負虛榮、爭強好辯、恃強凌弱、道貌岸然、臉皮薄、好面子，但當他踏上西羅夜總會或是比佛利威爾希爾飯店的舞池，這些所謂的「性格」全都煙消雲散。不管樂團演奏什麼舞曲，魯迪經常在安娜的耳邊輕哼維也納華爾滋。他拉著她轉個圈，整個人似乎擺脫了自我，悄悄滑向輕盈的空中。他挺直身子，一手高高地搭著她的肩胛骨，舞步搭不上樂團輕柔的舞曲，與輕聲哼唱的史特勞斯華爾滋卻是完美和諧，安娜隨著他翩翩起舞，心中充滿難以形容的溫柔，深覺人類真是不可思議，因為誰料想得到魯迪·布洛赫竟然可能如此優雅？

「誠如卡夫卡的提示：『舉凡令人分心之物即為妖魔』，」魯迪告訴桌邊的眾人。

老天爺啊，安娜心想，他已經講到卡夫卡了嗎？羈留營和領事館的候件室導致魯迪幾近偏執地記誦德國文學的經典之作，當你擁有的只是你私藏在兩耳之間的思緒，你總得找個法子提升自己的淨值，你也得提醒自己，這個如今帶給你羞辱的語言曾經令人讚嘆（「面對言語難以表達的沉默之時，我們必須伸手尋求詩人。」魯迪有次邊說邊伸手拿取一個雞蛋沙拉三明治。「拜託喔，你那些詩人只是一群圍著圍巾的酒鬼。」安娜回了一句）。當他愈來愈無法用德文表達自我，他也就愈來愈需要背誦歌德的劇作和里爾克的詩作，這點安娜倒是不訝異。德文是安娜用來思考、算數、作夢、禱告、咒罵的語言；想到德文可以是

16 Karl Kraus（一八七四—一九三六），二十世紀初期最重要的匈牙利作家之一，曾任記者，亦是劇作家、詩人、格言作家、評論家。

個優雅的語言，感覺相當稱心，即使她太瞭解德國、再也講不出德文的優雅。

「……席勒也警告我們：『與你的時代同在，但不要受到它的左右。』」

「你他媽的，魯迪，」安娜說。「你一直引用別人的話，簡直像是拉肚子拉個不停。」

一個演員在他的薪資等級找不到座位，端著餐盤走過去。

「這麼說來，一個週薪一千美金的演員，為了避免與一個週薪九百美金演員同坐的窘困，寧可坐在馬桶上吃午餐？」文森問安娜。

這個瘦小結實的人像攝影師比她兒子寇特大幾歲，跟人聊天的時候，他始終試圖用他幾乎說不好的語言機敏答辯，往往卻是詞不達意，慌張失措，安娜看在眼裡，心中升起母性的憐憫。這個可憐的傢伙還不明白，舌粲蓮花卻言之無物不是必須磨練的技藝，而是必須治療的病徵。寇特以前也像他一樣，急著想要給大人們留下好印象。她記得當——

安娜注意到文森一臉企盼地看著她。「抱歉，你剛才說什麼？」

「這沒什麼意義，對不對？」文森重複一次。「餐廳的這些慣例。」

安娜嘆口氣。義大利人誤以為你若指出不講也知道的諸事，你的談吐就稱得上機智；看來文森跟好萊塢很搭調。她說：「只有在食人族部落進行田野調查的人類學家，才有辦法辨識好萊塢員工餐廳的種種禁忌。」

瑪麗亞的祕書薇德特．克萊蒙走向流亡人士圍坐的桌子。跟薇德特講了話之後，瑪麗亞總得吃顆阿斯匹靈、或是在陰暗房裡待一會兒。薇德特一身絢麗浮誇的罩衫，配戴叮叮作響的首飾，讓人看了眼花撩亂，她極力以宏大的聲量和有限的詞彙營造出某種形象，結果確實讓人印象深刻，即使始終不是她想要營造的形象。

「高層人士傳話，」薇德特對桌旁的眾人說。「下星期一開拍。」

奧圖說：「我得跟費德曼先生談談。」

✦

起先，該出錯的似乎全都出錯。業界報導延誤多時的片子終於開拍，來自「美國第一委員會」的仇恨信件立即蜂擁而至。第一天三封。第二天八十七封。信中提出種種陰謀論，再再暗示這些可憐又可笑的人們渴求某種解釋，不管多麼惡毒或是多麼難以相信都無所謂。到了第三天，亞提把信全都扔進他的金屬字紙簍，請瑪麗亞進來一起點火柴。這可不是他們第一次的特效展示。「水星國際影業」焚燒仇恨信件，就像奧林匹克運動點燃聖火，兩者皆具儀式性意義。但瑪麗亞沒有把火柴投入字紙簍，反而跟亞提說：「我們何不讓它們派上用場？」

於是亞提把信刊登在《好萊塢報導》每週的廣告上，藉此挑動影評人和八卦專欄作家的興趣。他雇用私家偵探調查各個製片廠員工的身家背景。發現其中一位工友是銀衫黨[17]的成員之後，他在媒體上宣稱自己揭穿德國人的詭計，成功制止納粹滲透他的製片廠。德國間諜或許肩負比窺探「水星國際影業」更緊迫的任務，記者們卻樂於忽略這個可能性。他派駐武裝警衛站在他的辦公室外，審慎隱藏拍片日程表，分派化名給每一位演員和工作人員。不消說，他向記者們高聲宣布這些安全措施，如同招徠觀眾的拳賽承辦人一樣肆無忌憚。

亞提一心只想著公關宣傳，甚至把拍片的日常事務交由瑪麗亞全權監督。她處理預算、人事糾紛、

17 Silver Shirts，美國擁護法西斯主義和德國納粹的地下組織。

大牌明星、市府許可證、保險公司的要求、經紀人的要求、律師的要求、「電檢處」的要求、「水星國際影業」三十二個部門的要求、防火安全設施違規、合約糾紛、線上成本[18]、線下成本[19]、薪資支出、合作廠商單據、備忘錄、會議紀錄、拍片日程表、製片延誤、工作日誌、預算超支，簡而言之，種種乏味無趣、拍片所需的幕後工作，瑪麗亞一手包辦。

亞提幾乎什麼忙都沒幫，但瑪麗亞辦到了，因此，當她看到他展示廣告部門送過來的海報樣板，她勃然大怒。海報由一位來自長灘的自由接案者繪製，這人以紋身為業，專門在水手的二頭肌刺上清涼養眼的美女。近來他最常接的工作是幫海軍招募的新兵刺上姓名、社安卡號碼、血型。海報融合實驗主義與庸俗藝術，各式圖樣混成一團，好像一位屢屢犯錯的刺青師的構圖。瑪麗亞對海報本身沒意見，讓她惱火的是海報上的演職人員名單。名單上人人都是無名氏，甚至包括她。

「這招真棒，不是嗎？」亞提說。「有個演員請我讓他掛名為『無名氏』，因為他擔心他參與這部片子的拍攝可能危害到他在歐洲的家人。我突然想到，如果讓每個人都掛名為『無名氏』，說不定會是一個宣傳妙招。」

「亞提，你答應這部電影會讓我掛上製作人之名。」

「每一個重要的相關人士都知道誰製作了這部片子，」亞提說，揮手打消她的顧慮。「歐文・撒爾伯格[20]是有史以來最傑出的製片人，而他堅持不讓名字出現在片尾名單。他覺得這樣有失格調。」

這人幫他自己的假髮取了名字，居然好意思跟她大談格調，實在可笑，但出乎意料地，她開心不起來。將名單匿名化，藉此保護受困在歐洲的家人——她爸爸也包括在內，如果他還活著的話——這個做法很合理，她也可以接受。她甚至可以接受這是行銷高招。她不能接受的是自己依然是個無名氏。

「重點在於知會媒體，《魔鬼的交易》如此轟動，令參與拍片的所有人都必須使用化名，以求保障自身安全。人人如此，無一例外。但我想到一個點子。」亞提圈起海報右下角的「製作人：無名氏」，劃掉「無名式」，寫上「女無名式」。「沒錯，『女無名式』。每一個人——沒錯，每一個人——絕對知道『女無名氏』是哪一位。滿意了嗎？」

若非注意到海報上有個姓名並非無名氏，瑪麗亞說不定會滿意。姓名以草寫字體出現在片名上方，字跡不大，但清晰易讀：亞提・費德曼和水星國際影業出品……

3.

警方花了兩小時驅散群眾、將傷者送往醫院、逮捕那些《魔鬼的交易》首映會怒衝「水星劇院」的遊手好閒之徒。十三個銬著手銬的男人蹲在路邊，人人領帶歪斜、襯衫散亂、部分衣物在他們自己挑起的暴動裡被剝光。一個身穿制服的警員走過他們身邊，隨手把軟呢帽啪地蓋到他們頭上。這些洩了氣的男人轉身迴避記者拍照，好像生怕被拍到他們戴了尺寸不合的帽子、這下才想起來應該覺得難為情。

瑪麗亞踏入大廳。雖然奈德・費德曼經常鼓吹要投資院線，但「水星劇院」是製片廠名下唯一的劇院。戲院走太平洋風，淺褐色系與綠松色系交混，一排紙糊的棕櫚樹沿牆而立，株株虛軟下垂，好像打了

---

18 above-the-line costs，電影製作預算，包括劇本的權利金，以及導演、製片和演員們的酬勞等。
19 below-the-line costs，電影製作預算，包括搭景、道具製作租借、外景生活費、飲食費和剪接費等。
20 Irving Thalberg（一八九九—一九三七），美國傳奇製片人，「美國電影藝術與科學學院」創始人之一，三十七歲英年早逝，對電影界影響甚鉅。

敗仗。地上的玻璃碎片反射出天花板的點點銀光。一盞壁燈懸掛在電線上，好像一顆牙齒懸掛在牙神經上。放映廳也好不到哪裡。座椅被撕裂，彈簧被人用螺絲起子旋開。座椅全被大卸八塊，扔回毛茸茸的棉絮之間。亞提檢視滿地殘骸，他的燕尾服襯衫上印滿骯髒的腳印，左側太陽穴腫了一個包，眼白布滿血絲，假髮已經被踩得像是横死在公路上的小動物。他把假髮從地板上剝下來，丟了兩塊冰塊在裡面，貼在額頭上。

「別打掃！」他朝著一個動手清掃碎玻璃的售票員怒吼。「記者過來拍照之前，什麼都別打掃。」

瑪麗亞走過來。

「妳還好嗎？」

瑪麗亞點點頭。「你呢？」

「好極囉。外面有幾個記者？」

「我算了一下，五十幾個。」

「我確定更多人正在路上。這肯定會上頭版。」

「你要我跟他們怎麼說？」瑪麗亞問。

「叫他們帶相機過來。」

劇院裡完好的椅子不夠多，蜂擁而入的記者們不夠坐。新聞社記者，業界刊物寫手，八卦專欄作家，四十二家日報和十六家國際新聞辦事處的特派員，連梵蒂岡的記者都過來看這部引發暴動的電影。

亞提朝著擠滿走道的記者們發言。

「先前我說希望只剩下站票，我想到的可不是這種狀況，」他有氣無力地開玩笑，臉上的笑容望似疼痛不堪扮鬼臉。「我想要講幾句話，但說不定今天晚上已經讓大家很有話說。我們就來看看有什麼值得大驚小怪。」

戲院燈光漸漸暗下，揚聲器傳出高亢激昂的樂曲，當放映師調好片頭名單的焦距，驚呼之聲颼颼沙沙從前排擴升至包廂。名單從頭到尾都是不具名的男男女女，跟觀眾一樣姑隱其名。

瑪麗亞從劇院溜到後臺。鏡框式的劇場為舞臺蒙上有如豹皮般柔濛的暗影。她把布幕往後拉開幾英寸，其後九十五分鐘，觀眾們看電影，她看觀眾們。擠在通道間的記者們以十幾種不同的語言做筆記。不一會兒，他們不再草草書寫，暫且忘卻批判或評論，讓自己沉醉在電影中。當最後一個畫面漸漸淡出，滿目瘡痍的戲院裡響起如雷的掌聲。在後臺的暗影中，瑪麗亞·拉嘉納鞠躬謝幕。

✦

隔天早上，米德蕾說：「你有沒有聽說過珍珠港？」

「誰監製的片子？」亞提問。

「收音機裡他們說……」米德蕾搖搖頭。「說不定只是奧森·威爾斯又在搞花樣製造恐慌[21]。」

---

21 一九三八年，《大國民》的名導奧森·威爾斯將英國科幻小說家H·G·威爾斯的小說《世界大戰》改編成廣播劇，民眾誤信火星人進攻地球，引發世界末日般的恐慌。

第六章　燈火管制

1.

一九四一年十二月十一日，一聽到收音機報導義大利追隨德國的腳步，正式對美國宣戰，安紐麗塔走向她的園圃。昨晚下了雨，冬季的蔬菜滲出一股微酸溫潤的水氣。她蹲下來檢視在加州氣候溫和的冬季裡生長的大蒜、包心菜、洋蔥，鞋跟在泥地留下凹印。

如果她的爺爺奶奶看得到她，他們怎麼想？爺爺奶奶是佃農，終生在零星散布於卡拉布里亞高地的農田裡耕作，農田大多比後院這個園圃大不了多少，周遭圍上一圈石塊和土塊，青綠的莖稈劃穿赤褐蕭瑟的地景。安紐麗塔的後院有袋裝的覆土和肥料，澆水軟管的水源豐富，在她爺爺奶奶眼中，這樣已經是天堂。更重要的是，園圃的土地是她的。或許正因如此，所以林肯高地四處可見種菜的園圃：大家都在應允先人的祈願。

安紐麗塔動手拔掉一排排蠶豆，心中暗想：唉，今年的蠶豆應該可以長得不錯。她連根拔起大蒜、青花菜、羽衣甘藍。她挖出朝鮮薊和西洋芹雪白的莖稈，藤蔓般的菜根黏附著一層泥土。她從澆水壺裡拽出威士忌，就著瓶口直接啜飲。

流言四起，坊間盛傳警方已經開始逮捕種菜的日本人，一定是他們把訊息偷偷放置在作物之間，藉此傳交給日軍飛行員，難不成軍機需要埋放在園圃裡的訊息才找得到西岸最大的都會區？如果她的爺爺奶奶看得到她用力拔掉一畦畦仔細栽種的作物，他們會怎麼想？她覺得他們會瞭解。在南義各個地區，官僚的愚行跟旱災、瘟疫或是地震一樣駭人，這是當局對民眾唯一的許諾。她爺爺奶奶不會奢望此地有何不同。

她把作物全都拔光，喝掉最後一口威士忌，走回屋裡。

「這說得過去嗎？」西西歐拿給咪咪看看先前他志願擔任空襲督導員時，「全民防衛部」核發的錫製口哨，口哨上印著製造國：日本製。

「那又怎樣？」咪咪說。「你是西西里製，你的性能也不差。」

「騙人，」菈菈說。

安紐麗塔一語不發地走過去。她五十一歲，依然住在十五年前她們母女來到洛杉磯時跟瑪麗亞一起入住的房間，如今她的姑姑們年事漸高，餐館的日常事務已經由她接管。食用油和大蒜的氣味黏附在她的頭髮和雙手，無論她用什麼牌子的肥皂都洗不掉。她從羅馬帶來的幾件晚禮服老早就被她賣了。她屢屢前去大車站，若是有次她果真買了車票、坐上火車，她的生命會是什麼樣貌？她不覺得她會比較快樂，但最起碼她會碰到從前沒碰過的失望，而就她的現況考量，新的失望聽起來格外充實。上星期她從晒衣繩上收下一件珮珮姑姑寬鬆的洋裝，她穿了一整個早上才發現那不是她的洋裝。她怎能不認為自己這輩子一事無成？

她換下她的園藝工作服，把沾了泥巴的工作褲扔進洗衣籃。一落落泛黃的《義裔美國人報》疊放在她衣櫃最裡頭，只要報上評介瑪麗亞監製的電影，她全都保留一份，一九四〇年九月十七日的報紙，她更是保留幾十份。《義裔美國人報》是洛杉磯兩份義大利報紙的其中之一，除了詳實豐富的訃聞，報紙經常刊載人物專訪，強調義大利移民對洛杉磯的貢獻。一九四〇年九月十七日，報紙報導瑪麗亞在電影界的工作成果，說她是「同胞們的驕傲」，就像是聖法蘭西斯或是吉米．杜蘭特[1]。安紐麗塔開車在林肯高地繞來繞去，買光沿途書報攤和小商店的每一份報紙。她把其中一份很有技巧地擱在小客廳的咖啡桌上，一擱擱了幾個月，其餘藏放在衣櫃裡。這些報紙是她最珍貴的收藏，也是火災中她會最先搶救的東西。

西西歐在廚房裡不停試吹錫製口哨，看看日本人有沒有故意破壞。安紐麗塔壓下衝動，強迫自己不要走過去把口哨塞進他鼻孔。她應該打電話給瑪麗亞嗎？一個好母親不就應該這麼做嗎？她們已經好幾個月沒通電話。她們倒不是不合，而是累得不想再花力氣迴避兩人都講不下去的對話。各自待在海岸的一端，比小心橫越布滿冰山的海洋容易多了。但說來奇怪，安紐麗塔竟然邁步走到小客廳的另一頭。幾年前咪咪終於讓步，不再堅持話筒傳出的聲音是困在煉獄中的鬼魅，家裡也才安裝電話。趁著來不及制止自己之前，安紐麗塔從話機上拿起話筒，撥了電話。

「有何貴幹？」瑪麗亞以此表示問好。

「是我。」

「怎麼了？」

「這個問題很短，答案可是非常長。」

「不，」瑪麗亞說，「我的意思是，妳住院了嗎？」

「妳為什麼以為我住院？」

「不然妳幹嘛打電話過來？」瑪麗亞說，漫不經心的態度讓她媽媽心碎。

安紐麗塔閉上眼睛。「我只是想要確定妳聽到了新聞。」

「是的，我聽到了。我不太訝異，但依然喘不過氣。」

「我們天一亮就一直聽新聞，我不曉得聽收音機這麼花精神。」

「精神科醫生說這是『收音機疲乏』。」

「收音機疲乏，」安紐麗塔重複一次。「聽起來沒錯。妳覺得他們會叫ＫＦＡＣ電臺停播卡羅素嗎？」

安紐麗塔聽得出瑪麗亞聲音中的笑意。「媽，我不知道。」

「他們這下也會把卡羅素稱為敵僑，妳能相信嗎？卡羅素，嗓音有如蘭花花瓣般柔滑的歌王，敵僑！真是丟人。我真慶幸他已經過世，不必親眼見證這一切。」

安紐麗塔、咪咪、菈菈、珮珮、西西歐一起去警察局登記為敵僑。幫他們蓋手印拍照的執勤警員不時叫大家耐心等候，因為他正在幫一個被捕的罪犯登記。兩套程序平行進展，既諷刺又可悲，人人看在眼裡，也都心知肚明。到了中午，奉公守法的移民們和知法犯法的本國人已經站在同一個隊伍裡。

「妳珮珮姑婆拿著切肉的菜刀坐在前廊，她說她絕對不會被警察活活帶走。」

「媽，妳得跟她說這裡跟老家不一樣。她再也不可以拿著菜刀到處砍警察。」

「這個老太太性子真烈，不是嗎？」安紐麗塔邊說邊望向窗外珮珮端坐守望之處。「我希望等我到了她們的年紀，我有精力跟我的姑姑們一樣神經質。」

「我是說真的，媽，我們是敵僑，這就夠讓人起疑，如果珮珮姑婆還想要拿刀砍警察，天知道大家會做何反應。」

「回家吧，瑪麗亞。」

「回去那個鬧哄哄的家裡？不，謝囉。」

「拜託，親愛的，我想妳。」

---

1 Jimmy Durante（一八九三—一九八〇），美國知名喜劇演員，父母皆為義大利移民。

2.

李山遙遙在望，白色的「Hollywoodland」字樣壓著山稜，坡地上褐黃與青綠交雜，斑斑點點，有如一行行字幕，詮釋浩瀚晴空的絕美與虛空。

好美，亞提心想，他站在窗邊，用口哨吹橘子汁的廣告歌，有如早起的鳥兒般活潑輕快。他神清氣爽，異常開心。美國投入戰場，他的運氣跟著翻轉，而且可說是迅雷不及掩耳。十二月六日晚間上床睡覺之時，他是個受到排斥的賤民；十二月七日晨間一覺醒來之時，他是個受到敬重的先知。接下來的幾天，他看著他的仇敵們公開摒棄先前的信念。「美國第一委員會」宣告解散。在「電影製片協會戰時文宣調查小組」審訊亞提的諸位參議員，如今投票支持美國宣戰。幾星期前公開質疑亞提是否忠誠的查爾斯·林白，如今因為忠誠受到質疑，不准為空軍服役。過去幾個月亞提衝著廚房收音機提出的建言，如今被提升為國家政策。「每日綜藝」讚揚那場糟透了的首映會，將之稱為好萊塢的珍珠港事件，連亞提都覺得稍微有失格調。

有人敲門。約了上午十點開會的人們陸續入內。瑪麗亞挑了咖啡桌旁一張布面座椅坐下，奈德點頭以示問候，薇德特在她的筆記本上草草書寫，恩斯特·羅司納啪地坐上長沙發，頭皮屑橫掃沙發座墊。

「我剛跟『戰爭部』的大老們通電話，」亞提跟他們說。他察覺自己手裡依然握著話筒，趕忙把話筒擱回話機上。「他們要雇用我們。」

「他們如果打算徵召一群五十幾歲、脊背不佳的傢伙，那麼陸軍肯定大事不妙，」奈德說。

「他們不打算徵召我們入伍。他們打算請我們幫忙拍片，直到他們內部可以自己來。除了我們既定的拍片進度，我們將為最近被徵召入伍的新兵拍攝訓練和宣導影片，跟他們解釋這場戰爭多麼重要、我們為什麼決定參戰等等。」亞提盯著奈德，目光犀利。「換句話說就是宣傳電影。」

「我無意冒犯，但是，亞提，他們幹嘛把這個任務交付給我們？」

亞提搖搖頭，他想不通自己的運氣居然在一夜之間翻轉，甚至懶得作勢受到冒犯。「最近六個月，參議員奈伊不停斥責我是個手段高明的宣傳者。羅斯福總統顯然聽了進去，他親自指示『戰爭部』跟我們聯絡。奈德，你還好嗎？你臉色似乎有點蒼白。」

「那是因為你的襯衫。」奈德指指亞提那件方格扣領襯衫，襯衫上約有十二種粉蠟顏彩，色調全都不相配。「它讓我暈眩。」

「薇德特，請幫我哥哥倒杯水，好嗎？他有點暈眩。好，再過幾天，我應該會接到『戰爭部』更多指示，但目前我希望『戰爭部』的長官們想想他們可以提供哪些人手，他們可別忘了我們製片廠三分之一的人員都會被徵召入伍。」亞提把注意力轉向今早的下一個議題。「我跟『華納影業』討論過了，有鑑於最近這些發展，他們不但想要發行《魔鬼的交易》，而且想要把它列為雙片連映的大片。媒體宣傳必須從愛國的角度出發，瞭解嗎？我們必須讓民眾覺得他們有義務看這部電影，看了電影就可以識破敵人的假訊息等等。瑪麗亞，麻煩妳看看我們可不可以把陸軍和海軍的招募專員請到劇院——入伍從軍即可免費看電影，諸如此類的宣傳手法。如果好好規劃，這部片子說不定會是我們繼《我夫之恩賜》之後最賣座的電影。」

「水星國際影業」迄今最賣座的電影是《我夫之恩賜》——該片具有「教育意義」，告誡民眾梅毒的危險性。首映九年之後，《我夫之恩賜》在佛羅里達州依然廣受歡迎。

瑪麗亞提起演職人員名單的問題。既然美國已經參戰，製片廠當然可以別再使用化名？

「現在可不是講求私心的時候，女無名氏小姐，」恩斯特自己動手，從公盤裡拿了第六塊餅乾。

「反正已經太遲，」亞提補了一句。「多份海報已經進廠印刷，宣傳資料也已寄出。」

他們漠不關心，一筆勾銷她的掛念，讓瑪麗亞氣炸。片頭片尾的演職人員名單讓你暢行無阻，只有它記載你過去的成功，也只有它擔保你未來的就業。她希望自己的名字列在自己監製的電影上，她只求得到這樣的認可，憑什麼說她私心？

話題轉移到日軍轟炸機會不會把攝影棚誤認為飛機庫。

「傑克．華納[2]告訴我，他在他的屋頂上漆了一個超大的箭頭，箭頭上面寫著：『洛克希德[3]在那一邊！』」亞提說。

他們決定最好還是問問看哪一個挖游泳池的工人會建造地下防空洞。

更迫切的問題是，戰時物資缺乏，正在籌備中的影片將會受到什麼影響。橡膠、電力、紙張、石油、木材、油漆、金屬……從製作道具玻璃的糖類物質到印製電影票的硬紙板，一切物資都受制於配額和徵用。最麻煩的是膠卷底片也在配額名單之內。

「硝酸纖維素，」恩斯特邊說邊把手伸進亞提盛放糖豆的玻璃缸裡。「膠卷底片的主要原料剛好也是槍彈火藥的必要成分。」

闡述了配額的經濟供需之後，恩斯特把眼鏡收起來，小心翼翼地擱在胸前的口袋裡，少了鏡片的遮掩，他的虹膜混雜著褐黃、紅褐、嫩綠的光采，一閃一閃，宛如螢火蟲發出的微光。他狡詐的心機似乎壓縮在一對有如彩色銅板的虹膜中。身為「水星國際影業」的財務總管，他是製片廠最令人憎惡的人物，他也因而疲憊喪氣，大多時日，他一醒來就震懾於他的精氣依然如同藤壺般依附著他的身軀。他再也懶得隱藏他的痔瘡坐墊，反而把它像個髒兮兮的救生圈高掛在辦公室的牆上，以便隨時取用。如果當初繼續舒舒服服留在固特異輪胎位居高職，他八成會無聊到翹辮子。但那樣翹辮子，會是多麼愜意！

室內另一頭，奈德嗖嗖啜飲不冷不熱的咖啡，等機會開口。他跟大家一樣都沒料到會發生珍珠港事件，還在衡量如何在這個已經變更的局勢中找到自己的位置。他原先確信——百分之百確信——《魔鬼的交易》會是那種賣座極差的大爛片，當他陳述事實，籲請董事會迫使亞提放棄席位，他可以用這部片子為例，證明他弟弟的判斷力衰退。十二月六日上床休息時，他堅信他已經足使他弟弟自取滅亡。現在呢？現在董事會認為亞提是他媽的大預言家。

這也就是為什麼昨天那通「東方國民銀行」的電話格外令人玩味。先說銀行主管致電的時間。備忘錄裡事先安排的時間，意味著奈德會在家裡接電話，有鑑於東西岸的時差，這樣的安排應該不是預謀，前提是他願意採信。銀行主管預估好萊塢的錢景大好：戰爭刺激經濟，可用收入增加，餘錢進了消費者的荷包，在此同時，配給制大幅限制餘錢可以花在哪裡，誰都不可能創造出比目前更好的環境，促使「水星國際影業」之類的製片廠重現昔日的輝煌。銀行主管以假設性的語氣提議，聽來近似合理的推諉，但奈德聽得出其中的信號：上星期的種種事件已讓「東方國民銀行」更有意願接管「水星國際影業」。儘管語帶暗示、略有保留，但銀行主管表示，如果奈德能夠為他們爭取到足夠的席次，他們願意解除亞提的職務，讓奈德掌管一家資金無虞的主要製片廠。奈德願意這麼做嗎？不，他不行，但他的語調肯定稍有躊躇，甚至不置可否，因為銀行主管建議奈德花點時間考慮。

2 Jack Warner（一八九二—一九七八），「華納兄弟影業」的創始人之一。

3 Lockheed，創始於一九一二年，原為水上飛機公司，二戰期間生產戰鬥機，一九九五年與馬丁集團（Martin Marietta）合併，更名為「洛克希德馬丁」（Lockheed Martin）。

這時亞提說，「華納影業」的進帳應該用來償還債務。

「亞提，聽到你這麼說，我很訝異。」

「你很訝異我說若非必要我不想再把我的雞巴掛在捕熊的鋼爪子上方？」

「有鑑於我們公司股票的交易現況，我以為你會要求『東方國民銀行』把我們信用額度提高兩倍、三倍，戰爭會讓我們勢如破竹，這是千載難逢的機會，你不像是那種願意退讓的人。」

奈德的論點滲入亞提充滿不安全感的內心，有如細針刺入發炎的神經。

「這些限制對主要製片廠造成的打擊，遠超過對我們的傷害。我的意思是，亞提，你想想，打從經濟大蕭條一開始，你就學會量入為出，你知道怎麼湊合著過，缺東缺西也過得下去。想辦法趕上的是圈裡其他人。」

亞提發現自己不得不贊同他哥哥的說法，心裡老大不高興。他看著恩斯特，希望誘發不一致的看法。

「我同意，」恩斯特說。「『東方國民銀行』說不定會要求兩個董事會的席次，但如果你可以接受，就我看來，額度較高的信用額度聽起來很合理。」

瑪麗亞依然因為受到輕忽而不滿，即使亞提眨眨眼跟她討救兵，她也不理會。「我也同意，」她說。「那些主要製片廠連開個會都得花半年喬時間。在此同時，我們用一半的時間就可以趕寫劇本、拍出片子。」

「我們直到夏天都有辦法獨占大部分市場，」奈德說。「但是，亞提，我知道你顧慮放棄更多席次，所以這事由你決定。不管你決定怎麼做，我都百分之百支持。」

人行道上，民眾排隊響應捐血活動，滿足血庫吸血鬼般的需求。

「他媽的，一不作二不休，我們賭一賭。」亞提輕輕扣打會議議程上另外幾個讓人難以辨識的字。

「我們幫政府做宣傳，同時也必須把戰爭寫進劇本裡，好好加以利用。我們有個擱了一陣子的劇本符合這個要求：《東京諜語》，一部他媽的間諜片。有沒有人反對？」

恩斯特舉起一隻手指。「各項短缺中，我們最缺的是能夠飾演日本反派角色的演員。整個演員工會只有兩個日本演員，而他們兩個對於飾演東條英機的爪牙都不太熱衷。」

鮮奶油在奈德倒進杯裡的咖啡迴旋轉動。「我不確定我們想要請他們拍這部片子。大家一直在說疏散和搬遷……我不太相信，但我們應該做最壞的打算，以防坊間那些諸如亨利．麥克萊默[4]的傢伙得逞。你想想：如果我們拍片拍到一半，片中的反派主角卻被關進拘留營，那該怎麼辦？參議員奈伊已經聲稱有日本內奸輔助攻擊珍珠港。」

亞提發出呸聲，以示輕蔑。「那個神經病相信的每一件事，其實都是假的。」

薇德特暫且擱下她的筆記本，抬頭一看。「我聽說日本農民在皇帝豆裡加砒霜。」

薇德特輕易陷入偏見，瑪麗亞聽了不太訝異，讓她不安的是話語中的暗示：薇德特願意暫且相信虛構的事實，好像想法偏差，現實就跟著偏差。合理的解釋欠缺公信力，陰謀論卻受到信服，究竟原因何在？難道人們如此渴望秩序，即使秩序殘酷不仁，人們也願意接受？

恩斯特轉向薇德特。「我當妳是個朋友，所以跟妳直說：妳是個白痴。日本農民擁有極小部分加州農地，但加州的農作物絕大部分由日本農民種植。妳猜是誰挑起這些謠言？代表白人農民的貿易組織。搬遷等於除掉競爭對手，就是這麼簡單，妳的陰謀論也就是這麼回事。」

薇德特上了唇膏的嘴唇一扁，神情肅然，臉上不再帶著微笑。她媽媽警告過她別為這些人工作。

4 Henry McLemore（一九〇六—一九六八），赫斯特新聞集團的專欄作家，極力支持囚禁日裔美國人。

他們討論哪些中國和韓國演員可以飾演反派主角。陸錫麟[5]？切斯特．甘[6]？安必立[7]？他們知道其他人選嗎？還有其他人選嗎？彼得．羅瑞[8]？

亞提撣掉襯衫胸口的餅乾屑。「一個匈牙利裔的猶太人說不定無法滿足目前當道的寫實色彩。」

「《大地》的演員看起來像是從維也納的街車裡選角，」奈德說，「結果那部片子大賣座。」

亞提聽說有些製作人迫切到了極點，甚至以週薪一千美金跟酒保和洗衣工簽約。每個人都自問：亞裔演員為什麼這麼少？這樣應該怪誰？

「我可以提個建議嗎？」瑪麗亞說。「陸艾迪。」

奈德點頭。「他在《上海誘騙案》表現不錯。他是哪家經紀公司的人？」

艾迪的經紀人是博伊爾高地的一個老千，這人有三百個客戶，卻幾乎入不敷出。目前他最成功的演員客戶是一匹馬。「一家規模不大的經紀公司，」瑪麗亞說。

「他得花我們多少錢？」亞提問。

在整個職業生涯中，她始終忠於亞提。但如果他打算扣住她製作人的頭銜，她也就沒有必要以亞提的利益為先，捨棄艾迪的利益。

「你應該料想得到，最近幾天有很多人找他拍片，」她說。其實只有一家製片廠找他，薪資是週薪一百五十美金。「你必須開出優渥的價碼跟大家競爭。我認為最起碼週薪兩千美金。」

亞提不可置信地哼了一聲。「這樣會讓他成了製片廠片酬最高的演員。」

瑪麗亞擺出無辜的模樣，佯裝無知地說：「是嗎？」

「最後還有一件事情得討論，」恩斯特邊說邊翻閱他的筆記。「我從可靠的消息來源獲知，司法部顧慮到情治問題，將會限制敵僑不准從事某些工作……」

瑪麗亞在她的座位裡不安地挪動身子。

「……這些限制多半影響到海事、航空、無線電和軍火，但有個領域值得我們關切：攝影。司法部不希望敵僑接觸相機，因為他們擔心敵僑會利用相機從事間諜或是偵測活動。」

「你在開玩笑吧，」瑪麗亞說。但她很清楚恩斯特一心只想維持「水星國際影業」有能力償債，心情已經沮喪到說不出任何玩笑話。

「你試著跟這些坐辦公桌的人講道理，就好像挑戰一個頭盔跟你硬碰硬。」恩斯特又扔了幾顆糖豆到嘴裡，他的舌頭已經沾上一層層糖衣。「幸好只有四名員工受到影響。我們攝影組有三個德國人，劇照組有一個兼職的義大利人。」

「我們可以跟司法部力爭嗎？」亞提問。「我的意思是，拜託喔，恩斯特——希特勒和墨索里尼把這些可憐的混蛋趕出歐洲，司法部卻認為他們會為迫害他們的那些人從事間諜活動？」

「如果他們的國籍是我們的敵國，『司法部』就會把他們視為敵人。我的建議？為了四名員工妨害到『戰爭部』那筆生意，我覺得不值得。」

---

5 Keye Luke（一九〇四—一九九一），美國華裔演員，出生於中國廣州，成長於美國西雅圖，最出名的角色是在《陳查理》系列電影中扮演的「老大」Lee Chan。

6 Chester Gan（一九〇八— 一九五九），美國華裔演員，曾在多部好萊塢電影中露面，但都是迎合好萊塢對亞洲人刻板印象的小角色。

7 Philip Ahn（一九〇五—一九七八），美國韓裔演員，是第一位留名於星光大道的亞裔明星。

8 Peter Lorre（一九〇四— 一九六四），出生於匈牙利的美國演員，演藝生涯始於維也納，而後移居美國，多半飾演邪惡的外國人。

亞提當然知道恩斯特說的沒錯。他們是生意人，不是民權自由組織。儘管如此，他心中依然升起一股難以察覺的疑慮，讓他質疑自己的立場，因為過去這幾年，他監製的電影已經挑起民眾的恐懼，致使民眾生怕敵人的間諜生活在我們之間。他先前相信自己站在天使這一邊，但魔鬼肯定跟自己說他們也是天使。

「讓他們薪水領到月底，」亞提跟瑪麗亞說。「但明天就叫他們走路。」

3.

黃昏開始燈火管制。市府切斷街燈和紅綠燈的電源，勒令所有商家和住家關掉電燈，當瑪麗亞六點鐘離開辦公室，外頭已經跟月球上的半夜沒什麼兩樣。

她沒有走向她的車子，反而漫步於露天片場，試圖不要理會讓她腸胃緊繃的焦慮感。這一切都太愚蠢：今天這一天，她居住的國家對她出生的國家正式宣戰，她心裡卻只想著她得回去林肯高地。她上次見到她媽媽是什麼時候？最起碼一年前。她和她媽媽沒有大吵一架，也沒有無緣無故互相指責，她只是漸漸接受諸多事實。她知道她媽媽打心眼裡無法面對她間接造成她爸爸被捕，也無法承受她們隨後流亡異鄉；她知道她們因而不信任彼此，對彼此心懷怨懟，以消極的態度挑釁彼此，母女兩人就此心生嫌隙；她知道即使這一切都不是真的，她依然深信這一切都不假。瑪麗亞可以把她媽媽的一切說得簡單明瞭，毫無枝節，只要這些說詞不被現實揭穿，她甚至相信它們全是真的。她從沒見過比她媽媽更咄咄逼人、好鬥好辯的人，但她寧可相信她媽媽之所以不願面對她，原因在於軟弱或是自尊，而不是因為想要保護女兒，讓女兒不要承受心中的愧疚。

冷風沿著製片廠通道吹來，西部大街的沙土被吹得橫掃柏油路。街燈陰暗無光，望似一顆顆漆黑的玻璃球。配樂組的門砰地關上，〈火車飛快〉[9]的最後幾個音符戛然而止。灰白的陰影漫過前方的義大利廣場，瑪麗亞看到一個人影孤零零地沿著廣場的周邊漫步。在這個義大利和美國對彼此宣戰的日子裡，她還會在這裡瞧見誰？

瑪麗亞走到文森身邊，跟著他一起漫步。他們都一語不發，腳步聲是兩人漫步之時唯一的對話。自從瑪麗亞從華府回來之後，這幾個月他們講的話不超過幾百個字，而且全都非常客氣、非常沒意義。

瑪麗亞終於問文森聽了今天的新聞之後還好吧。

「還好，」他說，他面無表情，沒有洩露任何心緒。

「我不確定應該鬆一口氣或是害怕，」瑪麗亞坦承。

「考慮到我們的身分，這兩種心情倒不是互相牴觸。」

我們的身分。「我們」二字聽來讓人不安，如今卻是真確。在製片廠裡，職員們被劃分成最多層級的，以至於她和文森的位階可說是相隔十萬八千里。但在書面上，如今他們都被劃歸為敵僑。

他們又繞著廣場走了一圈。她的思緒不可抑制地溢出，漫向前方的暗夜，走著走著，她忽然心想，文森跟她爸爸住了一陣子，說不定他察覺出一些來龍去脈，足以解釋她媽媽為何心理失衡、偏執規避。她坦然接受自己的內心有如迷宮，卻執意要求她媽媽的內心像個方格，但她試著不要多想自己為什麼如此偽善。她接受了三年的精神分析治療，深知自己的內心如此深不可測，致使向來實事求是的她訴諸陰謀論，搜尋潛意識中驅使邪念的種種動力。

9 Chattanooga Choo Choo，搖擺爵士樂手葛倫・米勒（Glenn Miller）的代表作。

「他有沒有跟你講過我媽媽？」她問。

「妳爸爸？他說在拉嘉納太太眼中，他像個跳針的唱片般不停碎碎唸。伊斯基亞島之旅、雨傘事件、他們怎麼相遇等等，這幾十個故事我肯定聽了上千次。」

「他們怎麼相遇？」她想要瞭解她爸媽，卻又深信自己永遠不可能瞭解，她想要澄清某些疑點，卻又預期自己會更加困惑，她想要知道他們怎麼相遇，原因卻只在於她可以更精準地設想他們從未相遇。種種思緒對立交纏，令人困擾。

「她騎腳踏車撞上他。然後他請她上館子吃午餐。」

瑪麗亞不曉得她媽媽居然會騎腳踏車。這個不速之客比她更瞭解她爸媽的過去，讓她深感妒忌。說不定她之所以提起這個話題，原因不在於看清當前的黑夜，而是增強迎接明日的決心。

「我明天得請你走路，」她說。「司法部打算禁止敵僑使用相機。」

「為什麼？」

「他們擔心間諜。」

文森悶悶不樂地點頭，接受這個消息。「反正我已經逗留太久。我原本希望……」他話沒說完，不願或是無法回想他原本希望瑪麗亞．拉嘉納會給他什麼。「明天早上我會做我抵達洛杉磯那天就該做的事。」

「什麼事？」

「離開。」

「你恐怕也不能那麼做。司法部禁止敵僑在住家兩英里之外行動。」

文森不安地望向像露天片場的另一側，感覺廣場的周邊朝他聚攏。「你走過半個地球，結果卻又受到拘禁，」他搖搖頭說。「一個遊走四方的攝影師如果不准遊走四方，也不准攝影，那他怎麼討生活？」

群星映照燈火管制的城市，星光似乎更加明亮。說不定因為即將與家人重聚，導致瑪麗亞容許自己相信她有能力改變；說不定她長久以來對自己心懷強烈的憎惡，結果令她精疲力盡；說不定只是因為眼見一個迷惘的卡拉布里亞人在星光燦燦的柔美黑夜中、繞著一個假造的廣場走了一圈又一圈。不管原因何在，瑪麗亞只確知自己想要在美國對她祖國宣戰的這一天，與她家鄉的前塵往事言歸於好。

「跟我來，」她說。「我說不定有些事情讓你做，直到你找到另一份工作為止。」

✦

影片圖書館樓高兩層，是一棟防火水泥磚砌成的建築物，與攝影組相距不遠。為了降低成本，「水星國際影業」依賴圖庫影片，成本比較低廉的電影在館內產製，比例不下於在攝影棚拍攝。瑪麗亞推開厚重的鋼門。每隔幾英寸就有一個嚴禁吸菸的圖示，慎重警告人們若是忽略硝酸片的可燃性，後果將有多麼慘重。

瑪麗亞在放映室裡把《意志的勝利》的膠片裝進放映機。一九三八年十一月、當蘭妮·萊芬斯坦[10]到好萊塢進行親善訪問，瑪麗亞頭一次看了這部電影。就算是她的訪問沒有剛好碰上反猶太大屠殺的「水晶之夜」[11]，想要在一個猶太人打造的產業宣揚親善也絕非易事。萊芬斯坦聲稱不知情，刻意忽視這則新

---

10 Leni Riefenstahl（一九〇二—二〇〇三），德國知名女星暨導演，才華洋溢，卻也備受爭議，她為希特勒拍攝的《意志的勝利》是政治宣傳的經典之作。

11 Kristallnacht，一譯「碎玻璃之夜」，一九三八年十一月九日夜間至十日凌晨，德國黨衛軍大肆洗劫境內猶太人，自此展開對猶太人系統性的屠殺。

聞，而來年之中，她愈來愈倚重這種刻意忽視的心態，結果也就愈來愈站不住腳。好萊塢的反納粹聯盟發起抵制，除了華特．迪士尼和哈爾．羅奇[12]，好萊塢對這位女導演的反應可說是冷若冰霜。瑪麗亞基於幾近病態的好奇參加了一場試映會。除了桃樂絲．阿茲納[13]，她從沒見過其他女導演。

瑪麗亞看著忠貞的黨員遊行踏過紐倫堡，行列有如巴斯比．柏克萊[14]編導的歌舞片般對稱嚴謹，她就是無法只將萊芬斯坦視為一位宣傳高手，心中頓感氣餒。這位導演顯然有她獨到的見解，以此作為拍攝手法，創作出一部部無視於人類獨特性的電影，這一點比萊芬斯坦的其他作為更困擾瑪麗亞。萊芬斯坦動員成千上萬的民眾參與拍片，卻沒有顯露一丁點對人性的好奇，拍出的電影堪稱工程壯舉，有如軍火彈藥生產線般精準無誤，不帶一絲情感。難怪德國在各個駐外領事館放映《意志的勝利》，藉此削弱敵方的士氣，為德國的入侵作準備。觀影之後，瑪麗亞感到挫敗，甚至不知所措。

這時在影片圖書館的放映室裡，《意志的勝利》再度將不安灌注到瑪麗亞的胸口。然而好萊塢的情聖們何必力抗這部歌頌統御的鉅片？一個自始至終禁止宣傳的電影工業怎能跟一個純粹只為了宣傳而創設的電影工業競爭？

她走到角落的RCA唱機，桌上擱著一張唱片，封面的幾個傢伙穿著吊帶花飾皮褲，神情輕鬆愉快。她從封套裡抽出唱片，放到唱盤上。蟲膠唱片發出嘶嘶的聲響，好像某個滴著油脂的東西被丟上烤肉架。揚聲器的喇叭傳出低音號轟轟隆隆的樂聲。

她從頭開始放映，但以加倍的速度播放。在快速的節奏下，帝國軍團的隊伍從一支所向無敵的死亡大軍轉變成一個只愛低音號的喧鬧劇團。他們好像歌舞女郎般闊步前進，看來精力充沛，神情之間卻帶著一絲萎靡，好像一個個木偶，而操弄木偶的那人卻缺乏經驗。光是改變播放速度和配樂，就足以顛覆萊芬斯坦需要三十部攝影機和數千名民眾才可達到的效果。萊芬斯坦不能被超越，瑪麗亞當下判定，只能被破壞。

「『戰爭部』的兩個傢伙今天送過來這些，」瑪麗亞邊說邊打開通往儲存室的門。「這些肯定包括幾百小時來自德國、義大利、日本的宣傳電影，你每一部都得看，一個場景一個場景接著看，然後寫出摘要，呈交給幫『戰爭部』拍宣傳電影的單位當作參考。這個差事肯定無聊至極，乏味得令人抓狂，我問過其他人要不要做，他們全都明智地拒絕，但週薪四十美金勝過排隊領麵包。」

文森朝著數千個層層堆疊的膠卷筒皺眉頭。「我從沒想過我得在洛杉磯受到法西斯主義的教化和灌輸。」

「生命充滿驚喜，不是嗎？魯迪．布洛赫將執掌宣傳組。你可以把你的摘要交給他的祕書。」

「瑪麗亞，」他在她背後大喊。「謝謝妳幫我這個忙。」

有朝一日，她會問一問文森她爸爸在信裡無法或是不願告訴她的一切，諸如他的生活、他的苦難、苦難有何意義、她在其間扮演什麼角色、他提到她時說了哪些關於她的事，但現在她已經趕不上吃晚餐，必須趕緊開車到城市另一頭。

✦

瑪麗亞緊貼著前方車輛黯淡的尾燈，一吋一吋地開過車陣。神情疲憊的警察揮手叫她開過十字路口，

12 Hal Roach（一八九二—一九九二），美國知名製片人，專擅拍製喜劇片，勞萊與哈台喜劇系列即是由他監製。

13 Dorothy Arzner（一八九七—一九七九），美國知名女導演，一九二〇年代至一九四〇年代初期，執導二十餘部電影，是女性導演先驅。

14 Busby Berkeley（一八九五—一九七六），美國導演暨舞蹈編創家，他所編創的音樂歌舞劇有如萬花筒般華麗壯觀，代表作包括《第四十二街》、《淘金女郎》等。

一輛輛街車在叮噹作響的電線下匆匆駛過路口。

少了大燈、街燈或是紅綠燈，車輛彼此衝撞，被撞壞的車輛併排停路邊，街道全都堵塞，只剩下東西向的主要幹道可以通車。引擎蓋砰地開啟，冒出道道黑煙，遠處傳來鈑金擠壓的聲響，聲若銅鈸，燒焦的橡膠氣味刺鼻，隨著聖塔安娜風緩緩飄來。他媽的亂七八糟，瑪麗亞心想。日本人幹嘛費勁轟炸一個執意自我摧毀的城市？

車輛堵在菲格羅亞街，司機們乾脆爬到引擎蓋上，盯著眼前動彈不得的車陣，在此同時，KNX廣播電臺宣布警方封鎖了第三街，以防看熱鬧的民眾在小東京區晃蕩。

群眾潛行於停滯不前的車輛之間。女服務生和加油站小弟自認是維護治安的正義之士，即使白天站了一整天、拇趾外翻、隱隱作痛，夜間依然自願四處巡邏。入侵的威脅與日俱增，銀行主管和名媛淑女的濱海地產也隨之貶值，而他們先前得到保證，這些露臺俯瞰太平洋的地產是絕佳投資，因為朝西望去，與你相距最近的鄰居在一片汪洋之外。改過自新的歹徒們想起往日風光，迫不急待地想要興風作浪。一身油汙的技工，剪個平頭的辦公室小職員，家中備有六款果凍模型、心中記著可口燉鍋食譜的家庭主婦，全都發瘋似地湧向無視燈火管制的店面櫥窗、打爛蘭姆水果調酒和現沖咖啡的霓虹廣告燈、揮舞球棒關掉大廳電燈，人人陷入一片混亂。

前方的群眾湧向市政廳。一盞孤燈在二十樓發光。暴民們怒氣騰騰地瞪著高高的樓層，瑪麗亞可以感覺到他們心中流竄著強烈的挫敗感。燈泡僅僅六十瓦，高度不過幾百英碼，但燈亮著顯示你的希望多麼浮誇、你的辛勞多麼無謂，有如指引遠方船隻的燈塔一樣刺眼。

群眾動手丟擲汽水瓶和石塊，件件朝著市政廳畫個圓弧，徒勞無功地轟然落地。某個天才老兄掏出一把左輪手槍，朝著外牆開了一槍，槍彈擊中水泥，發出殘響，聽起來好像開了好幾槍。碎玻璃有如箭頭般噴向群眾。燈泡依然發光。

群眾四散奔逃，瑪麗亞看在眼裡，不禁想起羅馬那群一邊鞭笞自己、一邊緩緩行進的修士，人人藉由肉體的劇痛淨化心靈，或將之摧殘到心靈可以承受的極限。她緊抓著方向盤，開車左轉。

平時的週四，百老匯大道的招牌煥發出明晃晃的色彩，如今這條市區最繁忙的街道卻只見香菸的紅光。黑暗之中，行人們不知所措，人人呆若木雞，好像殭屍般拖著沉重的腳步前進。偶爾會有兩個行人撞進彼此懷裡，於是說聲抱歉，默默退回無人知曉的漆黑人群之中，看上去像受到蠱惑般笑笑、咒罵或是發呆，不敢相信自己在夜裡摸黑走了幾英里，結果卻察覺自己在一個陌生人的懷抱之中。

一位盲人開心地輕敲手杖，他的世界什麼都沒變。

沒有人知道怎樣關掉觀光局看板的電源，霓虹燈火通明，閃閃爍爍地宣告：歡迎來到洛杉磯。

瑪麗亞朝北開過唐人街，沿著百老匯大道迂迴朝東行駛，一路上，祈願蠟燭的燭光透過聖彼得天主教堂的彩繪玻璃閃動，聖徒們披著豔紅和藍紫的聖袍，燭火依舊燃燒，因為即使有燈火管制，神父也不願捻熄一天數百名教徒依附於燭蕊上的祈願。

✦

「……市府衛生單位發出通告，自來水裡含有某種腸胃寄生蟲，我打算裝在瓶子裡販售，就說是查爾斯．史卡波洛夫醫師專利授權的通便劑，」西西歐說。如果這樣沒有市場，他打算把自來水以「阻燃水」之名賣給郊區的屋主，他們深信自己的低矮平房將是日相東條英機的下一個目標。他讀了報紙。你必須認為你居住的城市會是下一個目標，這是身為市民的自豪。沒有人願意相信自己的城市不值得受到激烈炮轟。

「我先生喔，」咪咪在廚房裡說，短短四字滿滿不悅、輕蔑、懊惱。

「我警告過她，」菈菈說。「千萬別買袋子裡的貓[15]，我跟她說。但她聽了嗎？」

「你聽說他們在義大利堂裝設一個新的空襲警報器嗎？」西西歐坐在桌邊跟瑪麗亞說。「陸軍把它研發成一種武器，據說可以震破一百英碼之外的敵軍耳膜。」

「如果你不一會兒就聾了，空襲警報器有什麼用？」瑪麗亞問。

「妳說什麼？」

珮珮把粗粒小麥麵包切成厚片。屋裡的電燈全都關了。安紐麗塔把蔬菜燉湯舀進碗盅，瑪麗亞感覺熱騰騰的香味綁住了自己，讓她留在這個屋裡、這個世上。

他們圍坐在桌邊，只聞其聲、不見其人的話語劃破一片漆黑。

安紐麗塔說：「你們聽說艾思柏西托家的兩個男孩收到兵單了嗎？」

咪咪倒抽一口氣。「他們徵召了年紀比較輕的那一個？他的眼睛行嗎？」

瑪麗亞不記得艾思柏西托家那個年紀比較輕的男孩戴了眼鏡。「他眼睛怎樣？」

「像個偽君子。」

「我想這不足以構成延期服役。」

「最起碼他們不會接受年紀大的那一個，」菈菈說。「他戴了綠帽。」

西西歐再幫自己倒一杯酒。「召募專員哪會曉得。」

「他們當然曉得。他就是因為戴綠帽出名。隨便問誰都知道。」

「我相當確定『戰爭部』不會密切關注諸如此類的事情，」瑪麗亞說。

珮珮咕嚕咕嚕地喝湯。「有人得跟羅斯福說到底出了什麼事。」

咪咪嘆了一口氣。「他們指望一支偽君子和戴綠帽的軍隊打贏戰爭？這個星期天我得上兩次教堂。兩次。」

「天主不喜歡妳，」珮珮說。「祂始終不喜歡妳。我可不怪祂。」

「哎喲，妳這種人說這種話，真是可笑，」咪咪說。「我可不像妳們這些人，我真的讀經。」

「是喔，妳只讀『萬惡之城』索多瑪的部分。」菈菈朝著空中劃十字。「好讓西西歐想要跟妳那樣。我隔著牆聽得到他們。先是幾段硫磺烈火，然後……」

「然後……」

「……像一對野兔。」菈菈又朝著空中劃十字。

「他們不年輕。」湯汁從珮珮沾了燉菜的麵包滴下來。「我真擔心他們的髖關節。」

安紐麗塔的椅子嘰嘎作響。「我跟妳說真的，我倒是訝異硫磺烈火沒有燒穿我們的屋頂。」

「我們的屋頂鋪了約翰·曼菲爾公司的石棉磚瓦，」西西歐驕傲地說。「保固期三十年，包括天意指使的災禍。」

「是喔，這會兒你是專家囉。」

西西歐的湯匙鏗鏘一聲碰到他的碗盅。「你們想要聽聽什麼叫做天意指使的災禍嗎？我上個月跟一隻雞玩『圈圈叉叉』，結果輸了七次。輸一次，無所謂，沒什麼大不了。但連輸七次？不、不、不，那可就非比尋常。那是一隻行神蹟的雞。」

「妳先生喔，咪咪，」菈菈說。「智力不及一隻雞。」

瑪麗亞哈大笑。在這個成為敵僑的夜晚，她居然在一棟黑漆漆的低矮平房裡，被她這些神經兮兮、

15 原文「Never buy a cat in a bag」是句古老的俗諺，意思是買東西之前務必看清楚。

開口閉口末世論的家人逗得哈哈大笑，讓她感到有點訝異。她悄悄說起義大利和卡拉布里亞的方言，昔日的口音有如放唱片般流瀉而出，家裡人人說著她的母語，她置身其中，再也不會感到語塞。

透過窗戶，她依稀可見鄰居們坐在黑暗中，桌上擱著自製的蔬菜燉湯，蔬菜全是從自家園圃裡拔來的。姑婆們的黑洋裝有如鬼魅般在後院的晒衣繩上飄動。

她一語不發地走進後院，從晒衣繩上收下洋裝，走回屋裡。她爬到一張椅子上，把洋裝吊在廚房窗戶上方。

「遮黑窗簾。」她說，但她沒有開燈，暫時還沒開。

✦

瑪麗亞敲敲她媽媽的房門，問自己可不可以借一件睡袍。安紐麗塔跪在地上，從衣櫃裡拖出一疊疊報紙。

「這些是什麼？」

「只是清理一些垃圾，」安紐麗塔邊說邊站起來擋住她女兒的路。這堆報紙讓她難為情，她跟女兒不和，堆疊起來的報紙卻像是一座為了女兒搭蓋的神社，看起來可悲極了。

瑪麗亞翻閱一份份泛黃易碎的《義裔美國人報》。「妳保留了『水星國際影業』的影評。」

「只保留好的。」

「媽，我不忍心跟妳老實說，但那些影評全都是我們公關組寫的，」瑪麗亞坦承。「我們把事先寫好的影評放在公關袋裡，以便片商們把影評登在當地的報紙上，這樣一來，戲院得到免費宣傳，報紙不必付錢給影評人就可以上版面。」

「我原本就納悶這些影評為什麼那麼好。」

透過牆壁，瑪麗亞可以聽到西西歐色瞇瞇地朗讀聖經《創世紀》。地上肯定堆了六、七十份《義裔美國人報》。「妳今晚幹嘛想要清理衣櫃？」

她媽媽揉一揉太陽穴，幾根灰髮隨之垂落，遮住了她的臉。「因為今天『聯邦調查局』在林肯高地四處走動，」她媽媽說。「他們兩人一組，妳知道的，就像那些摩懶教的異教徒。」

「摩門教。」

「隨妳說吧。他們逮捕一次大戰的榮民、教義大利文的老師、『La Parola』的發行人。我看著他們逮捕戈瑞柯先生，這個可憐的會計師，他跟探員們說他從義大利逃出來、黑衫軍趕他走，他們卻照樣把他抓走。我真不敢相信我見證了這種事情。我真的不敢相信。在義大利，反法西斯主義者因為他們沒有犯下的罪行被逮捕，這裡呢？他們，因為是受害者被捕。」

她媽媽深呼吸，閉上眼睛。

「先前我在市場的時候，艾思柏西托先生說《義裔美國人報》的編輯把報社的存檔全都銷毀，甚至一路回溯到一九〇八年的創刊號。他把所有報紙堆在巷子裡，放火焚燒，肯定花了好幾個鐘頭才全數燒完。」

「我的天啊，」瑪麗亞說。

「不要白白把神的名掛在嘴邊[16]。」

「他為什麼這樣做？」

「我以為在所有人當中，妳應該最瞭解原因。」

16 原文為：「"Jesus," Maria said.」。「Jesus」可為感嘆語，意思是「天啊」、「老天啊」。安紐麗塔認為這樣冒犯到天主。

這話讓瑪麗亞想起她為什麼很少回家：不管她做了什麼，不管她變成怎樣的人，在這棟屋子裡，她永遠是那個莽莽撞撞、害她媽媽付出極大代價的十二歲女孩。

「『聯邦調查局』想要利用《義裔美國人報》的存檔製作名冊，逮捕聲名顯赫的義大利人。」安紐麗塔翻到報上一篇吹捧她女兒的文章，文長八百字，盛讚瑪麗亞為她的同胞爭光。「洛杉磯任何一個有名氣或是有影響力的義大利人都出現在這份報紙上。那個編輯啊，他想要保護他的社區。他想要保護他心愛的同胞。還有什麼比這個更合乎情理？」

一九〇八年以來每天出刊的日報，三十八年的訃聞、結婚啟事、廣告、頭條。這些不單只是報紙的存檔，更是歷史的紀實，每一天記載洛杉磯這個小角落發生的生活情事，而她的家人們就是在此安居立業。瑪麗亞真想知道哪些無法挽回的紀實已經遺失在火焰之中。

「這樣不合乎情理，」瑪麗亞說。「而且不可原諒。」

她媽媽盯著她，眼神之中流露出難以辨識的柔情。「我以前也曾這麼想。好，妳跟我說一說妳過得怎樣。妳結婚了嗎？」

瑪麗亞訝異她媽媽等了這麼久才問。「沒有，我沒結婚，但我有個朋友。」

「拜託別跟我說他是西西里人，我想我承受不了這種恥辱。」

「不，他不是西西里人。」

「那他是怎樣的人？他不是普利亞人[17]，是嗎？我承受不了這種恥辱，瑪麗亞，我真的承受不了。」

瑪麗亞搖搖頭。她很高興又見到她媽媽，不想讓她媽媽的排外情結破壞母女重聚，而排外情結是她媽媽融入美國文化的唯一表徵。

「那他叫什麼？」

「艾迪。艾德華。」

「艾德華，」她媽媽重複一次，這個名字聽起來像是清教徒，令人起疑。「他對妳好嗎？」

「他對我非常好，媽。妳呢？」

「我怎樣？」

「妳有沒有祕密的仰慕者？」

她媽媽笑了一聲，笑聲之中帶著不可置信。「我老了，哪會有人偷偷仰慕我？」

「是嗎？」

「沒錯，我真的老了。」

「咪咪姑婆那時不太老。」

「是喔，她幫自己釣到了金龜婿，是不是？一個油嘴滑舌、只有三顆牙和一輛靈車的推銷員。」

「妳想念爸爸，對不對？」

「我這輩子最遺憾的事情就是遇見妳爸爸，」她媽媽說。「他碰巧也是我這輩子的最愛。」

「他不在了，媽。不管是生是死，他不在了。」

「但願如此，親愛的，」她媽媽邊說邊站起來，親親瑪麗亞的額頭。

「跟我說說妳怎樣騎腳踏車撞上了他。」

「那天真開心，」她媽媽看也不看瑪麗亞，目光凝聚在她的後方，似乎瞧見那段比較快樂的時光。

17 Apulian，義大利語是Puglia，因此譯名為「阿普利亞」、或是「普利亞」，義大利南部的一個大區，東鄰亞得里亞海，南面鄰近奧特朗托海峽及塔蘭托灣。

「妳好好表現，別惹我生氣，妳下次回家，我就告訴妳。」

✦

瑪麗亞隔天早起，出門買了最後一天出刊的《義裔美國人報》。報紙以顯著的版面報導宣戰，但瑪麗亞翻閱前一天晚上的燈火管制，詳讀種種細節。報上說高射炮朝著幽靈戰鬥機開火，炮彈和啞彈的碎片撞穿長灘和聖塔莫尼卡好幾棟平房的屋頂。車禍事故導致數百人傷亡，郡縣各地的醫院人滿為患。在赫摩沙海灘，一個士兵朝著一個女人開槍，只因他揮手叫她停步未果。女人的鰥夫說：「我們以為他想要搭便車。」報上還鼓勵民眾購買戰爭債券、捐血、宣導捐贈廢五金、起立唱國歌，最重要的是，別忘了登記為敵僑。聲稱自己是敵人，藉此假定自己很愛國，豈非是個諷刺？對此，瑪麗亞不願多想。

安紐麗塔從瑪麗亞手中把報紙拿過去，擱在她們先前從屋裡拖出來，堆疊在後院的一打打報紙上。成堆報紙雜亂無章地散置在她昨天拔蔬果的泥地上。如果《義裔美國人報》的編輯願意燒毀他的存檔，安紐麗塔也可以燒毀她的珍藏。至少她這麼做可以保護女兒的安全。

安紐麗塔雙手顫抖，笨手笨腳地劃火柴。第一根火柴啪地斷成兩截。第二根火柴冒出火花，但沒有點燃。她不知道自己的雙手為什麼顫抖，瑪麗亞為什麼只是像個白痴般站在一旁，她一而再、再而三地劃火柴，心中絕望如泉湧，不知所措。長久以來，她始終希望瞭解自己，這是她生命最寶貴的核心，現在那裡空無一物。她幾乎受夠了假裝自己沒有崩潰。

「幫幫我，」她說。

瑪麗亞感到震驚。她媽媽為了這三個字犧牲了多少？瑪麗亞怎樣也無法想像輕聲發出的字音懷帶多麼沉重的傷痛。她怎樣也無法想像這個熬過了地震與流亡、頑強不屈的女人，竟然會被一根火柴打倒。

「媽，我——」

「幫幫我吧。」

瑪麗亞從她媽媽顫抖的手中接過火柴、劃亮它、交回她媽媽手中，安紐麗塔單膝跪地，一手輕輕撫過一份份報紙，好像它們是她唯一尚未變賣、遺失、或是丟棄的寶貝，好像它們是她在世間最後的珍藏。

「妳再也不需要這些，」瑪麗亞說。

「我不需要嗎？」

「妳有我。」

安紐麗塔搖搖頭，好像這是瑪麗亞試圖對她說出的最虛偽的謊言，然後她把火柴擱在成堆報紙的底層，讓小小的火苗從報緣吞噬對開的紙張。紙張捲曲萎縮，火星嘶嘶飄過她們的耳邊，一份日報居然燒得出這麼多的濃煙，一堆灰燼居然冒得出這麼高的煙柱，著實不可思議，不是嗎？風把報紙從火堆中一張張吹起。不一會兒，她們就被燃燒中的紙，團團包圍，拖曳著尾羽般的火苗，高高飄揚在後院上空，瑪麗亞和安紐麗塔站在後院，頭往後仰，望向天空，當年羅馬的一個除夕夜，朱塞佩在他們公寓的屋頂放煙火，她們也是這樣抬頭仰望。他總是讓瑪麗亞劃火柴，火焰總是像燒熱的油一樣劈劈啪啪竄過引信。火星四處竄動，在她手背的細毛上留下微微的焦痕。瑪麗亞趁著煙火隨風搖擺飛向空中時，悄悄靠向她爸媽的大腿，深信他們的生活永遠不會出錯。

如今數百份報紙的灰燼緩緩落下，飄過後院，瑪麗亞伸手攬住她媽媽的肩膀。

一平方英尺的草地燒焦了，如山高的報紙堆只留下這些痕跡，安紐麗塔看在眼裡，心中暗想，她和女兒一同背負的重擔，如今皆已化為一縷縷飄渺的煙霧，令人驚嘆。當火燃盡，咪咪從屋裡走出來，把馬鈴薯放在煤炭裡烘烤。

其後幾星期，你會漸漸明瞭身為敵僑是什麼意思。你被叫去按指紋、接受面談，你必須遵守宵禁，你領取一張必須隨身攜帶的敵僑卡，你只能在住處五英里之內活動。因為林肯高地距離蒙特克萊七英里，所以你回不去你兒時的家。這個早晨，你置身漫天飄揚、燒得焦黑的報紙中，你知道自此之後，你得再過好長一段時間才回得了家。

相機、收音機、手電筒：這些全都成了違禁品，必須上繳鄰近的警區。文森最後一張人像照是辦理敵僑卡所需的護照證照。這些年來，他拍了多張護照證照——那一張張撕成兩半、拼接起來的大頭照，那一張張標註姓名日期、收放在他辦公桌下黑色相簿裡的大頭照，全部是他的作品——但在所有照片中，這是頭一張被用來限制他的行動。不管他走到哪裡，邊界始終繞著他緊縮；他生怕有一天邊界會緊縮到他無法立足，讓他熬不過他的幽閉恐懼症。洗出護照照片之後，他把他的相機繳交給「敵國僑民資產委員會」。他感覺自己放棄了雙眼。承辦人員擱下花生醬醃黃瓜三明治，寫了一張收據，祝他有個愉快的下午。

你的頭髮好幾天都會帶著燒焦的煙味，當搜索平房的警察問起後院裡的灰燼，你媽媽會說：「那以前是我的園圃。」

4.

一九四二年元旦那天，安娜．韋伯端著她的墨西哥餅皮湯走向流亡人士們的餐桌——雖說是餅皮湯，其實是昨天那道可怕的墨西哥辣肉醬摻了水重新端上桌。過去三星期來，軍方徵召了製片廠大批人力，她也看著員工餐廳愈來愈荒涼。想必沒有受到徵召的人們都升官了，安娜也是。她覺得應該感恩自己被拔擢與魯迪一起執掌宣傳組，但人們愈期望她表達感恩，她心中愈是抗拒。對一個講話帶著德國口音的歐洲流亡人士而言，你被認定必須感恩，傷害不下於你被認定有罪。申請政治庇護的過程的每個階段都讓她感到不受歡迎、不值、不配，這會兒若說她覺得感恩，豈不是不知羞恥？

她在魯迪旁邊坐下，心中盤繞著這些思緒。魯迪假裝在聽雷蒙．班瓦講述他從法國來到這裡的旅程。

「……奈德發電報給我的時候，我還在巴黎，」雷蒙．班瓦喋喋不休地說道。沒有人知道一個法國哲學家在「水星國際影業」能做什麼，但他的週薪只有五十美金，實在微不足道，甚至沒必要講他的閒話。「奈德聽我們都認識的一個朋友說，我一直拿不到入境許可，他答應幫我拿到工作簽證，在『水星國際影業』安插一份差事，我覺得我必須跟他說我是個哲學家，沒有電影圈的工作經驗，你知道他說什麼嗎？他說付錢請人思考，未嘗不是一個讓人開心的改變。」

雷蒙咯咯笑，彷彿過去幾個月來他沒有每星期舊事重提。如果他無法驅除心魔，說不定他可以讓大家聽到煩死。安娜沒興趣參與這些懺悔式的言談，對她而言，這種堅稱自己承受的痛苦有何意義，反而顯得自己承受的痛苦一文不值。

「……奈德安排頭等艙，我在德國入侵前一星期從馬賽啟航。」

「你肯定相當感恩，」安娜尖酸地說。

「感激不盡，」雷蒙邊說邊吃顆抗酸藥，事先強化腸胃，防禦那杓員工餐廳的燉菜。

桌子另一頭，宣傳組的研究員文森．寇迪斯正在跟波麗娜．拉畢娜聊天，她是俄裔猶太人，負責服裝設計，她平庸無奇，試圖以俗豔花俏的罩衫來補強，看了卻讓人對她的專業欠缺信心。

魯迪拿起他的咖啡杯在桌上輕輕敲打，宣布「水星國際影業」宣傳組的會議正式開始。「誠如諸位所知，」魯迪說。「亞提委託我們——」

「他知道我們是敵僑，不是嗎？」一位來自德國布萊梅[18]的剪接師說。

「信不信由你，但我們……這麼說吧，因為我們的法律地位相當模糊，所以我們拿到這份差事。亞提知道我們不會被軍方徵召。」

魯迪分發備忘錄，上面詳列各部影片的主題，涵蓋範圍廣泛，從德國、日本、義大利的簡要歷史到適度的性事保健，一應俱全。

「只要有機會，」文森大聲朗讀，「我們不但會強調我們抗拒的價值觀，也會強調我們力爭的價值觀，比如法律的正當程序、法律之前人人平等、公民自由權……」他唸到一半忽然停了下來，似乎這才意識到拍電影的這群人被排除在片中宣導的權利之外。

「歷史的真確性向來不會妨礙好萊塢產製幻想，」安娜跟他說。「現在就該不一樣嗎？」

除了志願參與任何事務、徒勞無功地想讓自己沾上邊的雷蒙，文森・寇迪斯是被指派到宣傳組的人員中最無關緊要的一位。但身為宣傳組的研究員，他可以取得數百小時的德國宣傳電影。這一點對安娜而言非常重要。她決定今天跟他搭訕。

「在大多數的情況下，」魯迪繼續說。「我們在剪接室而不是攝影棚製作這些影片，但我們也會用上一些安娜最近幾年趁著空檔製作的縮尺模型，這些柏林的縮尺模型令人折服。安娜，請帶路，好嗎？」

「水星國際影業」有欠考慮的點子都在這個被稱為「廠房」的地方展現出有欠周詳的成果。布景藍圖用圖釘釘在遠遠那頭的牆壁上，為接下來開拍的電影做準備。木材堆疊在架上，等著木匠們上工，木匠各個手藝俐落，據說可以用牙籤雕出一根合乎標準的撞球桿。長達數百英尺的架上擱著一罐罐黏土、丙酮、壓克力、殯儀師使用的白蠟。毛氈製成的磚塊質地輕軟，另備犰狳和松鼠的標本鋪在公路路肩。彈弓射出小小塊的粉筆，營造子彈紛飛的效果。桌上的立扇朝著不停轉動的稀膠漿吹拂，製造出一張張蜘蛛網。當然還有難以計數、多種用途的乳膠保險套。若以爆竹爆破裝滿雞血的保險套，即可製造出《我的外套是棺材》片中慘遭槍殺、橫死溝渠的高潮，若從天花板把灌滿清水的保險套往下扔，即可呈現出《螞蟻的生活》片中搖擺晃動、令人稱奇的巨大雨點。

「廠房」因應戰爭需求做出一些改變。陸軍軍需部隊先前出其不意地搜索道具組，沒收了真正的步槍，當時木工組正忙著仿製木頭步槍。為了掩飾聖塔莫尼卡軍機工廠，使之免遭空襲，道格拉斯飛機公司商請「水星國際影業」的道具設計師在公司廠房和棚庫的屋頂上架設一個假社區。一百位經由中央選角公司[19]遴選的演員入住這個半空中的社區。他們從三夾板合成屋裡出來幫灌木叢澆水，灌木叢的樹葉是染了色的雞毛；他們牽著小狗走過用煙囪偽裝成的電線杆，看著充氣汽車被鍊條拉動駛過漆出來的街道。社區裡有個營業中的郵局、牛奶宅配員、傳球接球的孩童、晒衣服的家庭主婦。生活在道格拉斯飛機公司的屋頂上，跟諾曼．洛克威爾的畫作一樣寧靜寫意。那些安居於半空中的人們或許是唯一沒有受到戰爭影響的洛杉磯市民。

一隻龜殼上鑲著小碎鑽的烏龜緩緩爬向安娜。她打開她從員工餐廳買來的一盒生菜沙拉，等候烏龜吃飽之後再起身行動。

「在這裡。」安娜帶著他們走到室內的另一頭，一座縮尺模型占據了幾張鋼腳桌的桌面，那是柏林一個地區的縮尺模型，時間是一九二八年，範圍是該地區的一平方公里，波茲坦廣場華麗壯觀的旅館和百貨公司，十字山區的廉租公寓，模型之中一應俱全。

她為什麼非得重新呈現她逃離的地方？流放的路程走得愈遠，她留棄的城市在記憶中愈清晰。安娜

18 Bremen，德國西北部的海港城市。

19 Central Casting，洛杉磯的選角公司，成立於一九二五年，而後擴展至紐約、路易斯安那、喬治亞。

感覺自己登上一個全知視角的高處，俯視窺看街車、咖啡館、貧民區。到處都是吵吵鬧鬧、匆促不休的民眾，有損模型建築物的細膩與精準。拘謹古板的主婦迴避一個缺腿老兵的注視，納粹黨員和紅色陣線戰士[20]打群架，從啤酒屋一直打到街上，兩名警員從蘭德維爾運河撈起一具屍體。縮尺模型宛如希羅尼穆斯・博斯[21]描繪的地獄，氣氛歡騰，卻也萎靡破敗。

「很棒，」波麗娜說。「真的很棒。」

雷蒙摸摸粗硬的鬍鬚，搜尋安哈爾特火車站以南的街道，直到看見他學生時代每個星期二光顧的餐館。「安娜，太驚人了。」

安娜接受他們的讚美，好像他們說的都是顯而易見的事實。她的香菸冒出縷縷白煙，在她蒼白的臉頰印上紋理。她的髮色有如燒焦的燈蕊，夾雜著一絲絲燈光般銀白的白髮和一簇簇尚未染色的灰髮。她對她的成就一點都不自傲，心中只有一股深沉的哀傷，因為她所能歸返的柏林，只有縮尺模型裡的幾平方公尺。同事們的景仰也不會讓她開心，因為在她的眼中，他們全都毫無成就、欠缺誠信、愚昧無知。儘管選擇以縮尺模型作為媒介，安娜・韋伯絕不懷疑自己是個巨人。

一架架B-17戰鬥機以金屬絲線固著，機身吸取藍色的顏彩，融入迷濛的空中。上方的燈光為玻璃纖維的雲朵增添一絲溫煦。

安娜伸手輕輕挪動其中一架戰鬥機，飛機的陰影斜斜地遮住十字山區。

她轉向其他六位流亡人士。「我們這就開始，好嗎？」她說。

因為「戰時生產局」限定每部電影只准花費五千美金搭設布景，所以宣傳組將利用鏡頭內特效把演員和縮尺模型結合在一起。如果這個策略行得通，他們可以採用同樣手法拍攝「水星國際影業」的劇情片。尤金・舒夫坦[22]已經顯示這樣拍攝手法大有可為，尤金是安娜在「UFA電影公司」的同事，他利用一個又一個鏡子和透明窗格，結合群眾場景和安娜製作的模型，呈現出驚人的效果。

到了傍晚，安娜已經完成鏡子的前置作業，雷蒙把它裝在電影支架上，文森也已把它放置在模型旁，人人依然因為昨天除夕夜酒喝多了而神色萎靡，魯迪建議今天到此為止，其他人魚貫走向門口之時，安娜問文森可不可以留下來幫她清理善後。魯迪跟她說稍後家裡見。

「說來奇怪，現在他小有權力，反而比較不那麼霸道，」魯迪沿著走廊姍姍離去之時，文森做出觀察。

「除了自命不凡，其實他人不壞。他只是以為自己是聖伯納犬。」

「聖伯納犬？」

「這是德國流亡人士的笑話。兩隻臘腸狗在好萊塢高地的街角碰面，一隻瞧著另一隻說：『你肯定也是一隻聖伯納犬。』」

文森微微一笑。「你們兩人結婚了？」

「我們結了幾次婚，但對象不是彼此。我認識魯迪已經——天啊，大概二十年囉。感覺好像太久，卻又幾乎不夠久。」

「我瞭解那種感覺。」

---

20 Red Front Fighters League，德國威瑪共和時期的極左派組織，與德國共產黨關係密切。

21 Hieronymus Bosch（一四五〇—一五一六），荷蘭畫家，畫作描繪罪惡和道德淪喪，筆觸大膽，極富原創性，代表作為三聯畫〈人間樂園〉（*The Garden of Earthly Delights*）。

22 Eugen Schufftan（一八九三—一九七七），德國電影攝影師，他將放置在攝影機前方鏡中反射出來的景物，與攝影機前方的直接拍攝的實景或布景，以一次曝光合成在一個畫面中，是謂「舒夫坦特效」。佛列茲．朗的經典名片《大都會》，就是採用這樣的特效拍攝。

「我跟你保證，你絕對不可能瞭解。我記得魯迪比現在瘦三十磅的模樣，他記得我在你這個歲數之時、我的大腿是什麼模樣，我想我們都懷著亢奮的心情回到彼此的床上，殺人犯回到犯案現場肯定也是同樣心情。」

「你們還真羅曼蒂克，」文森邊說邊拿起掃把掃地。

「那些宣傳電影如何？」

「妳是說電影資料館裡面那些片子？」

「是的，」她說，暗自希望得到自己想要知道的消息而又無需透露太多。

「踢正步，行軍禮，其間穿插同樣三個滿身大汗的男人拿著麥克風口沫橫飛地訓話，我從沒見過比這個更單調、更乏味、更令人作嘔、更缺乏道德的片子，而我還得再看三百小時這種垃圾片。」然後他改變話題，讓安娜相當光火。他看著鏡子說：「妳和舒夫坦怎麼想出這樣的手法？」

「我們畢竟是德國人。」

「妳喜歡跟佛列茲．朗合作嗎？」

「佛列茲．朗雇用我到『UFA電影公司』工作，基於原則，我不能說他壞話。但我可以說天主壞話，聲稱祂有『佛列茲．朗情結』。喔，開開玩笑罷了，」她鄭重地說。「大家從來沒看過像《大都會》那樣的電影，沒錯，電影的情節很差勁，但視覺效果很驚人。我很榮幸參與拍攝，即使它是希特勒最喜愛的電影之一。」

「真的嗎？」

「我想可能是因為那些昂首踏步的機器人。一個自大狂的警世故事，說不定是另一個自大狂的行動呼籲。」

安娜走到鏡子的另一側，再度檢查固定鏡子的零件。

「後退幾步。」文森透過相機的取景窗窺視。自從把他的相機上繳「敵國僑民資產委員會」之後，這是他頭一次有機會碰相機。安娜在鏡中愈縮愈小，直到她成為模型裡另一個柏林街頭的小小人。「再後退幾步，好，別動。」

透過取景窗，他看到安娜站在奧蘭治街五十四號的正下方，整條街都是廉租公寓，街上貼滿郵票大小的海報，宣傳共產黨的示威遊行和十字山區的美腿競賽。如果你把視線聚焦於取景窗中的影像，你會感覺安娜似乎從未離開，好像她回到柏林那個角落，聆聽著轟炸機撕裂天空。

「嗯？」她問。「我看起來如何？」

「像隻聖伯納犬。」

✦

安娜．韋伯童年時住在奧蘭治街五十四號之八，嗯，不對，更正一下：安娜沒有所謂的童年。最起碼奧蘭治街五十四號之八的大人們都不把她的童年當一回事。詹尼克．韋伯和伊蓮娜．韋伯先後效忠於斯巴達克同盟、德國共產黨、紅色陣線戰士同盟，身為意識形態的戰士，詹尼克和伊蓮娜不容許為人父母的責任感干擾他們履行政治義務。她爸爸身材粗壯，一雙灰色的眼睛，效法列寧留了山羊鬍，她媽媽跟蘿莎．盧森堡[23]通信、籌辦在塞勒會堂[24]的演說、把馬雅可夫斯基[25]的作品翻成德文，兩人都自認智力高

23 Rosa Luxemburg（一八七一—一九一九），德國馬克思主義者、社會主義哲學家，是德國共產黨創始人之一。

24 Pharus Hall，位居柏林勞工階級的核心地帶，是德國共產黨的聚會場所。

人一等，道德感亦是能屈能伸，換言之，兩人都具備革命分子所需的條件。他們都從未造訪列寧執政時的蘇聯，但當他們跟逃離列寧政權的蘇聯流亡人士交談之際，他們照常更正流亡人士對蘇聯的印象。他們極力鼓吹無神論，鍥而不捨，毫不退讓，連宗教裁判的大審判官都望塵莫及。他們發行一份馬克思主義的刊物，惡性通膨達到高峰時，刊物被政府徵收，用來印行面額十億馬克的紙鈔，想來確實諷刺，她爸爸也始終忘不了。當那個十字山區的一房公寓成為革命的溫床，養兒育女的重要性被降格為中產階級的偏執。直到日後，安娜才領悟她爸媽沒有本事養育她，所以兩人致力於拯救世界，而在這個使命之中，失敗已是預先注定，亦是可以寬恕。

一九一八年德國十一月革命起義的那一天，也就是她爸爸幾乎放棄信念的那一天。他看著逃避槍彈的起義民眾沿著公園的狹長走道推擠飛奔，因為即使在逃命時，他的革命夥伴們依然不敢違背「切勿踐踏德皇草坪」的標誌。

隔天早上，她爸爸回到街上，繼續履行他對歷史立下的誓約。她媽媽在公寓裡踱步，反覆閱讀德皇遜位的報導，一邊讀報一邊怒氣騰騰地瞪著安娜，彷彿是安娜一手阻礙德國無產階級的崛起。最後她匆匆穿上她的大衣，跟安娜保證說她去去就回。直到六星期之後、兩人從牢裡獲釋，安娜才又見到她的爸媽。公寓裡唯一的食物是一鍋馬肺湯和兩顆黑斑點點的大頭菜。

這麼說來，她爸媽致力瓦解的資產階級傳統，日後成為她熱切的追求，有什麼好奇怪的？當妳媽媽在妳九歲時跟妳說，妳爸爸達到性高潮時就高唱〈國際歌〉，還有什麼比平庸無奇的娃娃屋更煽情、更顛覆？

安娜的學徒生涯始於Ｈ‧Ｇ‧柏格曼的店鋪。逼真的維多利亞式宅邸擱放在一排排高聳的架子上，屋內擺飾一應俱全，甚至包括跟衣領鈕扣一般大小的茶杯。架上還有各式各樣的珍奇櫃，櫃緣鑲著光滑的海龜龜殼，裡面擺滿雕工精細的傢俱。山間村落以立體模型仿真呈現，四處可見裝瘋賣傻的村民。當世界縮小為一比十二的尺寸，一切看來多麼井然有序、多麼容易理解。

柏格曼先生是個脾氣暴躁、留著腮鬍的普魯士人，他抽的是以浸透尼古丁的生菜葉捲製的便宜雪茄，太太已經過世，三十年前，孩童流感奪去他兩個女兒性命之後，他開始製作娃娃屋。正如許多縮尺模型師，柏格曼先生也非常高。

或許安娜讓他想起那兩個他從未提及名字的女兒。或許他在這個聚精會神窺探一棟棟空蕩小屋的女孩身上看到自己的格格不入。無論如何，他雇她在店裡幫忙，兩年之內，她的手藝已經精湛到可以設計建造她自己的娃娃屋。

柏格曼先生有天把她叫進辦公室，跟她說她的學徒生涯應當告一段落。「妳太龐大，這裡的娃娃屋容納不下妳。」

安娜不同意。任何比娃娃屋龐大的物件都令她不知所措。

「妳不該是個娃娃屋工匠，」他堅稱，他淡褐的雙眼蒙上慈愛的光采，直至日後，安娜才辨識得出那是父愛般的驕傲。「妳是個建築師。」

柏格曼先生幫她找了一份工作室助理的差事，負責把一位包浩斯[26]建築師的藍圖按照比例縮製為模型。她參加講習會，研修線條與色彩、織品與陶土。她仰慕包浩斯學派兼具實用性的烏托邦色彩，她深信

---

25 Vladimir Mayakovsky（一八九三—一九三〇），蘇聯詩人暨劇作家，早期詩作讚揚十月革命，因而被稱為「革命詩人」。

26 Bauhaus，「國立包浩斯學院」（Staatliches Bauhaus）的簡稱，一九一九年創設於德國威瑪，是一所綜合性的藝術與設計學院。

優良的設計應該融合形式與功能，事先即可輕易產製，而後亦可大量生產，更重要的是，一棟設計優美的建築物將可促成一個更人性化的社會。但在現實生活中，包浩斯學派只是再次確認一個事實：烏托邦終將遭到偏見腐蝕，就像它想要取代的種種願景。學院把僅有的幾位女學生降級到紡織研修班，將建築課保留給男性。柏林也好不到哪裡去。即使在經濟崩盤之前的泡沫榮景中，柏林的主要建築事務所絕大多數只會雇用女性擔任速記員和祕書，但安娜對於縮尺模型獨具天賦，因而在德國影業集團「UFA電影公司」覓得一職。

一九二三年，她在那裡遇見哈索．貝克。這位心高氣傲、抹了髮油、穿著毛領大衣的年輕導演邀她跳舞。她看著自己挽著他的手臂，情竇初開，他從一個個涉世未深、追求名望的女孩裡選了她，更讓她欣慰，但她之所以對他抱持強烈的慾望，原因並不在此，而是在於他的個性。哈索．貝克可塑性極高，他就像一塊可以隨意捏塑的黏土，任何情況的必備條件，他都有辦法吻合。還有誰能比他這種冷酷無情、實事求是的投機主義者更逾矩？她爸媽會怎樣看待這個野心勃勃、溫文儒雅、髮色駝黃、披著駝黃喀什米爾大衣的年輕導演？還有什麼比嫁給一個執導風花雪月浪漫喜劇片的導演更具殺傷力、更能推翻他們的價值觀？哈索肯定讓她爸媽傷透了心。光是這一點，他就值得她的芳心。

他們的兒子寇特隔年出生。即使政府歷經一次又一次危機；即使柏林因為走上街頭的政爭動盪不安；即使哈索跟一個女場記員搞婚外情、跟她自己的爸爸一樣對教養子女興趣缺缺；即使她繼續拆都不拆、直接燒了她媽媽寄來的信，安娜感覺自己從來沒有像現在這樣心平氣和。她告訴自己，她的建築大夢受阻，倒也未嘗不好；就算她設計建造了住宅或是廉租公寓，走進屋子裡的人們畢竟只是少數；但成千上萬，甚至數以百萬計的人們，卻已經看了用她的縮尺模型所拍攝的電影。連哈索病態地放棄當爸爸的責任，也是不幸中的大幸，因為這樣一來，寇特這孩子完全屬於她。她絕對不會像她爸媽辜負她一樣讓他失望。

「我當然不相信這套『鮮血與祖國』[27]的鬼話，」一九三一年加入納粹黨時，哈索跟她保證。安娜絕不懷疑他對任何意識形態都無動於衷。這是他最吸引人的特質：他只信服自己，其他一概不信。「萬一民主制度失敗，我們最起碼有個保障。」

安娜有沒有訓斥他？她有沒有警告他、主修德國文學的他、難道不知道浮士德跟魔鬼打交道有何下場？她有沒有提醒他、他的事業歸功於「UFA電影公司」的猶太製片家艾里奇・鮑默？她有沒有點醒他、當初若非鮑默看出這個髮色駝黃的農家子弟野心勃勃、他會有今天的成就嗎？不，她沒有。她說：「我不要跟這件事有任何瓜葛，」她也深信這是一個她可以理直氣壯做出的決定。

一九三三年興登堡授予希特勒總理一職之後，「UFA電影公司」被併入新近成立的「國民教育與宣傳部」，安娜的同事們一個接著一個被解雇；猶太人，共產黨員，社會主義者，是敵是友都無妨，才華洋溢或是資質平庸也沒差，一律捲鋪蓋走路。

「他們開除那些幫德國賺進大筆外匯的人，」她說。「這個決定不但冷酷無情，而且有欠考量，後者尤其讓我想不透。」

哈索再幫自己倒杯酒。「朝好處想吧，安娜。妳上面若是沒有人，妳就比較容易往上爬。」

「你在一艘沉沒中的船上總能買得到頭等艙。」

檯燈的燈光在哈索微斜的酒杯上迴旋流轉。「再怎樣總是勝過跟一群鼠輩同困海中。有了戈培爾當靠山，我會是德意志帝國的佛列茲・朗。」哈索缺乏謙遜之心，幾乎不下於他缺乏人道關懷，這是他最顯眼

---

27 blood and soil，納粹口號之一。

的人格特質。「有了我當靠山，安娜，妳想要成為什麼樣的人都可以。」

「我受不了那群人。」

哈索不予反駁。「我今天跟一個新朋友吃午餐，上級請他督導興建夏季奧林匹克運動會的奧運村。他跟我說他急需建築師。這不就是妳想要的嗎？有機會看著妳的縮尺模型成為實物大小？」

安娜直挺挺地坐著。「交換條件是？」

「沒有交換條件。妳只要在一些文件上簽字就行了。」

「什麼樣的文件？」

「我希望妳入黨。妳是我太太。這會影響別人對我的觀感。」

安娜知道哈索承諾給她什麼，她也知道自己必須付出什麼代價。但她不知道她拒絕簽字放棄的靈魂再過不久就將一文不值。她也不知道其後的歲歲年年，她會回顧這個無疑是她最正直的一刻，卻將之視為畢生最嚴重的錯誤。

「不，」她說。

她離開電影公司、夏洛騰堡的華宅、她的婚姻。幾個月之後，她和華特．蓋爾柏面對面地坐在柏林的羅曼咖啡館[28]，華特是個猶太建築師，一頭捲髮，是她以前在包浩斯學院結識的朋友，他持有一家營造公司的股份，他那些非猶太人的合夥人判定，若是有個猶太人股東，公司肯定標不到政府的案子。「他們打算收購我的股份，但他們最優惠的出價只是市值的三分之一，而公司的聲譽全都仰仗我，」他說。「就算他們拿到紐倫堡委員會的合約，他們也只肯出市值十分之一的價錢。」

當安娜建議接受合夥人們的出價，遷居國外，或許比較保險，華特厲聲說道：「妳說的倒容易，不是嗎？妳沒有建造過任何東西。」華特很清楚她在「UFA電影公司」的工作成果，她早些年在柏格曼先生店裡的學徒生涯，所以他的意思是不是指她那些縮尺模型太女性化、太小家子氣、稱不上是個完整的物件？或是她放棄她在「UFA電影公司」的事業根本不算損失、以至於無法瞭解他損失了什麼？或是連她的失敗都無法與他的失敗相提並論？她說不定會對他說，即使她始終是個頗具天賦的建築師，這個斷送華特事業的公司，甚至拒絕給她機會開創事業。但當她察覺她坐在一個猶太人的對面、感覺她自己才是受到迫害的一方，心中的羞愧讓她無法婉拒他的提議。

「我的律師說我可以把我的資產轉移到一個雅利安人配偶名下，」華特解釋。「純粹只是生意關係。我可以把我在公司的股份登記在妳的名下，直到這個瘋狂的局面告一段落。妳再也不必仰賴哈索的贍養費。」

當哈索得知此事，他以輕忽母職為由提出告訴，要求重新審理監護權。她再婚的對象是個猶太人，光是這一點，聽審會就只是一個形式。即使哈索向來不曾對寇特表現出任何興趣，即使他先前自願把所有權利讓與安娜，過去一年也只見過寇特兩次，他依然得到百分之百的監護權，安娜的律師甚至無法爭取到每個月的探視權。

一個秋日早晨，寇特消失在哈索專人駕駛的歐寶轎車後座，那樣的秋日，蒂爾加滕公園流竄著橙紅和金黃的顏彩，安娜穿過公園，沿著蘭德維爾運河走向十字山區。她已經十年多沒見過她爸媽。與他們疏離已是她最重大的成就之一，如今她站在他們公寓外，鐵鏽色的中庭上方吊掛著正在晾乾的衣物，狗犬爭相吞食錫桶裡的動物內臟。重演她爸媽的失敗，她就願意讓自己原諒他們嗎？不，她辜負了寇特，遠比她爸媽辜負了她更不可挽回，她有什麼好原諒他們？既然如此，她幹嘛來到這裡？她為什麼爬上弓形的木頭階梯、探視兩個令她的嫌惡更勝哈索的人？說不定她想要對某人述說如何失去了唯一的孩子，而他們瞭解這

---

28 Romanisches Café，與建於威廉二世時期，是柏林知識分子的聚會場所。

是怎麼回事。說不定她許久之前就已教會他們如今她必須習知之事。

當她敲敲五十四號之八的門，一個穿著邋遢睡袍的陌生人應門。他不知道前任房客的下落。安娜走到走廊另一頭去找那個饒舌到無可救藥的垂絲勒太太。「妳知道他們的新地址嗎？」安娜問。垂絲勒太太幸災樂禍地笑笑說：「那兩個共產黨員？八成是達浩集中營。」

安娜回家，其後兩天，她躺在寇特的小床上，吸進這孩子的氣味。那隻龜殼上鑲著小碎鑽的烏龜銀閃閃、慢吞吞地穿過空蕩的房間。她和寇特幾個月前一起裝飾龜殼。哈索不准小男孩帶烏龜一起走。安娜答應寇特好好照顧烏龜。

寇特住在哈索的豪宅，地點位於萬湖，是一棟華美的六房別墅，徵收自一戶猶太家庭。安娜曾經路過，卻提不起勇氣透過鐵欄杆大門往裡窺視。但安娜依然看得到寇特。每一個德國人都看得到。哈索安排這孩子在宣傳電影裡軋一角，影片拍得連戈培爾都起立鼓掌。安娜在售票處排隊買票，劇院裡擠滿希特勒青年團的團員，讓她幾乎喘不過氣。她的寇特——那個曾經張口結舌、在動物園裡抬頭望著長頸鹿濃密睫毛的小男孩——如今矗立在劇院兩層樓高的銀光幕上。

那不是他，她告訴自己。他只是在演戲。但如果那不是她的寇特，她為什麼一而再、再而三到戲院看電影？如果他只是在演戲，她為什麼確信他扮演的那個角色正是他漸漸成為的那個人？

一九三八年，華特．蓋爾柏遭到逮捕，他被送往巴伐利亞的福洛森堡集中營，希姆萊設立這個集中營，為希特勒的御用建築師阿爾伯特．史佩爾[29]挖鑿花崗石。不到一年，他就走了。安娜必須離開。她去了一趟華特的公司，打算賣掉他的持股。

「華特走了，我們真是遺憾。他不該就這麼走了。」華特的合夥人只能以此承認他們的愧疚。

他們開給安娜的數量，僅是他們當初開給華特的一小部分，即使這幾年公司的利潤增加了三倍。其實這都無所謂。流亡者依法只能帶著幾馬克出境，換言之，你幾乎不可能把錢帶出國。哨站衛兵徹底搜查行李箱，勒令旅人脫衣受檢，確保流亡者除了性命之外一無所有。

「我要你們用鑽石付款。」

「妳運氣好，」合夥人們說。「現在的鑽石行情對買家有利。」

兩星期之後，當安娜抵達法國前線，德國的邊防衛兵使勁搜索她的隨身物品，甚至弄壞了她半數衣物。只有一個衛兵稍微注意到那隻龜殼上鑲了小碎鑽的烏龜，衛兵年紀很輕，幾乎也只是個小男孩，他看看烏龜，心中暗想：這些柏林人真是奇怪，然後一邊把烏龜遞還給她，一邊望向隊伍裡下一個難民。直到抵達馬賽，她才撬下龜殼上的鑽石。

其後數月，她以領事館的等候室、火車站大廳、骯髒灰暗的旅館為家，她的護照有如一座微小的巴別塔，以五種文字登載著限制、期限、拒發。她以書面宣誓保證她有償付能力，出示她在華盛頓高地有幾個遠房表親可以當她的保證人，承受美國領事館人員語帶質疑的面試。

當她在華盛頓高地的表親們幫她弄到簽證，她真想在她的名字旁邊加註 *stet*[30]。她鬆了一口氣，心中卻無感激。她不會感激一個迫使她乞命的國家，也不會感激一個有失厚道的國家——由於它的小氣吝嗇，許多與她一同來回於各個領事館等候室的人們，日後勢必將要淪落到以胳臂上的號碼識別身分。

一九四〇年春天一個寒冷的早晨，她站在一艘遠洋客輪的船尾，看著沿岸的一景一物壓縮為乳白的海

29 Albert Speer（一九〇五—一九八一），德國建築師，希特勒的主要策士之一，亦是德國高速公路、石化工業、噴射機、飛彈等研發催生者。

30 stet，校對用語，意思是「不刪」、「保留」。

岸線，悄悄延伸至大地的盡頭。螺旋槳颼颼轉動，攪打出一圈圈乳白的浪花。海風好像解開一條長圍巾般吹散她頸間的暖意。船行漸遠，在這個離岸的境域，大海在中世紀地圖座標上以巨妖和海怪標示，理智遁形，怪獸當道，安娜眺望海面，一個念頭緊緊抓住了她的思緒：只要她可以重建柏林、呈現出所有的細節與深度，或許她就會看見她兒子在那裡等著她回家。

✦

元旦晚上，她只對文森透露了一小部分，而她純粹基於實際考量才跟他透露這麼多：她想要見到寇特，即使是在這些遭到扣押、文森可以取得的德國宣傳電影裡相見，她也無所謂。

她的請求令文森不安。然後他想起他對康瑟塔的虧欠，於是他說：「好，當然可以。我們這就過去看看。」

他們走到外頭，忽然止步，盯著蓬鬆銀白的雪花層層覆蓋街道和屋頂。大朵大朵的雪花從空中飄落，凝聚在安娜的睫毛上。一時間，她確定自己晃進了冬天的布景，一切看來如此逼真，她不禁讚嘆這個布景真是物超所值。

「他們在這裡拍什麼？」她問。

「我想他們沒有在拍任何一部片子。」

政府擔心軸心國的間諜會利用天氣預報計劃空襲，於是禁止媒體公開播報天氣預測。沒有人料想得到一九四二年一月一日，洛杉磯十年來第一次下了雪。

安娜看著雪花堆疊在高高的棕櫚樹上，片刻之間，她體會到了安寧與感恩。

第七章　虛假的前線

1.

艾迪讀了《東京諜語》的劇本——這是一部諜報片，他將在片中飾演一個邪惡的日本王牌間諜——立刻知道自己將會後悔接下這個角色。但他也很清楚自己不會辭演。合約上詳載週薪兩千美金。日後若想贖回這一刻被他典當的顧慮，這筆錢絕對綽綽有餘。

但當一月中旬，電影如火如荼地準備開拍，艾迪對那個角色感到愈來愈不自在。他飾演的人物不過是粗糙的合成品，由一個個刻板印象和偏執幻想集結而成。他怎麼演得活一個光看劇本就覺得枯燥乏味的角色？他試圖為這個丑角般的角色增添個性，導演卻斷然拒絕他的努力。「你不是被雇來演戲，」導演直接了當地跟他說。「你是被雇來讓大家討厭。」

艾迪請瑪麗亞跟導演說情——近來亞提專心幫戰爭部拍宣傳電影，「水星國際影業」的劇情片大多交由瑪麗亞負責。說不定他講話太衝，說不定工作過量、未獲充分賞識的瑪麗亞並不在乎她生命中這幾位男士的職場難題，所以她跟他說任人唯親也有限度，他不妨自己解決這個問題。他說她比較在乎「水星國際影業」的盈利，而不關心他的福祉。她提醒他，因為他對她的意義超過製片廠的盈利，所以他現在賺的錢才會比他的市場價值高出十五倍。他覺得自己被看輕；她覺得自己被視為理所當然；他們分床而眠。

直到二月中旬，《東京諜語》殺青，他們之間的僵局才漸漸化解，一九四二年二月二十四日，他們一起參加費德曼兄弟為了慶祝「水星國際影業」成立二十週年舉辦的化裝舞會。

艾迪披著絲緞襯裡的斗篷、戴著石膏小面具，有模有樣地扮演《歌劇魅影》的幽靈。但瑪麗亞更勝一籌。她戴的那頂假髮，半似法老王愛妃娜芙蒂蒂的頭飾、半似雷霆閃電，眉毛戲劇化地直衝鬢角，酷似《科學怪人的新娘》片中的愛爾莎·蘭切斯特[1]。她花了一小時描繪接縫頭部和頸部的一針一線，當艾迪試圖親她一下，她威脅說要殺了他。他看著她在小腿塗上液體絲襪，如今絲綢和尼龍絲襪已成為戰備物資，液體絲襪的市場一飛衝天。

「我幫妳塗小腿的腿背，」艾迪說。她一臉懷疑地看著他。「不行嗎？妳說不定漏掉一、兩個地方。」

艾迪把毛刷湊向她小腿的腿背。依他之見，無論真正的絲襪有何優點，為你的情人褪下絲襪，絕對比不上為她塗抹液體絲襪。他拿著毛刷一次一次塗抹，吹吹潮濕的粉底液，直到慢慢變乾，煥發出焦糖般的光澤。若是站在六英寸之外，你絕對看不出瑪麗亞穿著絲襪。毛刷輕拂她膝蓋後方條條肌腱之間的凹縫，她靠向他，感覺粗硬的毛刷慢慢移向大腿。他接著幫她畫上絲襪的縫線。他把碼尺貼在她的腿背，拿起眉筆沿著碼尺描繪，確保縫線筆直。她雙手往後一伸，抓住他的頭髮，她愈抓愈緊，畫在腿上的縫線隨之歪斜。他丟下眉筆，一手悄悄滑到她的大腿之間，他沒忘記她的死亡威脅，小心翼翼地親吻她，以免弄糊了她的妝。

又過了四十五分鐘，他們才終於離開蒙特克萊，迎向二月傍晚的冷風，朝著艾迪的車子走去。當他打開車子的蓬頂，以便容納瑪麗亞的假髮，他注意到他這部車齡一個月的凱迪拉克聞起來依然像是新車，為此而開心。為了嚇阻自從實施配給就日漸猖獗的輪胎竊賊，車商用烙鐵把艾迪的姓名縮寫印在輪胎上。

他擰動點火開關裡的鑰匙，聽著被抑制在引擎裡的動力呼嚕呼嚕竄過汽門和輪軸。陸艾迪，凱迪拉克轎車的車主。他搞不懂這怎麼可能。說真的，他搞不懂這一切怎麼可能。自從戰事爆發，於公於私，他的身價皆扶搖直上，連他的公民地位也不可同日而語，他想了依然不安。珍珠港事件之前已與日本交戰十年、力抗日本侵略的中國國民政府，這時成了美國在太平洋戰區最重要的盟友。在廣播演說中，各個政治人物煞費苦心地重申美中聯盟，一再提醒聽眾，中國民眾是戰爭的頭一批受害者。《時代》雜誌刊登一篇標題為「如何區分你的友人與日本人」的報導，報導中提出種種建議，比方說「大多數中國人不戴黑框眼鏡」、「中國人不像日本人毛髮濃密，很少留一簇漂亮的小鬍子」、「日本人躊躇猶豫，跟人講話容易緊張，不該笑的時候哈哈大笑」。報導附帶告誡：「即使是一位備有測脛器，也有充裕的時間丈量頭顱、鼻子、肩膀、臀部的人類學家，有時也會被難倒。」

不管他到哪裡，業餘顱相學家們的雙眼始終跟隨著他。他在公眾場合總是配戴「我是華裔美國人」的圓形小徽章。除了今晚，他戴上他的幽靈面具，把徽章留在車裡，主動提議瑪麗亞跟他手挽手。一位維克藥局的女侍看著他們走過，她成天為穿著戲服的演員們服務，早已習慣奇裝異服，根本懶得多看他們一眼。艾迪試圖回想這兩個月來，可曾有人在街上走過他身邊而沒有轉頭看他。如果戴著怪物的面具讓他比較不醒目，問題顯然在於他試圖融入的人群，而不是他想要隱藏的自己。

他們走進員工餐廳，餐廳懸掛愛國旗幟，感覺如同以極端民族主義為主題的高中舞會。演奏臺上，小號號手昂揚吹奏輕快的樂曲，牙齒白得發亮、下巴搖擺晃動的製作人互相恭維，你一句、我一句地說著珠璣妙語。一個剛出道的小明星穿著一件一元鈔票縫製的洋裝，布料衣不蔽體，可見她顯然幾乎破產。另一個小明星的服裝極為貼身，簡直像是第二層皮膚。

瑪麗亞說：「邀請函上說盛裝，我好像有點誇張了。」

---

1 Elsa Lanchester（一九〇二—一九八六），英國女星，代表作為《科學怪人的新娘》（*Bride of Frankenstein*）。

「看來亞提的偉人情結果然更上一層樓，」艾迪指著一個穿著擲彈兵制服、掛著紅色肩帶、戴著雙角帽的人影說。

「天啊，他裝扮成拿破崙？」

「過去打個招呼，」艾迪說。「我去幫我們拿兩杯酒。」

艾迪隨同哈洛德．錢德勒和傑拉德．弗朗在吧檯旁等著點酒，這兩個跑龍套的小角色據說是「慘死片中」的紀錄保持者，因為他們已在四百多部電影裡被殺死在大銀幕上。天天重演自己往生導致兩人的膚色如同屍首一樣蒼白，也讓兩人培養出兵來將擋、水來土掩的從容。他們都穿著迷彩軍服。

「你知道吧，我一次大戰的時候跟德軍困在戰壕裡，」哈洛德跟傑拉德說。「我一輩子從來沒有那麼淒慘。」

「我不知道你在德國服役。」

「喔，我在《西線無戰事》軋一角，糟透了，傑拉德，真是糟透了。」

「那場戰役說不定很激烈，但不是最激烈，」傑拉德詳加解釋。「波希戰爭，天啊，那才有得瞧。哎喲，我依然記得列奧尼達在溫泉關對我們發表的演說，讓我脊背發涼，毛骨悚然。」

「我不記得我在溫泉關見過你，傑拉德，你應該跟我打聲招呼。」

「我是慘遭屠殺的斯巴達勇士 #37，哈洛德，你沒看到我頭上插了一把波斯人的彎刀嗎？溫泉關那天真是慘烈，不是嗎？不到中午咖啡就被喝光了。但我們成功抵禦了波斯人，不是嗎？」

「我每次走過一家希臘小餐館，傑拉德，我都驕傲到想在心裡哼歌。」

艾迪繼續偷聽，揮手招來酒保，點了兩杯威士忌蘇打。

「慘遭屠殺的斯巴達勇士 #37！哈洛德，那樣的角色才足以讓我表現演藝長才。不像其他那些最近不得不接的爛角色：被刀劈死的英軍 #12、被戰斧砍死的騎兵 #25、被長矛刺死的十字軍戰士 #6，全都可笑至極。」

「嗯，哈洛德，我想了想我倆的經歷，這下我真該考慮是不是跟你一起——」

「老傢伙，我們快要轉運了。我百分之百相信。我們的大好機會就在眼前。」他們手挽著手，為那些他們扮演的死者乾一杯，然後一同申請加入海軍。「我相信這場戰爭對我們有利，哈洛德，我真的相信。」

艾迪端著酒，擠過人群走回去。男男女女成雙成對跳起林迪舞，鞋跟踩踏舞池，砰砰咚咚，在人們醉醺醺的臉孔上印下點點笑靨。某位自以為是的男人說了一句挖苦的話，苦主倒抽一口氣，怒氣騰騰地叫他閉嘴。艾迪心想，紐約或倫敦的成年人是否覺得必須盛裝打扮成他們的第一隻寵物、最喜歡的水果、或是各種造型，只為了跟其他成年人喝杯雞尾酒。要求電影人以劇中角色現身，說不定有助於他們卸除心中的恐懼，忘卻自己名不符實。說不定這只是變相鼓勵賓客們假裝並非憎惡彼此。

西格蒙德．佛洛伊德正在勸說珍．羅素接受他的治療。「我感興趣的是妳的心靈，」他堅稱。一位華爾街銀行主管看著一個披著泰山豹皮裝的傢伙教大猩猩抽雪茄，在此同時，他的同事列了一張單子，詳列「東方國民銀行」併購「水星國際影業」之後打算開除哪些人。

室內另一頭，亞提以治學的熱誠檢視瑪麗亞的假髮。「這頂假髮真是了不起。它叫做什麼？」

「它沒有名字。」

「妳從我這裡什麼都沒學到嗎？」

瑪麗亞考慮了幾個名字：寶貝……美女……

「……主子，沒錯，」她說。「主子。」

大口喝下他們的雞尾酒之後，艾迪拉著瑪麗亞走向舞池。瑪麗亞感到訝異，因為即使在電影圈容許的環境裡，艾迪也不願公開他們的關係。他們從來不在公共場合親吻或是牽手，但如果瑪麗亞的爺爺也跟她講述暴民過去如何直闖唐人街，她也會跟艾迪一樣戒慎小心。他們常去椰林夜總會[2]，夜晚已近尾聲，人群漸漸散去之際，他會拉著她在最後幾個流連舞池、喝酒喝得眼茫茫的賓客之間翩然起舞。但在公共場合，過去發生的一切始終有如薄膜般阻隔在兩人之間。

大樂團演奏搖擺舞曲，艾迪把瑪麗亞拉進懷裡。

「我的女孩，」他說，戴著幽靈面具的臉上隱藏著笑意。瑪麗亞往前一傾，踮起腳尖獻上一吻。石膏面具的唇部龜裂粉白，塗抹上去的石膏片片剝落，有如粉塵般滲入她的口中，溶解在她舌間，填塞了她的臼齒。瑪麗亞不在乎自己弄糊了妝。她在擁擠的舞池裡親吻一副五十分美金的石膏面具，艾迪輕撫先前幫她畫在腳背上的縫線，她的心中充滿慾望，從未感到如此神魂顛倒。

他們提前離開，以免瑪麗亞錯過敵僑的宵禁時間，但他們在蒙特克萊的大廳繼續翩然起舞。他們盡情歡愛、開懷暢飲，清晨兩點才累得倒頭就睡。如果不是一小時之後被空襲警報吵醒，這一夜可說是完美至極。空襲警報嗚嗚哀鳴，艾迪從床上跳下來，跌跌撞撞衝到窗邊。探照燈掃過雲朵。曳光彈的霓光一閃一閃，刺穿漆黑的夜空。「趕快爬進澡缸裡，」艾迪說。下方的街道上，一個戴著白色頭盔的空襲督導員衝過街上大喊：「日本鬼子來襲！」一個跟艾迪一起拍過西部片的特技演員發誓他看到飛機，朝著飛機射光他六發式左輪手槍的子彈。防空炮的彈殼從空中落下，市區各處響起劈里啪啦的爆裂聲。

爬進澡缸跟瑪麗亞一起躲警報之前，艾迪瞥見一個老太太走到街道另一頭。她抬頭望向天空，一臉懷疑地搖搖頭，繼續邁著莊嚴的步伐往前走。日後回想，艾迪將記得她是戰爭中最偉大的英雄，整個洛杉磯只剩下她沒有他媽的發了瘋。煙霧還未散盡，警長即以共謀空襲之名逮捕日裔美國人，隔天早上才發現這下麻煩大了，因為顯然沒有空襲，日軍也未入侵，市府的防衛部隊跟影子宣戰，跟一支幻想中的軍機艦隊打了仗。海軍部長宣布這些都是虛驚一場，純粹只是戰時緊張過度，艾迪鬆了一口氣，但洛杉磯沒有重要到值得日軍空襲，身為洛杉磯的市民，艾迪不免失望。失望之餘，他也心想，人們為什麼渴望生活在不實威脅的陰影下？受到圍困究竟緩和的是人們心中哪些不為人知的渴望？

是否虛驚一場，到後來都無所謂：羅斯福總統已經頒布行政命令，核准興建居留營。有一陣子，銀行戶頭的進帳蒙蔽了良知對艾迪的譴責，但小東京的居民們被強制遷離之後，他對自己在電影裡扮演王牌間諜感到愈來愈不安，眾人說不定將此視為證據，認定他果真叛國，這當然是天大的幻想，但眾人卻趨之若鶩，只因他們需要一個理由，為自己加諸在同胞身上的傷痛做出辯解。

✦

三個月之後，五月的一個下午，艾迪察覺自己想起那個等待《東京諜語》放映的傍晚。他去看午場，等到燈光暗下才在最後幾排找個位子，跟為了避人耳目到戲院看電影的酒鬼們和摟摟抱抱的少男少女坐在一起。老實說，《東京諜語》看了會降低智商，但在漆黑、裝了空調的戲院中，沒有人知道你是誰，因為如此，所以他容許智商接受重擊。他看到幾個水手坐在同排的另一頭，輪流喝著一瓶裝在褐色紙袋裡的威士忌，下午三點就已經是他們的晚間。艾迪往下滑動一英寸，讓自己坐得更低，一手壓按帽緣，把帽子也壓得更低。他渾身能讓人瞧見的地方都竄過針刺般的恐慌。這點就足證他是個不折不扣的洛杉磯人。

電影開演二十分鐘之後，其中一個水手悄悄說：「那是他。」

---

2 Cocoanut Grove，威爾榭大道大使旅館的夜總會。

艾迪不必轉頭也感覺得到他們熾熱的目光。

「怎麼可能？」另一個水手邊說邊搖搖手裡的酒瓶。

「你看。」第一個水手指一指前方。陸艾迪的特寫占滿了銀幕。「那就是他。」

艾迪試圖用手遮住臉。他尷尬至極。即使在嘉許自戀的電影圈，被人瞧見你去看你自己主演的電影，無異於被人逮到你正在做什麼卑鄙的事，因為這麼做顯示你多渴求受人肯定。他彎腰駝背，擠過一個個端坐的觀眾。匆匆走出放映廳時，他聽到一個水手說：「快點，他想落跑。」

他踏進大廳，這時，一個水手抓住他的肩膀，粗手粗腳地拉著他轉身。「你看吧？我跟你說了吧？那是他。」

艾迪瞄了瞄各個帶位員，生怕他們或許注意到。

「諸位小老弟，」他說，試圖擺脫水手的抓握。「我很樂意給你們一張簽名照，但別惹事，好嗎？」

水手們聽不進去。「我們應不應該叫警察？」第三個水手問。

「叫警察？你還好意思說？」第二個水手說。「我們下星期就出海打仗，你還不敢動手對付一個他媽的日本間諜？」

如果艾迪多花了一秒鐘才搞清楚水手們在說些什麼，原因或許在於他對人類的理性依然抱持莫須有的信心。不管那是因為《東京諜語》拍出如同紀錄片的真實感，或是因艾迪生動的演技，說不定僅是因為大量酒精在他們的血管裡流竄，這三位來自長灘的水手認為他們可以單槍匹馬地逮捕他們剛剛在電影裡看到的大壞蛋。

在他的演藝生涯中，艾迪不乏與特技演員們合作的經驗。這些人曾是拳擊手、牛仔競技場的丑角[3]、雜耍演員，或者只是無可救藥的酒鬼，他們猛然一躍跳下樓房、翻跟斗似地滾下階梯、滑雪橇似地滑下卡車車頭，各個都是硬漢子。他們有如老鷹般優雅飛騰，骨折的次數頻繁到自己可以接回去，儘管始終無法完全癒合，但他們展示畸形的骨頭，將之視為戰勝死神的榮譽勛章。艾迪從他們身上學會如何挺過一拳，或是翻滾落地，但這些在失火樓房中獻技的男人跟他說，你必須知道你在火裡待得了多久就得落跑，這是他們傳授給他最重要的一課。

他挺肩衝撞第一個水手的胸膛，力道之大讓他連退兩步，眼中只見大廳白花花的燈光。然後他低頭躲過第二個水手伸展的手臂，衝向戲院的玻璃大門，踏入傍晚的戶外。水手們追著他跑了三條街，腳步重重踏過人行道，吼叫聲在他耳裡轟轟響。他急急轉進一條小巷，巷裡兩個遊民在油桶裡生火烤鴿子。他汗水淋漓，口袋裡的雙手不停顫抖。他等到水手們放棄追逐才走出小巷，但依然無法讓自己從這個惡夢中醒來。

時值傍晚，他看到一家小餐館，走進去點了一份香蕉船，吃了兩口，然後繞個圈子走回他的凱迪拉克。

在阿拉米達大道等綠燈時，他瞥見一個模仿貝拉．盧戈希[4]的藝人坐在山寨版茱蒂．嘉蘭和卡萊．葛倫之間等公車。模仿藝人不當差的時候最逼真，他們縮起身子以免引人注目，戴著尖高的帽子和墨黑的眼鏡掩飾他們模仿的名人。一般民眾渴望出名，知名之士希冀匿名，還有什麼比一個保持低調、下了班等著坐公車回家的模仿藝人更能彰顯這樣的心情？

但不是。那個在漆黑之中縮起身子，坐在山寨版茱蒂．嘉蘭和卡萊．葛倫之間的竟是貝拉．盧戈希本人。

---

3 rodeo clown，除了娛樂觀眾之外，丑角們還必須在競技者摔落之時把牛引開，以免競技者被牛攻擊。

4 Bela Lugosi（一八八二—一九五六），原名Blaskó Béla Ferenc Dezs，匈牙利裔美國演員，以飾演吸血鬼德古拉伯爵著稱。

艾迪搖下車窗，大聲呼叫。

貝拉目光淡然，神情戒慎，透露出他經歷豐富，習於躲閃追著他索取簽名照的影迷、拉著他一起拍照的觀光客、遞送傳票的司法人員。他差五個月就滿六十歲，死神的陰影卻已開始籠罩這位銀幕上永生不朽的德古拉伯爵。他再也不是昔日身材修長、冷酷無情、深具誘惑力的小生，現今的他需要一層厚厚的妝和一套不同的戲服，打燈也得手下留情。他的手指勾著一支還沒點燃的雪茄，皺著眉頭看著凱迪拉克，鬢角微微露出一絲銀白。他長褲的拉鍊沒拉，露出一截內褲。

「艾德發[5]！」他奔放不羈的眉毛往上一揚，整張臉綻放出光采。「你欠我十塊錢美金！」

他們多年之前在拍攝《神祕的王先生》時碰過面，當時反派人物「傅滿州」大受歡迎，電影公司因而推出這部無聊至極的片子。貝拉答應飾演片中的王先生，等於他已不在乎斷送自己的影藝生涯。艾迪在片中飾演配角，試圖平添真實的氛圍，但不管如何量身打造，你都不可能讓一個講話帶著濃重口音、眉毛奔放不羈的匈牙利人看起來像個中國人。他們都厭惡自己的雇主，兩人也都被限定於某種類型的角色，因而交上了朋友。

艾迪提議送他回家。瑪麗亞還沒下班，他渴望有個知道他真實面目的朋友陪陪他。但貝拉略表遲疑。

「我不能麻煩你。公車馬上就來了。」

「你還住在北好萊塢，是吧？這號公車不到那裡。」

貝拉左眉一揚，嘆口氣站起來，跟他的同伴們說聲再見。「伊達娜、哈里斯。」他朝著山寨版茱蒂・嘉蘭和卡萊・葛倫舉帽致意。「下次見。」

「保重，布魯斯，」茱蒂・嘉蘭邊說邊脫下寶紅色的高跟鞋，換上一雙比較好走的深色低跟鞋。

貝拉陷入座墊，喃喃讚嘆。

「布魯斯？」艾迪問。

貝拉置之不理，伸手捏捏座墊，試試柔軟度。「這部轎車真漂亮，」他大聲說。

「我考慮把它賣掉。」

「為什麼？」

「我超速的罰單幾乎比買車的錢還多。」

「這車的速度很快。」

「車子停著也會超速嗎？」其實不只是交通違規。他的後照鏡經常被警車的警笛照得發亮，因為警察認定車子是偷來的。只有戴上司機的鴨舌帽才會減緩交警們的疑心。他問貝拉為什麼在五月一個溫暖的傍晚等公車。

「姑且說是一連串的失誤吧。」

艾迪發動凱迪拉克，感覺引擎的動力貫穿方向盤。「是嗎？我跟你一樣。」

✦

將艾迪引至市區的一連串失誤始於昨日。《東京諜語》及其續集《十二月的星期日》的導演葛哈德・史塔爾順道過來艾迪的更衣室，跟艾迪說他必須跟口音教練上課。

「亞提看了樣片，」葛哈德邊說邊靠向梳妝臺。「他覺得你的英文需要加強。」

「我的英文還行。」

5 貝拉講話帶著腔調，艾迪的名字「Edward」被他叫成「Edvard」。

「你的英文講得像在這裡出生。」

「我確實在這裡出生，」艾迪說。

「就角色而言，正是問題所在。」

「別說我得去找厄爾．切斯特菲爾德。」

「沒錯，你得去找厄爾．切斯特菲爾德，」葛哈德說。往昔生活在德國，他是個猶太人，現在生活在美國，他是個德國人，所以看得出人們似是而非地否認自己心懷偏見，而且對此相當敏感。路過的人看你一眼，目光始終多停留一秒鐘；街車擁擠，你旁邊的座位始終空著；人們的話語帶著暗示，卻始終假裝渾然不覺。人人堅稱沒這回事，反覆確認耗盡你的心神。葛哈德不是不同情。

「那只是你飾演的角色，」他繼續說。「只是一份工作。你拿錢飾演另一個人。如此而已。艾迪，跟我說我們之間沒事。」

艾迪看得出葛哈德急需確認對方清楚自己是出於善意，他的眼神充滿無辜，彷彿說著：拜託你原諒我，我才不需要改變。葛哈德在美國待了五年，已經完全融入美式作風：冒犯對方的同時，卻也要求對方以禮相待。「你不能生氣，」艾迪憤而離去時，他大聲說。「你的片酬他媽的太高！」

艾迪沿著日落大道開了六條街，旋轉的紅色警笛又在他的後照鏡裡一閃一閃。交警大搖大擺走過來，彷彿一點都不趕時間，他剪了一個側邊剃短、頭頂稍長的戰士寸頭，粗壯的身材經過鍛鍊，卻只怕始終跑不出他理想中的速度。他瞄了一眼艾迪的駕照和行車執照。

「我逮捕過你嗎？」交警問。他的R稍微帶著愛爾蘭腔。愛爾蘭裔的警察總是找艾迪麻煩，好像他們非得貶低他是合法的公民，藉此強化自己脆弱的公民身分。

「沒有。」

「我們從來沒有碰過面？」

「我想我們沒有。」

「我知道了。」交警彈指一揮。「你是個演員，對不對？我喜歡看你拍的電影。我非常喜歡。」

交警的愉悅減輕了艾迪的擔憂。你最擔憂的狀況有時只是多慮。「謝謝你，警察先生，謝謝你的讚賞。」

「你在那部黃柳霜的片子裡棒極了。那部片子叫做什麼來著？」

葛哈德的話依然迴盪在艾迪耳邊：那只是你飾演的角色。他勉強擠出微笑。「《上海女兒》，」他說。

黃柳霜是好萊塢群星之中唯一的華人明星。她在唐人街的城緣長大，離艾迪生長的地方不遠。繼米高梅改拍賽珍珠的《大地》之後，派拉蒙在一九三七年十二月推出《上海女兒》，試圖以此片將黃柳霜重新塑造為「東方的瑪琳・黛德麗」。喬伊・布林禁止異族通婚，這表示她心儀的對象不可以由一個把臉孔塗黃的白人飾演；電影的男主角必須果真具有亞洲血統。艾迪屢被提及，但這個角色落到安必立手中。安必立演活了片中偵辦人口走私的聯邦調查局探員，艾迪當然嫉妒安必立比他紅，但即使如此，他也無法不欽慕安必立的演技。安必立從第一個鏡頭就展現非凡的儒雅，卡萊・葛倫的浪漫丰采相形遜色。艾迪看著一位亞洲人自從有聲片以來首度飾演浪漫愛情片男主角，見證了他的心願活生生地呈現在大銀幕上，而長久以來，他始終以為這些心願在電影裡不可能成真。即使艾迪已在幾十部電影裡露面，他只在安必立的演出中清楚地看到自己。黃柳霜很快就又重拾往昔的角色，繼續飾演蝴蝶夫人和性感、狡詐、霸道的亞洲女性，派拉蒙也浪費了安必立的才華，讓他飾演俗氣浮誇的日本流氓，但一九三七年十二月的一個傍晚，艾迪一心只想著安必立非凡的才華，誤以為一時的僥倖就是未來。

「《上海女兒》真棒，」交警繼續說。「嗯，你可不可幫總機小姐們簽幾張照片？」

艾迪再度上路，他一手握著方向盤，一手因為龍飛鳳舞地簽了安必立的名字而顫抖。

隔天下午——也就是他提議送貝拉．盧戈希回家六小時之前——艾迪看到一個矮小、穿著青苔色天鵝絨西裝外套的男人在他的更衣室等候。

「我是陸艾迪，切斯特菲爾德先生，很高興認識你，」艾迪用力握一握這位語言學者出汗的手。

「是切斯特菲爾德博士。我在康乃爾大學拿到博士學位。」這位語言學者如同一位已遭罷黜，卻緊抓著頭銜不放的俄國伯爵般堅持被稱為「博士」，足見此人難相處、沒自信、拒絕面對現實。「很高興認識你，盧先生。」

就算切斯特菲爾德博士沒有唸錯他的姓氏，艾迪對他也沒什麼好感。切斯特菲爾德以美國各地的方言為題撰寫博士論文，後來十大聯盟[6]其中一所經常讓文盲四分衛順利畢業的大學拒絕給他終身教職，於是他移師好萊塢，指導飾演少數族裔的白人演員如何自然地講話；沒錯，自然地——他就是用了這個字，艾迪絕不會忘記。

「自然地？」

「符合觀眾們的期望，盧先生，」切斯特菲爾德決然地說。

「這麼說來，觀眾們期望我唸錯自己的名字？」

「我不說你也知道，我們活在一個盲從跟風、民智未開的社會。若是缺乏某些常例，一般看電影的觀眾會搞不清楚。他們會不知道應該支持誰，或是反對誰。他們期望電影印證他們已經相信的事情。」切斯特菲爾德微微聳肩，好像在那個龐大而神祕的輿論國度裡，他僅是一個信使，自外於他所傳達的訊息。「如果你講話像是勞倫斯．奧立佛，觀眾們會搞不清楚你是誰，就像是如果奧立佛講了一口洋涇浜的英文，他們也搞不清楚奧立佛是誰。唯有恪遵刻板印象，電影演員才有辦法讓一群無知的觀眾理解他是誰。」

誠如直腸科醫師、電椅執行官，或是稅務稽查員，從事切斯特菲爾德這一行的人們很容易就將施虐佯稱為周詳。他把一本翻閱多次的繞口令遞給艾迪，*Larry's load rolls readily on the lonely road* 的那頁被摺了一角。

「你飾演的角色會把L和R搞混，」切斯特菲爾德說。「好，我們練習一下，好嗎？」

有人打開攝影棚的門，冷空氣流瀉而出，嘶嘶作響，艾迪不禁想起夏日午後冰箱門一開，冰塊冒出白花花的霧氣，朦朦朧朧，如真似幻。

「說不定我們從比較簡單的句子開始。自我介紹，學習任何新語言的第一課。我的名字是切斯特菲爾德博士。你的名字是什麼？」

兩個穿著工作服的工人用唐人街麵店的招牌裝飾布景裡的日本餐廳。

「我的名字是陸艾迪。」

「拜託喔，盧先生，你必須認真一點。你姓什麼？」

曾幾何時，一列火車載著珍貴的貨物橫越荒涼貧瘠的不毛之地。那是一塊從伊利湖切鑿下來的藍冰，冰塊以木屑保冷，邊緣結了一層寒霜。霧氣從車廂的條板飄滲而出，他祖父縱身一躍，搭乘四千磅的天藍巨冰，越過寸草不生的沙漠，來到加利福尼亞。

上完課之後，艾迪開車到市中心，買了《東京諜語》的午場戲票。

6 Big Ten，美國中西部的大學聯盟，創始於一八九六年，目前包括西北大學、愛荷華大學、伊利諾大學等十四所學府。

他想要誦讀他那個寫在耀目燈光下的姓氏。

✦

「切斯特菲爾德博士，」貝拉帶著憐憫的微笑說。「我每隔幾個月就過去找他補強。」

「補強？」

「以免我的口音沒了。我經常做同樣的惡夢，夢見我一覺醒來講話像吉米·史都華。這下我怎麼辦？我在這一行之所以混得下去，全靠我的口音和我的眉毛。」

「你依然擁有這一行最好看的眉毛。」

「謝謝你這麼說，艾德發。《德古拉之子》？你聽說了嗎？」

艾迪已經聽說派拉蒙打算讓貝拉最知名的角色重現大銀幕。他也聽說貝拉沒拿到這個角色。

「我今早打電話給製片人，叫他們給我一個解釋，他說他很高興接到我的電話。」

「這倒是個好兆頭。」

「你知道他為什麼很高興嗎？因為他以為我死了。」

「往好處想吧，他想錯了。」

「這我可不確定。」

貝拉旋開一個扁瓶的瓶蓋，喝了一口蘆筍汁，緩和一下不時困擾他的坐骨神經痛。艾迪想要知道的是，一個始終飾演惡徒，始終是個局外人的演員，如何在這一行熬出頭？你可以超越你飾演的怪物嗎？或者你將永遠以怪物之姿現身？他希望從貝拉的經歷中擷取一些心得。

他在一個紅綠燈前停下來，幾星期之前，這附近還是小東京，如今只見一個個高掛「出租」的荒涼店面。人們匆促離去，種種物品被棄置在巷弄間，散落在市政廳的陰影中。整個地區像是洛杉磯市中心的一個鬼城，想把車子停在哪裡都可以。艾迪不禁想起市府為了興建聯合廣場拆毀唐人街時，當局只給他幾星期遷離他住了一輩子的家。

第一批新住戶已經來到小東京：他們是一戶戶黑人家庭，從南方移居至此，希冀在飛機工廠和造船廠覓得一職。對街的空地上，學童們把自己分成兩隊，玩起美國大兵對幹日本人的遊戲。

紅燈變綠燈，但艾迪停在原處，看著學童們在傍晚的天光中商討誰是盟友、誰是敵人。他搖下車窗，確定自己沒聽錯：站在柏油路上的男孩們全都想當日本人，如果南方種族隔離法的難民兒童們力挺日本人，這怪得了誰？

✦

貝拉打開他那棟平房的大門。平房有三個房間，廚房備有電器製品，寬敞明亮，油地氈色調柔和。客廳有意仿效郵購目錄中的溫馨，以相稱的色系強化效果。

「很礙眼，不是嗎？」貝拉邊說邊把他的軟呢帽擱在咖啡桌上。「我好像住在郵購公司的型錄裡。」

艾迪心想，一個想要甩除吸血鬼魔咒的影星，說不定可以得益於採光良好、愉悅動人、有如樣品屋般的室內美學。

「我得把我的黑豹送人。房東不准我養寵物。」

話是這麼說，但在屋外的門廊上，十幾隻松鼠在鐵絲圍欄裡療傷。貝拉跟他解釋，一個持有氣槍的男孩跟附近的小動物宣戰，假裝鴿子和松鼠是戰機和坦克。貝拉晚上出去散步之時把受傷的小動物帶回家療傷。

「上星期我看到那個小野蠻人拿著氣槍大搖大擺地走來走去，我跟他借槍。」

「然後呢？」

貝拉吸了一大口蘆筍汁。「然後我朝他開了一槍。」

「啥？你朝他開槍？」

「別擔心，艾德發，那只是皮肉之傷。」

「貝拉，這樣違法耶。」

「我不是瘋子。讓他受到應得的懲罰之前，我已經確定他不知道我是誰。」

「自從耶穌復活以來，沒有一個從棺材裡爬出來的傢伙比你更出名。」

「那個小混蛋以為我是布利斯．卡洛夫[7]。」

艾迪哈哈大笑。貝拉八成因為男孩膽敢把他誤認為他的宿敵，所以朝男孩開了槍。一九三一年，《吸血鬼德古拉》讓他成為國際巨星之後，環球製片廠請貝拉飾演《科學怪人》裡的怪物。但貝拉一心想要當上浪漫愛情片的男主角，飾演一個脖子上釘了一對鋼釘的怪物無助他施展抱負，所以他婉拒。貝拉當年在布達佩斯的戲劇界顯然是個英俊小生。艾迪心想，匈牙利長相滑稽的傢伙想必不在少數。貝拉辭演怪物一角，結果讓他在其後的職業生涯中備受煎熬。環球製片廠以布利斯．卡洛夫取代貝拉．盧戈希，開創科學怪人的風潮，一年之後，貝拉在他一手開創的類型電影中成了過氣藝人。貝拉認為自己不僅只是那個他最出名的角色，他這麼想，讓人很難不同情他。

「我問你，艾德發，如果你不能好好教訓一個小殺人犯，遭人淡忘又有何意義？好，你要不要來瓶啤酒？」

一瓶微溫的啤酒送到他手中。艾迪已經忘了貝拉喝室溫的啤酒。他把啤酒擱在一個木頭杯墊上，檢視書櫃。

「我會把我的奧斯卡獎座擺在最上層，」貝拉說，口氣淡然，誠摯已蕩然無存，好像這話他說了好多年，早已渾然不覺，或是不在乎當年的企圖早成了笑話。書櫃上目前只擺著數量繁多而昂貴的匈牙利集郵冊。至於貝拉為什麼認為冷僻的歐洲郵票比房貸更適合投資，艾迪太客氣，不好意思詢問。

他反而說：「嗯，誰是布魯斯？」

貝拉盯著蘆筍汁有如草屑般的渣滓。「我有時候會飾演一個模仿貝拉．盧戈希的傢伙，這傢伙就叫做布魯斯．蘭卡斯特。」

「抱歉，你說什麼？」

「你知道我不像以前那樣炙手可熱，但我模仿自己，賺的錢還可以。」

「為什麼有個中介人物？」艾迪問。「為什麼不能做你自己？」

「聲譽卓著的貝拉．盧戈希在生日派對娛樂賓客，這事如果傳出去，你能想像會有什麼結果嗎？更何況我非常有原則，不至於為了錢出賣自己。」

「但布魯斯．蘭卡斯特比較實際，」艾迪說。

「布魯斯．蘭卡斯特是個徹頭徹尾的唯利之徒。」

「但山寨版茱蒂．嘉蘭和卡萊．葛倫，他們肯定知道你是誰。」

「伊達娜和哈里斯？才不呢。他們以為布魯斯．蘭卡斯特非常投入他的角色。」

貝拉的腦子裡一時進出太多人物，讓他看來疲憊。他說聲抱歉，一步一步走過鋪了地毯的門廳，艾

---

7 Boris Karloff（一八八七—一九六九），原名 William Henry Pratt，英國演員，以扮演科學怪人著稱。

迪從書櫃上抽出一本集郵冊，翻著翻著，他忽然聽到膝蓋、手肘、腦袋瓜撞上磁磚的聲響。他衝向浴室。

「貝拉？你在裡頭還好嗎？」

艾迪轉動上了鎖的門把。他在蒙特克萊的櫃檯當差，練就一套怪異卻絕對有用的技藝，包括嫻熟搗毀上了鎖的浴室門把。一般人以為非得把門踢開，其實不然。倒不如拿起一件沉重的物品——比方說一本皮面精裝的集郵冊——高高舉起，朝著門把用力一擊，門一打開，你說不定會看到沾滿腦漿的天花板、被四夸脫鮮血染紅的澡缸、或是橫躺在浴墊上的演員，演員身邊有個空空的小玻璃瓶，瓶內的液體可以減緩他嗜血般的藥癮。

艾迪摸摸貝拉鬆垮的下巴，搜尋微弱的脈搏。

在蒙特克萊，房客們若是服藥過量，艾迪通常啪啪旋開「尚有空房」的告示燈，然後打電話報警，但貝拉慣用嗎啡的消息若是公諸於世，他拍的電影將無法投保。救護車還沒到達以前，貝拉被艾迪委婉稱之的「職業生涯」就會告終。

貝拉的瞳孔緊縮得像是針孔，腋窩飄散出濃濃的異味，聞來像是快要腐爛的瓜果。艾迪用冷毛巾擦擦他的臉，即使當他清醒過來，目光依然迷濛昏亂。屋外，夜色漸漸籠罩四方。

「蘆筍汁的效力不夠強，」貝拉終於說。

艾迪扶他走到臥室，過了一會兒，艾迪問說他還能做些什麼。

「拜託你務必讓我披著我的斗篷下葬。」

「看來你依然是個誇張的演員。」

「一流，艾德發，我始終是個一流的誇張演員。」

「你告訴我，你後悔推掉《科學怪人》嗎？」這個問題是貝拉畢生最不可說的禁忌，若非剛把他從浴室地板上拖拉起來，艾迪絕對不會僭越發問。「我之所以問你，貝拉，原因在於我厭倦飾演這些千篇一律的惡徒。我精通契訶夫、易卜生、歐尼爾，我熟知莎士比亞悲劇的每一句獨白，我知道我可以是一個怎樣的演員。我也知道當他們給你一個角色，真正的用意是讓你知道你是一個怎樣的人。」

天空有如天鵝絨般漆黑，一部車子駛過，車燈閃過貝拉眼中，艾迪望向他處。他不知道自己為什麼樂於暢談他的窘困，而羞於坦承他的抱負。

「我曾在布達佩斯的國家劇院演出《哈姆雷特》。」

「你演過《哈姆雷特》？」

「我飾演羅森克蘭茲[8]，」貝拉悶悶不樂地說。「你飾演日本壞蛋賺多少錢？」

「週薪兩千美金。」

貝拉不可置信地搖搖頭。「我飾演吸血鬼德古拉，週薪五百美金。我真希望羅斯福對發不出W的匈牙利傢伙宣戰！艾德發，一個成功的反派勝過一個失敗的英雄。推掉《科學怪人》是我畢生最大的遺憾，而我畢生的遺憾還真不少。想聽我的忠告？即刻兌現支票，不要投資集郵。」

半世紀之後，艾迪從他在佛羅里達的退休老人社區看著馬丁．藍道[9]拿下一座奧斯卡金像獎。藍道因《艾德．伍德》獲獎，而他片中就是飾演貝拉。艾迪心想，貝拉若是知道他的一生被改編成一個榮獲奧斯卡的角色，不知道作何感想。「布魯斯．蘭卡斯特演得更好，」他想像貝拉這麼說。一九四七年，「美國

---

8 Rosencrantz，哈姆雷特的童年友伴，是個類似路人甲的小角色。

9 Martin Landau（一九二八—二〇一七），美國電影電視演員，以電視影集《虎膽妙算》成名，一九九四年在電影《艾德．伍德》中飾演貝拉．盧戈西，贏得奧斯卡最佳配角獎。

郵政署」發行一套紀念郵票向貝拉致敬，令這位集郵家心滿意足，直到他獲知「美國郵政署」發行兩套布利斯．卡洛夫紀念郵票。一九五六年，貝拉安葬於聖十字架墓園，艾迪是送葬者之一。貝拉披著他的斗篷下葬。

離開之時，艾迪把凱迪拉克的車鑰匙擱在咖啡桌上，附上字條跟貝拉說等他有空再還車。屋外已感清涼。艾迪搜尋公車站。人行道在尤加利樹寬闊的枝葉下延展，陣陣舒心的香氣拂過他的臉龐。夏日的蚊蠅嗚嗚嗡嗡，枝葉間的鴿群撲撲打鬥。車輛疾駛而行，車燈掃過低垂的綠葉，在金光點點的蒼穹中，空中飄散著薄荷般的清香，潔淨清涼。

他坐在公車站，聽著橡膠咻咻輾過柏油路。一個約莫十歲、十一歲的男孩坐在腳踏車車座上，拿把氣槍指著他。

「我以為你是另一個人。」男孩說，一臉不悅地把氣槍壓低幾英寸。

市景匆匆掠過，艾迪看著街燈的光影漫過公車車窗。鄰里的操場上，航太工人的孩子們等著爸媽下班。他們忙著玩美國大兵對幹日本人的遊戲。說不定啥都不是，不過是奔波了一天之後誤以為街上的噪音道出你的心聲，但當男孩們爭辯誰該飾演誰，艾迪確信自己聽到一個男孩說：「我是陸艾迪！我是陸艾迪！」

2.

亞提通常以雇用更多馬屁精排遣內心的疑惑，但到了一九四二年夏天，再多唯唯諾諾的馬屁精也無法消弭他的不安。

這股沮喪與消沉在《美利堅小東京》的夜間試映會襲上心頭。多年以來，他始終把資本較為雄厚的製片廠當作目標，侵奪他們的知識產權，因此當他獲知「二十世紀福斯影業」剽竊《東京諜語》的寫實風格，他至感榮幸。他想起過去那段你來我往的日子，愉悅地回想他曾賄賂競爭對手的祕書，藉此取得即將開拍的超級大片的劇本。他算準時間，讓他的山寨版比原版早一個月上映。這樣一來，他可以把持大製片廠的公關宣傳，甚至宣稱大製片廠剽竊了他。他曾指控《亂世佳人》抄襲「水星國際影業」讓人哭濕三條手帕的內戰片《吹走他們的微風》，這是他職業生涯中最興奮的時刻之一。

但打從一開始的幾個畫面，《美利堅小東京》就讓他不安。

「十幾年來，」旁白吟誦，「日本人在美利堅合眾國及其屬地進行大規模的間諜活動，美國卻滿於現況，幾乎可說在關鍵時刻疏於職守。」

在令人氣餒的六十四分鐘裡，《美利堅小東京》宣稱兩萬五千名日本叛亂分子以洛杉磯為家，他們背信忘義，非但不可原諒，更呼籲全體拘留。當亞提察覺電影的某些場景在現場拍攝，心中更是不安，尤其是疏散遣送的過程，即將受到拘留的日本人不情不願地成了臨時演員，在一部為拘留營開脫的電影裡露了面。

觀影時，亞提感覺種種矛盾讓自己舉棋不定。陰謀論是好萊塢設計情節最可靠的工具，但是在太平日子裡成天洗腦觀眾，是否因而促使他們在開戰後動輒眼裡都是敵人？這些遭人算計的被害妄想跟德國宣傳電影有何不同？人們懼怕法西斯主義入侵美國，而這樣的恐懼豈非因為加州沙漠中相繼冒出的拘留營得到證實？

他試著解讀觀眾們的想法。他們是感到不悅或是已被說服？據他觀察，他們已被說服，而他們之所以採信，原因倒不在於《美利堅小東京》片中的精明算計，而是因為拘留營。重刑本身就是最有力的證據，足證這些人確實犯了罪，要不然你怎能相信自己的直覺果真沒錯、你的想法果真公正？要不然你怎能相信自己嫌惡的種種？

隔天中午他祕書敲門時，他還想著這些事情。「格林少校等你接電話。」

少校跟亞提說，「戰爭部」對「水星國際影業」製作的宣傳電影很滿意，打算請他們再拍十二部。

「我們的會計部門肯定心花怒放。」

「我想也是，」少校說。「但有件事我們相當關切。截至目前為止，我們用這些影片招募新兵，但我們想讓影片在戲院上映，藉此教育民眾。過去幾星期，我們安排了幾場試映，觀眾反應大致不錯，只有一個顯著的例外：他們覺得戰爭場面看起來很假。我們的作戰片段顯然比不上他們在電影裡看慣了的真實。」

「哎喲，我們已經把『陸軍通訊軍團』提供的素材發揮到極致，」亞提說。「但老實說——我想這些話你也早有耳聞——他們提供的片段非常不專業。」

少校嘆了一口氣。「沒錯，我曉得。你有什麼建議？」

「首先，我會請瞭解電影語言的專業攝影師執鏡，他們知道如何把一系列鏡頭串連成條理清晰的畫面。然後我會請他們拍攝重演。」

「這樣行不通。軍方嚴禁拍攝重演。」

「即使在種種狀況都盡可能嚴格管控的攝影棚裡，導演也必須試拍多次才拍得出一個恰當的畫面。你把兩個拿著一部攝影機的傢伙送進散兵坑，指望他們拍出足以比擬好萊塢的畫面？這怎麼可行？如果你想讓戰爭在大銀幕上看起來逼真，你就得捏造它。但我哪曉得？我只不過是一個自始至終都這樣拍片的電影人。」

少校說他會傳達亞提的想法，試探一下大家的反應。他們討論另外幾件事，然後少校提起一個棘手的問題。「為了避免製片方面的延誤，我想你應該另外再找一個縮尺模型師。」

「安娜．韋伯？你對她的表現有意見？」

「『化學軍事部隊』的幾位先生星期一會到洛杉磯跟她談談。」

亞提眉頭一皺。他從沒聽過「化學軍事部隊」。「抱歉，少校，但他們跟我的縮尺模型師有何關係？」

少校當他沒問。「我只想事先知會你，好讓你有時間找人取代。」

這通電話讓亞提不安，雖然他應該看看樣片，或是閱讀三部開拍中電影的工作日誌，或是審查當季的利潤目標，但他反而呆呆坐著想事情，直到瑪麗亞走進來。

「妳在這裡做什麼？」他問。現在是七點十五分，瑪麗亞跟製片廠為數不少的員工同樣受到敵僑的宵禁時間所管制。一星期總有好幾天，忙著監製那些宣揚她再也無法享有的權利與自由的電影之後，她不得不在製片廠的防空掩體裡打地鋪。

「我快要下班回家了。」瑪麗亞遞給他一個牛皮紙袋信封，裡面是一筆筆等著他簽名批准的試鏡費。通常他會比較仔細查看那些突然冒出來的費用，但他腦中只想著少校那通奇怪的電話，幾乎看也沒看就簽了名。他沒有注意到當自己連問都沒問就把費用表遞回去，瑪麗亞露出心滿意足的微笑。

瑪麗亞朝著吊掛在門上的白色西裝外套點頭。「晚上有要事？」

「奈德的太太舉辦晚宴。老天爺保佑喔。」

那年春天，奈德悄悄迎娶艾比蓋兒．葛拉芙頓。米德蕾為艾比蓋兒引介好萊塢的社交圈，尤其是一批律師。米德蕾如此熱衷於促使最新一任奈德．費德曼太太成為前任，這正是亞提深愛米德蕾的千萬理由之一。米德蕾浪漫又實際。如果艾比蓋兒在離婚協議中取得奈德的部分股份，而且米德蕾能夠說服她支持亞提，亞提說不定可以贏回一些被「東方國民銀行」奪走的競爭籌碼。

亞提說：「奈德還邀了幾個大咖。」

「更多投資者？」

「直到每一個邪惡的金融經紀商都可以把我的靈魂拿來分贓，他才會罷手。」亞提瞪著空蕩的牆壁說。「妳知道嗎？我真的應該布置一下那面牆壁。」

「買幅畫吧。觀賞美麗的畫作，你或許就比較不會焦慮。」

「比如一幅古典名畫。」

「古典名畫很好。」

「比方說亞伯和該隱、或是羅穆盧斯和瑞摩斯[10]。」

「幸好你跟你哥哥處得來，」瑪麗亞嘲弄地說。

「我姊姊也算是個畫家，我有沒有跟妳提過？」他說。「她畫圖說故事，把一個個小小的情景畫在馬眼罩上。她把前半段畫在右眼罩上、後半段畫在左眼罩上，相當有一套。」亞提看著瑪麗亞。「我不想多管閒事，但妳爸爸——我可以請問一下，妳怎麼有辦法坦然接受自己不曉得他發生了什麼事？」

「噢，亞提。」她苦笑。「我還是不能接受。」

亞提聽到她這麼說，顯然相當失望。他原本以為瑪麗亞能因為專心公務而無暇他顧失去親人的傷痛。

「米德蕾希望我去看心理醫生，」亞提坦承。「比利發生『洗衣籃狀況』時，我們帶他去看醫生，那個傢伙似乎知道自己在做什麼。」

「你打算以兄弟鬩牆的名畫裝飾辦公室，這一點肯定能提供許多值得分析的素材。」

「米德蕾勸我試著接納。她說所有的偉大宗教都以接納為基礎，但有鑑於她拒絕接納我們家目前只有這麼大，我不能說我信得過她。」

「我始終覺得接納是屈服的委婉說法。」

「沒錯，」亞提感激地點頭。「一點都沒錯。接納無法接納的事情就是屈服。但我該怎麼辦？輕蔑氣惱、思緒紊亂、一直想著我姊姊好不好？她出了什麼事？我為什麼沒有趁著還有時間多做什麼？我的意思是，老天爺啊，妳要如何活得心安理得？」

「唉，亞提，」她邊說邊伸手捏捏他的手。「我也不知道。」

「謝謝妳聽我說話，」他說，而且他是認真的。瑪麗亞向來將無法理解的事視作當然，跟這樣一個人聊聊他姊姊，感覺很好。

「還有一件事，」他說，他把他跟少校的談話草草寫在紙條上。「妳順道把這張紙條留在安娜．韋伯的桌上，好嗎？」

✦

即使跟亞提說她正要回家，瑪麗亞其實今晚不打算回家。三號棚的舞臺旁，她的工作小組等著開拍。再過幾分鐘，他們就得在製片廠過夜，明早才能離開。

一位燈光師把菸屁股扔在過道上。「嗯，」他問。「我們領得到加班費嗎？」

瑪麗亞拍拍她的皮包。「亞提剛剛批准了費用。你們的支票都在皮包裡。」

她用了會計師的大絕招，這些年來，恩斯特．羅司納就是善用這一招避免「水星國際影業」舉債。

10 亞伯和該隱是亞當和夏娃的兩個兒子，羅穆盧斯和瑞摩斯是羅馬神話裡的孿生兄弟，兩對都是兄弟鬩牆的知名範例。

他們用紐約銀行開立的支票支付洛杉磯的費用、洛杉磯銀行開立的支票支付紐約的費用，等到會計部門獲知這筆「試鏡費」，她已經可以把今晚拍攝的影片剪一段給亞提看。自從他食言、拒絕讓她在《魔鬼的交易》掛名，瑪麗亞一直在搞一部她可以署名製作人的電影。她找到了，就是這一部。

「好，」燈光師說。「《虛假的前線》開拍了。」

✦

老實說，兩個月前，當艾迪在那個五月傍晚慢吞吞地下公車、步行四條街回到家裡、爬到被子底下躺在瑪麗亞身旁，《虛假的前線》就已成形。他跟貝拉的偶遇真是刺激，讓他暫且忘卻《東京諜語》事發之後的震驚，但當他在漆黑中躺在她身旁，餘悸卻揮之不去，令他不寒而慄。他不停哮喘，鼻息嗖嗖吹過她的臉頰。彈簧床座嘎吱作響。任何床事都沒讓他想要關燈——赤身裸體不會讓他難為情——但此時此刻，他西裝還沒脫，領帶也還打著，卻承受不了她的目光。他拉著床單蓋住頭，好像這條依然飄散著檸檬香皂味的薄棉布能夠保護他。他們依偎在微涼的黑夜裡，她跟他說她愛他，說了一次又一次，直到話語不再具有意義，只是讓他知道她始終在他身旁。她不知道該說什麼或是不該說什麼來安慰這個極度蔑視憐憫的男人。他精於掌控感情，始終令她稱奇。他可以在攝影機前說哭就哭，但當導演喊卡，他馬上又講起黃色笑話。此時此刻，他在他們的雙人床上卻脫序失控。「我在這裡，」她說，他看得出來，她不說他也知道，但她依然一說再說，讓他知道他不必獨自面對。

其後幾天，瑪麗亞一直回想艾迪奔跑的景象。他急著想把什麼甩在後頭？那幾個水手，或是那個他們誤認的角色？這是一個懸而未決的問題。瑪麗亞想要做些什麼。問題是，她監製的那些影片正是艾迪深惡痛絕的影片。她做的事並不可取，偏偏她特別擅長。

艾迪對「水星國際影業」的挫折感，助長了瑪麗亞對製片廠的疑慮。自從一月以來，她一手擔起往昔由她和其他兩位助理製片人均分的工作，這兩位助理製片人如今都在海軍服役，天曉得何時回返。她沒有抱怨，因為她預期亞提會任命她為「水星國際影業」的執行製片人。但過了幾個月，升遷始終沒有下文。如果她提起，亞提就說：「妳只需要再多一點經驗。」或是：「現在不是時候。」或是：「妳知道我多麼倚賴妳。」或是：「我們等等看。」

嗯，瑪麗亞已經等了，而她看到的是：徵召令已經挖空好萊塢每一個製片廠的人力。對女性而言，這是一個千載難逢的升遷機會，而這樣的機會不會持久。

「我想打聽一下『哥倫比亞製片廠』的狀況，」瑪麗亞說。「看看那邊有什麼機會。」

「妳應該試試看，」艾迪說，「光是幫一個不跟自己假髮聊天的老闆做事。妳的身心就會更健康。」

「我在這裡工作了十一年，」她說。「是該做些改變了。」

在她決然離開「水星國際影業」之前，她想要監製一部她和艾迪都認為值得把名字掛上去的電影。其後幾星期，她在劇本組東翻西找，試圖找到一部點子尚未被約聘編劇榨乾的原創劇本。她坐在維克藥局的美耐板吧檯前草草記下各個點子，艾迪則在一旁碎碎唸，質疑一個成磅販售軟便劑的小餐館有什麼東西可吃。她找到一個短篇故事，故事的主角原本是鐵路工人，後來變成正義使者，改正一位貪婪鐵路大亨犯下的過失，但宣傳文案可能讓人倒胃口——今年最震撼人心的西部英雄是個東方人！——所以她將之擱置。

什麼都不對。什麼都感覺很假。

劇本組跟剪接室在同一樓，文森就是在剪接室協助宣傳處執行該死的研究工作。一天下午，瑪麗亞搜尋適合改編的題材，卻又再度徒勞無功，氣餒之下順道過來找他。他在「水星國際影業」的這段時間，瑪麗亞大多不甩他，然後又強迫他監看過去十年德義兩國的宣傳影片，迫使他將分分秒秒難以入目的假消息分類，文森之所以對她懷有戒心，倒也情有可原。

她跟他分享她爸爸那疊重新被拼湊起來的信，藉此解除他的戒心。信中太多背景無法查證，太多意義懸置於字裡行間，說不定只有他能夠闡明。

「天啊，」文森認出手寫的字跡，喃喃說道。他注意到瑪麗亞極為謹慎地把遭到刪除的字條貼回信中的空隙，不禁想起他媽媽以前拼湊起來的護照照片。「這些都裝在雪茄盒裡？」他問。

她點頭。「他寫了很多關於你的事，不是嗎？」他讀信之時，她對他說。

「我根本不知道他寫了關於我的事。」

「我們都是他的孩子。」

「他對我非常好，」文森說。「但瑪麗亞，妳是他唯一的孩子。」

其後許多年後，文森在剪接室為瑪麗亞加註背景與細節，豐富了每一封信的來龍去脈。他告訴她，她爸爸喜歡跟當地政府作對，所以經常幫農民們逃稅。他還告訴她，他愛吃糖漬香柑皮，幾杯黃湯下肚之後，他就憑著記憶複誦他在法庭的申辯，而多年之前，他就是憑著這些申辯說服心存疑念的法官推翻有罪的判決。文森講不出驚人的內情，只說得出一個個的細節，相繼拼湊，你就瞧見生活的全貌。瑪麗亞但願自己早點把這些信給文森看，但直至現在，她才認為他可以告訴她的事比他無法告訴她的事重要多了。

一天下午，她看到文森窩在立式剪接機的觀景窗前標註影片片段，以供最近一部名為《軸心國敵人：德國》的宣傳紀錄片使用。

「我剛才在『華納製片廠』的影片圖書館，順便看了他們幫山寨版《海角遊魂》[11]搭的布景，」他跟她說。

「我聽說過那一部。《馬拉喀什》？演員全都是流亡人士？」

「《北非諜影》。」

「看起來如何？」

「妳是說電影？百分之百煽情，」他說，語氣卻難掩仰慕。

瑪麗亞注意到他手掌掌心被香菸灼傷。

「沒什麼，」他邊說邊把手插進口袋裡，看起來好像很痛。「我不小心碰到爐子。」

瑪麗亞沒有多問，她看一眼立式剪接機裡的影像，赫然發現卡萊．葛倫回瞪著她，感到有點吃驚。

「我知道，我知道，我知道，」文森先聲奪人。

儘管如此，瑪麗亞依然覺得必須挑明了說。「這可是《約克軍曹》。」文森居然將之視為宣傳影片，連瑪麗亞都覺得有點過分。

「魯迪說他需要作戰片段，而我找不到比《約克軍曹》更棒的片段。『陸軍通訊軍團』提供的所謂最佳素材根本不能用，大部分甚至只是飄盪的煙霧和失焦的影像，簡直不曉得在拍些什麼。連攝影棚拍攝的都比真正的戰鬥真實。」

「亞提剛才也這麼說。那些高官現在才意識到訓練攝影師開槍，遠比訓練阿兵哥拍電影容易多了。」

文森靜默了好一會兒，然後開口：「我知道敵僑不准參軍，但亞提可不可以動用關係跟『陸軍通訊

11 Algiers，一譯《阿爾及爾》，一九三八年出品的浪漫懸疑片。

軍團』打個商量？美國遲早會進攻義大利。我想要在現場，說不定甚至拍攝美軍解放聖羅倫佐。」

「你經歷了那麼多事情，幹嘛還想要回去？」

他凝視遠方，什麼都沒說。

既然「戰爭部」信得過亞提，也已委託他拍製宣傳電影，他說不定可以幫文森牽個線。但瑪麗亞搖搖頭。文森是她和她爸爸過去十六年唯一的聯繫。他還有好多可以跟她說，她還有好多想要聽他說。存留在這個護照肖像攝影師腦海中的零散細節勾勒出她爸爸的餘生。她去年一整年都希望他離開，現在卻不願放手讓他走。

「如果他們認為讓一個敵僑在後方持有相機太危險，你覺得他們會讓一個敵僑攝影師去前線嗎？」

「他們讓羅伯特・卡帕帶著相機上前線，」他說。

「我不忍心跟你說實話，但你不是羅伯特・卡帕。」

「我也不是文森・寇迪斯。」

瑪麗亞不知道該怎麼回答，所以她伸出手肘把他推到一邊，仔細端詳他幫《軸心國敵人：德國》標註的片段。

現今「水星國際影業」的宣傳影片已經發展出一套獨特的風格，製片小組挪用敵軍的宣傳影片，將之與劇情片、庫存影片、重演片段拼接。這些影片係由其他影片所製，可說將好萊塢的產製手法發揮到極致。你看著膠卷在立式剪接機裡轉動，從中可見戰爭消弭了紀錄片和娛樂片的界線：紀錄片導演策畫重演，置入製片廠劇情片的片段，在此同時，好萊塢導演以新聞片的風格拍攝露天片場的虛構奇想，為之添增真實的光采。人們希冀近似真實，這股隱而不宣的渴求處處可見。想到這裡，瑪麗亞知道只有一個角色配得上艾迪的天賦。

「妳要把電影扯上我？」當天晚上，艾迪在艾爾李維小酒館吃烤牛肉之時問道。除了她媽媽，沒有人可以用一個單音節表達出如此強烈的懷疑。

她放下她的叉子，概略描述情節。電影一開始，艾迪坐在戲院裡，看著自己出現在《東京諜語》片中。電影映畢之後，幾個觀眾把他誤認為片中的間諜，他拔腿就跑，搜捕行動隨即登場；穿插幾個背景故事，然後眾人在「水星國際影業」迷宮般的露天片場追逐，全片在懸疑刺激的你追我逃之中結束。沒錯，這部片子遵循「遭到誤認／無辜者奔逃」的敘事雛形，近來每個製片廠都在拍這類驚悚片，但是若能以戲劇化的方式呈現戰爭加諸於艾迪和「水星國際影業」流亡人士的惡夢，不是更適切嗎？你被猜疑包圍，你的忠誠受到質疑，你的叛國被視為當然。你不得不接受某個角色，卻必須為了這個角色的罪業付出代價，因而擔憂受怕。這樣的焦慮對瑪麗亞並不陌生。

艾迪搖搖頭，切食他的烤牛肉。「亞提說不定會覺得……太花大腦，」他說，亞提也常用這四個字客氣駁回他覺得愚蠢的主意。

「虧你平常把閱讀莎士比亞當作消遣。你為我朗讀的那齣戲叫什麼來著？哪齣戲中有戲、演員扮演演員？夏夜小盹？」

「請別跟我說妳講的是《仲夏夜之夢》。」

「你看吧？我有注意聽。」

「夏夜小盹？妳真該為自己感到難為情，妳知道吧？」

「哎喲，英文是我的第二語言。」

「但妳講的好像那是妳的第三語言。」

她扠起一塊馬鈴薯。「好吧，你覺得這個主意如何？」

艾迪一邊檢視血紅色的烤牛肉一邊說：「我覺得火候不足。」

「那你就幫幫我，好嗎？」

「告訴我為什麼，」艾迪嚴肅地盯著她。「製片人絕對不會問這個問題，不是嗎？大家只想著片子拍不拍得成，沒有人自問為什麼拍，或是該不該拍。」

瑪麗亞把手伸進皮包，拿出那張司法部規定她隨時必須攜帶的敵僑卡。她的照片、簽名、食指指紋全都登載在卡片上，還有她的地址、生日、國籍。政府只需少許資料，即可界定全部的她，此等效率，想來真是奇蹟。

「自從珍珠港事件以來，我就幫製片廠拍攝極端愛國主義的影片，告誡民眾敵人就在我們之間，」她摸摸敵僑卡說。「有時我心想，如果製拍一部不會讓我感到羞恥的影片，不知道是什麼感覺。」

艾迪一口喝光他的酒。「我根本無法想像。」

「《魔鬼的交易》片中那個搞宣傳的傢伙，最起碼他以像樣的價碼出賣靈魂。我呢？我得到了什麼？沒有一部影片能夠讓我指著說：我爲了它出賣了靈魂。」

「妳想要叫誰寫劇本？魯迪．布赫洛？」

「你。」

「我？」

「這是你的遭遇。你覺得應該怎麼說，你就怎麼說。我來製作。」

「妳信得過我？」

「艾迪，你是唯一我百分之百信得過的人。」

他微微一笑，點了點頭。「片名呢？」

「你覺得《重演》如何？」她說。

「重演。嗯，說不定有點直白。《虛假的前線》呢？」

「《虛假的前線》，」瑪麗亞點頭。「我喜歡。」

燭光映著他的臉微微閃爍，她心想，他們相知相惜，這樣的機緣是多麼難得。其他情侶坐在鄰近的雙人座，有些年長，有些年少，有些投向彼此的懷抱，有些漸行漸遠，他們或在車廂，或在夜總會凝視彼此，僅僅一秒，卻令人難以置信，因為在數以百萬計的其他時空，這一秒或許根本不會成真。瑪麗亞已不只一次心想，她畢生最意味深長的體驗，卻也是最尋常無奇的體驗，畢竟誰不曾因為意外墜入情網而顫動、誰不曾因為別離而哀傷、誰不曾因為自己的無足輕重而憂慮？她這一行倚賴陳腔濫調，因而讓她對陳腔濫調存有戒心，生怕這些老生常談的刻板印象引發曲解，但今晚她坐在小酒館低調的燈光下，她願意接納一個事實：她之所以是她，關鍵在於她和大多數人沒什麼兩樣。

「亞提絕對不會同意，」艾迪說。

「那就去他的。我會尋求他的諒解，而不是請求他的批准。」

「妳打算從頭到尾都偷偷摸摸地拍？」

「當然不是，」瑪麗亞說。「我只需要拍到足以說服亞提，讓他認為放棄比拍完損失更大。」

✦

當天光消逝在西方，《虛假的前線》就準備開拍。瑪麗亞監督流亡人士組成的基本組員準備第一個場景，以深焦、低度照明拍攝艾迪衝進露天片場。她望向巷弄另一頭，攝影師每隔五英尺就用粉筆在人行道上畫白線，以便在艾迪奔跑之時精準對焦。瑪麗亞從燈火管制擷取靈感，設計出《虛假的前線》的色調。她使用單一光源，以強烈的明暗對比捕捉後方的氛圍。這種以陰影為主的美學風格來自成本低廉的B級片：你看到的愈少，看起來愈好。

他們拍攝時不管聲音——飛機工廠傳來的低沉噪音會讓一切失真——因此當攝影機開始運作，助理攝影師無需費心打板。

瑪麗亞看著艾迪衝過追趕他的海軍水手，踏過一灘灘銀閃閃的積水，他有如棒球球員踩踏壘包般輕快躍過為他標記的白線，即使以每秒二十四格的速度拍攝，攝影機似乎依然過於遲緩，捕捉不了飛奔的他。在其後經過剪接的特寫鏡頭中，你會看到他應角色所需表現出受困，但在拍攝外景的此刻，誰都動不了他。

鏡頭接下來跟隨艾迪跑過露天片場。他穿梭於歷史與地景之間，一路衝過義大利的露天廣場、紐約的華屋大街、蠻荒西部的過道、赤道的熱帶叢林、廉租公寓的巷弄，所經之處留下一個個稍縱即逝的側影。低調打光把露天片場變成迷宮，有如一座艾迪找不到出路的監獄。若是躲閃不了周遭的照明燈，安娜就直接在牆上塗上黑漆，營造出黑影的效果。即使是中西部的街道——那個呈現出典型美利堅小鎮風情的鄉間街道——也沾染了無路可逃的幽閉恐懼。或因急於逃避，或因急於躲藏，艾迪跳過白色圍欄，用力推開一扇扇門。每一扇都直通三夾板木牆，死路一條。

當晚最後一個鏡頭跟隨艾迪來到《東京諜語》的布景。他走投無路只能重拾他試圖逃離的角色，布景中，他不停尋找出口，畫面漸漸漆黑。

等到拍片告一段落，時間已經太晚，來不及回去她和魯迪在聖塔莫尼卡的平房，所以安娜決定在主要辦公區沖個澡。主管盥洗室的鑰匙是社會地位的表徵，基本上不具實質意義，卻又格外令人垂涎。幾個力爭上游的主管甚至願意以取得鑰匙代替加薪。依安娜之見，這些人真是蠢蛋，因為大家都知道恩斯特・羅司納把他那把鑰匙藏在他辦公桌抽屜裡一瓶抗酸液之下。她沖了澡，擦乾身子，披上一件從戲服組借來的藍綠色洋裝，近來髮夾短缺，迫使她用牙籤把頭髮盤高，在她的桌上，她看到亞提寫給她的備忘錄。

她走回主要辦公區，看到剪接室的燈還亮著。文森已經在立式剪接機旁工作，他正逐步檢視日軍在中途島戰役的新聞影片片段，魯迪想知道這些片段是否適用於海軍的訓練影片。過去半年來，這個可憐的小夥子檢視數百小時的敵軍宣傳片，撰寫詳盡的報告存放到魯迪的檔案櫃。文森忍受得了千篇一律、單調乏味的劇效，令人衷心佩服——安娜心想，他會是一個絕佳的影評人。一筒筒德國影片搖搖欲墜地堆疊在立式剪接機的兩側。她全都看過，但沒有一部以寇特為主角。文森致函「水星國際影業」的府會聯絡人，他在備忘錄裡說，為了完成《軸心國的敵人：德國》，宣傳組需要哈索・貝克的近作。近來有個線索看來頗有希望。紐約現代藝術博物館有一份《東方之勝》的拷貝，《東方之勝》是哈索・貝克一九四一年的作品，但文森尚未收到影片。

說不定她的請求微不足道，所以他決心幫她實現？說不定他讓康瑟塔一籌莫展、孤單一人、不知兒子的下落，致使他更加堅決幫她尋找她孩子的身影。世間的創意千千萬萬，如果他找不出一個方法滿足她這個不算過分的請求，那他怎麼可能找得到一個寬恕自己的理由？

「你聽過『化學軍事部隊』嗎？」她問。

「沒聽過。」

她舉起手裡的備忘錄。「亞提把這個留在我桌上，跟我說『化學軍事部隊』的麥卡利斯特上校星期一會來找我。」

「為了什麼來找妳？」

「亞提沒說。」

文森聳聳肩。「說不定是關於訓練和宣傳片。」

「或許吧，」她一臉懷疑地說。她把備忘錄塞進皮包，從一捲紙鈔裡拉出一張五元美金的鈔票。「拜託你行行好，幫我到維克藥局買一塊千層蛋糕和兩包威豪香菸。」

安娜在圈裡的朋友都是因為一時之便而結交，大夥嘻笑打鬧，稱不上真心，因此當她察覺自己像個母親般真心喜歡這個欠缺地位、週薪四十美金的小夥子，自己也覺得奇怪。過去幾個月，安娜每週週日把她那部紅色奧斯摩比（Oldsmobile）轎車並排停在蒙特克萊外面、按按喇叭、等著聽到文森小跑步出門時口袋裡零錢的叮噹聲。他們開車到製片廠，把車停在停車場，逐一檢視德國宣傳片，徒勞無功地搜尋寇特，愈看愈挫折。

文森願意跟一個中年厭世的老菸槍和幾百小時的法西斯宣傳電影共度休假日，足見他是多麼孤單寂寥，連安娜都覺得有點令人沮喪。他們相差十七歲，因而直接晉升為柏拉圖式的友伴，無需承受若有似無的情感糾葛。他比寇特大不了幾歲。他沒有什麼特殊之處。他微不足道。她大可在任何一個年輕人的臉龐看到寇特的身影。但她把食物推到他面前、主動幫他出點子、逼問他什麼時候找個好女孩安定下來，譏諷之中帶著關懷，而他乖乖承受，樂意聽從，甚至默默鼓勵，足見他渴求她隱藏在嘲弄中的母愛。她想念寇特，卻也想念當年身為人母的自己，程度幾乎不相上下。

即使當他們終於看完最後一卷德國宣傳片，安娜依然每週週日開車過來接文森。他們經常到穆索小館[12]吃午餐、在市區的新聞電影院看戰爭新聞、跟其他幾個流亡人士打牌、或是漫步於好萊塢紀念公園。她始終在宵禁之前把他載回蒙特克萊，還幫他把沒吃完的餐點用鋁箔紙包起來。在那些週日午後，安娜勉為其難地屈服於加州的安逸與歡愉。一絲許久之前早已流失的色影重回她漆黑一片的心境，有些時候，她的心情甚至如同百貨公司化妝部小姐強自幫她上的妝一樣柔和。魯迪以為她暫且脫離現實，而在那些週日午後，她正是那樣的心情。

每次她問起他的父母，或是他在聖羅倫佐的生活，文森始終含糊其辭，讓她興起更多疑問。一個週日，他們走過《福爾摩斯：恐怖之聲》的海報，片中貝索．羅斯本[13]捨棄獵鹿帽，戴上一頂軟呢帽，掃蕩一個在倫敦的納粹間諜集團。文森停下來盯著海報，神情深沉哀傷，與海報昂然的鬥志恰成對比。

「怎麼了？」安娜問。

「沒什麼，我剛才想到那個聖羅倫佐的警探，他總是閱讀福爾摩斯的小說，」文森說。

「聽起來有點可悲，但也沒必要讓人哭喪著臉。」

「喔，當然沒必要。我只是在想，妳絕對無法想像哪個警察比他更腐敗，但他幫我做了一件非常可貴的事，而我永遠不曉得為什麼。」

「他幫你做了什麼？」

---

12 Musso & Frank Grill，位於好萊塢大道，創始於一九一九年，是好萊塢歷史最悠久的餐館之一。
13 Basil Rathbone（一八九二—一九六七），南非裔英國演員，以飾演福爾摩斯著稱。

文森搖搖頭，開了一個不怎麼樣的玩笑，說他們最好趁著電影放映之前趕緊買票。下午稍後，她問他為什麼幫她找寇特。他們坐在她的餐桌前，先前她已心滿意足地看著他狼吞虎嚥地吃下一塊她烘焙的紅絲絨蛋糕。

「因為我們是朋友，」他告訴她。

「沒錯，我們是朋友。」她毫不留情地緊盯著他。「但我不認為這就是你幫我的原因。」

「這有關係嗎？」

「當然有關係，」她邊說邊點了一支菸。「因為我們是朋友。」

文森盯著他的雙手。他怎能跟一個兒子下落不明的女人坦承他對康瑟塔做了什麼？安娜的經歷再次證實他無法為自己的過去贖罪。他確信他絕對無法得到她的寬容，說不定他們友誼就是植基於此。

「如果妳發現害你失去寇特的人坐在妳對面，妳會怎麼做？」

「你在逃避我的問題，」安娜說。

「我在回答妳的問題。妳會怎麼做？」

如果哈索坐在她對面，她會怎麼做？她經常回想他曾說她若入黨他就給她機會擔任建築師的那一天，當時她怎樣都無法想像有朝一日她會多麼後悔跟魔鬼說不。

她看著文森，不確定接下來怎麼聊。「我說不定會殺了他，」她說。「殺幾十次。」

「用什麼殺？」

一對湯匙，一把塗抹奶油糖霜的奶油刀，一座吊扇，兩杯代用咖啡——這些物品全都垂手可得，她考慮一下它們的殺傷力。她可是非常足智多謀。「這根香菸，」她說。

「妳打算怎麼用它？」

她設想各種折磨她前夫的方式，然後選擇經典手段。「首先，我會把他的掌心當作菸灰缸，按熄我的香菸。」

文森朝著她把手伸過去，把手放在香菸下方，離火紅的菸頭四英寸。菸灰如鱗片般剝落。

安娜盯著他攤開的手掌，然後抬頭看他，文森看得出她眼角的細紋漸漸加深。

當她終於開口，她看起來似乎老了好多：「文森，你到底做了什麼？」

他跟她說了。他沒有全盤道出；他沒有跟她說他真正的名字，甚至沒有介紹他自己，但她看得出他打算說出什麼，於是她說：「別說了，」但如果他現在叫停，他就永遠找不到法子回到開始贖罪的那一刻。

安娜把香菸湊向他的掌心。她不想燒傷他，最起碼起先還不想，她只想讓他別再說下去、別再跟她說她不想聽到的種種，因為即使他不是寇特、她不是康瑟塔，她依然珍惜在那些週日午後、他們成了彼此的替代家人。最重要的是，她不想傷害他，只想趁他搞砸一切之前讓他嚇得閉嘴，但當嘶嘶的聲響飄入空中，安娜察覺一切都已太遲。

文森握住火紅的菸頭，緊緊捏著，直到眼前一片漆黑。

醒來時，他發現自己躺在地上，他的頭靠在安娜膝上，一條包著冰塊的擦碗巾裹住他的手。吊扇轉了又轉，迴旋的暗影漫過天花板。他喃喃說著悔罪的話語，她不置可否，只是靜靜抱著他的頭。她沒聽到他說了什麼嗎？意識不清、再度昏昏入睡之際，他忽然想到：不，她當然沒聽到。她怎麼可能聽到？他用卡拉布里亞方言請求她的寬恕，而她用德語為他唱了搖籃曲。

下一個週日，他按照平常時間在蒙特克萊外面等候。縷縷夏日的天光穿透霧靄和棕櫚葉。他的手裹著繃帶，塞在口袋裡。他覺得她不會來，直到下午一點，那部紅色的奧斯摩比轎車分秒不差地停下。乘客座的窗戶開著，她透過窗戶看著他。

「我戒菸了，」她說。這幾乎就是文森想要的道歉。

「說不定這樣最好，」他說。「香菸對我的健康無益。」

安娜那副白色鏡框的太陽眼鏡滑下鼻梁。「我很困惑，」她說。「我真的搞不懂我這輩子。」

「還有比搞不懂更糟的，」文森說。

「比方說？」

「搞得懂？」

蒙特克萊一扇敞開的窗戶傳出艾靈頓公爵的樂聲，兩朵如畫的白雲飄過澄藍的天空，暖熱的柏油路留著孩童腳趾小小的印記。即使安娜宣稱戒了菸，文森依然看到一包香菸藏放在她的皮包裡。除非是另一個迷了路的旅人，他心想，不然誰會跟你一起設法穿越荒原？

「我得去華納製片廠拿一份《約克軍曹》的拷貝，」他說。

安娜又戴上她的太陽眼鏡。「你想要有個伴嗎？」

他想要。

✦

文森買了半打糕點、兩包香菸、一份早報，拿著這堆東西走回剪接室。他還沒進門就看到安娜坐在他的桌子後面，最上層的抽屜開著，那本黑色的相簿攤放在她的大腿上。

「我剛才在找鉛筆，」她邊說邊翻頁，眼睛盯著一排排整整齊齊、重新拼接的護照照片，頭也不抬。

「這些是你拍的？」

他點點頭。

「照片為什麼被撕成一半？」

「我媽媽始終這麼做。那些移居外地、為了護照過來拍照的人大多不識字，讀寫都不行。她通常多洗一張，把照片撕成兩半。一半她留著。另一半寫上我們的地址。當移居外地的那人抵達目的地，他可以把地址抄寫在信封上，把那半張照片放進信封，寄回聖羅倫佐。當我媽媽將兩個半張拼接成一張，她就可以跟他的家人說他已平安無恙地抵達。」

當安娜翻到最後一頁，她抬頭一看。她的手指擱在最後一張照片上，相簿數百張照片裡，只有這張缺了一半。

她從皮包裡拿出一支眉筆，在那個他已經放棄的名字上方，素描畫出他護照照片缺失的一半。畫完之後，她把相簿交回他手中，他把這個他已平安抵達的證物捧在手中。

「尼諾．皮康尼，」她說。「很榮幸終於認識你。」

✦

薇德特．克萊蒙那天一早就進辦公室——自從當上拉嘉納小姐的祕書，她多半一早就進辦公室。她跟夜間警衛打招呼，警衛以歐式禮節鄭重鞠躬：「早安，克萊蒙小姐。」

她在「廠房」外面看到一個水桶，桶裡裝了歪七扭八、從舊布景撬下來的釘子，製片廠的木工會把釘子敲直再用，因為如今連釘子也被歸列為戰爭物資，讓人想不透。沒錯，你真的會猜想是怎麼回事。「戰時生產局」急需廢鐵，前幾天甚至派了一個人過來取家裡的備用鑰匙，難不成她會把它交給一個陌生人？他說不定是個小偷！就算果真如此，她也毫不意外。你誰都不能相信，不是嗎？哎喲，前幾天新聞主播才警告媽媽們別把小孩留在超市外的幼兒推車裡。顯然歹徒會直接把輪胎從幼兒推車上偷走。你相信會有這種事嗎？薇德特相信。沒錯，她真的相信。近來妳甚至買不到橡膠束腹；這會兒連新的束腰都是鯨魚骨和鋼絲做的，而大家說現在是二十世紀。

她妹妹？葛萊蒂？長灘？嗯，她以前是美甲師，但現在她任職於一個以前製造彈珠檯、後來製造炸彈的工廠，工廠老闆招聘「傑森美容學院」一九三九年畢業班的半數學生。這不無道理，真的很合理：誰會比一位領有證照的專業美容師更有辦法把那些精準的小零件排成一列列、擦得閃閃發亮？葛萊蒂說投彈瞄準器的十字準線都是黑寡婦蜘蛛的蛛絲織出來的。顯然那是某種超級蛛絲，比鋼絲更強韌、比橡皮筋更有彈性，而且耐得住高空的溫度。難不成大家需要更多理由畏懼蜘蛛！為了因應需求，軍方以一英尺美金二十分的價錢雇用女士們採收蛛絲，但薇德特已經有一份可以掙錢的工作，所以喔，謝啦。葛萊蒂說他們在裝配線上用發熱的彈殼烤熱狗、煎漢堡，聽起來像在開派對。而且不止一次。你相信葛萊蒂的話嗎？你不妨相信。她不會亂說這種事情。沒錯，你真的可以相信她。大家顯然經常在炸彈工廠裡狂歡作樂，管理階層甚至不得不用掛鎖把工廠鎖起來。

葛萊蒂六個月前是個美甲師，這會兒彷彿是個炸彈專家。薇德特依然跟開戰之時一樣是個祕書。很可悲，不是嗎？那種落人之後的感覺？那種錯失良機的心情？

她穿過主要辦公區，經過放映室，聽到剪接室裡傳來聲音。她探頭窺視。

「尼諾．皮康尼，」安娜從一本書裡抬頭說。「很高興終於認識你。」

安娜好像從一本黑色活頁筆記簿的劇本裡唸臺詞。這倒是令人失望。安娜似乎實事求是，不至於肖想自己成為B級片的瑪琳．黛德麗，但這會兒薇德特不得不承認她或許高估了安娜。薇德特對電影明星不抱幻想。不，她預期的職場前景恰與瑪麗亞為她自己的規劃不謀而合。

她上樓，走過三樓的接待櫃檯，暫且駐足於「水星國際影業」為參戰員工設立的紀念牌前。紀念牌最近才設立，看起來像是一張大廳卡[14]，正在服役的員工名列最下方，人人的姓名以微小的字體標示。在此之上另以稍微大一點的字體列出十二個姓名，標示出十二位在戰場上負傷的員工。一位木工在威克島被彈片刺穿了腿。一位技師的飛機在中途島被擊中，致使全身三級燒傷。喔，還有唐・史奈德。這傢伙負責跟媒體打交道，眼睛色瞇瞇，雙手不規矩，聞起來像是波本酒和雪茄菸。誠如葛萊蒂所言，他向來有些「名聲」，這麼說算是客氣，其實他曾因公然猥褻被判輕罪。妳在幾個製片廠的女盥洗室都看得到大家在牆上留言警告，由此可知這人的前科。他在胡德堡失去了雙手：軍方說那是「訓練意外」，但薇德特確信那是老天有眼。

兩個姓名高高列在所有姓名之上，字體大寫粗黑，標示出不幸陣亡：**哈洛德・錢德勒，傑拉德・弗朗**。

薇德特無法相信。她真的無法相信。

哈洛德和傑拉德，這兩人交情好的不得了，始終彬彬有禮，每次走過她的辦公桌絕對會停下來跟她問好。每年她過生日，他們總是致贈歌唱電報。有一次他們邀她和葛萊蒂一起去西羅夜總會，好像兩對男女朋友一起約會，四個人跳舞跳了一整晚。當然沒什麼結果，但那晚真是開心。薇德特不知道她為什麼哭了。她跟他們不熟，真的，她只跟他們說過幾句話，有個晚上出去跳舞。他們只是兩個跑龍套的小角色，真的，他們無足輕重。但想一想他們得宜的舉止？他們的幽默感？他們對人們的尊重和體諒、即使那些人比他們更無足輕重？除了儒雅，你還能怎麼形容？無奈他們的部隊在太平洋戰區遭到殲滅，而洛杉磯的這

---

14 lobby card，一稱「廳卡」，三、四〇年代的電影宣傳工具，印製在硬紙板上，放置在電影院大廳。

些沒有用的混蛋居然可以繼續從幼兒推車上偷輪胎。

她後退一步。哈洛德和傑拉德的名字高高矗立在紀念牌最上方，若從室內另一頭望去，你只看得到這兩個名字。

終於當上了主角，傑拉德，哈洛德肯定會這麼說。

傑拉德肯定也會神采飛揚地回答：我們都是男主角，哈洛德。

而且永垂不朽，不是嗎？

沒錯，老傢伙。沒錯。

薇德特轉身背對紀念牌，手肘撞上陳列製片廠縮尺模型的平臺。她無聲地詛咒。當她檢視模型，確保模型沒被撞壞，她注意到那個面目不清、坐在拉嘉納小姐辦公室外面的祕書小人像。她非常小心地把手伸進模型裡，把祕書移到拉嘉納小姐辦公桌的後方。薇德特．克萊蒙已經無足輕重太久了。

3.

「誰可以告訴我，我他媽的為什麼自己接電話？」

亞提衝出他的辦公室。大家全都不見了。除了縷縷煙霧從一位打字小姐的菸灰缸盤旋交錯飄向空中，四下不見人跡。自從戰事日熾，高級主管們確實頻頻替換打字小姐，次數之頻繁，就像米德蕾在她的皮包裡補充口氣清香錠，但六個打字小姐同時不見人影？這可非比尋常。難不成大家全死光了？還是因為消防演習？

亞提一邊拿起領帶擦汗，一邊走向走廊。走廊盡頭的門底下透出燈光。那是女盥洗室，他站在原地，不確定該怎麼做。這可能是個緊急事故。盥洗室裡說不定有人性命垂危。他用腳輕輕把門推開。

不見人影的打字小姐們擠成一圈站在水槽邊。她們是在召喚亡魂？還是某種求子儀式？女孩子聚會就做些這樣的事情？不，她們正在傳閱某些文件。不管她們正在閱讀什麼，內容肯定非常吸引人，她們甚至沒聽到他走進來。

亞提握拳，輕咳一聲。

其中一位打字小姐驚訝地尖叫。

「各位小姐，那只是費德曼先生，」薇德特說。亞提察覺她們嚇了一跳。人人受到驚嚇。薇德特把文件收起來，叫打字小姐們回去工作。亞提有所不知：打字小姐們的皮包裡都有一張瑪麗亞商請她們演出這場戲的五美金紙鈔。

「對不起，費德曼先生，」薇德特說。「我們只是沉醉在一份今天剛剛送達的劇情概要。」

雖然不願鼓勵這種失職之舉，但亞提感到好奇，也想看看怎樣的劇情概要把打字小姐們迷到擠在盥洗室傳閱。這些人是他的職員。這是他的觀眾。

「讓我瞧一瞧。」

✦

「他上當了？」瑪麗亞問。

「百分之百上當了，」薇德特邊說邊用她那杯威士忌蘇打跟瑪麗亞碰杯。「他從我手裡把艾迪的劇情概要搶過去，直接走回他的辦公室，把門關上。」

若想讓亞提對《虛假的前線》產生興趣，最好的方式是讓他相信是自己發掘了這齣戲，然後才給他看看那個兩星期前為了驗證概念而拍攝的追逐場景。薇德特專長散播八卦，剛好符合瑪麗亞的需求。在「水星國際影業」，愈是眾所皆知，愈被視為卓越不凡，因此亞提愈常聽說《虛假的前線》愈好。

「謝謝妳，薇德特，」瑪麗亞說。「謝謝妳幫忙。」

「妳的錢不會白花，拉嘉納小姐。」薇德特放下她的玻璃杯，杯緣抹上酒紅色的唇膏。現在才六點半，但夜總會已經擠滿來自聖塔安娜的空軍軍官、休假的阿兵哥、從長灘前來市區歡度八月午後的水手。

薇德特往前一傾。「嗯，如果亞提把妳提升為執行製片，妳會幫我美言幾句，是不是？」

「美言什麼？」

「美言什麼？當然是妳的職位。」

「什麼？妳真的想要當一個不列名的助理製片人？」

「聽起來勝過一個不列名助理製片人的祕書。」

「這倒沒錯。」

幾個穿了制服的飛官從旁走過，薇德特猛然移動她的椅子。「我不敢相信。我真的不敢相信。那是貝蒂．拉德羅嗎？」

那位坐在吧檯旁、梳個勝利捲髮[15]的金髮女郎，確實是亞提去年帶著一起搭乘郵輪的情婦。即使發現她已婚之後就跟她分手，但他覺得她先生是個令人難忘的角色，到頭來雇用洛夫．拉德羅飾演一個寡言的牛仔。

於是洛夫成為「水星國際影業」最新一任腦袋空空的英俊小生。不久之後，在公關部門的敦促下，洛夫悄悄跟貝蒂辦了離婚，因為公關部門想要撩撥影迷們的興趣，讓大家好奇這個英俊的王老五看上製片廠哪位涉世未深的小明星。

「我以為她搬回東岸，」瑪麗亞說。

「說不定米德蕾緊急求援。當亞提跟貝蒂的婚外情劃下句點，我發誓米德蕾比亞提更六神無主。提到六神無主，安娜．韋伯怎麼了？」

「軍方徵召她。我只知道這麼多。」

她真的不知情，以至於不必非得撒謊不可。安娜離開洛杉磯投身戰事。她不能公開被徵召到哪裡、為何受到徵召、何時會回返、甚至會不會回返。她把辭呈從亞提的門底下塞進去，隔天早上她的辦公桌就已清空。瑪麗亞和艾迪都搞不清楚怎麼回事。敵僑面臨諸多限制，幾乎不可能被徵召，但「戰爭部」在這位縮尺模型師身上看到高度的軍事價值，豁免她每一項限制。法律禁止瑪麗亞行至七英里外的林肯高地探訪母親，但兒子和前夫皆被約瑟夫．戈培爾視為知交的安娜，卻可以搭火車東行數百英里，參與一項機密的軍事計畫。有天晚上，她和艾迪坐在文森的房間裡跟他討論此事，他的牆上釘著羅伯特．卡帕的精選之作，張張都是用他上繳「敵國僑民資產委員會」的同款徠卡相機拍攝。這些照片肯定讓文森瞧見他不能做哪樣的事、他不能成為哪樣的人，瑪麗亞想了難過。

「薇德特？是妳嗎？」貝蒂．拉德羅擠過一個個身穿卡其制服的阿兵哥，走到她們的桌邊。自從由亞提的投注莊家晉升為他的情婦，貝蒂就把薇德特當女僕，但薇德特依然假裝很高興見到她。你得把眼光放遠，真的，你必須如此。在比佛利山莊的破產法院當了一陣子速記員之後，薇德特的反諷和幸災樂禍的本事被磨練得更加高超。你瞧，以前經常欺負她的貝蒂，現在不就等著她付酒錢嗎？「真高興見到妳，貝蒂，真的好高興。」

---

15 victory-roll hair，一九四〇年代流行的捲髮造型。

酒喝了幾輪，誘導性的問題也問了不少，薇德特終於使出伶牙俐齒。

「妳是不是依然因為洛夫跟妳離婚而傷心？」薇德特滿懷希望地問。她以為貝蒂會默認，想不到貝蒂卻哈哈大笑。

「妳以為他要跟我離婚？」貝蒂輕蔑地翻白眼。「天啊，才不是呢！那是我的點子。妳別搞錯我的意思，洛夫的確很英俊，但妳有沒有跟他講過話？他簡直像是巴比妥酸，他的話聽多了會讓人發神經。更何況他們說的沒錯：好萊塢最常見的三角戀愛是演員、他太太、他自己。我誠摯祝福那個有酒窩的大笨蛋，我希望他和他自己快快樂樂在一起。」

貝蒂輕鬆自若地一語帶過她悲慘的現況，讓薇德特相當不爽。「妳真的確定妳沒事？」

貝蒂好得很。其實她已經再婚。再婚八次喔。而且啊，她開心地說，沒有一次是以離婚收場。

「軍人的太太每個月可以支領五十美金的養家費，」她說。「如果妳只有一個先生，這個數目不大，但如果妳結婚的次數夠多、戰爭拖得夠久，妳就再也不必為錢擔心。」她一口喝光她的氣泡酒。「我始終想要嫁給有錢人，只要再結幾次婚，我自己就是有錢人。」

瑪麗亞說：「難怪亞提為妳瘋狂。」

貝蒂聳聳肩，意思是：哎呀，誰不爲我瘋狂呢？

「這麼說來，妳重婚，」薇德特不悅地說。「這樣不是犯法嗎？」

「在加州只是輕罪。更何況，自古以來，我們女人家也只能藉著結婚改善經濟狀況。遊戲規則由他們制定，但得勝的是我。」貝蒂吞雲吐霧，一縷銀白的煙霧飄入薇德特的雙眼。「一夫一妻是我為戰爭做出的犧牲。」

「我的姑婆們肯定會喜歡妳，」瑪麗亞說。「妳怎麼挑選妳要嫁給誰？」

貝蒂這才容許自己露出愧疚的微笑。「我喜歡的對象通常是高風險的軍官，比方說飛官、電信官、無線電官，嫁給這些人，我比較可能拿到軍方提供給遺孀的一萬美元人壽保險。我能怎麼辦？我就是無法抗拒。」

就在此時，三位水手鼓起勇氣上前攀談。頭兩位自我介紹說是海軍，他們後面站著一個男孩，男孩一臉害羞，戴著卡其帽，看起來頂多十九歲。

貝蒂總共會結十八次婚。她會嫁給十八位軍人老公，每月支領九百美金的養家費，而且中了七次頭獎，一次次支領一萬美金的人壽保險。若非那樁一九四四年十一月發生在檀香山酒吧的事端，她說不定得以逍遙法外。當時幾個休假的軍人傳閱他們老婆的照片，當其中兩人發現照片中不但是同一個女人，而且竟然還是同一張照片，兩人因而推斷對方跟自己的老婆上了床，而你也不能說他們的推斷有誤。於是兩人借用一張吧檯椅、一根撞球杆、幾顆飛擲的椰子調解糾紛，軍方悄悄調查這樁未對外界透露、有損美軍聲譽和酒吧物產的事端，貝蒂因而被判詐欺罪。一九四七年，她獲釋出獄，那個在檀香山酒吧幹架落敗的男人在女子監獄的鐵門外等她。他名叫查茲．曼德斯。你若問他為什麼前來，他也說不出所以然。他只知道他在戰爭中已經失去太多；他不想再失去貝蒂。「我可以載妳一程嗎？」他說。貝蒂望向路的另一頭，路面空蕩蕩，沒有其他人。一個都沒有。她說：「好。」他們搬到莫德斯托[16]——他在那裡有認識的人——買了一處農地。其後幾十年間，農場家中的牆上漸漸貼滿全家出遊的照片。二〇一五年一個清涼的秋晨，查茲．曼德斯在自家門廊上辭世，享壽九十一歲，而他生前最喜歡在門廊上幫孫兒們削製小玩偶。貝蒂．曼德斯比他多活了六星期。在那些堆積在郵件槽下方、多日以來都未拆封的信件裡有一張支票，那是查茲

16 Modesto，加州中谷地區的城市。

的人壽保險金，幾十年來，查茲按月支付保費，貝蒂卻不知情。即使由五個子女均分，金額依然相當可觀，而子女們始終不知道他們的父親是他們母親的第十任先生。

「你叫什麼名字？」在瑪麗亞和薇德特的注視下，貝蒂詢問那個戴著卡其帽的害羞男孩。

「查茲．曼德斯。」

「查茲，你從事那一行？」

「我在商船隊。」

貝蒂微微一笑，因為儘管以合資商業活動著稱，商船隊其實是軍隊中風險最高的一支部隊。

「那個工作非常危險，不是嗎？」貝蒂一邊驚呼一邊把手貼到胸前，這位海軍水手沒料到自己的平均壽命比一般人少了幾歲竟有意想不到的好處，不禁大喜。「我只是盡我的義務。」

「你相信一見鍾情嗎，查茲？」貝蒂邊說邊帶著他走向吧檯。

「這會兒相信了。」

「我們當年絕對是一見鍾情，」七十三年之後，貝蒂會在查茲的葬禮上說。「一見鍾情。」

4.

瑪麗亞自行製拍整個場景，讓亞提惱怒。她沒有得到亞提的許可，更別提法律部門的批准，而地獄的烈焰比不上律師未受知會的怒火。儘管如此，他的好奇心戰勝他的惱怒，於是他坐到放映室的扶手椅裡，觀看瑪麗亞剪接的四分鐘影片。

自從奈德重新裝修之後，他在放映室裡就不自在。裡面鋪上橡木鑲板，擺設吱吱作響的真皮扶手椅，還有厚到連殺手走近都聽不到腳步聲的地毯，說不定他的偏執與妄想擊敗他的理智，但他哥哥近來致力於製拍高檔的A級片——亦即那種耗資百萬美金，將會迫使「水星國際影業」等中型製片廠破產的電影——讓他不得不留心他哥哥可能打算出賣他。他一語不發地看片子，沒有表示讚美，也沒有提出異議，一直看到艾迪衝進《東京諜語》的布景裡，畫面漸漸漆黑。他終於轉向瑪麗亞。

「我好不容易從『戰爭部』爭取到足夠的圖庫影片，妳卻把影片浪費在這個玩意上？」

他語氣之刻薄，令她訝異。

「奈德從各方面惡搞我，這樣還不夠糟嗎？插進我背上的刀已經多過插在刀座裡的刀，我還得擔心妳會捅我一刀？」

瑪麗亞說：「但影片不錯，不是嗎？」

「不錯？不錯？」亞提爆出不敢置信的笑聲。他啜飲他的「咖啡」。這種以碾碎的麥粒製成的代用品難喝到不行，肯定是間諜們滲透的成果，藉此打擊民眾士氣。但即使不願承認，他確實覺得追逐的場景拍得不錯，但這樣反而更糟糕。「好壞都不是重點，重點是這裡不是蠻荒西部：我們有法律部門，我們有工會協議，我們有保險業者，我們有——」

「我已經計算過了，你猜線下費用大約是多少？」

亞提按捺不住，非問不可。「一百三十萬？」

「五十萬，」她說。「新聞片的拍攝風格和不浮誇的燈光讓每一個場景看上去都高級多了，不是嗎？」

「五十萬？」亞提讚許地吹了一聲口哨，感覺怒氣在眼前消散。「妳確定？」

「加加減減幾千元。我們若是把露天片場改裝成東京、倫敦或是其他城市，花費相當可觀。照著原來的模樣拍攝，費用比較低。」

亞提摸摸下巴，低頭看看艾迪利用這幾個月撰寫的劇情概要。「結局必須改進，」他說。「片子的結尾，主角被困在《東京諜語》的布景裡，這樣太沮喪，他必須想辦法逃出來。」

「我知道。我們得做些小小的修改。」

「片子非得扯上一個華人演員嗎？」

「整部片子的前提是一個演員被誤認為軸心國的間諜。」

「嗯，妳說的沒錯。在我們攻占歐洲之前，太平洋戰區的戰事會是大眾矚目的焦點。好吧，我們找個白人來飾演他。」

「沒問題，」瑪麗亞說。「但想想你哥哥會作何反應，我以為你會想要把這個角色分派給艾迪。」

即使「電檢處」並未明確規定，但製片廠始終積極拉攏美國白人觀眾對片中各族群角色產生共鳴，於是他們找來自認為可以拉近距離的演員，把角色分派給他們，比方說華人演員飾演日本人，猶太演員飾演華人，天主教徒演員飾演猶太人，清教徒演員飾演天主教徒。或許這已是一套不成文的慣例，因為連亞提．費德曼之類天生反骨的製片人都已全盤接受。但當亞提來回踱步、步步陷入厚重的地毯中，他漸漸有所領悟：由艾迪飾演自己的確是明智之舉。只有兩種片子賺得了錢：要嘛成本很低，要嘛砸大錢。

陸艾迪那年秋天即將領銜主演的《中途島的槍炮》就是昂貴得不像話。自從六月日軍在中途島吃了敗仗，奈德就極力鼓吹製拍這部極度浮誇的A級片。片子的預算已達一百一十萬美金，遠遠超過「水星國際影業」迄今最昂貴的製片，如果片子果真大賣，奈德在董事會的地位將不可撼動。近來董事會已漸漸把亞提視為中階主管。

這些考量都讓亞提樂於接納《虛假的前線》。他可以讓奈德片中的歹徒飾演他片中的英雄，藉此戳穿

《中途島的槍炮》那套大成本製作的鬼話。他可以爆料露天片場的營運機密，揭穿費用奇昂的寫實片多麼廉價，藉此打擊奈德宣揚的寫實主義。光是這一點，亞提就可以趁機搧風點火，而他向來善於搧風點火。更妙的是，他說不定可以趁機說服董事會把奈德調回紐約。如果《虛假的前線》的利潤率高於《中途島的槍炮》——若是膽敢奢想，甚至掙得一筆可觀的淨利——董事會是否從此不再容許奈德干預製片？在戰時好萊塢這個虛假的前線，只有亞提．費德曼和奈德．費德曼兩位戰將，當他轉身面向瑪麗亞，他感覺戰情已經有利於他。

「妳說的沒錯，」他說。「絕對必須是艾迪。奈德會氣到吐血。」

5.

李奧納德．波伊德在他辦公室門口露面時，亞提拿著桌上的電話，神情緊張焦慮。

「妳才十四歲。妳不可以穿著香奈兒洋裝去該死的『威爾榭大道聖殿[17]』，」亞提輕聲細語，口氣中卻帶著駭人的恫嚇，他跟經紀公司講話時，通常就用這種的口氣。他揮手叫李奧納德．波伊德進來。「我不管洋裝是不是法國貨。三角關係也是法國貨，而我也不想看到妳搞曖昧。妳說什麼？問得好。妳去問妳媽媽。」

亞提掛好聽筒，轉頭面向李奧納德。「你怎麼熬過你小孩的青春期？」

17 Wilshire Boulevard Temple，洛杉磯歷史最悠久、最負盛名的猶太教堂。

「我通常喝得爛醉，」李奧納德開心地說。或許因為如此，所以他是「水星國際影業」董事會裡、少數幾位依然忠於亞提．費德曼的老臣之一；「東方國民銀行」近來積極收購「水星國際影業」的股份，奈德手裡也有不少，兩相加成之下，亞提的仇敵控制了超過半數的席次。

李奧納德最近被授予海軍少校官階，但他覺得海軍制服太樸素，所以亞提請戲服組幫他做了一套配有肩章和自製勛章的制服。

「我去看了《中途島的槍炮》的布景，」李奧納德說，一口喝下亞提遞給他的波本威士忌。「真是不得了。」

的確不得了。奈德那部聲譽卓著的片子已經開拍兩星期，不但進度超前，預算也未透支，讓亞提極為驚愕。《中途島的槍炮》的確像是一部耗資一百一十萬美金的鉅片。電影謹遵「戰時情報局」的號召，「以行動展現民主風範」，描述一群來自不同地區、種族背景迥異的士兵捐棄個人差異，面對共同的敵人。劇中人物包括一個自作聰明的布魯克林青年、一個壓抑情緒的新英格蘭人、一個黑腳族印第安人、一個愛荷華州鄉巴佬、一個大家稱之為「德州佬」的牛仔競技騎士，甚至還有一個黑人士官，即使當時軍中的種族隔離根深蒂固，連捐血都必須按照種族劃分。陸艾迪飾演一位曾在伊利諾州研讀化學、出勤之時被捕的日本飛行員。「戰時情報局」稱許《中途島的槍炮》嚴格遵守「適度執導憎惡」的準則。

「我認為大肆揮霍不是明智的經營之道，」亞提邊說邊再幫李奧納德倒酒。

李奧納德一口喝光波本威士忌。「花錢才能賺錢，」他說，但如果揮霍才是密而不宣的生財之道，李奧納德．波伊德就不會是個靠父母的零用錢過活的中年人。

「這種說法……太花大腦。我說啊，李奧納德，如今你既然貴為海軍少校，何不請奈德考慮聘你當顧問？我覺得他會欣賞你的長才。」

「但我沒在中途島打仗，」李奧納德說。

「沒錯，但你幾年前不是把你的遊艇搞沉了嗎？那種第一手的經驗肯定會讓《中途島的槍炮》感覺更真實。」

「遊艇不是我的。那是我爸爸的，」李奧納德邊說邊看著他的鞋子。「而且遊艇沒有沉沒。我把它開進了燈塔。」

「看來你當時多喝了幾杯。但誰不會多喝幾杯？難不成這樣算是犯罪？」

「那是十四項重罪和八十二項輕罪。」

「我就說吧，檢警越權是我們這個時代最嚴重的司法不公。重點是把你……生活的歡樂引進奈德的電影。」

「你真的認為如此？」李奧納德始終渴望討亞提歡心。或許亞提幾乎懶得掩飾他的輕蔑，讓李奧納德想起自己那個從小到大就是這樣的父親。

「我打心眼裡就知道，李奧納德，只有你可以讓《中途島的槍炮》拍出應有的樣貌。」亞提拍拍李奧納德的背，幫他把酒斟滿，跟他指了指奈德的辦公室在哪裡。「好傢伙，這下就由你掌舵，把船駛向光明。」

李奧納德站在辦公室門口，轉過身來。「嗯，亞提，我不該告訴你，但最近董事會經常提起你下一部片子，你安排陸艾迪主演《虛假的前線》？」

這可不是好消息。他試圖保密，只對幾個支持他的好朋友提起此事。他打算利用晚間悄悄拍攝，就像瑪麗亞先前拍的追逐場景，等到剪接和配樂大功告成，已經準備發行，他才告知董事會。

「大家都知道你和你哥哥奈德明爭暗鬥，兄弟之間不太對頭，但有些人擔心你讓這事影響你的判斷力，我在董事會聽到不少暗示性的說詞，比方說『受託人責任』、『無法勝任的領導階層』、『內奸』。」

「內奸？他們認為我是內奸？」

「只是打個比方。我確信他們一時激動才這麼說，但有些董事會成員擔心你試圖以這部片子打擊奈德的片子。」

這個指控當然沒錯，所以亞提當然義憤填膺地否認。

「我只是跟你說我聽到了什麼，」李奧納德邊說邊把手搭在亞提的肩上。「小心一點，好嗎？你知道我會支持你，但我只有一票。」

亞提深深吸進李奧納德酒杯飄散出的酒香，好讓自己冷靜。「拜託你請董事會放心，請向他們保證這些掛慮完全是多餘。奈德和我確實有些歧異，但『水星國際影業』是我的寶貝，我絕對不會危害製片廠的財務，也不會濫用董事會對我的信任。如果《虛假的前線》引發任何風險，我絕對馬上喊停。」

「你這番心意，亞提，他們會感激。重新建立信任，還得花些功夫。」

「趁你還沒離開，我再問你一個問題：董事會怎麼得知此事？」

「哎喲，奈德給了我們劇本。」

「奈德給了你們劇本，」亞提又說了一次，他哥哥居然拿到劇本，讓他大吃一驚。

「他在備忘錄裡對你讚賞有加。他說這是一部大膽創新的B級片，但製片廠已經投資製拍《中途島的槍炮》之類的A級片，他只是擔心你的片子會造成負面影響。」

李奧納德一離開，亞提馬上按對講機，請他的祕書把瑪麗亞和艾迪找來。

「很抱歉，」他跟他們說了這個壞消息。「我真的很抱歉。請相信我，沒有任何事情比惡搞奈德更讓我開心，但這事已經超過我的掌控。」

瑪麗亞聽得出艾迪的嘆息中流露出失望。每天晚上，拍完《中途島的槍炮》回家之後，他繼續工作到清晨，潤飾他的劇本。他依然卡在結局，找不到法子逃出《東京諜語》的布景。他寫了幾十個不同的結局，但沒有一個行得通。瑪麗亞知道他終究寫得出一個他可以接受的結局。她真想把自己的名字放在影片的右下角，讓大家瞧見：瑪麗亞．拉嘉納監製。「我們肯定可以做些什麼，」她說。

「我們什麼都不能做，瑪麗亞。」亞提打開抽屜，倒了幾片制酸劑到手裡，沒喝水就直接吞下。跟電檢處、甚至參議院唱反調是一回事，跟董事會的多數意見唱反調又是另一回事。」

「我們可以——」

「不，瑪麗亞，我們不可以。我們不可以同時跟我們的敵人、我們的盟友、我們自己宣戰——我們又不是法國人。我們拍不成《虛假的前線》，但我們挺過今天，來日再戰。艾迪，你還好嗎？」

艾迪站在她身邊，手臂交疊在胸前，試圖掩飾失望。「水星國際影業」的各個角落，甚至包括盥洗室，沒有一處比面對一個假裝關心他感受的製作人更令他感到無助。

「董事會始終打算砍掉這部片子，不是嗎？」艾迪說。「他們花了兩百萬美金讓我變成全國最出名的反派角色，他們絕對不可能允許你破壞。」

「沒錯，」亞提讓步。「我想也是。我不想承認，但我們可能太得意忘形。」他望向敞開的門外，看著一個個認真敲打字鍵的打字小姐。「這個地方啊，老鼠想要變成貓、貓想要變成狗。我們全都得意忘形，沒錯，我們忘了自己是誰。」

「我們是誰？」瑪麗亞問。

「小角色。無名小卒。」

開車回家途中，艾迪幾乎沒說話。當他們回到他們的房間，他一屁股坐到扶手椅上，翻閱星期天的《洛杉磯時報》。「我剛剛在想，說不定我會離開加州一陣子，」他終於說。

瑪麗亞站在浴室裡，身上披著她的條紋睡袍，在牙刷上擠了一團牙膏。

「既然《虛假的前線》被取消，你拍完《中途島的槍炮》之後，當然可以休兩星期的假，」她邊說邊把牙刷塞進嘴裡，殘留在嘴裡的香菸味消融在薄荷味的泡沫中。

「我決定明天就離開，」艾迪說，顯然在閱讀牛肉食譜和葡萄柚汁廣告的空檔，做出這個重大的決定。

幾星期之後，瑪麗亞會在扶手椅後面發現《洛杉磯時報》的週日版。她會心不在焉地翻閱，直到看到他肯定趁她刷牙之時閱讀的報導。報導和相關照片詳載加州歐文斯谷的曼贊納集中營，一萬多名洛杉磯當地的日裔美國人在那裡受到拘留。照片裡，人們在光禿禿的球場上打棒球，一隊童子軍向旗幟敬禮，穿著百褶裙和短襪的女孩們跟隨爸媽到長老會教堂做禮拜；人人面帶微笑，有力出力，互相幫助，若非貧瘠的地景，你說不定會以為這些照片攝自國內任何一個小鎮。媒體刻意美化集中營，讓一切看來輕鬆自若，在瑪麗亞的眼中，這跟最駭人的反日本宣傳同樣令人憎惡。一張照片描繪幾千名受到拘留的日本人排隊投下不在籍選票，藉此參與十一月的加州國會議員大選，照片附加說明，籲請民眾無需掛慮，因為在曼贊納集中營，只有美國公民才獲准投票。

瑪麗亞扭開水龍頭，試圖別想艾迪剛剛說的話。冷水噗噗流入陶瓷洗臉槽。她漱口，用擦手巾拭乾水槽。她上床時，艾迪依然坐在他的扶手椅上讀報。他當然知道她不能跟他同行。她的活動範圍受限於住家五英里之內，越界就是犯法。她伸手拿取她床頭小桌上那個紅白相間的雪茄盒，從盒裡抽出一封她爸爸一九三〇年寫給她的信。自從當局對敵僑設下種種限制，信裡這一段她已經一讀再讀：

我還是不習慣受到流放、困居內陸的感覺。聖羅倫佐的拘禁區沒有圍欄、鐵網、或是門鎖，但在我的心裡，各方的邊界卻有如環繞著這個小島、拍打著街道和十字路口的大海一樣清晰。有時我看著當地民眾跨過拘禁區未被標明的邊界，心裡暗想：他們怎麼知道如何穿牆而行？妳寫信描述妳在洛杉磯各處閒逛，妳絕對無法想像這些描述讓我多開心。讀信期間，我也可以穿牆而行。

當年她把這些字句拼貼在廣場布景區空白的牆面上，至今她已讀了上千次，如果字字句句讀來更有意義，原因在於如今她也標註出禁錮她的邊界，而她不是以鐵網或圍籬做出標註，而是以當地民眾自由暢行的大道劃出界線，在這一條條大道上，當地民眾來來回回，不必多想，也無需注意自己跨越的邊界和穿過的牆。她不可能明白她的信對她爸爸具有什麼意義；真的，她不太明白，直到她領悟她爸爸的信對自己具有什麼意義，她才終於明白。經由信中的字句，她爸爸從吞噬了他的沉默中探頭出來跟她保證她並不孤單；如今她所感受的一切，他也全都曾經感受；經過了這些年，他們父女已在同一個無法想像的境地比鄰而居。

她把信擱在一旁，看著房裡另一頭的艾迪。「明天，是嗎？」

《中途島的槍炮》預計花五個星期拍攝，現在才拍到一半。如果艾迪明天就走，他會搞砸「水星國際影業」創立以來成本最高的電影，他自己也會被洛杉磯每一個製片廠列入黑名單，沒有一個製片人會再雇用他。

「我剛才想到我從來沒有離開過洛杉磯。」

「你挑這個時候頭一次上路，真了不起。」

艾迪疊起報紙，走過房間，在她身旁坐下，手指輕輕撫過她的臉頰。她抬頭看他，在他的瞳孔中瞧見自己的臉孔。他眨了眨漂亮的睫毛，她感覺自己在他的眼中被清空。

「還會有其他片子，」她說。

「我擔心的就是這個。我覺得他們會一直叫我飾演日本歹徒，直到戰爭結束，然後我就再回去飾演撈什子的中國佬。」

「你怎麼知道會是這樣？拍了《虛假的前線》，你就可以突破，你已經很接近了。」

「不，瑪麗亞，我沒有。」

「如果你一走了之，你就完了。任何一家保險公司都再也不會承保你主演的電影。」

「我知道。」

「你何不等到《中途島的槍炮》殺青？然後你想幹嘛都行。不要白白失去你辛苦得來的一切。」

艾迪仔細端詳她，世間沒有人比她更瞭解他，而她竟然看不出他覺得顯而易見的種種，令他難過。房間另一頭的小桌上，他為《虛假的前線》撰寫的劇本擱在一本本莎士比亞、契訶夫、易卜生、歌德之間，他已精心修飾每一句對話、每一個手勢，但依然寫不出一個滿意的結局。在片尾那場追逐的場景裡，他無法讓他自己逃離《東京諜語》的布景。每一個出口都被堵住。留在好萊塢意味著留在那個布景、那個人物裡，無論以何種形式呈現，他始終受困，永遠無法逃離。

「這就是《虛假的前線》的結局，」他說。「我就是這樣逃離。」

「藉由一走了之逃離？」

「一點都沒錯。」

瑪麗亞試圖克制她的惱怒。艾迪始終執著於飾演悲劇英雄，她心想，難道因而造就出他這種孤注一擲的心態？

「《中途島的槍炮》再拍兩個半星期就殺青，拍攝進度甚至超前一天。你為什麼不等到電影殺青再離開？以免跟每個人都撕破臉？」

「因為我覺得如果我再等那麼久，我會無法面對自己。」瑪麗亞搖搖頭。「難怪我媽媽警告我要小心理想主義者。」

艾迪的眉毛微微一揚，俏皮地說：「我這張俊俏的臉？妳哪抗拒得了？」

她把頭倚在他的臂彎，任由他的手指輕輕撫過她的髮絲。

「妳會不會跟我一起走？」他問。

「走去哪裡？你甚至不知道你要去哪裡。」

「沒錯，但妳會跟我一起走嗎？」

「你知道我離開這裡五英里以外就算是犯法。」

「我知道，但如果妳可以，妳會不會跟我一起走？」

所以他們就只能這樣走下去？種種假設之下的如此這般？如果沒有戰爭、如果沒有敵僑的限制、如果沒有他們已經走過的那個往昔、如果沒有他們即將邁向的那個未來、如果這是一個比較良善的世界、如果他們是不同的兩個人，那麼，是的，她會。但在那個比較良善的社會，艾迪不會覺得自己必須離去。

他們躺在一起，聆聽雀鳥歇息在窗臺上。

他終於開口：「妳有沒有皮箱？」

「我不能跟你一起走。」

「不是讓妳用。是讓我用的。」

瑪麗亞這才想到，如果艾迪之前從沒離開過洛杉磯，那他當然不需要皮箱，而在種種背景和經驗的差距中，這點似乎最難跨越。

她走到衣櫃，從最上頭的架上拉下她爸爸那個褐色皮箱。皮箱的皮革破舊，刮痕累累，箱上貼著褪色的貼紙和戳記，張張見證一段又一段橫越大洋、洲陸、時光的旅程。黃銅扣環已因銅鏽而變綠。墓園泥土的霉味已從絲綢內裡散去。一生之中的各個階段，她一想到家鄉，腦中浮現的就是這個皮箱，現在她提著它走到房間另一頭，把它交給她心愛的人。

6.

隔天早晨，艾迪把皮箱抬進她普利茅斯汽車的後車廂，兩人駛過尖峰時間的街道，開往聯合車站。她沿著日落大道往東開，然後往南，九月的天光透過龜裂的車窗流瀉而入，艾迪專心凝視她，試圖將這一切印蝕在他的回憶之中：微風吹拂著她的捲髮，她的肩膀微微顫動、大拇指焦躁地扣打方向盤，透過擋風玻璃望去，眼前盡是一片悉心澆灌的青綠。瑪麗亞把車子停在一條毫不起眼、無形的邊界卻貫穿其中的街道上，右側的花店標示著此處距離蒙特克萊正好五英里。

艾迪下車，慢吞吞地走過水泥人行道。他打開後車廂，拉出皮箱。她跟他一直走到花店，對她而言，一到花店，通往世界的大門就此關閉。

「我只能走到這裡，」她邊說邊低頭看著人行道的磚塊，磚塊髒兮兮，布滿被踏扁的口香糖和煤灰汙漬。走過去等於穿越那道只有她看得見的牆。

艾迪點點頭。「謝謝妳陪我走了這麼遠。」

「我覺得我們好像要離婚，而我們甚至根本沒結婚。」

「我們跟結了婚沒兩樣。」

「沒錯，」瑪麗亞思量。「而且很幸福，不是嗎？」

「非常棒。」

「我不知道這下該怎麼做。我不知道接下來會如何。」

「我舉帽致意，轉身離開。」

他們站在原地，幾乎觸摸彼此，晨間繁忙的車潮龜速地移動。

「妳會沒事吧？」他問。

如果她說不，他會留下，這點她非常確定。如果她說沒有他、她會迷失，他會留下。他太愛她，絕對不願傷害她，甚至意味他可能因而傷害他自己。而她也太愛他，絕對不願讓他處於那樣的情境。他們從未如同此時此刻一樣關切彼此，他們的感情卻也在此時此刻走到終點。當她憋住眼中的淚水，最後再次感覺艾迪的手臂環抱著她，瑪麗亞忽然有所領悟：分手並不表示他們的愛情一敗塗地，反而是最深刻的見證。她使盡全身的力氣說：「我會沒事的，艾迪。」

艾迪的雙眼閃爍著淚光，臉上閃過他那偶像明星的微笑。「我的心肝寶貝，」他說。然後他舉帽致意，轉身離開。

瑪麗亞看著他瘦長的身影一步一步漸漸縮小，不禁想起許久之前在聖羅倫佐的那個早晨，她爸爸陪同她和她媽媽走到車站，她不記得她在他們全家最後一次團聚的時刻說了什麼，或是沒說什麼，她只記得她爸爸的腳步聲在她身旁漸趨緘默。然後他毫無預警地忽然停下來，她和她媽媽甚至走了十步才察覺他沒有跟上來。他的牢獄沒有界限，他也沒有受限於鐵絲刺網，但牢獄的界限已因威脅與暴力深深印刻在她爸爸心中。她媽媽牽著她的手往前走，她卻不停往後看。她爸爸駐足在距離岸邊二十英里、海拔一千英尺之處，他已經走到世界的盡頭，而他站在那裡，看著她繼續人生的旅程，臉上露出不可思議的神情，他頭往後一仰，發出興高采烈的吶喊，好像剛剛瞧見難以想像的景況，好像她不是走過鋪了鵝卵石的小徑，而是行走在水面之上。

從那天起，她爸爸在她心中漸成一個遙不可期的身影，但一九四二年九月的一個星期二，在他看著她帶著一個他再也用不上的皮箱轉身離去十六年之後，瑪麗亞站在迴聲公園的花店外，感覺自己從來不曾跟他如此親近。

7.

儘管那是艾迪第一次來到聯合車站，但感覺仍像是返鄉。

車站蓋在他祖父修建了「中央太平洋鐵路」之後遷入的街坊。一九三三年，唐人街的劇院、寺廟、學校、茶坊被拆除，挪出空間興建可容納數條洛杉磯幹線交會的鐵路總站。街坊被搗毀的磚瓦成了聯合車站的基石。在那些光鮮亮麗的樓層底下是他祖父親手建造的屋宅。陸艾迪出生的房子。

他放下褐色的皮箱，站在川流不息的鬼魂之中。

戰時的女工們纏著卡門．米蘭達[18]式的頭巾走過大廳的黃銅水晶燈下，雙下巴的商人們坐在真皮的英式扶手椅上翻開日報，臥車服務員忙著把置物箱搬到行李區，沒人知道他們的腳下埋著什麼。

每隔十分鐘，軍方的運輸列車載著即將前往太平洋戰區的水手和海軍抵達，這些十八歲的小夥子乾淨體面，制服燙得筆挺，看上去自信滿滿，實則焦慮緊張。這樣的場景他已經看過無數次，即使這是頭一次親眼目睹：父親母親跟兒子道別，戀人揮著她的手絹，小夥子凝視著窗外，即使他所盼望的人們早已消失在遠方。車站裡一幕幕賺人熱淚的道別場景已經成為戰爭片的主要戲碼，「水星國際影業」甚至在露天片場搭建了一個車站。

他走到出境大廳。售票櫃檯是長達一百英尺的胡桃木。售票員問他目的地。

艾迪不確定該說什麼。大眾運輸工具就是他的目的地。「我想搭『中央太平洋鐵路』往東。」

售票員查看一下他的簿子。「十點二十三分有一班火車前往沙加緬度。你可以在那裡搭乘『中央太平洋鐵路』。」

「好。」

「二等艙？」

「頭等艙，」艾迪說。「全程頭等艙。」

8.

剪接室裡，文森坐在立式剪接機前，仔細檢視《東方之勝》的各個鏡頭。紐約現代博物館終於把這部哈索·貝克的宣傳片送了過來，但安娜幾個月前已經離開，來不及看到影片。儘管如此，他依然把所有畫面看過一遍，直到看見寇特。如今她的兒子已經是個年輕人，一頭黑髮梳得整整齊齊，臉上帶著俊俏的微笑。文森停駐在一個有趣的畫面上，寇特凝視著鏡頭，似乎快要認出什麼，彷彿才瞥見一張熟悉的臉孔，

---

18 Carmen Miranda（一九〇九—一九五五），葡萄牙裔巴西歌手、舞星、百老匯演員，以熱帶水果頭飾著稱。

下一秒就能想起那是誰。

魯迪．布洛赫敲敲門。「『戰爭部』終於聽從亞提的建議。」

「哪方面的建議？」

「他們准許我們下星期拍攝一段重演，如果你有興趣過去，我們還需要一個攝影師。」

「過去哪裡？」

「柏林，」他說。「『化學軍事部隊』顯然已經在猶他州建造了一個柏林。」

第八章　德國村

1.

鹽湖城西南方，達格威試驗場延展至高地沙漠的另一側，白雪皚皚的山脊三面環繞，山艾和濱藜遍布其間，尖利的刺網將試驗場圍起來。在南方的地平線上，安娜看不出彈坑和峽谷的分野。試驗場跟羅德島州一般大小，而地景之遼闊當然無法以美國任何一州來丈量。在安娜那張民用的地圖上，試驗場是一塊沒有載明的空白，就像她眼前褪色的灰白。

頭一個晚上，她被無雨的雷聲驚醒。一道紅光閃過營區嘎嘎作響的窗玻璃。另一道紅光劃過遠處懸岩的山壁。坑坑洞洞的遠方，一個個人造的太陽吞噬了黑夜。

「看來妳已經見識了達格威的天氣，」隔天早上安娜揉揉眼睛之時，麥卡利斯特上校說。

「看起來像是國慶日，」她說。

「我們這裡的人都很愛國。」

十二位土木工程師、建築師、化學家、布景設計師坐在一團凝滯的香菸煙霧下。沒有人被告知任何事情，連計畫的主持人埃里希・桑尼斯塔爾都一無所悉。埃里希瘦小，一頭黑髮，目光之中充滿好奇，鋼框眼鏡更是加深這個印象。安娜因為他的名氣而知道他是誰。一次大戰時，這位野心勃勃的德國猶太人建築師為西方戰線設計網狀系統的戰壕，成效奇佳，造成死傷無數。埃里希至感震懾，所以大戰之後，他立誓發揮他的長才，用來促進社會發展。在柏林，最迫切的議題莫過於住屋短缺。雖與包浩斯學院沒有直接關連，但他認同該學院烏托邦式的設計理念。依他之見，優質的設計不但豐富個人的性靈，更能提升社會的水平。若說建築是最基本、最難以忽視的藝術型態，世間也只有這樣的藝術型態讓生活萬象在其內鋪陳，這麼說來，一棟設計優美的房子可說是一件讓事物欣欣向榮的器皿。他設計的勞工國宅線條優美、乾淨俐落、牆面潔白、屋頂平坦、居住空間寬敞，整體看來簡單至極，甚至可說是打破傳統，而且國宅由預先製造的材質搭建，節省成本和時間，不久之後，柏林各處都看得到他的勞工國宅。

安娜認出坐在他旁邊的那一位是尤爾根．貝林，貝林是個浮華的公子哥兒，父親是個建築師，曾經參與興建希特勒在巴伐利亞的行館，貝林才智平庸，除了憎惡、一心想跟父親唱反調，沒有任何政治立場或是見解。

燈光調暗，麥卡利斯特上校說聲歡迎，然後請問大家知不知道何謂「火風暴」。

根據幻燈片，自從尼祿在位時的羅馬大火燃起，火風暴已是都會生活的特點。卡通式的圖解顯示一道熱柱從周圍的大氣吸取氧氣，當氣流逐漸增強，大火不但吸入氣體，而且把物品的碎片拖拉進來。易燃物大量湧入，熱氣因而高漲，上升氣流周圍的風勢增強，最終形成氣旋。「就像他媽的超級火焰龍捲風，」麥卡利斯特上校如是說，而這樣的風暴幾小時之內所吞噬的區域，比傳統軍械花了幾年所摧毀的區域更廣，問題是英國皇家空軍已經轟炸了兩年，卻始終無法在柏林引發火風暴。

「標準石油公司」最傑出的化學團隊已在達格威著手研發凝固汽油彈和鋁熱燃燒彈，但燃燒彈不是一管火藥，而是必須經過精準計算才能引爆的化學反應。

「如果我們打算焚毀那裡的柏林，我們就得學習焚毀這裡的柏林，而為了焚毀它，我們必須建造它。

諸位女士先生，」麥卡利斯特上校說，「你們這就派上用場。」

埃里希舉手發問。「抱歉，上校——你要我們在猶他州建造柏林？」

「當然不是整個，而是一個代表性的地區。」

埃里希臉色發白。「恕我直言，上校，但我希望……嗯，我以為空軍會想要用阿爾伯特．史佩爾營建的樓房當靶子。」

「轟炸那些樓房當然痛快，但軍事價值相當有限。更何況史佩爾大多使用花崗岩建材，燒不起來。」

「行館呢？」貝林充滿企盼地加了一句。

「近來史佩爾很少冒險造訪行館。更何況我們的飛官還沒把飛機開到五十英里之內，他八成就已經躲進掩體。」

火風暴行動將把目標設定於十字山區、威丁、新克爾恩之類的地區，這些地區在威瑪共和國時代曾是共產黨員的大本營，如今即使是在那裡的廉租公寓，你說不定也看不到幾個納粹黨員。若是為了正義公理，空襲行動或許應當聚焦於萬湖或柏林西側的格魯內瓦德森林，但納粹高級將領們居住的華屋太分散，不值得投彈空襲。炮轟人口稠密廉租公寓林立的都會區比較划得來，但就連這些有如出租營房般的住屋也相當耐火，令人氣餒。他們這批流亡人士之所以聚集在此，就是為了在猶他州的沙漠建造柏林共產黨區的廉租公寓，他們奉命不惜工本，鉅細靡遺地忠實再造，連床邊小桌上的聖經、堆疊在地上的氈毯、嬰兒床都必須一模一樣。

消弭住屋，上校如是說，即便安娜試圖使用其他委婉措辭取而代之，諸如重新安置、特殊待遇、居住空間，依舊難以從她腦海中抹去。消弭威丁、新克爾恩、甚至十字山區的住屋，而這些全是柏林人口最稠密的鄰里，尤其是十字山區。安娜可曾提過她在那裡長大？她不必提。上校已經知曉。這就是為什麼他請她前來此地。

「你們之中有些人說不定基於個人或是道德理由反對這項計畫，」上校繼續說。「倘若果真如此，我可以跟諸位保證，美國軍方絕對不會責怪你們。我們今天下午就開車送你們回火車站。至於決定留下來的諸位，你們不但可以協助戰爭早日終止，而且可以參與一項同業們奢想不到的建築計畫，諸位將從中得到莫大的成就感，更別說可以再次行走於柏林的街道。」

幾位建築師搖搖頭說聲抱歉，蹣跚走出門外，安娜也站了起來。她瞭解自己做出什麼妥協，因為她上前跟上校握手，接受他的聘用。

上校指派給他們一棟昆塞特小屋[1]，小屋與貝林的審美觀嚴重相斥，於是他請求重新裝潢，結果請求當然被拒絕。埃里希倒是欣賞這種半圓筒狀的鐵皮小屋。小屋外型簡潔摩登，極具實用性，開放式的工作空間符合集居的概念，與他的理想相符。他們兩人沒有詢問安娜的想法。對他們而言，她算得了什麼？她不過是一個經驗不足卻受到拔擢的縮尺模型師。直到得知她是華特．蓋爾柏的太太，他們才比較看得起她。

「他脫身了嗎？」貝林問。

「他被送到福洛森堡集中營，」她說，然後兩人一語不發，靜靜想著這位建築師在採石場做牛做馬，下場悲戚，而採石場供給花崗岩，以便阿爾伯特．史佩爾打造一座座龐大醜怪的建築物。

計畫的首要之務是讓小屋備有繪圖桌、藍色圖畫紙、丁字尺、分度規、羅盤、螢光筆，其餘的必備物資由軍需官從他們列出的清單中挑選。

「我要求咖啡，他們卻提供這些難喝得要命的菊苣咖啡，」貝林邊說邊清空最後一個木箱。

「如今他們居然還說想要打贏這場仗，」埃里希發表意見，但就算在柏林最知名的咖啡館享用一杯雙份的特選咖啡，他八成也不會更開心。近來他重拾自信心，感覺自己並非一無是處，心中的愧疚與疑慮因而消弭。自從移居美國之後，他沒有受到任何一個機構的委任；一位以設計柏林風格勞工住屋著稱的建築師，在曼哈頓的工作機會有限，美國加入大戰之後，他更是完全失去工作機會。如今他受聘於一個經費無限、品味無瑕的客戶，他將在猶他州的沙漠重建他的柏林，這個他夢中的柏林將占地五平方英里，而且絕無納粹黨徽玷汙它。

他們每天工作十八小時，以菊苣咖啡、苯丙胺啶、無限量供應的香菸提神。在哈佛大學設計研究所的協助下，埃里希鉅細靡遺地研究廉租公寓的釘板壓條，彙整出有如百科全書般的資料。匹茲堡一座陶瓷工廠的德裔美國人老闆提供正宗普魯士風格屋瓦。貝林分析支撐廉租公寓石牆的木材框架。上校堅持任何細節都必須逼真，而他的堅持絕非只是說說罷了：他下令拆毀設計風格相似的蘇聯公寓，把木材框架和地板從莫曼斯克[2]運過來。

公寓的室內設計是安娜的範疇。她委託「雷電華製片廠」的移民服裝設計師裁製簡約實際、一看就知道是無產階級的衣物；她訂購廉租公寓笨重的傢俱，件件皆由具有木工經驗的德軍戰俘製作。她收購紐約華盛頓高地每一家寄售店的所有貨品，悉數運送到達格威。

天氣酷熱。他們的臉被太陽晒成跟周遭礦石一樣赭紅，眼睛也始終瞇成一條線。講究穿著的貝林捐棄橄欖綠，改而打上紫紅色的領巾，搭配被太陽晒傷的膚色。安娜在脖子裹上濕毛巾，戴上寬邊草帽，烈日之下，遠處的山嶺似乎微微顫動。

1 Quonset，預先組裝的活動房屋。
2 Murmansk，俄羅斯西北部的城市。

麥卡利斯特上校批准六棟樓高三層的廉租公寓大樓平面圖，隔天早上，絲縷般的卷雲有如砂岩般灰白，一部部巴士載著工人到來，上了手銬、穿著囚衣的男人們下車，踏入沙漠的暑氣中。

為了在達格威建造一個規模如此龐大的德意志都會，他們必須仿效納粹率先倡導的做法，秉持效率大興土木，還得保密到家。安娜看著猶他州立監獄的囚犯們被鐵鍊拴在一起，頂著烈日揮汗如雨，被迫為他們無權享有的自由而戰，不禁想起華特。她心想：華特不知道會比較同情建築師還是囚犯？有鑑於他們必須完成的目標，建築師的罪孽難道比這些因為殺人而入獄的囚犯輕嗎？建築師們的過往難道比導致每一個囚犯來到達格威的厄運更情有可原、更值得同情？

她的心情愈來愈陰鬱，原本模糊的念頭轉變為確知。猶他州這一片乾涸的大地確實已經成為納粹德國最遙遠的前哨，其願景同樣狂妄，其悲憫卻同樣狹隘。

2.

那些具有木工、築屋、搭蓋屋頂、裝配玻璃窗經驗的囚犯依據專長上工，安娜雇了一個約莫十七歲、名叫路易斯·哈林頓的助手，路易斯的父親是個技藝高超的木匠，製作的棋組雕工精美，為波士頓權貴世家的私人圖書館和書房增色。他悉心培養兒子，希望路易斯也走上木匠這一行，但自從聽聞多瑞斯·米勒的事蹟，路易斯就興起其他想法。多瑞斯是個雜役，他沒有受過任何戰地訓練，卻在日軍偷襲珍珠港中操作重型艦炮，因而成為第一位獲頒海軍十字勳章的黑人水手，路易斯獲知此事之後就對他父親的棋組完全失去興趣。

他謊報年齡。通過體檢之後，招募專員握握他的手，歡迎他加入美國海軍。在諾福克海軍基地，他跟一個叫做查爾斯・格林的傢伙合鋪，查爾斯來自路易斯安那州的巴頓魯治，不甘不願被徵召入伍，路易斯志願從軍，在他看來真是愚蠢。

「你知道多瑞斯・米勒後來怎樣嗎？」查爾斯問。「他們把他登在海報上，騙你這樣的傻瓜志願從軍，然後叫他回去繼續削馬鈴薯皮和疊衣服。如果多瑞斯・米勒是大英雄，那麼他們為什麼沒有一開始就讓他加入全是黑人和亞洲人的『服務員支隊』[3]？」

這個問題相當合理，但自從兩人結識以來，路易斯已經習慣了把查爾斯的言詞當成是憤世嫉俗。這傢伙宣稱他在日本人的統治下不會過得比較差，路易斯怎能把他的話當一回事？

「讓這些白人被一個優勢種族欺壓幾百年，」查爾斯說。「看看他們怎麼承受。」

不，路易斯不會屈服於查爾斯的憤世嫉俗。你必須信服一個比自己宏大的理念，而什麼理念會比世界自由更宏大？什麼行動會比站在前線、為捍衛世界自由而戰更有意義？所以當他和查爾斯被指派到「服務員支隊」，他相當失望。

「你想要跟多瑞斯・米勒一樣，」查爾斯說。「這下你可稱心如意囉。」

「服務員支隊」的訓練包括熨燙長褲、為襯衫上漿、摺疊衣服、奉上餐點。上級下令出海航向太平洋。於是他們坐上火車朝西前進，不時在前不著村、後不著地的火車站等候數日，看著裝載優先物資和軍人的貨運列車緩緩駛過。有次他們在猶他州一個廢棄的礦坑停留三小時，周遭荒蕪寂寥，極為偏遠，軍方甚至在此設置德軍戰俘營。查爾斯建議他們找個地方吃早餐。

---

3 Steward's Branch，二戰期間的美國海軍軍階，組成分子全為非裔和亞裔水手，在艦隊裡擔任雜役，制服與徽章皆有別於一般海軍。

那是星期天，只有路邊一家小餐館開門營業，櫃檯是美耐板，玻璃窗斑斑點點，印著孩童的指紋，紅白藍三色旗幟從門框垂掛而下，一塊塊奶油漂浮在黏稠的玉米粥中，冒煙的烤架上煎著雞蛋，小餐館約莫半滿，不上教堂的教徒們狖食濕軟的鬆餅，路易斯和查爾斯走進小餐館時，櫃檯旁的德軍戰俘正在評比又粗又硬的早餐香腸和他家鄉曼海姆飽滿肥碩的德國肉腸。

燒烤師傅說他不幫他們這種人服務，他聽起來沒有惡意，也不生氣，好像他只是對兩個不知道當地慣例的陌生人陳述事實。

「你不幫穿著軍服的人服務？」路易斯說，他真的不明白，所以才發問，但話一出口，聽起來卻像是指控。

「沒錯，」燒烤師傅說。「我們不幫眼前這兩位服務。」

路易斯看著德軍戰俘，盤裡的兩條香腸油滋滋，沾滿楓糖糖漿。這個德意志士兵說不定殺了美國人，或說如果沒被逮到，說不定會殺了美國人，最起碼他已發誓效忠狂熱的法西斯主義，但此時此刻，這傢伙卻靜靜地坐著、凝視著一盤難以與德國肉腸相較的香腸，這個戰俘、這個路易斯頭一個親眼瞧見的敵軍，卻比美國海軍「服務員支隊」的路易斯．哈林頓享有更多權利。思及至此，路易斯涉世未深的心中充滿困惑。

「你願意為一個納粹服務，但不肯幫一個黑人水手供餐？」

「你不是水手，」燒烤師傅邊說邊朝著「服務員支隊」的標幟點頭。「即使在一艘航空母艦上，你也只是一個打雜的僕役。」

「我們走吧，」查爾斯力促，但燒烤師傅的藍色雙眼閃過一絲戲謔的目光，路易斯再也受不了這樣的侮辱，於是他在高腳凳上坐下，點了一份半熟的煎蛋、培根、比司吉小麵包。

燒烤師傅從收銀機下方掏出一把獵槍，烤架上的東西全都燒焦。

德軍戰俘站起來，打算離開。

「你待在原地別動，」燒烤師傅說。「該離開的是這兩位先生。」

「我們走吧，路易斯，」查爾斯重複一次。

「我會聽你朋友的話。」燒烤師傅在獵槍裡裝入一顆子彈。為什麼忽然冒出如此愚蠢的事端？把路易斯推進槍枝的射程之中？為什麼他不在太平洋、歐洲或是北非戰區挨槍，而是在猶他州的一家小餐館等著吃子彈？難道整場戰爭中，他所見證的戰事將只是因為兩顆雞蛋和小麵包引發的爭端？這樣哪有天理？

查爾斯拉扯路易斯的手肘，若非女侍剛好在那一刻從洗手間走出來，瞧見她的老闆朝著兩個黑人持槍——「我確信他們打算搶劫，」她稍後告訴警察——路易斯說不定會站起來跟著走出去，但因為女侍放聲尖叫，燒烤師傅不由自主地朝著叫聲猛然轉身，把德軍戰俘的腦袋轟得開花，於是路易斯．哈林頓的餘生就此改寫。

✦

在沙漠的酷熱中，德國村是個晃動閃爍的水銀市鎮，即使他們正在大興土木，氣氛依然有如幻影，感覺不太真實。

安娜不知道路易斯因為何故來到德國村。他是個老實可靠、信心十足的木匠，無需任何指示，而且有個以雕刻棋組聞名的父親，安娜記得這一點。

他們根據埃里希和貝林的平面圖，協力製作德國村的建築模型。他們用鋼絲鋸切割刨花板，木屑嘶嘶飄落，聞起來像是剛被砍下的林木，在放眼望去盡是矮小鹽灌木的沙漠中，這股宛若林木的氣味聞來格外不尋常。他們用合成橡膠建造模型的屋頂。他們為消防工程師製作尺寸較大、傢俱齊備的縮尺模型，方便工程師們判定投擲燃燒彈的先後順序。

「娃娃屋的收藏家會花不少錢購買這個，」安娜有天邊說邊檢視路易斯雕製的衣櫃，衣櫃迷你，僅僅三英寸。「我是說等你出獄之後。」

路易斯沒跟她說，他還得因為過失殺人繼續服刑四十九年：法官說他的挑釁導致德軍戰俘死亡，他卻找不到律師為他辯護。當被傳喚坐上證人席，他一而再、再而三地說：「我只是想要吃頓早餐。」

他只比她兒子寇特小一歲；以他的年齡來說，個頭算是矮小，整個人似乎掩沒在粗糙的棉布囚衣裡；當他凝視著你，神情幾乎是失落。他才十七歲，卻以成人身分受審判刑，因為他在召募文件上謊報年齡，以求盡早為他的國家而戰。

挖掘德國村的地基時，工作小隊發現參差不齊的三葉蟲化石和渦狀紋理的菊石貝類，早已絕滅的各個物種，隱約印蝕在岩石之間。路易斯拿給安娜看，安娜想起寇特在波羅的海岸邊撿貝殼，五歲大的他把拾獲的寶貝在海灘巾上一字排開，輕輕撫摸殼脊的螺紋，興奮得輕輕顫抖。當他獲悉分泌出貝殼的生物基本上是一團黏液，他大驚，問說這些軟體動物為什麼把骨骼背負在皮膚上。「我不知道，」安娜說，寇特不但沒有感到失望，反而開心地大聲說：「那就沒有人知道！」她已經好多年沒想起那個下午，說不定可能永遠被她淡忘，但在這個曾是大海的沙漠裡，她從心田裡掘出了它。

✦

貨運列車載著一箱箱緊密包裝的存貨抵達，貨品來自紐約專為德國移民而設的二手商店，數量多到足夠裝飾德國村六棟廉租公寓大樓的每個房間，讓房間展現出十字山區公寓典型的耐久與實用。這些傢飾品因為人們的使用而骯髒破損，安娜看了心神不寧。

一座精緻的鳥籠，一張笨重的餐桌，一具安裝在牆上的電話。

直到這一刻，德國村始終是個縮尺模型，彷彿透過一架遠程轟炸機從空中觀看，感覺抽象，似乎從未受到生活的玷汙。

一個搖擺木馬，一個布娃娃，一個搖籃。

一條蒼白的響尾蛇在沙上塗鴉。牠盯著安娜，然後消失在荒野中。

✦

鷹架交叉縱橫，架設在廉租公寓的外牆，透過昆塞特小屋的窗戶，安娜看著一車車磚瓦壓彎橫跨支架的木板。施工的速度令人著迷：四十天興建整整六棟廉租公寓大樓，再花十天油漆粉刷、安裝玻璃窗、在公寓裡擺設傢俱。德國村約莫七個多星期即可竣工。

數以萬計的地板條板自蘇聯和芬蘭邊境的卡列里亞運達，卡列里亞有些公寓跟柏林的廉租公寓在同一時期建造，使用的木材也都相同，這批條板就是從公寓裡撬下來的。

「妳要留下這個嗎？」路易斯問。

他遞給安娜一塊刻了德文的條板，安娜看著濃淡不均、蝕刻在原木上的拉丁字母，悄悄問道：「你在哪裡找到的？」

「它跟其他條板擱在一起，」路易斯說。

她伸出食指輕撫條板，各個字母似乎在她的食指下顫動。條板上有個地址和收信人姓名：德意志羅騰堡[4]威格賽街四十四號，艾莎·舒曼女士。她想像鐵鏽色的指甲以鮮血、菸灰、口水、雪水作為墨汁，在條板上刻下地址。墨汁漸漸褪色，但刻痕依然清晰顯現出署名：漢斯．舒曼，步兵師一。

貝林嘗試解讀蝕刻在條板上的訊息，他盯著十英寸長的條板，兩秒鐘一語不發，讓人猜不透他的心思，然後緊閉雙眼，似乎突然頓悟。自從結識他以來，安娜頭一次看到他說不出話來。

他望向零星散布、等著被抬上鷹架的條板。「俄國人肯定命令德軍戰俘撬下這些條板，」他終於說。「這是一封來自勞改營的信。」

地址比信長，即使路易斯想要知道信裡說些什麼，他也問不出口。信裡的話是遺言，這點不容置疑，羅騰堡的漢斯．舒曼把他的最後一封信刻在地板條板上，投寄於虛無之中。

「妳想要留下這個嗎？」路易斯再問一次。

安娜再次輕撫條板，條板觸感冰涼，松林的寒氣似乎從數千英里之外滲入她的脊骨，顫顫地散發。

「我覺得沒必要浪費，」她說，因務實而冷酷無情。「把它放回去，跟其他條板擱在一起。」

路易斯照辦，但當安娜和貝林出去跟化學工程師開會，他把條板撿回來擱在鋸木架上，切下刻了字的那一截。他無法解釋這個用外語書寫的訊息跟他說了什麼。他不同情書寫者，也不覺得同病相憐。不，這截條板跟三葉蟲化石一樣，讓他既是恐懼，卻也崇敬，令他呆若木雞，這些已經消逝的事物似乎想要跟他聯繫，但發送的訊息不是來自過去，而是來自寂寥的未來，就連他的存在似乎亦是難以置信，充滿著神祕的逝去年華。

✦

工人們依據安娜提供的平面圖把笨重的木製傢俱搬進公寓，從書架上的書到餐具該如何擺放都一清二楚。

有天晚上，她決定在其中一間配置傢俱的房間就寢。有何不可？這些房間是達格威最舒適的住所，當然只有它們像個家。

她在上空B-17轟炸機隆隆的聲響中醒來。她記錯了測試日期嗎？或是睡得忘了日期？德國村裡只有她一個人，但即使轟炸機穿過雲霄的聲響令人困惑驚慌，她的心情也只是近似困惑驚慌，就像這個近似柏林的德國村，似真卻不真。

漆黑的機翼劃穿暗夜，忽隱忽現。

B-17的飛行員把飛行高度一千英尺稱為「一天使」，沉沉入睡之際，她心想，今晚他們不知道飛翔在多少天使的上空。

隔天晚上，她在雨聲中醒來，雨水一絲絲沿著新近安裝的玻璃窗流下，這是她來到達格威之後的第一場雨，也是她第一次瞧見從空中落下的不單只是火焰般的日光。她推開窗戶，雙手伸到傾盆大雨之中。雨水清涼潔淨，漫過她的指間，滋潤她乾燥的肌膚。但這當然不是雨，而是消防人員朝著廉租公寓大樓噴水，確保這些木板建物的濕氣跟真正的柏林房舍相同。

3.

「水星國際影業」的攝影小組前來拍攝德國村首度遭到燃燒彈轟炸。有鑑於近來她的過往天天在此赫

4 原文為「Rothenburg ob der Tauber」，亦即「陶柏河上的羅騰堡」，通稱羅騰堡。

然重現，當她在攝影小組之中看到文森，她並不覺得意外。但話又說回來，近來已經沒多少事情能使她意外，光是看到文森．寇迪斯，又有什麼大不了？他看來氣色不錯，頭髮往後梳得油亮，迎上她的目光時，他的眼神充滿活力，輕快機敏。

「德國戰場的空戰鏡頭都是從高緯度的轟炸機拍攝，你只看到地面遠遠飄著白煙，好像蠟燭被吹熄，」文森說，他不必多做解釋，安娜就已明白「水星國際影業」的宣傳組為什麼選擇拍攝明天的測試轟炸：需要特寫鏡頭。他們希望攝影機在陷入火海的德國村裡捕捉到有如拉娜．透納[5]雙眼般的殺傷力。她問魯迪沒有她過得如何。

「他學著自己燒菜。」

「進展如何？」

「他食物中毒，目前正在休養。」

許久以來，安娜第一次露出微笑。

他們穿過延伸至德國村的一叢叢濱藜，午後的陽光為西方的山脊染上淡紫色的光影。鹼土在他們的腳下劈啪作響，填補了兩人之間的靜默。談話進行到這個時候，友人們說不定會互相問候健康狀況、家人是否安然無恙，但戰事讓最無傷大雅的寒暄聽起來都別有用意。

德國村在前方漸漸現形：六棟廉租公寓大樓，人字屋頂，原木屋框，磚瓦牆面。他們由沙漠直接踏入市區，其間沒有任何緩衝，感覺怪異。大鹽湖沙漠直入杳無人煙的都會，彷彿露天片場唐突的布景配置，你從西部大荒野轉個彎，赫然發現自己迷失在廉租公寓大樓之間的巷弄。

受刑人勞工們踏著沉重的步伐走過德國村時，文森看在眼裡，想起昔日在聖羅倫佐挖掘場工作的囚犯們。他們看著他，眼神之中帶著無奈與憎惡，當年他看著宣傳人員聚集在橫跨布森托河的牆上，眼神之中也是同樣的委屈與厭惡。他無法迎上他們的注目。

一棟廉租公寓的大門輕輕一推就嘎嘎開啟。

「沒有門鎖，」文森說。

「誰會到燃燒彈的測試場闖空門？」

兩個世代的卡列里亞建屋工人成天來回走動，鋪在樓梯上的條板因而略微彎折。他們走到三樓，這是德國村布置得最舒服的寓所，貝林正在裡面幫大家開啤酒，「標準石油公司」的化學團隊趁著研發凝固汽油彈的空檔，釀製了這批白啤酒。

「安娜，玻璃杯在哪裡？」他大喊。

「水槽上方的櫥櫃裡，」她邊說、邊踢掉鞋子上的沙土。

她把文森介紹給兩位建築師。埃里希擔心用英文交談會破壞今晚的氛圍和逼真的情境。

「文森在好萊塢做事，」安娜說。「當然會講德文。」

貝林從廚房走回來。「我祖母有幾個像這樣的玻璃杯。埃里希和我一直想要找出這些內部設計哪裡不真確。」

「結果呢？」

埃里希調整一下他的眼鏡。「只有一個小地方，偏偏相當明顯。」

安娜皺眉。「哪個小地方？」

「牆上時鐘的時間不對。」

---

5 Lana Turner（一九二一—一九九五），知名美國女星。

安娜說：「那是柏林時間。」

「妳真是設想周到，不是嗎？」埃里希說。

沒有人提起這顯而易見、難以忽視的錯誤：德國村的居民們都將因此逃過從天而降的燃燒彈。

「這讓人幾乎喝得下去，」安娜對貝林表示她的讚揚。

既然身為德國村的主持人，埃里希覺得應該說幾句話，但不確定致詞應該像是婚禮祝賀或是葬禮追悼。他想不出適當的言詞或語調，乾脆走到留聲機旁，放上一張唱片。

幾小節鋼琴聲漸漸隱沒，然後傳來二〇年代最家喻戶曉的嗓音。

「羅特．蓮娜[6]，」貝林說，雙眼因為她的歌聲微微濕潤。「你們知道吧，《三便士歌劇》首映的那一晚，我坐在最前排。你們可別笑我，布萊希特說多虧了我，這齣音樂劇才會成功。」

文森嗆到咳嗽。「你幫了貝托爾特．布萊希特？」

貝林可不支支吾吾。「我幫他想出劇名。他本來想把這齣劇取名為《二便士歌劇》，我說：『貝托，大膽一點。』」

「你往哪裡一坐，哪裡就冒出咖啡館文化，是不是？」安娜說。

貝林點頭。「沒錯，你不妨說若是沒有我，選帝侯大道[7]或許造就不出咖啡館文化。」

沙漠大風勁揚，沐浴在天藍的暮光之中。沙粒被風吹得刮過玻璃窗。

「我不知道還有沒有機會再看到選帝侯大道，」埃里希凝視著夜色。

「回不去了，」安娜說，「尤其是如果你回去的話。」

「但我們是建築師，」埃里希指出。「我們之所以來到這個天曉得在哪裡的猶他州，鞋子裡全是沙土，純粹只是因為擊潰法西斯主義是個道德義務，即使手段極不道德。但諸位想想，重建各個我們摧毀的城市，即使這個點子相當令人作嘔，不也是個道德義務嗎？」

「你為什麼非得在我們喝酒聚會之時扯上你那番令人喪氣的道德觀？」貝林問。

「你呢？」埃里希問文森。「你會回去歐洲嗎？」

兩道煙霧從他的香菸迴旋飄起。「我不知道，」他說。「『水星國際影業』以前有個叫做陸艾迪的演員，有時在製片廠裡，他是我唯一碰見的土生土長的美國人。對我而言，問題不在於我會不會回去歐洲，而是我會不會終於拋下它。」

唱片播完，噗噗的聲響轉為嘶嘶的靜默。貝林把唱針放回唱片外緣，羅特・蓮娜的歌聲從留聲機的廣口喇叭流瀉而出，從頭再次高歌一曲，解除他們非得說些什麼的負擔。

貝林從他的側肩包拿出一個紙包的包裹。「桑尼斯塔爾先生，這是一點心意，謝謝你的領導。」

這下埃里希真的後悔自己沒有致詞。他拆開包裹。一看到書名，他馬上變臉。他低聲咒罵貝林，把書扔到地上。

安娜問：「那是什麼？」

埃里希說：「謬論與謊言。」

「喔，這我倒不確定，」貝林邊說邊檢視自己的指甲。「我認為作者提出一些有理的觀點。」

那是一本名為《愚人之建築》的論述，跟埃里希最過不去的評論家以整本書的篇幅批判他的職涯。

6 Lotte Lenya（一八九八—一九八一），本名 Karoline Wilhelmine Charlotte Blamauer，奧地利裔美國女星暨歌手，代表作為《三便士歌劇》。

7 Kurfurstendamm，或 Ku'damm，柏林最負盛名的大道，被譽為柏林的香榭麗舍大道。

即使根據最寬厚的估算，這書頂多賣了幾十本，卻已找到一位最忠實的讀者，而這位讀者正是書中遭到嚴厲批判的建築師。

「來，桑尼斯塔爾先生，」貝林邊說邊朝著一臉陰沉的建築師伸出一隻手。「跟我跳支舞。」

「你真是一個愚昧的人，」埃里希說。

「那你就跟我跳支舞。」

埃里希居然任由貝林拉著他站起來，令人難以置信。安娜看著兩位建築師翩然起舞、搖擺滑過由十個時區之外的德軍戰俘撬下來的地板條板，但願自己也能與魯迪共舞。

4.

建築師們和攝影小組移師水泥掩體，準備進行燃燒彈測試。晨光燦燦，斜斜映入觀景窗，文森把三腳架架在幾個疊放起來權充減震器的救生圈上，收音機劈啪傳出一個個字首字母的縮寫詞，以及安娜照著書本學習的英文所無法解析的地方俚語。

「轟炸機在那裡。」埃里希伸出手指劃過天際，一架架B-17轟炸機隨著他的指尖逐漸現形。螺旋槳飛速旋轉，空氣霧化，嗚嗚嗡嗡，聲響隆隆。

安娜輕敲紙盒，抽出一支香菸。她劃亮火柴，就在此時，艙口緩緩開啟，巨型炮彈從機腹滾滾落下，好像一個個小胖子，頗有喜感，擲落之時屁股著地，鋼鐵炮殼發皺鼓起，好像充了氣的搞笑坐墊，看來簡直可笑。炮彈終於轟然爆炸。

屋頂坍塌，被轟碎的土塊有如茅針般射向四方。

爆炸力有如地震般竄過沙粒、鹼土、化石，所經之處岩層迸裂、土石飛揚，火柴頭的火苗在安娜的指間搖晃顫動。

轟隆的聲響隨著白光而至，連猶他州晴空萬里、一望無際的藍天也分散不了音量。安娜用手掌緊貼著耳朵，如雷的聲響依然鑽過顱骨，回音裊裊，彷彿貼著她緊閉的眼瞼勃勃跳動。

投擲重達兩噸的巨型炮彈不是為了摧毀，而是為了促使空氣流通。炮彈轟穿牆壁和門窗，這些通道為B-17轟炸機其後投擲的燃燒彈提供氧氣，飛行員戴著有如介殼蟲般的氧氣面罩，轟炸機的飛行高度不高，照理說不需要戴面罩，但近來飛行員轟炸德國和日本城市時，屢屢因為從地面飄升的焦屍味而昏厥，所以軍方強制飛行員戴上面罩。

起先只有幾道煙霧有如旗幟般在廉租公寓大樓上方飄動，但不到幾分鐘，烈焰就將德國村籠罩在有如星雲般的煙霧中。午後的陽光變得黯淡，望似點點微弱的星光。燃燒中的木材嘎吱作響，尖銳刺耳，即使相隔一公里，熱氣依然薰紅了她的肌膚。破壞的規模很嚇人，但更令她震懾的是，眼前的景象引發她心中嗜血的衝動。殺戮的慾望奔流於她的脈管，燃燒的市鎮固然可怕，但她看著有如天譴的盛況，既感厭惡，卻也滿足，那種快感才是可怕。她為這些想像中的居民悉心打造住所，事事物物為他們特製，她為他們鋪床疊被、收納衣物，但她對他們沒有任何感情。她想要讓他們喪命。她突然想到，重建德國首都的計畫之所以有如造神，原因不在於德國村鉅細靡遺地呈現出柏林的原樣，而在於她一心一意只想著消弭一切。

文森的攝影機繼續拍攝。他正想著吞噬聖羅倫佐挖掘場的大火嗎？安娜沒問。

貝林和埃里希站在她旁邊，兩人貼著觀察窗，領帶歪了一邊，嘴巴微微一張，幾乎像是色瞇瞇地瞪視。他們都已不是那兩個跟她一同暢飲白啤酒、一同分享記憶中柏林的建築師。他們亟欲達成共同的心願，渴望見證他們建造的城市被火吞噬，人人情緒高昂，腎上腺素激增，面目全非。在那個下午，浩大的戰場縮小至猶他州沙漠的幾平方英里，限定於那個留置給他們的迷你故鄉。

埃里希的眉毛明顯因震懾而緊蹙，無聲地表達對這一連串事件的觀感。貝林猛嚼他的箭牌口香糖，利口酒的小酒瓶收放在長褲後面的口袋裡，難得如此自制。安娜把香菸遞給埃里希。他感激地接下，傳交給貝林。他們輪流抽著菸，以縷縷煙霧串聯他們的沉默，在分量可觀的菸灰裡再加上一茶匙灰燼。在此同時，文森的攝影機不停運轉，再抽三根菸之後，德國村只剩下一片焦土，有如繪圖員以炭筆繪出草圖，攤列在藍青色的天空下。

大火燃盡之時，埃里希和貝林返回營區。文森前去跟其他攝影師商量事情。安娜一個人走過德國村。熔化的沙土已經硬化為彩色玻璃。她繼續往前走，前方傳來叮叮咚咚的聲響，她仔細一看，眼前居然是一個廚房計時器，難以置信，卻又千真萬確。一個笨重的鐵鑄烤箱擱在地上，端立於公寓大樓的殘垣斷壁之中，餘火忽現忽滅，烤箱吱吱作響。安娜拖著沉重的步伐跨過焦黑的屋梁，全被燒得碳化，一碰就四分五裂。她把手帕摺成鍋墊，打開烤箱，裡面有隻烤雞，擱在雞油四溢的烤盤裡，飄散出迷迭香的香味。香味勾動食慾，安娜只覺飢腸轆轆。她徒手抓起油滋滋的烤雞，張口一咬，酥脆雞皮一咬即碎，熱騰騰的香氣盈滿齒間。她捧著烤雞，好像啃食某種豐美驚人的熱帶水果般狼吞虎嚥，任憑汁液順著她的手腕流下。她走過殘垣斷壁，告訴自己這一切都不是真的，手中那副吃剩的雞骨，卻隨著她的步伐一晃一晃。

她回到營房之前，「水星國際影業」的攝影小組已經乘車離去。文森把一個四四方方的信封留在她的枕頭上。她的姓名，他的筆跡。這是一封道別信。

她決定先沖個澡再拆閱，但沖了澡、擦乾身子之後，她太疲倦，沒力氣展讀他寫了什麼。隔天早上醒來時，她發現埃里希坐在她的床尾。

她揉揉雙眼。「現在幾點？」

「快要十一點了，」埃里希說。「我跟上校談了。」

「我們完成任務、可以退役了？」

「不，」埃里希邊說邊雙手合十擱在膝上，他有個跟安娜年齡相仿的外甥女，住在維也納，是個小提琴家。「我們得為下一次的測試重建德國村。」

於是他們著手重建。

其後幾個月裡，他們一而再、再而三重建柏林，以便B-17轟炸機空襲投擲炮彈，難以形容的暴行變成習以為常的例行公事。安娜陷入絕望。她知道寇特會在空襲中喪生、孤單一人、身旁沒有她相伴。他是她為了戰爭付出的犧牲品。

其後數月，文森的道別信一直擱在她的私人用品箱，擱了一年，又擱一年，她始終沒有拆封。不管他寫了什麼，她讀了只會傷心；她察覺到這一點，決定把他的話語封存在信封裡，這樣一來，字字句句就傷不了她。

許久之後，埃里希終究不再跟他外甥女的鬼魂對話，但他持續在心中與《愚人之建築》的作者爭辯。清涼的夜晚中，他一邊聆聽留聲機裡阿德里安．雷維庫恩[8]的樂曲，一邊研究炮轟路徑圖和損害評估表，將之與報紙的標題對照，從德國公共聯盟的廣播中分析出真實的訊息。當他設計興建的大樓遭到摧毀，該棟大樓若是列入《愚人之建築》的索引，他就在條目旁打個勾，藉此做出某種宣示。他的建築物因而僅只留存在《愚人之建築》中，完整無缺地呈現於這本攻訐他的專著裡。

8 Adrian Leverkuhn，《浮士德博士》書中虛構的作曲家，作者藉此向德國文豪托瑪斯．曼致敬。

他們一次又一次重建德國村，直到一九四四年的一天，一千架 B-17 轟炸機湧至柏林上空，大火延燒，數日不熄。

路易斯跟隨最後一批受刑人勞工，拖著腳步踏上怠速空轉的公車，上校告訴建築師們任務已經完成，今晚的測試將是最後一次。

等到夜幕低垂，安娜才穿過寥寥無幾的濱藜走向德國村。除了這裡，她還能去哪裡？這裡是她的柏林，唯一一個她不曾被迫流亡的故里，唯一一個她可以在家中床上安然離世的處所。

這就是為什麼她一直拖到現在才拆閱文森的道別信：當大限之日到來，她希望有個人跟她說再見。

她拉上厚重的窗簾。

她在床上坐好，點亮床頭櫃的蠟燭。

當她聽到螺旋槳的聲響，她撕開信封的封口。

那不是一封信，而是一張照片。不，那不是一張照片，而是一個影片畫面：一個被裁剪放大為特寫的中景鏡頭。一個人像。十年了，哈索從她身邊把他帶走已經十年了；你瞧，他褐色的雙眼凝視著前方，警戒之中帶著好奇，似乎快要認出什麼，而鏡頭恰好捕捉了那一刻。

很久以前，人們害怕相機竊取一個人的靈魂，這種想法已經過時，她當然知道這是子虛烏有。相機不過是記錄了光，沒有所謂的靈魂。但經由感光乳劑顯現的影像不單只是影像，而是性靈。縷縷靈氣從相紙上凝視，瞧見了她。這個畫面記下寇特斷斷續續的追憶，在那短短的半秒鐘之間，他認出一張臉孔，想起了那人是誰。

雲影遮掩了周遭事物，即便她無法選擇想要看到什麼，即便沒有任何暗房花招能夠隱藏驚恐，但當她發現自己失去的兒子重回手中，她驚嘆不已，內心再也了無牽掛。

她想說話。在她的生命終結在巨型砲彈轟炸前，有些話她必須告訴寇特。

漆黑的機翼橫跨無月的夜空。

B-17轟炸機飛過高度一天使的上空。

「是我，」她說。「是我。我在這裡。」

5.

猶他州要求路易斯・哈林頓服滿刑期；他坐了一萬八千兩百六十三天的牢，而他原本只打算在這個州待個四小時。一九九二年獲釋之時，他六十七歲，身邊只有五十美金、一張公車票、一套皺巴巴的二手商店西裝。蛇腹刺網牆外的世界已經變了樣，而他僅在電視上見過。在7-ELEVEN便利超商，他想買包香菸，那個牌子卻在二十年前就已停售。

他的父母和姊姊們在幾年前先後過世，他的前科讓他無法申請公共住宅，也難以通過租屋的背景調查。於是他找了一家免費供應冰塊的公路汽車旅館住下。

路易斯從達格威返回之後，典獄長看到他用來裝飾牢房的迷你傢俱，主動提議跟他一起做生意。這會兒路易斯算一算他的娃娃屋在過去五十年幫典獄長賺了多少錢，因應通膨做出調整後，金額約莫七位數字出頭。他聯絡收藏家和知曉他聲譽的藝品交易商。酬金還過得去。年年眨眼而過。偶爾當他鑽到床底下找一隻丟失的襪子，他會看到那截十英寸長、刻著德國戰俘最後一封家書的木頭條板，他不知道自己為什麼保留它，或許只是因為長久以來，僅有少數幾樣東西真正屬於他，光是這一點，這截條板就有了意義。說不定他只是藉此表示對另一位受刑人勞工的尊重，單純把心願刻蝕在原木之中。

一九九八年，路易斯獲知他的作品將被納入柏林「柏格曼娃娃屋博物館」的展覽，而且館方主動提出願意幫他支付機票和住宿。路易斯於是申請了護照。

他從來沒有搭過飛機。他把鼻子貼在機窗上，看著紐約愈離愈遠、世界縮小成一個小得不能再小的縮尺模型。太陽在大西洋投下雀斑般的光點。一波波銀閃閃的海浪讓他想起他母親用了再用的鋁箔紙。在這個如此荒謬的高度，他感覺自己像個小男孩。

他打算只在德國待兩晚。他是個受到習慣支配的傢伙。他的皮箱裡裝了一罐花生醬和一條白吐司，在鄰居答應幫他錄益智節目《危險邊緣》（*Jeopardy!*）之後，他帶著兩隻虎斑貓的照片一起上路。

博物館的接待酒會不太自在。他誰都不認識，不會講德文，無疑與在場的任何人都格格不入。大家似乎被迫試圖跟他交談。他覺得自己幫那些邀請他的人添麻煩。人們數度稱他為「那個大名鼎鼎的美國人」，這倒是奇怪，因為他從來不覺得自己是名人；他只是一個住在美國的普通人。他耐著性子聽一個博士班學生解釋他的作品在哪些方面符合非主流藝術的傳統，而這些話他已經聽了太多次。他跟她說他馬上就回來，轉身走出門外。

隔天他搭火車到烏茲堡，轉乘區間車到羅騰堡。雪花為巴伐利亞的松林披上銀亮的飾帶，火車車窗駛過一縷縷陽光，彷彿影片跳過一格格投影機的光影。引擎出了問題，他比預計時間晚到。最後一班返回烏茲堡的火車將在一小時之內離站。他明天早上必須回到柏林搭機返家。

他參考火車站牆上貼了膠膜的市區地圖，匆匆走向威格賽街，途中不由自主地停下來欣賞尖高的磚瓦屋頂、高聳的鐘塔、鋸齒狀的城牆堡壘。

威格賽街四十四號出來應門的女子最起碼跟他一樣歲數，她不安地打量他，任何人面對不請自來的夜間訪客難免會感到不安。

他不知道從何或是如何介紹自己。他應該先打電話或是寫封信。他應該把手上的東西直接寄過來就好。

「這是妳的嗎？」他說。光是這句話他就用罄了他從會話手冊裡學來的德文，他把那截十英寸長的條板遞給她。

舒曼女士端詳這個陌生人硬塞到她手中的東西。她的漢斯是數以千計消失在東線戰場的德意志國防軍之一。她爸媽敦促她再婚，但等到她終於接受漢斯已經不在人間，重新開始似乎也已太遲。這個蝕刻在木頭上的句子沒有透露新的訊息、沒有闡述漢斯的下落、沒有告訴她任何她前所未知之事，儘管如此，他卻跨越了五十六年的沉默，藉此跟她說：親愛的，我想念妳，你的漢斯。

路易斯看著女子困惑的神情，內心不停地自責。他期待些什麼？這截許久之前他從大火中搶救下來的木塊，憑什麼對於除了他之外的任何人具有任何意義？他何必在世紀已近尾聲的時刻、放手交出這件幾乎伴隨了他一輩子的物品？他究竟為什麼來這裡？

在此同時，他的心中冒出另一個念頭：如果我待下來呢？那個博士班學生告訴他，娃娃屋起源於巴伐利亞，該地各個市鎮的交易依然相當活絡，娃娃屋的工匠們還為全歐洲的博物館製作立體透視模型。他想像自己為小型展覽製作縮尺模型，看展的多半是感到無聊的學童們和迷路的觀光客。他想像當地人會稱他為「那個移居此地、大名鼎鼎的美國人」，而當他想到只有身在異邦，他才會被視為是個不折不扣的美國人，忽然有點難過。如果我待下來呢？他七十三歲，兩隻手依然管用。

天空的顏彩有如潮濕的牛仔布。雪花在街燈錐形的光影中迴旋飄搖。幾個青少年慢慢晃過，喃喃抱怨這個乏味的市鎮從來沒有發生任何趣事。

如果加快腳步，他依然趕得上火車。他在寒風中拉起衣領，轉身背對女子，心想如果錯過火車，他可以在哪裡過夜。幾乎走到街上之時，他聽到她輕聲細氣地跟在他後頭。

他轉身。

她的手蓋住他的手。

她的拖鞋在雪地裡濕答答。

「這位親愛的先生，」她用英文說。「請進。請進來屋裡。」

第九章 水星水逆

1.

由於陸艾迪出乎意料突然神隱，導致《中途島的槍砲》被迫停工，若非董事會以此為證，一口咬定是亞提暗中破壞奈德的製片計畫，他說不定會欣然接受這一切。

「喂，李奧納德，」亞提朝著聽筒說。「陸艾迪捅了這麼一個婁子，我知道多多少少該怪我。他是個藝人，性情陰晴不定。但我正在處理，好嗎？我已經聯絡貝拉．盧戈希的經紀人，我們可以用很低的價錢雇他取代艾迪。」

李奧納德在電話線另一端深深嘆氣。「太遲了。」

「太遲了！太遲了？我知道這不是理想的解決之道，但貝拉相當專業，這點無庸置疑。我們的進度落後，預算也超支，但沒關係，這沒什麼大不了，會計部門那些傢伙可以在財務報表上動點手腳，到了下一季，我們就安了。」

「你沒認真聽我說，亞提。太遲了。董事會昨晚開會了。」

「董事會開會？為什麼沒有人通知我？」

亞提幾乎聽得見李奧納德冒汗。「我甚至不該告訴你。」

亞提坐下。「為什麼我沒有被告知？」他的聲音似乎跟他的軀體脫離。其實他幾乎無法呼吸，這時居然講得出話，著實令人訝異。

「因為會議的主題是你。老天爺啊，我覺得自己像是凡爾賽宮最後一個信奉君主制的朝臣，閒閒地從洗手間走出來，渾然不知大家已經聚集在斷頭臺開派對。沒有人事先知會我，好嗎？奈德只跟我說，他需要法定人數，所以叫我過去開會。」

「投票結果如何？」

「抱歉，亞提。我投票支持你。」

當瑪麗亞走進來，亞提已經盯著他手裡的聽筒盯了十分鐘。「完了，」他說。

「什麼完了？」

「我完了。沒轍了。我們完了。」

「你到底在說什麼？」

「奈德發動奪權。董事會昨晚投票決議，為了確保製片廠蓬勃發展，我在『水星國際影業』的股份必須賣給『東方國民銀行』。」

「他們不可以這麼做。」

「他們可以。他們已經這麼做。」

「除了李奧納德．波伊德，你聽任何人提起過這件事嗎？」

亞提搖搖頭。

她眼角微微上揚，看來稍微鬆了一口氣。「好，暫且不要走漏風聲，以免斷送你的前途。別忘了這傢伙開著他的船撞上燈塔。」

「那是他爸爸的船。」

瑪麗亞抽下夾在耳朵後面的鉛筆，在一張通告單的背面草草計算。「根據昨天的股價，你的持股大約價值兩百萬美金。」

這個金額龐大得超乎想像。他桌上的電扇吹出涼風，他看著旋轉的扇葉，拉開他的抽屜，抽出股東協議書。誠如大多數法律文件，上面不僅有他的簽名，還用了許多拉丁名詞，看得一頭霧水。這些條文用一種早已失傳的語言撰寫，讓人不禁質疑它們的時效性。他一讀再讀條約內容和附加條款。

「不只兩百萬，應該是三百萬，」亞提說。「如果董事會強迫股東賣掉股票，股價應比市場上的交易價高出百分之五十。」

「那他們就不會強迫你賣掉股票。如果試了，他們會破產，」瑪麗亞說。「奈德的主意不賴。但誰能料到『水星國際影業』的股票價格會飆到這麼高？」

幸賴人類有史以來最嚴重的衝突，製片廠的財務重趨平穩，足見製片廠的商業模式前景堪慮。亞提仔細端詳這位受到他提攜的後進。她穿了一襲神采奕奕的紫色洋裝，梳了一個龐帕朵頭[1]，手臂交疊在胸前，眼神流露著關愛。她當他的左右手迄今已經十一年，他向來讓自己的身邊圍繞著一群馬屁精和笨蛋，而她是個例外。若是仔細一想，除了娶了米德蕾，雇用瑪麗亞是他畢生最正確的人事決策。

「謝謝妳，瑪麗亞。」

趁她還來不及讚美他幾句，或者糟蹋了他的心情，他站起來，拉直他的領帶，走去平息這場愚蠢的奪權突襲。

1 pompadour，始於路易十五的情婦 Marquise de Pompadour，前端的頭髮往後梳高，使之蓬鬆隆起，後端的頭髮挽成髮髻。

費德曼兄弟各自駐守三樓的一端，平日僅以會議紀錄和備忘錄聯繫，除此之外互動有限，亞提可能幾星期都不會踏入他哥哥的地盤。他穿過大廳，踏入敵人的領域。這一端的人們真是可憐。你瞧瞧那些煞費苦心、佯裝親切的祕書，還有那些精於算計、埋頭研究稅賦減免的職員，他們全都受制於奈德的專橫與效率，終日埋頭苦幹，讓人真想分送巧克力棒和罐頭食品給他們。

「費德曼先生，今天早上天氣真好，不是嗎？」

一位打著領結的職員興高采烈、吱吱喳喳地說。亞提猜想他是不是因為打了領結而缺氧。

奈德把辦公室布置得像個中等價位的旅館蜜月套房，灰白的牆上掛著平淡無奇的風景畫，未經翻閱的雜誌在咖啡桌上一字排開，雜色的地毯掩蔽汙漬和水印，四下不見任何家人合照或是小紀念品，整體感覺平庸無奇，似乎不想冒犯任何人。亞提看到桌上整齊疊放著營利預估和租賃收據，理想和現實的差距都化作數字。帽架上掛著一頂黑色大禮帽。印刷精美的宣傳小冊上擱著一個白色的硬紙板糕餅盒。奈德坐在桌子後面，電話聽筒夾在他的肩膀和臉頰之間。

「……他認為我們需要他對改編劇本提出意見？」奈德說。「不，你做什麼都行，就是不要讓他進門。跟他說我會在三號攝影棚跟他碰面。當他到了攝影棚，你就叫他去布景存放處，然後叫他去員工餐廳，就這樣一直差遣他跑來跑去。這些寫小說的傢伙啊，他們體能不佳，他在陽光下撐不了多久。」

奈德擱下聽筒，揉揉眼睛。他旋開一瓶冥王星之水的瓶蓋，這是他規定自己服用的緩瀉劑，目的在於舒緩長時間伏案檢視微小數字所導致的肩背僵硬。

一時之間，奈德引發亞提心中全然的憐憫。眼前這個男人居住在一棟足以彰顯屋主奢華無度的豪宅，卻認為自己不配入住。他是如此野心勃勃，內在卻如此貧乏，甚至不惜驅逐自己的兄弟。他是如此缺乏安全感，導致他緊張焦慮，全身緊繃，甚至必須服用緩瀉劑。亞提還能做出什麼奈德尚未對自己做出的懲罰？

奈德朝著桌尾的椅子點點頭。亞提婉謝。他要高高站立，讓他的責難轟然落下。

奈德靜靜啜飲冥王星之水，默默承受他弟弟壓抑已久的恨意，句句汙衊，點點唾沫，他全都接受。當亞提的怒火漸漸消息、講話愈來愈語無倫次、精神愈來愈疲憊，奈德把定量的緩瀉劑倒在咖啡杯裡，遞給亞提。他們再也無話可說，兄弟情誼到此結束。這一刻的意義至為重大，即使奈德坦然面對，依然不免畏縮。

「你真的以為董事會不曉得股價就決議強迫你賣股票？」奈德問。「三百萬美金，亞提，恭喜你。」

「你背叛我，」亞提的聲音流露出赤裸裸的情感，這些年來不斷的爭鬥又和好之間，奈德從沒看到他弟弟如此脆弱消沉。褪下他嘻笑怒罵、張牙舞爪的面具之後，亞提是如此渺小，根本稱不上是號人物。

這就是亞提的問題所在，奈德心想。他太容易屈服於悲觀。你想想，身為一個新科百萬富翁，他非但沒有跟奈德握握手、暗自恭喜自己，反而表現得好像奈德透過米德蕾把性病傳染給他。

「亞提，你他媽的成熟一點，好嗎？我給了你三百萬美金，這叫做背叛你？」

「三百萬美金——而我被控罔顧我的受託人責任？」

奈德大可任由董事會的律師執行判決，而不是由他親手做出致命一擊。「花這麼多錢除掉你，對我來說相當值得。」

不管亞提心中殘存多少抗拒，這時全都煙消雲散。他睜大眼睛，神情迷惘，就像小時候某些不當行為或不幸事故進展到超乎他的理解，他轉頭看著他哥哥，悠悠地說：「為什麼？奈德，爲什麼？」

「你栽培出一樣美好的物品，」奈德輕聲說。「如今它已經超越你。你應該讓新一代的領導人接手。」

「新一代？你聽了肯定不高興，奈德，我們不但是雙胞胎，而且你比我早八分鐘出生。」

奈德又喝了一口冥王星之水。「我是打個比方。」

「你是個混蛋。我可不是打個比方。」

奈德從糕餅盒裡挑了一塊丹麥捲，擱在餐巾紙上，推過桌面。「吃點東西吧。你知道心情激動對你的血糖有何影響。」

亞提拿起丹麥捲。對他而言，沒有任何東西比一個隔夜的丹麥捲更能夠激起他的共鳴。層層麵皮如同絕緣材料般稠密，裹上甜得讓人皺眉頭的糖霜，丹麥捲的價值在於經久，而不在於美味，跟吃下它的這個男人沒什麼兩樣。

「你依然是個混蛋，」即使滿嘴丹麥捲，他照樣這麼說。

「拜託喔，因為我，你有錢得要命，你想做什麼都可以。你只是不可以在這裡做。」

亞提知道他待在奈德的辦公室裡愈久，讓自己蒙羞的風險愈高。他擦擦嘴，起身準備離去。

「你知道吧，我以前每天寄一百美金給姊姊，」他說。「我寄了好多年，即使老早就沒接到她的任何消息，我照樣一直寄。你自始至終連半毛錢都沒寄，反而把錢寄給參議員奈伊和他的同夥。」

「那又怎樣？」

「所以囉，如果你哪天覺得自己是個下三濫的兄弟，我希望原因不在於今天發生的事情。」

亞提點點頭，好像終於接受現況，說不定他只是認出帽架上掛的是瑪琳．黛德麗的大禮帽，因為他拿起帽子，戴在頭上，昂首闊步地走出門外。

即使亞提還會進辦公室，消息宣布之前也會照常處理公務，但從任何一方面而言，今天是他的最後一天。他在露天片場走來走去，跟各個問候他的舞臺工作人員和技工舉帽致意，儼然是「水星國際影業」的大家長。製片廠的實體空間會是他最深切的惦記。一堆堆擁擠雜亂的布景，一個個沒有邊界的迷你地域——布魯克林褐石華屋林立的街道通往義大利的廣場，太平洋的島嶼和蠻荒的西部共用同一批沙土——喔，當然還有西里西亞的舊城，舊城不過是個油漆彩繪、遺留自《魔鬼的交易》的布景板，電影的最後一景，執導宣傳電影的男主角在德國入侵波蘭之後回歸故里，赫然發現家鄉空無一人，驚覺自己置身地獄。儘管沒有理由留下布景板，但亞提堅持不拆。如今他站在這裡，環顧空蕩的片場。這裡是露天片場的最邊緣，緊鄰高爾街。只要跨一步，他就從波蘭的西里西亞來到洛杉磯。無需簽證或護照，無需宣誓或核准。一步。只有一步之遙。

當他回到家裡，米德蕾在客廳翻閱《哈潑》雜誌。她抬頭一看，訝異他這麼早就回家。她問他今天過得如何。

「我今天早上賺了三百萬美金。」

她微微一笑。「是喔，我跟克拉克．蓋博上了床。」

她幫他調了一杯酒，出門跟伊迪絲打網球。她出門之後，他把一張椅子拉到天花板吊扇的下方。旋轉的扇葉把風吹到客廳另一頭，他盯著呼呼轉動的吊扇，一盯盯了幾小時，不知道他的餘生該怎麼過。

2.

「謝謝妳抽空，瑪麗亞，」奈德的口氣帶著虛假的尊重，百分之百掌控自己命運的人，才會用這種口氣說話。「妳應該已經知道，我們正值轉型期，至於妳在製片廠的未來，我想要請妳放心。」

他仔細觀察她是否認同或是感激。瑪麗亞跟他隔桌而坐。她一副公事公辦、凝神專注的模樣，沒有流露出任何感情。儘管奈德堅稱只是隨意聊聊，但這是談判。她不會白白洩漏任何情緒，尤其是感激。

「首先，我知道妳和我弟弟的關係非常密切，而我想說我跟妳一樣敬重他。我跟他的看法或許不一致，但沒有人否認他是一位傑出的電影人，近來製片廠相當成功，也沒有人能夠否認妳在這方面的貢獻。

我們都知道女無名氏是誰。」

他暫不開口，讓兩人思考一下，在此同時，他在座椅裡稍微挪動身子。「麻煩妳提醒我一下，妳的週薪是多少？」

「兩百美金。」

「兩百美金。」奈德搖搖頭，從抽屜裡掏出一張紙，遞過去給她。「單子列出妳的部屬，每個人的週薪都比妳高。」

二十四個男性員工名列其中，人人的週薪比她高百分之五到百分之九十。他們全都稱她為上司。

「我始終跟亞提說，你付給員工的薪水必須符合他們的身價，這樣一來，你的員工才會對你忠心。你若跟他們錙銖必較，當更好的機會上門，他們絕對有充分的理由離開。」

瑪麗亞第一個反應是，奈德真會操控情感，她至感佩服，甚至來不及生氣或是覺得受到冒犯。他完全瞭解瑪麗亞哪方面的防衛最薄弱。若非她已經看多了董事會的內鬥，她說不定會允許自己因為這個內情而覺得受傷。眼前這張薪資單以精確的數字證實她長久以來的懷疑，她看著看著愈覺得自己對亞提的好感，漸漸變得冷淡麻木。

「忠心可不便宜，」她同意。

奈德雙手手肘靠向吸墨器，紅色領帶在翻領間搖晃，往前一靠打量她。他神情之中帶著關切，但深褐的雙眼閃爍著智慧的光芒，顯然正在探尋更多可以剝削她的弱點。她回瞪，眼睛眨也不眨，強化心中處處不臻完美的防衛。

他旋下他鋼筆的筆套，在薪資單的最上頭寫下瑪麗亞的名字，在她的名字旁邊寫下：週薪四百美金。「我不是我弟弟，」奈德說。「我付給員工的薪水，絕對符合他們的身價。」

瑪麗亞原本就已料到自己會加薪，但沒想到他會把她的薪水加倍。如果這是奈德的開標價，她可以迫使他把週薪調高到五百美元。這下她更是一臉漠然，望似無動於衷，數十年來，她的姑婆們就是以這副表情，跟那些打定主意欺壓她們的男人共事。奈德的慷慨之舉，意欲讓她大吃一驚，然後點頭應允，其實卻揭露他的底牌。他需要她。

「錢確實比較多，」她不置可否地說。依據她的經驗，談判時最有效的技巧莫過於重申顯而易見的事實。

「我打算安排我兒子亞當接替我弟弟，」奈德說。亞當，這個依然被亞提稱為「達特茅斯水龍頭」的小夥子，居然會是她的上司。亞當二十一歲，以肺部功能不佳為由免服兵役，在這一行毫無經驗。這就是她被加薪的原因：奈德付錢請她做亞當該做的事。

她模稜兩可地回答。「我相信亞當會為這個職位注入年輕的活力。」

「年輕的活力，妳說的完全沒錯。他缺乏經驗，但活力十足，恰可彌補這方面的不足。所以囉，這就是為什麼我希望我們之間有個好的開始。妳比任何人都瞭解亞當即將接下的工作。我倚賴妳指點他。」

「如果我比任何人都瞭解這份工作，那製片廠為什麼沒有考慮由我全權負責？」

「讓一個女孩擔任主管？我會變成這一行的笑柄。」

瑪麗亞不是第一次幫她的上司做他該做的事，但即使是加薪，她跟了亞提十一年，現在卻得幫亞當做事，感覺像是驟然降級，因為她從亞當身上學不到任何東西。

瑪麗亞謹慎措辭。「謝謝你信得過我。」

奈德緩緩靠向椅背。「妳知道嗎？我真的擔心亞提。這一行的首要規則是絕對不要用你自己的錢拍片，但我聽說」——他考慮如何措辭——「他打算自己經營獨立製片廠。我確信這只是道聽塗說，但一想到他將如何揮霍這筆意外之財，我真的非常難過。瑪麗亞，拜託妳告訴我這不是真的，讓我不要這麼擔心。」

「我沒問他退休之後有何打算。這個話題似乎讓他很難過。」

其實她已經跟亞提詳談此事，而且同意奈德的評估。亞提想從貧窮製片廠的底層重新開始，簡直是發神經。他必須在更短的時間裡推出低成本的電影，這樣的投資可能讓他的資金大幅縮水。他已邀她加入他的行列。她也已回絕。

「拜託喔，瑪麗亞，」奈德說好話。「我們可別在心裡藏著祕密的情況下開始共事。」

「費德曼先生，我希望你不會要求我違背上司對我的信任，尤其是如果我打算幫你兒子做事。」

奈德沒料到她會這麼說，立刻跟她保證他絕對不會做出這種要求。他翻開一個淡黃褐色的文件夾，遞給她一份合約，上頭詳載她繼續受聘的各項條款。

「這是一份七年的合約。」瑪麗亞匆匆翻閱第一頁，眉頭一皺。她會被她原本的職位綁住七年。這不是錄用合約；這是監獄刑期。

奈德仔細打量她。合約的各項條款已經發揮預期效果。「我非常信得過妳。」

瑪麗亞跟他說她得先讓律師過目才能簽約。奈德顯然不悅，勉強擠出一個假惺惺的微笑，但他說絕不奢望她沒有諮詢律師就簽署任何文件。

瑪麗亞走到門口時，他說：「還有一件事我幾乎忘了。」

他把一本黑色的相簿擱在桌上。

「我低估了薇德特，」奈德坦承。「妳的助理是匹黑馬。這本相簿顯然已經在她手裡好幾個月，她一直等著把它用來當作談判籌碼。」

瑪麗亞動也不動地站著。「她得到了什麼？」

「升遷，」他說。「嗯，麻煩妳把相簿……」

奈德望向開頭第一頁，目光停駐在那張每個人都認為是文森．寇迪斯的臉孔，指了指清清楚楚印在下面的名字：尼諾．皮康尼。他的聲音冷淡，卻帶著一絲得意。

「……物歸原主。」

他沒有做出威脅。他無需做出威脅。在戰時歇斯底里的氛圍中，敵僑頻頻因為捕風捉影的指控而被拘留，而種種指控甚至比奈德的暗示更缺乏證據。被拘留的敵僑無權諮詢律師，甚至不知道自己為何被拘留，所謂的聽證會，用意在於以等同墨索里尼特別法院的權宜考量，從道聽途說中虛構出有罪的判決。

瑪麗亞想伸手拿相簿。奈德立刻舉高。「等我拿到妳簽了名的合約再說。」

3.

文森坐在立式剪接機前，剪接一段德國村的燃燒彈測試製作影片，這時，瑪麗亞抓住他的肩膀猛拉著他轉身，聲音之中帶著暴怒，眼神之中帶著殺氣。

「你的相簿呢？」她問。

起先他不知道他的相簿哪裡惹了她。在所有可能引發她怒氣的物品中，一組褪色的護照照片似乎不可能是罪魁禍首。然後他明白了。他打開他桌子的抽屜。相簿不在抽屜裡。

「相簿在奈德手裡。」

「我不知道……」

「你為什麼把相簿帶到這裡？你幹嘛把它帶到你工作的場所？」

「警察搜索你姑婆們的家，」他說。「我擔心他們會到蒙特克萊搜索，我以為把相簿放在這裡比較安全。」

瑪麗亞目光灼灼，充滿輕蔑。「我職業生涯中最嚴重的錯誤是幫了你。難怪我爸爸永遠逃不出聖羅倫佐。有你在他身邊，他絕對沒有機會。」

她憤然轉身，走出門外。接近中午了，她已經快要遲到。星期一她固定跟她媽媽在裴利諾小館吃午餐，裴利諾小館位於西街和威爾頓街之間的威爾榭大道，與兩人的住所等距，而且在她們可以自由行動的最後一哩路之內，兩人獲准的活動範圍在此重疊。

她媽媽帶了姑婆們和西西歐一起來。他們研究菜單，嘖嘖驚嘆，對裴利諾先生既是崇敬，卻也妒忌，那些笨到花三元美金享用一盤義大利麵的顧客，則是徹底受到他們的嘲笑。光顧這家餐館的人們全是傻瓜。菈菈擔心哪位教友說不定會瞧見她，做出最壞的設想。

「原因在於桌布，」西西歐堅稱。「你鋪上白色的桌布，人們就他媽的失去了理智。」

「形同詐騙，」咪咪嘉許贊同。

「……如果你多放兩把沒有人知道做什麼用的叉子，合理的判斷力也就不翼而飛了。」

安紐麗塔在女兒低垂的目光中看出一絲哀傷。「妳在煩惱什麼？」

瑪麗亞花了幾乎一頓飯的時間詳述目前的選擇：機會與風險，義務與背叛，逐一道來。她說完之後，咪咪非常嚴肅地看著她，說了一句：「這麼說來，妳還是沒找到一個男人願意娶妳？」

瑪麗亞滿心挫敗地盯著天花板。期盼聽取姑婆們的智慧只是顯示她多麼迷惘。這些年來，她漸漸真心仰慕姑婆們的處世之道。她們老謀深算，實事求是地謀取她們的利益，絲毫不受於道德規範或是偽善所綁架；她們打心眼裡認定每個人都想欺負她們，而事實證明她們多半沒錯；她們對自己的意見絕對有信心，即使毫無根據也不會動搖。這些承襲自她們的特質，再加上加州樂觀思維的薰陶，造就了今日的瑪麗亞。如今這些全都派不上用場。

「這些追求妳的人，他們是義大利人，對吧？」珮珮說。

「他們沒有追求我，」瑪麗亞說。

「但他們跟妳獻殷勤，對吧？」

「嗯，從某方面而言，我想是吧。」

「哪一個的家世比較好？」

「他們是孿生兄弟。」

珮珮比劃了一個十字。「家族世仇就是這樣開始。兄弟兩人愛上同一個漁夫的女兒，接下來就是五代大屠殺。」

「他們兩人都沒有愛上我，」瑪麗亞說，勉強自己別把姑婆們按到裝水的玻璃杯裡。

「妳還指望什麼？」菈菈說。「妳甚至連試都沒試。妳穿著褲裝耶。」

西西歐咬嚼雪茄，四下探望，確定沒有人盯看，然後悄悄說：「可以動手了。」

咪咪把糖罐偷偷塞進她的皮包裡。

安紐麗塔從頭到尾默不作聲。她心想，瑪麗亞跟那個她所能理解的世界已經漸行漸遠。有次當她們坐在屋後的臺階上，安紐麗塔教她品嘗肯塔基純波本威士忌，瑪麗亞說她想要瞭解她母親。這話荒謬至極。安紐麗塔以她女兒讓她不瞭解的一切感到驕傲。瑪麗亞已經超越她幫得上忙的範疇，而她以此自豪。

侍者送上帳單，咪咪、菈菈、珮珮、西西歐全都趁機說要上洗手間，安紐麗塔拿出她的錢包，但瑪麗亞揮揮手請她別付帳。她掏出兩張紙鈔，扔在擱著帳單的小碟上。

「妳呢？」瑪麗亞問她媽媽。「妳怎麼想？」

「我想這已經超出我能夠應付的範圍。」

「拜託喔，媽，大家以前不都說妳是『刷了睫毛膏的馬基維利』？」

「我可沒聽過，」安紐麗塔說，神情故作嚴肅，顯然她不但知道這個綽號，而且可能是她的自創。

「我想……那個慣用語怎麼說來著？*You are a pickle*？」她用英文說。

「妳的意思是：*You are in a pickle*，」瑪麗亞說。

pickle 的意思是醃黃瓜，*in a pickle* 的意思是身陷困境，兩者有何必然相關性？安紐麗塔再度堅信這個國家的國民性情反覆，天馬行空。人們泡在醃黃瓜裡。這個國家真有得瞧。

一提到黃瓜，安紐麗塔不禁想起林肯高地的各個園圃。林肯高地的居民們，世世代代受制於封建主義和佃農制度，屈從於不屬於他們的田產，如今有望耕作自己的土地，即使只是面積不大、象徵意義重於實質意義的園圃，也是等於應允了世世代代的心願。於是安紐麗塔做出一個似乎八竿子打不上的建議：「買些沒有人可以從妳腳底下偷走的東西。」

那天傍晚，當瑪麗亞查看她在蒙特克萊的信箱，她看到一張艾迪寄來的明信片。近來他寄了十幾張明信片給她，記錄他東行的旅程。這張跟其他明信片不一樣，他寫下的話語不會讓郵差臉紅：正在學習怎樣騎冰塊，愛妳的小艾。

她把明信片翻過來。明信片上畫著一群溜冰客翩然滑過一片岸邊松柏林立的浩大寒冰。溜冰客的下方以愉悅的字體寫道：來自伊利湖的祝福！

4.

倘若瑪麗亞罵不出薇德特應該受到的咒罵，那是因為她欽佩自己的祕書精於算計、不顧一切地向製片廠的新權力中心靠攏。

「幹得好，」她經過薇德特的桌旁，繼續走向亞提辦公室時說了一句。眼前的情景讓人難過。「水星國際影業」的縮尺模型擱在亞提的桌上。牆上空空蕩蕩，已被取下的相框留下一個個棕褐色的輪廓，宛若魅影。堂堂展示的大廳卡和語帶攻訐的影評已被收放在紙箱和硬紙筒裡。連向來在頭頂上大放光明的燈光也消失了；亞提已從燈飾卸下燈泡，連同盥洗室的洗手肥皂、一個削鉛筆機、三具電話、幾千支迴紋針一起裝箱。任何沒有被固定在地板上的物品，他全都帶走。這倒不是出於報復或是吝嗇，而是希望從他鍾愛的製片廠帶走每一樣他帶得走的物品。製片廠是唯一讓他感覺自在的處所。如今卻只剩下幾個注定會被收放在車庫裡的紙箱、一座擱在閣樓裡積灰塵的縮尺模型。

只有那六座戴了假髮的人頭模特兒他不想帶走。「大人物」、「大情聖」、「樂天佬」、「愛迪生」、「奧德修斯」、「梅菲斯特」；他的長老議會，他信賴的知交。他再也不需要他們為他帶來好運。瑪麗亞忽然出現，他似乎感到訝異，她直接了當開口，讓他更是驚訝：「開個更高的價碼給我。」

「妳說什麼？」

她從皮包裡拿出那份為期七年的合約遞給他。「如果你要我跟你，開個更高的價碼給我。」

亞提匆匆翻閱各項條款，直到他看到薪水。「我給妳五百美元週薪。」

「才加一百美元？」

「六百美元。」

「別侮辱我。」她拿起合約，旋開鋼筆筆蓋，筆尖懸置在簽名欄位上方，亞提舉起雙手，以示讓步。

「妳想要什麼？週薪七百美元？」

「去一個不怎麼牢靠、說不定三天就關門大吉的地方工作？」

「好，週薪八百美元。這比奈德開出的價碼高出兩倍，比妳現在的薪水高出四倍。」

她再次旋開鋼筆筆蓋。

「好、好、好，跟我說妳想要多少錢？」

「週薪再高也不足以構成我承擔風險的理由。」

「那妳想要……」當亞提赫然領悟她想要什麼，他竟然露出微笑，因為你不得不敬佩這樣的膽識，即使是厚顏無恥或是判斷失誤。他創造了一個天殺的厲害角色。「不行，不可能。」

瑪麗亞看都不看他，慢條斯理地簽下「瑪」。

筆尖沙沙劃過紙張。

亞提盯著看，焦慮不安。

「百分之幾？」他趁她簽下「麗」之前開口。

「五十。」

「幹，妳是個瘋癲的婆娘，妳知道嗎？我出百分之百的資金，妳要百分之五十的股權？」

「沒錯，」她說，連她自己都被這種沉著的氣概嚇了一跳。她媽媽跟鄰里的魚販討價還價時、心裡就是這種感覺嗎？故作迷糊的高明演技，想都不想的直覺反應。無數時日的謀略算計，凝聚為高超的掌控，信手拈來，毫不費力。她從來沒有覺得自己這麼像是她媽媽的女兒。

「百分之五，」亞提說。

「五十。」

「我們都知道這不可能，瑪麗亞。百分之十。」

「四十。」

亞提哈哈一笑，搖了搖頭，若非各個方面都遭到惡搞，他說不定會敬佩這個受他提攜的後進如此嫻熟地掌握時機，如此密切地關切進展。「這簡直像是跟別西卜[2]談判。百分之二十。」

「三十。」

「二十五。妳拿到百分之二十五的股權，可說是非常公平。這是獅子大開口，簡直是搶錢。」

她放下鋼筆。「百分之二十五，還有執行製作人的頭銜，兩者都必須以白紙黑字寫下來。」

他不想讓她以為她講贏了他，所以補上一句：「妳應該堅持百分之三十。」

「我有一個條件[3]。」

「這還用說嗎？那叫做『精神錯亂』。」

「你說『陸軍通訊軍團』需要稱職的攝影師和攝影記者，是嗎？把文森·寇迪斯送過去。」

這個請求比亞提先前同意的條件合理多了。有鑑於「水星國際影業」與軍方合作密切，亞提的推薦肯定有助於減低「戰爭部」的疑慮，讓他們准許敵僑入伍。「水星國際影業」先前的府會聯絡人已經被炒魷魚——這人訝異地發現「勞工部」居然不是產科病房[4]——如今亞提直接跟陸軍高層打交道。

---

2 Beelzebub，一譯「巴力西卜」，新約聖經中的魔王。

3 這裡作者用了雙關語。原文是：「I have a condition.」condition 的意思是「條件」，也可說是「狀況」。瑪麗亞的意思是：我有個條件，亞提的反應是：妳有個狀況。

依據瑪麗亞有限的經驗，陸軍被一個極為龐大、不易看透的官僚系統管轄，一個受到召募的士兵很容易即可隱沒其中。文森的真實身分說不定不會曝光。除此之外，他若入伍，奈德的威脅或許因而失效。你可以在一個受制於極端愛國主義、致使人人歇斯底里的城市裡勒索一位平民身分的敵僑，但你若安坐於舒適的高級主管辦公室，毀謗一位甘冒生命風險的戰地攝影記者，那就是另外一回事。奈德太重視他故作高雅的形象，不會因為想要報復某些小事而承擔風險。但更重要的是，他們聊到聖羅倫佐的那個下午，文森只提出一個請求：他希望有機會拍攝聖羅倫佐重獲自由。

「一個月之前，妳叫我不要幫他說情，這下為什麼改變心意？」

瑪麗亞想到他們花了好多時間閱覽她爸爸的信，借他之助，她再次看到了她爸爸，他再也不是那個她口中「我非得讓他走人」的文森。

亞提扔了一顆「我可舒適發泡錠」到玻璃杯裡，泡泡在水中嘶嘶升起。「我不能做出任何擔保，但老天爺知道那些高層人士欠我幾個人情。」

「好，」她說。「那就說定了。」

亞提伸手，從瑪麗亞的手裡搶下那支被她鬆鬆握住的鋼筆。他在那份被他擱置了一星期的辭呈上簽字。辭呈短短一段，簡單扼要，甚至可說是形式，僅是感謝董事會給他辭職的機會。

一九八四年，「瑪格麗特・赫麗克圖書館」接收奈德・費德曼文件的檔案人員注意到一件事情，奈德收藏大量名人親簽，而且按照字母一絲不苟地排列，其中卻有兩個例外。第一個是一張簽了名的一美元紙鈔。鈔票上的字跡非常潦草，檔案人員看不出那是萊伯・柏曼的簽名。萊伯是個波蘭人，他是「水星國際影業」的夜間警衛，多年來在露天片場巡邏。退休之後，柏曼在惠蒂爾大道開了一家熟食店，開幕當天，奈德調用製片廠的探照燈，同時安排卡萊・葛倫、拉娜・透納、瑪琳・黛德麗到場參加「首映」。過了幾年，萊伯辭世，他一生未婚，也無子嗣，身後將畢生積蓄一千八百二十三美元留贈給他的前東家。奈德捐了一千八百二十二美元給「博伊爾高地圖書館」，在那個圖書館，大家都知道萊伯是個拖欠還書的借書人。他只留下一張萊伯在上面簽了名的一元紙鈔，那是熟食店開幕當天頭一位顧客付帳留下的紀念品，而紙鈔的原主是奈德。

既然辨識不出萊伯潦草的簽名，檔案人員就把紙鈔歸於「M」檔——「M」表示「miscellaneous」，意即「其他」。至於第二個例外，她倒是很快就認了出來。那是亞提．費德曼的辭呈。她應當把辭呈歸於「F」檔，但她感到不解，因為在奈德收集的眾多社會名流和知名之士的親簽之中，他居然打破字母順序，把他弟弟親簽的辭呈收放在最前頭。

當瑪麗亞端詳「水星國際影業」的縮尺模型，辭呈上的墨水還沒乾。她可以在模型的同一間辦公室裡看到自己，而模型裡的她，面貌不清，五官不明，端詳著窗外。她小心翼翼地把小人像從托架裡拔起，拉出窗外，悄悄塞進她的皮包裡。她從「水星國際影業」將只帶走這個小人像。

亞提拍拍額頭。「我幾乎忘了最後一件公事。」

卸下製片廠負責人的職銜之前，亞提．費德曼最後一項公事就是解聘瑪麗亞．拉嘉納。

「妳被開除了，」他說，朝著她伸手。「歡迎加入我的行列。」

4 「勞工部」的英文是「Department of Labor」，「labor」亦有生產之意。

第十章 聖羅倫佐

1.

第一位空降聖羅倫佐的美籍人士是一隻牛。牛被綁在一副帆布製的降落傘背帶裡，四隻腳逍遙地在空中拍打，以五劑嗎啡引發的鎮靜與沉著審視大地。從這個全知全能的視角，牠說不定可以看見烈日曝曬的錫拉山山坡，水波般蕩漾的麥田，遊隼翱翔的海岸峭壁，白霧環繞、上了青綠彩妝的伊奧利亞群島。牠說不定還會看到阿斯普羅蒙特山的山脊閃爍著磷光、野狗舔食著從被焚毀的坦克車上滴流而下的油脂、英國步兵以教堂的大理石聖像為射擊目標、一位陸軍通訊軍團的下士站在塵土飛揚的路邊拍照。軍需官這個供應前線新鮮食材的妙計顯然過於天馬行空，注定曇花一現，但在一九四三年九月，牛隻空降在義大利南部。

文森按下快門的那一刻，風攔住了降落傘，牛被拖到觀景窗之外，相機再也無法捕捉。他已拍攝卡薩布蘭卡的外科醫生在賭桌上開刀、旅客們坐在緩緩而行的阿爾及利亞列車車頂、德國士兵穿越前線到西西里島觀賞瑪琳．黛德麗的勞軍表演，這會兒一隻牛吊掛在起起伏伏的降落傘下，飛翔在卡拉布里亞上空，下場注定不妙。他已隨著戰爭去了各個想像不到的地方，而這裡似乎最令人難以置信：他快到家了。

他忽然想到，他居然在等候裁決時展開這趟聖羅倫佐的旅程，著實奇怪。兩星期前他還跟邁爾斯．沙利文坐在巴勒莫當地一座被「第七軍團」徵用的宮殿，邁爾斯只在軍階上高他一等，其他方面都沒得比。

「我非常喜歡巴洛克藝術，」邁爾斯為自己辯護。「從什麼時候起那算是個罪過？」

「你偷了一幅卡拉瓦喬。」

「要是偷到就好囉，」他無精打采地再坐低一英寸。「那只是複製品。」

邁爾斯是個撞球老千、撲克牌騙徒、士生士長的紐澤西州人。他曾因兜售淫穢的照片被判輕罪，但「陸軍通訊軍團」急需適任的攝影師，決定視作他的工作經歷。邁爾斯的前一個下士朝著小腳趾斷然開了一槍，幫自己轟出一個足可支領優渥退伍金的傷口，在那之後，文森接替他在「一六三信號攝影小隊」的位子。九個月來，文森和邁爾斯居無定所，兩人靠山吃山、靠海吃海，藉由信鴿和信差把底片送回連隊總部，誠然是兩個蹣跚行過冥界的流浪漢。文森又成了遊走四方的攝影師。身為前線的攝影人員，文森和邁爾斯通常是最先進入光復區的美國士兵。因此，他們可以任意挑選任何想要據為己有的物品。最起碼邁爾斯這麼做。文森對於侵占文物毫無興趣。邁爾斯可不同，他跟一位郵務人員達成協議，郵務人員抽成，幫邁爾斯把「紀念品」寄給曼哈頓一位對文物來源抱持放任態度的古董交易商。邁爾斯遲早會受到軍法懲戒。一個欠邁爾斯五十美金的無線電兵通報，昨天下午已有兩位軍事警察前來探詢這對二人攝影小組。文森猜想，這就是為什麼那天早上他們忽然被傳喚到上校的辦公室。

「你看看這裡，」邁爾斯凝視宮殿拱頂的拼花磁磚。「『第七軍團』占用整座宮殿，而他們卻打算因為我逕自拿取幾平方英尺的畫布把我送上軍事法庭？」

「我真替你難過，」文森邊說邊遞給邁爾斯一支香菸。

邁爾斯逕自把整包菸拿過去。宮殿的角落，幾個士兵在一個一等兵倒翻過來的鋼盔裡鬥蠍子。文森聞到窗外的街上飄來鷹嘴豆煎餅、羊脾臟、烤南瓜子的香味。阿拉伯同源字，西班牙外來語——三千年來異族入侵的歷史流傳於語言中，表露在市場上人們嘻笑喧鬧的言詞間，而這批最新的入侵者略去種種附加語詞，僅只說著：好極了、這邊走、先付錢。

邁爾斯依然抬頭盯著拼花磁磚。「你覺得我們可不可能用一字型螺絲起子把磁磚撬下來？」

文森哈哈大笑。就像踏上南極探險、或是三度踏入禮堂，邁爾斯．沙利文那股不屈不撓的傻勁，想想真是激勵人心。「你是個混蛋，你知道吧，邁爾斯？」

「喂，下士，我依然是你的長官。」

「是的，長官，您是個混蛋。」

沉重的木門被推開。

一位戴眼鏡、雙手柔細潔淨的副官望向接待室。「上校現在可以見你們了。」

✦

燈光自水晶吊燈流瀉而下，騎士們騎著怒目的駿馬馳騁於牆上的織錦畫，胖嘟嘟的天使群聚在天花板濕壁畫的角落，上校從一張氣派的大桌旁邊瞠目瞪視，他的頭顱圓滾滾，剃個大光頭，好像是用軍盔澆鑄，皺起眉來也是同樣陽剛。沒有軍事警察等著羈押邁爾斯，文森不免有點失望。上校只是把他們傳喚到他的辦公室，跟他們商討他從「戰爭部」接獲的最新公報。

「五個星期以來，我們把攝影記者派到這個荒僻小島的各個角落。」上校找個東西吐他嚼過的菸草，最後決定吐在花瓶裡。「華府想要知道，我們為什麼交不出夠多用得上的影片片段、以便他們製作一部二十分鐘左右的短片？」

與其說這是個問題，倒不如說這是個矛盾：他是戰地攝影記者，而在這場戰爭中，戰地的情景偏偏無法拍攝。這個矛盾界定了文森的軍旅生涯。

他解釋說，最具戲劇效果的襲擊發生在夜間，而攝影機和相機在夜間派不上用場。白天，戰場是一片遼闊的荒原，兩側是掩體和隱匿的壕溝，在德軍狙擊手的眼中，他們的鋁合金相機是難以忽略的目標，所以士兵們總是怒氣沖沖地叫他們走開。更甚者，即使軍方措施失當、時機又碰巧，他們發現自己置身一個畫面十全十美的戰場，但他們的埃莫攝影機每三十秒就得倒轉、每一分鐘就得上膠片，因而幾乎不可能連續拍攝，僅能拍下稍縱即逝的時刻。電影觀眾們熟悉的戰地真實場景，百分之九十都是在攝影棚內拍攝，另外百分之十只能用攝影師的命來換。

「但英國佬想出法子拍了《沙漠勝利》[1]，」上校說。

「恕我直言，長官，」文森說。「《沙漠勝利》就像是《北非諜影》，你很難說它是一部紀錄片。」

「你怎麼知道？」

文森不知道如何冒著不敬的風險回答這個問題。「我看過，長官。」

《沙漠勝利》是一部英國宣傳紀錄片，詳述蒙哥馬利將軍在北非戰勝隆美爾的始末，美軍進占西西里島三個月前，《沙漠勝利》在美國各地上映，廣受好評。但促使電影值得一看的拍攝手法卻揭露出電影的「失真」。拍片者於是在戰鬥片段中添增事先設計的重演，好為觀影者期望的真實場景染上真實的光澤。

「你看過。整個國家都看過。他媽的問題就出在這裡。」上校又塞了一撮菸草在嘴裡。「這部片子對後方士氣的打擊比蘭妮·萊芬斯坦的作品更嚴重。它讓我們看起來像是英美聯盟的次要夥伴。」

一部吉普車噗噗駛過，引擎蓋上擱著一頂親衛隊上尉的大盤帽當作裝飾。

1 *Desert Victory*，一九四三年英國拍製的紀錄片，曾獲奧斯卡最佳紀錄片獎。

「羅斯福總統擔心民眾不會全心支持一場他們無法親見或是無法想像的戰爭，他希望電影描繪真實的戰鬥場面，拍攝雙方正在打仗，把前線帶到後方。」

文森說：「長官，你只能拍攝雙方打了仗。」

上校的窗戶俯瞰中庭的池塘，池裡養了許多珍奇的魚類。赤足的美國大兵用無線電天線和手術縫合線做成的釣竿拋竿揮釣。絕美的小魚閃閃發光，喪生在釣竿上。

「華府下令減縮我們在義大利拍片的規模，轉而拍一些美國小鎮的民眾看得懂的影片，比方說，邪惡的德軍入侵占領，英勇的美軍光復失地，感恩的義大利村民列隊歡迎，而且別拍任何天殺的英國佬，他們可以在皮奧里亞之類的小鎮播放這樣的電影，博得一般大眾的全心支持。」

義大利士兵投降的人數多到盟軍來不及處理，士兵們甚至必須事先預約何時投降，如今義大利已不再被視為敵國，而是一個被敵軍占領的國家，好萊塢卻不為所動，依然把這種地緣政治的轉變拍得像是約翰·韋恩的西部片，文森想了不安。

上校雙手指尖相搭，轉向文森。「我忽然想到寇迪斯下士相當熟悉製片廠如何拍攝戰爭，這點或許對我們有利。我想請兩位拍攝盟軍襲擊西西里島東北方的村鎮卡斯泰拉爾托[2]。」

邁爾斯請問襲擊行動將在何時展開。

「已經結束了。」

文森對於官僚系統似是而非的推諉之詞早已了然於心，但他依然問道：「長官，我們是不是奉命籌拍一回重演？」

上校露出那天早上的頭一個笑容。「誰說重演來著？我們的政策反對重演。我只是請你拍攝盟軍光復失地的實況。」

在突尼西亞拍照的頭幾個星期，文森領悟到羅伯特・卡帕的名作〈倒下的士兵〉是擺拍之作。沒錯，非得擺拍不可。卡帕如何在槍林彈雨之中握著他的徠卡相機、調出適當的焦距、朝著正確的方向、剛好捕捉到子彈擊穿一位共和軍游擊隊員？他愈想愈覺得不可能。但即使是事先設計，這張照片依然對政治暴力提出最有力的控訴，文森從未見過如此令人畏懼的控訴。多年之前，一個在羅馬研習法律的學生就是因為這個影像突發奇想，滿懷希望帶著他摯友致贈的相機前往巴塞隆納拍攝西班牙內戰。這也就是為什麼他對於前往西西里島東北方拍攝一場已經結束的戰爭，感到些許不安。

✦

卡斯泰拉爾托隱沒於山谷中，滿地硫磺礦石，坑坑洞洞，其間夾雜著可耕地，大小跟客廳地氈差不多。等到文森和邁爾斯抵達，德軍早已撤退，留下來的當地人攀爬於落石堆之間，手腳並用爬上岩石滑坡。街上的屋舍全被炮彈炸毀，行走於其間，有如橫向攀山。

「我們應該等到盟軍光復卡布里島，」邁爾斯說。

答應派遣旗下三個連隊參與重演的上尉已經鉅細靡遺地記錄戰事，確保自己不會被當作代罪羔羊，也確保上級不會搶了他的功勞。其後幾天，文森和邁爾斯借助上尉的筆記，同時採訪數十位步兵，逐步擬出大綱。他們力求逼真，但很快就察覺這個標準根本是自欺欺人。相較於擺明造假，不可靠的回憶和互相矛盾的說詞難道有比較逼真嗎？

解決之道在於攝影機。文森長時間為「水星國際影業」的宣傳組仔細研究真實和事先設計的作戰片

2 Castellalto，義大利泰拉莫省（Teramo）的城市。

段，因而習知一事：無論重演多麼一絲不苟，所謂的「逼真」不在於拍了什麼，而在於怎麼拍。在戰場上，攝影記者隨時可能送命，死亡的陰影搖搖晃晃地若隱若現——攝影機在來襲的炮火下劇烈晃動，鏡頭猛然轉向轟隆炮火，卻只捕捉到餘波——因而營造出一種真實感。這是一種因為差錯而完美的寫實主義。你不斷受到提示，請你謹記眼前是個有瑕疵的紀實，正因如此，所以它格外值得信賴。然而這一切當然全都可被操控。

文森以晃動、手持、跟拍的手法拍攝《光復卡斯泰拉爾托》，重點不在預見戲劇化的發展，而是把戲劇化的時間拉長。西西里島的東北部全都是他的攝影棚。連塞西爾．德米爾[3]都不曾以如此浩大的規模拍片。但即使美國陸軍的人力物資都由他隨意支配，他依然無法在不造成平民傷亡的狀況下忠實呈現最具戲劇效果的戰鬥時刻，換言之，他只能暗示，而非明示。你看到的愈少，看起來愈棒。「水星國際影業」的露天片場即是如此，西西里島的戰場上也錯不了。

十天的拍攝過程中，文森把這套結合動盪式與省略式的拍攝手法發揮到極致。一場事先設計的炮戰為《光復卡斯泰拉爾托》提供最驚駭的時刻。為了節省子彈，上尉把空包彈分發給連隊士兵，士兵們朝著村裡開槍，而不管什麼鬼魂依然在村裡遊蕩，空包彈也驅趕不了。該場戲到了結尾，文森放手讓他的攝影機落地：陽光閃過取景器，天空翻了跟斗，地面向上翻騰。你可以說他幫自己拍了一張肖像。〈倒地的攝影師〉。歪倒的攝影機繼續拍攝，世界在鏡頭裡傾覆。一雙一般用途的靴子踏入鏡頭，說不定是某位善心人士試圖扶起攝影師。你至多只看到腳踝。大後方看電影的民眾會把靴子替換成任何他們最害怕失去的事物。然後音效師加入一聲槍響，任由影像帶著觀眾隱沒於沉靜之中：靴子忽然傾翻，癱軟斜置，動態影像隨即如同一張人像照片般靜止不動。

在《光復卡斯泰拉爾托》令人動容的結局中，四個美國大兵從一座在空襲行動中被炸毀的教堂裡抬出一具女人的屍體。（「我們就說德國人撤退時炸了教堂，」邁爾斯建議。「這樣比較可信。」）女人是個女演員，他們從羅馬弗拉泰利．班迪耶拉大道的兼職應召女郎裡選中了她，以她時薪兩倍的價碼聘雇她。

美國大兵們把她放在木門上抬起來，儼然有如穿著泥濘迷彩軍裝的抬棺者。攝影機捕捉到一個孩童滑下鍛鐵鑲飾的樓梯扶手，炸得粉碎的石膏漫天飛揚，有如山間崩落的白雪，孩童彷彿滑著雪橇馳騁而下，畫面蕭瑟陰鬱。

圍觀的民眾很快就湧向緩緩前進的抬棺行列，讓文森甚為訝異。先是三三兩兩，而後數以十計，民眾們手執曼陀鈴和鐵鈸、唸珠和蠟燭，以這些哀悼的物件為自己撐腰，在遊行的隊伍中嚎啕泣訴心中的哀傷。

隊伍最前頭，一個留了鬍鬚的男人靠向女演員。「她還在呼吸，」他說。他的話語並未帶著恍然大悟的意味，也不訝異一個死去的女子居然尚有氣息，不，鬍鬚男一點都不訝異，因為他已經看了太多，深知下半輩子什麼都嚇不了他。

「她還在呼吸，」鬍鬚男重複一次。邁爾斯走過去拉開男人，以免他干擾臨時起意的遊行，但文森制止他。重演已經告一段落。這是另一回事。

「她活著，」鬍鬚男說，在這個鬼地方，生者與死者沒什麼兩樣，而死者甚至還沒死，他不禁氣得全身發抖。他朝向四方大聲放話，整支隊伍都聽到了，每說一次，怒氣就加倍，你瞧，她不但活著，這會兒居然坐起，沒有受傷，也沒有骨折，完好而活生生地呈現在大家眼前。

---

3 Cecil B. DeMille（一八八一—一九五九），美國著名電影導演、編劇和製片，好萊塢影業元老級人物，亦是美國影藝學院的創始人之一。

在文森眼中她是天生的藝人。她憑藉直覺就知道觀看的目光已從攝影機轉移到群眾，她也瞭解自己有能力影響群眾，於是她緩緩站起，莊嚴地、超凡地、高高在上地扮演她的角色。布滿彈孔的街上浮現出一股深奧難解的神祕氛圍，緩緩升向浩瀚無垠的藍天，衣衫襤褸的遊行群眾人人皆可感知。她踏入人群之中，重回生者之境，為哀悼她的眾人賜福。

人們懇求她的祈福，但即使在此刻，人們始終不忘現實的考量。食物、住所、藥品，樣樣必需，卻也樣樣欠缺。聖徒的賜福減緩不了貧困匱乏。但聖徒的遺物，諸如一根腳趾、或是一隻耳朵——甚至一截指甲、或一片眼瞼，任何你扯得下來的東西都行——皆可讓你在黑市換取足夠餵飽家人一星期的食物。如果不能吃下肚，天使又有何用？一副先前以一小時幾里拉的價碼賣身的軀體，這會兒價值數千里拉。在那個晴朗的九月天，對聚集在卡斯泰拉爾托的哀悼者而言，這是他們唯一在乎的奇蹟。

圍繞著女演員的群眾愈逼愈近，人人朝著她伸出雙手，懇求她的賜福，眼看著就要將她吞沒。她叫他們後退，但在有如煉獄的此地，一位聖徒哪有權威？

一場公開肢解眼看著就要登場，上尉趕緊命令士兵朝著群眾開槍。步槍轟然一響，聲聲迴盪在山坡間。刺鼻的火藥味急急飄入空中。在迴聲裊裊的靜默中，文森聽尋疼痛的哭嚎聲，卻只聽到生者們一邊瘋狂大笑、一邊摸索自己哪裡應該被子彈轟出一個洞。就連站在槍口六英寸前面的鬍鬚男也躲過了步槍開火。趁著群眾尚未察覺士兵們配備的是空包彈，上尉護送女演員離開。

圍觀的民眾依然盯著自己的手指，心想既然他們也成了聖徒，不知道具有多少身價。這時，一部吉普車緩緩停下，兩位軍事警察下車，審視一下現場，朝著攝影師大步走去。

邁爾斯嘆氣。「嗯，兄弟，看起來我窮途末路囉。」

文森朝著邁爾斯伸出一隻手。「祝你好運。」

「你會幫我在軍事法庭講幾句好話，是吧？」

「你真的希望我立誓說真話、為你的人格作證？」文森邊問邊把抽剩的菸遞給邁爾斯。

「如果你這麼說，嗯，那就免了吧。」

他們轉身朝向愈走愈近的兩位軍事警察，個子較高的一位是個金髮的中尉，他問兩位攝影師誰是文森．寇迪斯。

邁爾斯大笑，跟先前躲過子彈的民眾一樣感到不可置信，驚覺自己在那個晴朗的西西里島午後也逃過一劫。「你們來這裡抓他？」

2.

天花板滑過洛可．費南度呆滯的雙眼之中。他躺在貝利諾的懷裡，像個孩童般被抱著。他的體重已經減輕了這麼多？貝利諾每走一步，疼痛的感覺就竄過費南度的身軀，而這副身軀已稱不上是身軀，頂多只是讓他的靈魂在此熬過狂風暴雨的廢墟。

「我在哪裡？」他問。

「這會兒你跟我們在一起囉，」一個女人說。

厚重的天鵝絨窗簾布，飾以絲綢短帷幔和流蘇窗簾鉤，讓室內沉浸於永恆的午夜氛圍。剛洗好的被單飄散出龍舌蘭的氣味。啊，這是伊莎貝塔的住所。

「你把我帶到妓院、讓我在這裡翹辮子？」若非喘不過氣，費南度八成哈哈大笑。

「最近生意不太好，大部分的恩客都被徵召上了戰場，」貝利諾說。「伊莎貝塔的兩個小姐同意擠一張床，直到……嗯——」

「你要在這裡待多久都行，」伊莎貝塔插嘴。床墊托住他有如死屍般的孱弱身軀，如此輕軟，如此柔和，儘管疼痛排擠了清晰的思緒，他依然開心地輕嘆。他先前為什麼不來伊莎貝塔的妓院？即使是睡個覺也好？

貝利諾把一張凳子拉到床邊。「你感覺如何？」

「很痛，」費南度說。

貝利諾哀傷地瞪著他的前長官，在那一刻，費南度就知道自己永遠不會離開這張床。他想了倒不心煩。在一張如此輕軟的床墊上，他這個在牢房上下鋪睡了好幾個月的小文書，說不定終於可以一夜好眠。

「我知道你很痛，老哥，」貝利諾終於說。「我知道。」

「米歇當初想得沒錯。跳下去就得了。一了百了。」

「誰是米歇？」伊莎貝塔說，聲音似乎來自遙不可及的遠方。一條冰涼的毛巾貼上他的額頭。

「我哪曉得，」貝利諾說。「有時他自言自語。他的神經有點錯亂。」

如果神智清晰到有辦法回答，費南度八成會附和。

貝利諾旋開一個琥珀色小瓶的瓶蓋。三十滴鴉片酊咚咚滴進一小杯紅酒。他把玻璃杯湊到費南度的唇邊。「來，老哥，這有點用。」

費南度喝了一小口，眼皮沉沉蓋過眼睛，鴉片酊吞沒了他。

✦

他無法入睡，也醒不過來，受困於這種二十四小時的迷濛昏沉，睡著也好，醒來也罷，不過是隨著意識漂流。

「你感覺如何？」貝利諾問。

他所感受的疼痛已經超乎他所能形容。他的腦子緊貼著頭蓋骨不停膨脹，有如火焚；一個大胖子在他的脊椎骨上走鋼絲；他的雙肺幾乎吸不了氣。「拜託再給我一點鴉片酊，」他說。

「嗯，我清理我的——喔，我是說你的辦公室之時，看到這樣東西。」貝利諾把一套福爾摩斯的小說拿給費南度看。「我想我說不定休一天假，朗讀給你聽。」

「今天不是你升任探長的第一天嗎？」

「讓那些小偷搶先幾步吧。我們總得給他們一個獲勝的機會，這樣才公平，不是嗎？」新上任的貝利諾探長說。據此心態，貝利諾想必跟他的前任長官一樣毫無作為。

「你的眼睛，」費南度勉強擠出幾個字。

「我的眼睛？」

費南度竭力露出微笑，這是他近日最激烈的肢體運動。「那些小字會毀了你的眼睛。」

「為了你，我願意冒這個險。」

那一整天，貝利諾為他朗讀福爾摩斯的故事。費南度試圖專心聆聽，但他只能專注於鴉片酊漸漸消散的功效，椎心刺骨的疼痛緩緩突破麻醉藥劑引發的麻木，占據了他全副心思。

到了某個時候，他說：「我想跟康瑟塔・寇迪斯太太談談。」

「老哥，我覺得這樣不太好。」

「拜託。」

「你要不要吃葡萄？」康瑟塔說。

葡萄？他察覺他正盯著貝利諾留下來的綠葡萄。整個早上，他一直看到陽光在銀閃閃的葡萄皮裡漫開。日光漸漸照上窗玻璃，葡萄濕軟黃褐的蒂頭也漸漸改變顏色。熟透了的果肉綠光瀅瀅，鑲嵌著色澤更加青綠的細絲。他看著這盅青葡萄，感動得流下眼淚，至於這是因為他服用了過多還是過少鴉片酊，那就難說了。

「謝謝。但不了。葡萄太難咬，」他說。「妳為什麼過來？」

「你邀我過來。」

沒錯，當然是他邀她過來。鴉片酊減輕疼痛，卻也讓他的思緒遲鈍。他覺得自己整個人只剩下一副流瀉穢物、如同嬰孩般嗚嗚呻吟的皮囊，生怕思緒被疼痛拖累、被止痛藥蒙蔽，致使講話不清不楚。

「沒錯，我邀妳過來，」他勉強發言。「我想跟妳談談妳兒子。」

康瑟塔動也不動，但掩蓋不了雙眼中所流露的企盼。在她和文森預計搭船前往紐約的那一天，她終於不甘願地將兒子申報為失蹤人口，即使清楚明白他是個好兒子，不管惹了什麼麻煩，若非再也回不來，他絕對不會拋下她。費南度探長在他的筆記簿裡記下所有細節，保證他會詳加調查、稍後回覆，但她直到現在才聽獲他的消息。

費南度試圖跟她說明發生在一九三八年那二十四小時之間的每一件事：德國人殺了人、他和貝利諾把屍體埋在未受聖祝的河岸、尼諾划著小船穿過拱橋底下、稍後他在皮康尼照相館的暗房發現一本偽造的護照。

「妳兒子身上沒有任何證件，」他解釋。「我們不知道他是誰。」

「他始終帶著證件，我不明白，」康瑟塔說，但到了那時，她明白的已經夠多了：一個德國人偷走了她兒子的性命、尼諾偷走了她兒子的姓名。

費南度不知道自己是否語無倫次。不到幾分鐘，他已經精力耗竭，甚至講不出超過三個字的句子，但他必須告訴她的最後一件事，三個字就已足夠：「對不起。」

生命可以把一個人折磨到不成人形，但即使是仇人，看著他受苦，她心中的憎恨也已被憐憫沖淡。她把一顆葡萄推到雙脣之間。費南度可以聽到葡萄啪地裂開，汁液噴流於臼齒之間。她把果漿吐到掌心，輕柔地把他的頭往前一推，餵他吃下那團混了唾液的葡萄泥。濡濕的葡萄泥在他的舌間閃閃發亮：清澄的汁液，微酸的葡萄籽，康瑟塔上一餐吃下的香料經由她幫他咬嚼的葡萄悄悄潛入他的口中。他不敢吞嚥。他絕對再也不可能嚐到如此香甜的滋味。他把葡萄泥從嘴裡的一側挪到另一側。他想要謝謝她的恩慈，但等到最後一丁點葡萄泥滑下他的喉嚨，她已經離開。

✦

濃霧中的聲音來回滲透。

「天啊，這裡熱得像是烤箱，」貝利諾說。

「這波熱浪總有一天會中止，」伊莎貝塔說。

「妳看看他。他流汗流得床單都濕透了。」

寂靜無聲。然後：「親愛的，抱歉，我們真的已經無能為力。」

「我們只要幫他把體溫降低，他就會活跳跳。」

「太遲了。」

「但我從局裡帶了桌上型風扇過來，老哥，你聽到了嗎？我有你的桌上型風扇。」

「他聽不到你說話。」

「我們幫他稍微降溫就行了。」

對洛可．費南度而言，寒意已經降臨。寒氣從他正在衰竭的器官緩緩滲出，竄入他高燒發熱的大腦。在盛夏的暑氣中，寒冬潛入了他的筋骨。前方並非一片漆黑，而是白晃晃的虛無。他僅存的神智只足以感覺風扇旋轉吹送的微風飄過上方，將前方的白晃一片攪散為四散紛飛的八月暴風雪。這會兒寒意無所不在。在冷得讓人凍僵的白晃晃之中，他瞧見米歇。米歇的眼睫毛沾了白糖，雙眼有如葡萄果肉般澄淨青綠，虛無之中的最後一抹色彩。洛可跨步走入暴風雪。

3.

重要的是，文森提醒自己，他沒有被逮捕。最起碼還沒有。軍事警察跟他一起前往聖羅倫佐，純粹只是因為他們必須搞清楚「聯邦調查局」洛杉磯分處提出的指控。軍事警察對此通常根本懶得處理，但提出指控的奈德．費德曼先生是幾位參議員的金主，不可以被輕易打發。純粹是例行公事，軍事警察向他保證。只是證實一下他的身分，讓上級滿意。

「來吧，畢卡索下士，」金髮中尉大喊。「我們需要一位地陪。」

一小時之前，當他拍攝乘著降落傘從天而降的牛，文森跟中尉說，畢卡索不是攝影師，也不是義大利人，但下屬一提出更正，軍官更加認定自己所言不虛。

文森走過去。那位講話細聲細氣的警佐已將一張地圖攤放在吉普車的引擎蓋上，前方只見一條條泥土小徑，小徑兩側盡是枯萎的叢生荷草和薊草。周遭一片空曠，圓石散布，其間矗立著細瘦的橄欖樹和白蠟樹。夏末的暑氣晒得地面水分盡失，泥土化為細微的粉末，一吸氣就迎面襲來。

金髮中尉說：「你建議我們往哪裡走？」

情治單位並未呈報沿海的山間道路埋了地雷，但服役於「一六三信號攝影小隊」意味著他必須仰賴騙子提供的消息和笨蛋彙整的情報，他必須相信他們的訊息能夠幫他迴避風險。當天稍早，他們走過一箱反坦克地雷，地雷被奉命埋設的工兵們棄置在路邊，不管此舉是故意怠忽職守，或是已經成為卡拉布里亞鄉間路上的常規，這個問題都必須立刻解決。

文森研究地圖，測繪員製作的地圖跟先前朱塞佩用來規劃他們脫逃的地圖沒什麼兩樣。他可以將軍事警察引入內陸，讓他們消失在山中。有何不可？他在聖羅倫佐豈能指望什麼恩典？

「你說呢？」講話細聲細氣的警佐問。

文森越過空地，走到一個彎道，跪到地上。蹄印在乾枯的泥地留下扇貝狀的痕跡。在北非的戰場上，他瞭解到動物是天生的地雷偵探師。午後的暑氣晒得他脖子上一圈汗珠，深沉的無奈讓他意氣消沉。我們一直追著我們的謊言跑，他心想，即使我們的謊言已經反過來追著我們跑。無論如何，他是文森・寇迪斯。

他站起來，拂去膝蓋上的泥土。「我們跟著羊群走。」

金髮中尉朝著他的警佐微微一笑。「他們竟然認為他不是一個真正的美國大兵。」

他們坐回吉普車，繼續前進。他不確定他們何時、或者是否駛入軸心國控管的領域。戰爭調動國與國的疆界。你再也無需移居國外。柏樹粗壯的枝幹交錯彎折，形如拱門，蹄印貫穿其下，有如一條長長的隧道。羊群可能在一個國家躺下，在另一個國家起身，而在那另一個國家，狼群有了新的名字。

✦

當軍事警察的吉普車噗噗開過山頂，文森的腸胃直墜骨盆。他們幾乎已經抵達。當他們開下山脊，他可以看到聖羅倫佐出現在遠方，一抹抹藍色的河川、黑色的煙霧、灰色的岩石在擋風玻璃裡綿延不絕。金髮中尉坐在乘客座裡輕哼班尼·古德曼[4]的樂曲，但文森充耳不聞。除了颼颼灌入耳中的風聲和愈來愈強大的質疑，他什麼都聽不到。吉普車的輪胎輾碎一株株鼠尾草，碎屑飛濺在砂礫之間。一棟棟坍塌的樓房在土石磚瓦的地平線上留下一個個缺口。道路各處布滿一層層盟軍的傳單，傳單上信誓旦旦地說德軍計畫打到義大利人全都陣亡了才甘休。他們繼續前進，穿過倉促撤退之時被推翻的路障，駛經鋼條橫置其上的炮彈坑，每往前開一公尺，文森心中的焦慮就更加白熱化。他們越過了拘禁區的無形邊界。

他離開才五年，但此時此刻，文森感覺聖羅倫佐比他在九個時區外所遙想的更加疏遠。這些年來，他在白晝的空想和黑夜的惡夢中重建聖羅倫佐，這時他看著眼前的市區，感覺卻格外陌生。祖埤橋破損的橋座和橋墩依然貫穿河面。國防軍武裝部隊撤退時，德國工兵炸毀了拱橋。朱塞佩縱身躍下、希姆萊佇立在上的那座橋已經沉入布森托河。不管河岸存留著什麼寶藏，如今都已埋藏在千百磅岩石之下。他們繼續前進。

警佐把吉普車慢慢開進維托里奧·維內托廣場，廣場之上，釀私酒的士兵們已將一部坦克車改裝為一個巨大的蒸餾間。罐頭桃子、新鮮柳橙、甲醇簡單發酵三十分鐘，冠上「貝尼托完了」、「不謝了義佬」等響叮噹的名號，一瓢一瓢地舀進充當小酒杯的炮彈殼裡。

金髮中尉暫不哼歌，伸手招來一個兜售私酒的士兵，幫大家點了一杯威士忌沙瓦，結果所謂的「威士忌沙瓦」竟是外用酒精沖泡的檸檬汽水粉。

廣場上熱鬧滾滾，到處亂烘烘。從吉普車的後座，文森透過取景器瀏覽群眾，搜尋任何一個可能熟悉的面孔，瞧見任何一個認得出的人，但聖羅倫佐已被瘋子和動物進占。小販向同盟國的士兵們叫賣西瓜、鹹辣腸、以降落傘的絲綢縫製的洋裝，修士們掠奪修道院的地下祕穴，以信徒多寡和法力強弱定價販售聖徒們的遺物。許多遺物似乎重現生機，甚至骨肉再生，其中一件竟有蓓蒂·葛蘭寶[5]的刺青，而修士們擔保這正是聖徒們神奇法力的明證。但當一位截肢的加拿大人發現他的胳臂被當作聖保加利的遺物販售，爭執於焉爆發。

文森感覺自己像是拍攝老布勒哲爾[6]畫中的荒誕末日，無論地位多麼微小，人人全都承受特有的折磨，癲狂之中帶著諧趣。女人們在被夷為平地的教堂裡掛上簾布，確保自己在凹室裡接客時尚有丁點尊嚴。步兵們說服家貧如洗的小販，讓他們相信大富翁的紙鈔是占領區的官方貨幣。狙擊手用搶奪而來的標本陳設出非洲大草原，用巧克力棒打賞幾個街童，把槍架在街童的肩膀上射擊狐猴和虎貓標本。匪徒們在地方官的辦公室處決法西斯主義者，在此同時，老先生們在街上唱著情歌，人人的長褲縫著一塊塊色澤豔麗的舊壁毯碎布。

這些光怪陸離的景象卻非陌生，文森在巴勒莫、突尼斯、阿爾及爾、卡斯泰拉爾托都拍過諸如此類的場面，只不過出現的順序不同。聖羅倫佐又有什麼不一樣？人們用擔架把一個身上布滿坦克車履帶印痕

---

4 Benny Goodman（一九〇九—一九八六），爵士樂大師，亦有「搖擺樂之王」的美譽。

5 Betty Grable（一九一六—一九七三），一九三〇、一九四〇年代的知名女星，二戰期間，許多美國大兵把她視為夢中情人。

6 Pieter Bruegel the Elder（一五二五—一五六九），文藝復興時代尼德蘭繪畫大師。

的士兵抬到戰地醫院，醫院的枕頭畫著紅色的十字，標示出醫院由紅十字會監管。一位修士悄悄溜進戰地醫院旁邊的帳篷，帳篷上標註著「備用物品」。各式各樣的苦難透過相機鏡頭源源湧入，麻痺你的感覺，挫傷你的心靈，當那兩位軍事警察大啖從那頭從天而降、萬分驚恐的牛切下的後腿肉，文森走路回家。

午後的陰影漫過擁擠的巷弄。鋪在路面的石板在他的皮靴下輕聲作響。每轉個彎，他就考慮掉頭。他希望在那個他曾與朱塞佩．拉嘉納同住的屋宅找到什麼？朱塞佩把小艇推入布森托河的那一刻，他就知道結果會如何。一年又一年的沉默，只是再度驗證他想的沒錯：這裡什麼都沒有，沒有人在等著他。

照相館的招牌已被拆下，劈了當柴燒，但一看到被太陽晒著發白的外牆，文森的腦中就一片空白。他推開前門。他跨過門檻——許久之前的一個下午，他媽媽曾迫使羅馬最受崇敬的辯護律師在這裡脫得只剩內衣褲。屋宅之內，小老鼠倉皇奔波，在滿是灰塵僕僕的地上留下爪印。牆上的日曆依然顯示一九三八年三月。機敏大膽的鄰居們確保東西不會白白浪費——傢俱，暗房設備，每一樣可以移動的物品都被撬開拖走、再製利用，或是販賣出售。

他在斷瓦殘垣裡東翻西找，終於找到一個完好的相框。他從皮夾裡掏出一張照片放進相框，把相框掛到牆上。他後退一步，仔細端詳將近二十年前在這個暗房幫那個女孩拍的護照照片；當時她來到聖羅倫佐，在航向洛杉磯之前過來跟她爸爸道別。朱塞佩若是果真找到回家的路，他就會瞧見自己費盡千辛萬苦、尋尋覓覓的女兒始終在歡迎他回家。

✦

兩位軍事警察剛吃完飯，文森就回到廣場。他們開車到教區檔案處，在一位軍方翻譯人員的協助下，金髮中尉找到文森．寇迪斯的受洗紀錄，或多或少駁斥了「聯邦調查局」洛杉磯分處提出的指控。

「你從來沒有聽說過一個叫做尼諾．皮康尼的傢伙？」中尉問文森。

「沒有。」

中尉願意相信他。依據中尉的經驗，「聯邦調查局」連最莫須有的謠言都轉交給軍事警察隊，由此展開不怎麼牢靠的調查，結果通常可想而知。在戰場上長途跋涉，只為了反駁某些傳言。甘冒喪失性命和手腳的風險，只為了調查某些指控。這些八成僅是為了幫洛杉磯某些斤斤計較的傢伙尋仇算帳。

警佐探頭到中尉使用的辦公室。「長官，我發現一些事情。」

警佐在地方警局發現一份洛可．費南度探長撰寫的報告，時間為一九三八年三月，內容為：開了一槍。皮康尼中彈。推定溺水身亡。追捕行動叫停。「真是離譜，」中尉說，上級始終命令他追查一些毫無根據、難免受到駁斥的指控，他受夠了。「這附近不難找到一個如假包換的法西斯主義者，我們卻東奔西跑、追捕一個五年前被槍殺的反法西斯主義者。」

這事說不定到此為止，但講話細聲細氣的警佐入伍之前是個會記師，因而固守再次查核確認的原則。「長官，我們很容易就可以把事情搞清楚，」警佐說。「文森的母親康瑟塔．寇迪斯太太住在河的那一頭，是吧？我們一起去拜訪她吧。」

4.

康瑟塔醒來，下背作痛，膝蓋嘎嘎響，都是老毛病。她整理床鋪，撫平床單上餘留的皺褶，把床單四角塞到床墊下。一張鋪得整整齊齊的床鋪，是生活中少數負擔得起的小確幸。她的竹籃依然懸掛在上方的梁木上。她伸手一推，看著竹籃輕輕搖晃，河邊吹來的微風滲過石牆的縫隙，噓噓作響，屋舍之外，數以千計盟軍戰機空投到聖羅倫佐的傳單在地上滾滾翻騰，康瑟塔拿起掃帚走到教堂墓地，把飄落在她孩兒墳上的傳單掃乾淨。

她從安捷亞的墳墓掃起。安捷亞是她的第一胎，卻也永遠是她年齡最輕的稚兒。呱呱墜地兩天之後，他就撒手離開這個世界，馬庫索神父甚至來不及為他受洗。但神父已經養護難以計數的私生子，深知為人父母的哀痛，因而准許康瑟塔把安捷亞安葬在受到聖祝的墓地，這樣一來，這個新生兒在末日的喧鬧紛擾之中就不會被遺忘。

安捷亞的墳墓不難掃。墳墓好小，掃帚一揮就掃乾淨。

接下來是馬力歐和吉伊麗亞。馬力歐十八個月大，吉伊麗亞三歲大，唉，她那個超級會撒謊的先生真是寵愛吉伊麗亞。他讓她站在他的雙腳上，拉著她在房裡踢正步，當她生了病，他把祈禱卡擱在她的胸口，握著她的手，直到她最後一絲暖意緩緩滲入他的身體。傷寒也奪走了他的性命。我好多了；超級會撒謊的他，臨終之時留下這句遺言。當年地方上的醫生是個在巴里省因為謀殺遭到通緝的蒙古大夫，唯一可靠的醫學權威是鄉里的一位巫婆，而巫婆治療傷寒的萬靈仙丹提煉自檸檬皮和六縷處女頭髮燒成的灰。沒有人期待任何奇蹟。大家都知道她的專長是下咒。

一個腳踏車騎士踩著踏板經過教堂墓地。腳踏車的後輪胎是個塞滿木屑的澆花水管。

康瑟塔掃帚下的傳單愈積愈多。冬天一到，她就會在爐子裡燒了它們，暫且驅離寒意。

喬凡娜十二歲大；死於瘧疾。薩瓦托二十三歲大，爭執之中被收稅員捅了一刀。康瑟塔穿戴跟她母親和外婆同樣的黑頭紗和黑洋裝，住在同樣擺飾的屋舍，為同樣貪婪的地主耕作，在同樣散布著碎石和白骨的耕地上犁田，無論自從耶穌誕生之後已經過了多少世紀，這裡依然是黑暗時代，但去年冬季的一天，她無意間走入一片高聳的橘樹林，整個下午在林間大啖柑橘，直到撐得不得不躺在地上，橘皮飄散出令人精神振奮的香味，將她團團籠罩，她無法想像世間哪個地方比這裡更宜居。

馬庫索神父看到她在清掃傳單，走了過來。教堂墓地的西側遭到炮轟，屍體被炸得出土，他整個早上都忙著重新安葬。這些年來，神父已經失去三個孩兒和八個孫兒。倖存的孩子們在雷焦就學。沒有人因為神父貶謫他的誓言而看輕他。馬庫索神父就讀於卡塔尼亞的神學院，卡塔尼亞的主教認為他太軟弱，建議把他派駐到聖羅倫佐，因為聖羅倫佐的教徒們早已無可救藥。「他在那裡造成不了傷害，」卡塔尼亞的主教提筆寫下，然後享用五道菜式的午餐。

馬庫索神父跪到康瑟塔兒女的墳墓旁，低頭祈禱，他數度忘了拉丁文，隨口杜撰。在她聽來全都一樣。

她曾想像買一塊地耕作。地不必太貴，也不必太大，小小一塊，讓她可以親手打造就行了。但她存的那點錢都花在購買兒女的墓地。在這個世上，唯一歸她所有的土地就在跟前：五個掃得乾乾淨淨、受祝於一位喝得醉醺醺、拉丁文講得亂七八糟的神父的矩形墓地。

文森出生時是她年紀最小的么兒，離世時卻是她年紀最大的長子。三年前，洛可・費南度臨終前告訴她文森出了什麼事。他甚至跟她說他把她兒子埋在布森托河畔何處。其後幾星期，她帶著鐵鏟到河畔，淤泥及膝，卻始終挖不到遺體，直至今日，她依然等著她兒子的鬼魂返家，回到她身旁。

5.

農民們就算記得那個跟著兩個美國人沿著巷子往前走的囚犯，他們也只記得他那雙牢靠的靴子。一個人穿著那種優質靴子可以走得很遠。沒有人認出他是當年那個性情溫和、每週沿著這條巷子往前走、為康瑟塔朗讀她兒子的信、幫她寫信給她兒子的年輕人。囚犯的神情好像正在走向絞刑架，幾個農民欽羨地看著他，暗自心想他翹辮子之後誰會得到他那雙靴子。

幾隻狗在塵土飛揚的路邊閒晃，囚犯走過時，其中一隻聞到一股熟悉的氣味，但只是依稀一聞，況且天氣太熱，牠提不起勁。一個走向田裡的農婦認出囚犯正是那個溺斃於布森托河中的年輕人，但這也沒什麼好奇怪，因為自古以來，逝者就如同生者般在聖羅倫佐漫無目的地晃蕩。

農婦把一壺水擱在她女兒的頭上，母女兩人邁步跋涉，走向四英里外的地主農田。女孩九歲大，當年她媽媽跟一個左撇子的民兵在馬戲班的露天看臺下發生關係，結果懷了她。懷胎三月之時，農婦試圖勾引馬庫索神父，因為她知道倘若是神父的私生子，她的孩兒將有機會出人頭地，但神父沒有落入這位南方農婦的陷阱。女孩小心翼翼地頂著四公升的水沿著巷子往前走，她轉頭看了看美國人帶著囚犯走向康瑟塔·寇迪斯太太的家，頂在頭上的水壺連一滴水都沒灑出來。

金髮中尉敲門，門沒關，為了排散盛暑的熱氣而開著。康瑟塔站起來。她朝著兩個美國人皺眉頭。她記不得那個低頭盯著雙腳的囚犯是誰。

「這位太太，恕我一問，」講話細聲細氣的警佐以常用語手冊的義大利話問道。「這是妳的兒子嗎？」

康瑟塔跨過門檻。當囚犯迎上她的注視，她感覺氣息全都從身體裡飄離。這個小夥子欺騙她、背叛她、從她手裡奪走她兒子的死亡。他的眼圈紅通通，令人深惡痛絕，值得受她懲罰。她從來不曾對另一個人握有如此的生殺大權。

警佐心想自己肯定發音錯誤，因此查了查他的袖珍版常用語手冊，再問一次。「這位太太，這是妳的兒子嗎？」

一、兩個字就足以決定一切。單單回答是或不是，她就可以讓他下地獄。

中尉從他同事手中拿起常用語手冊，重複一次問題。

頭上頂著四公升水壺的女孩依然從巷子裡觀看。她名叫泰瑞莎，即使她聽不到兩位軍事警察問些什麼，七十四年後，當她在墨爾本一個酷熱的夏日看著曾孫女跳進公園的噴水池，她會想起這一刻。到了那時，當事人與見證人早已逝去，她沒有理由想起這段過往。但或許只是在所難免，她八成心想，不管她在世間已經走了多遠，她總會回到過往。她在墨爾本的家裡備有五個水槽和兩座浴缸，用水絕對不虞匱乏。即使邁入九十大關，泰瑞莎在玻璃杯裡倒滿了水湊到嘴邊，卻連一滴水都不會灑出來。公園裡的那一刻稍縱即逝，她再也不會想起康瑟塔。當她的曾孫女呼喚她，令她從沉思中回過神來，許久之前的那一日從此永遠消逝。

康瑟塔走出門外。她椎心的哀傷、她的報復心、她的憤世嫉俗、她祈求寬容而浪費的次次祈禱，全都聚焦於眼前這位懺悔者。她站在飽受創傷、滿目瘡痍的鄉間，不禁猜想，她生命中的各個鬼魂是否正是這位旅人追逐的幻影、這位從遠方前來找尋她的歸人？

她所搜尋的那個字湧上心頭，強大的震撼在心中迸發。她無法想像自己能夠賜予天主一再拒絕賜予她的恩慈。這麼說來，除了順服天意的不可預測，她還能怎樣？

只見一身黑色喪服的瘦小婦人抱住了「陸軍通訊軍團」的攝影師，光是這幅景象就足以一掃警佐內心縈繞不去的猜疑，他轉開頭，有點尷尬打擾了這個返鄉時刻。他朝著巷子瞄一眼，驚嘆小女孩好端端地把水壺頂在頭上。女孩輕輕踏過稀疏散布的雜草，跟著她媽媽沿著巷子往前走。屋舍漸漸遠離視線，許久之後，女孩依然聽得到屋裡的住戶大喊：是他，但她始終無法判定那是失望的哀嘆或是勝利的呼喊。

她心想，那就得看人們問了康瑟塔．寇迪斯怎樣的問題。

終曲：一九四六

「諸位必須謹記的是，我哥哥——願他安息——始終不是電影人，」亞提在電話裡告訴記者。「他始終不知道大眾想要什麼，也不知道怎麼投大眾所好。他這個人如此不討喜，怎麼可能知道大眾喜歡什麼？你可以引用我的話。」

記者請問亞提為什麼提及他哥哥時都用過去式。

「因為在我眼中，他多年以前就已經不存在，」亞提看到瑪麗亞站在他的門口。他伸手遮住話筒。

「《每日綜藝報》在幫奈德寫訃告，妳要不要也說幾句？」

上星期傳聞奈德被「水星國際影業」罷黜，「木星影業」的高階主管聽聞之後咸認老天有眼，但在好萊塢，直到業界媒體披露，否則沒有什麼是確實。

「我確信你已經充分表達我的感受，」瑪麗亞說。

「妳確定？趁一個人失勢時踢他一腳，不是趁人之危？」

「你可以坦白地說奈德這個人沒格調，」瑪麗亞說，轉身回到她的辦公室。

亞提朝著她豎起大拇指，用肩膀夾住話筒。「你知道『水星國際影業』的董事會給了奈德什麼請他走路嗎？」亞提問記者。「啥都沒有。你知道他們給了我多少錢嗎？三百萬。沒錯。數字三，後面加上六個〇。你在報導中務必提到這一點。」

「木星影業」的高階主管辦公室位居高地大道一棟大廈的二樓和三樓，大廈以前是幾家牙醫診所和一家小兒科診所，亞提原本打算以此為臨時據點，日後財力寬裕再搬到比較氣派的辦公室，但遷入三年之後，這裡依然符合公司需求。置物櫃和嵌入式櫃檯讓瑪麗亞的辦公室看起來像是診所，但辦公室有兩扇窗戶和一間私人盥洗室，最起碼，她已經擁有屬於自己的主管盥洗室。

瑪麗亞打開收音機，快到中午了，KECA電臺將重播昨晚的《世界是個舞臺》。這個在紐約錄製的節目以莎士比亞、易卜生、契訶夫的經典劇作為戲碼，將之改編成一小時的廣播劇。固定出現在節目中的五名演員中，其中一位名為艾迪．陸易斯，每隔幾星期就由他領銜演出。

當亞提走進辦公室，瑪麗亞把收音機的音量調低。他望向窗外。早上天氣真好，積雲有如艦隊般航行於碧藍的天空。下方的街道上，一個留著小鬍子、身上有個盤蛇刺青的老千跟兩個賣冷飲的小弟合抽一支香菸，一隻鴿子在瑪麗亞全新的敞篷車上拉屎，亞提心想，真該有人提醒她拉上車頂。

「聲譽卓著的奈德．費德曼被炒魷魚囉，」他搖搖頭說。先前那股耀武揚威、虛張聲勢的精力已經耗盡，他似乎因為事情的轉折感到困惑，甚至難過。「誰想得到呢？奈德搞了那些小動作，只為了逼我在『水星國際影業』的股票飆到最高點時賣掉持股，妳絕對猜不到他為什麼被解雇。圖利親屬。」

「因為他雇了他的兒子？」

「不，因為他付了這麼一大筆錢叫我走路。」

瑪麗亞大笑。「天啊，這是什麼跟什麼？」

「沒錯。我也想不透。」

「在合適的時機被惡搞，你的運氣還真好。」

「拉嘉納小姐，這話絕對真確。」

奈德從一九四二年就大興舉債，試圖利用「水星國際影業」擴增院線牟利，同時資助旗下的一線演員。有段時期，奈德的孤注一擲似乎頗有成果。《中途島的槍砲》在艾迪辭演之後全部重拍，榮獲五項奧斯卡獎提名。但每一輪新投資都讓奈德的持股縮水，到後來連往昔的忠誠盟友、如今指揮海軍門羅號的李奧納德．波伊德都無法幫他重掌董事會。當薇德特．克萊蒙被任命為「水星國際影業」的執行製作人，她致函瑪麗亞，感謝瑪麗亞所傳授的一切。

「你應該跟你哥哥聯絡。」

「沒問題。我會寄求職的分類廣告給他。」

儘管亞提開了香檳、歡天喜地慶祝奈德被解雇，但他眼神頹喪，失去哥哥顯然對他造成打擊。奈德是他唯一僅存的手足。亞提去年得知雅妲早在他終於不再寫信給她之前就已辭世。雅妲雖已不在人世，他寄給她的百元大鈔依然堆疊在她的郵箱下方，如此持續了好幾個月，但亞提從不後悔把數千美元投寄到虛無之中。過了幾十年，亞提老早安葬在山景紀念公墓之後，他兒子比利收到一封來自特拉維夫的信。寄信人是一名以色列女子，女子在西里西亞長大，離比利的姑媽雅妲家不遠。德軍進占波蘭期間，女子闖入雅妲家中搜尋食物，不料卻找到一小疊裝滿美金的信封，金額多到足以幫他們全家買到假證件。早在比利把亞提的洗衣籃當作尿盆那時起，他和他爸爸的關係就開始惡化。他爸爸冷漠疏離、自私自利、專橫跋扈，他老早就不再尋求理由在乎這個人，但讀信讀了三次之後，他去了錄影帶店，看看能否找到他爸爸監製的老電影。

「你應該請你哥哥出來喝一杯，」瑪麗亞跟亞提說。「我相信他需要喝一杯。」

亞提搖搖頭。「我們之間太多過往。」

「這裡是加利福尼亞。過往始於明日。」

亞提不置可否地嘟囔一聲，伸手拿取瑪麗亞桌上的雜誌。「妳瞧瞧這些鬼話？《好萊塢報導》刊登一份共產黨支持者的黑名單，這些可憐的傢伙因為『貿然反對法西斯主義』丟了工作。再這樣下去，他們恐怕會開始譴責大戰之時跟俄國人站在同一陣線的退伍軍人。妳瞧，他們甚至追打魯迪．布洛赫。」

「我們應該雇他。我敢打賭花不了多少錢。」

「然後讓那些跟《好萊塢報導》一樣的傢伙成天對我們挑三揀四？」

「誰說他們非得知道不可？」瑪麗亞問。「我們可以把功勞歸諸於他的化名。」

「比方說無名氏？」亞提狡猾地問。

瑪麗亞微微一笑。「我想他可以幫自己取個化名。」

她的祕書敲門。「有位寇迪斯先生想要見妳。」

文森從東京回到洛杉磯已經兩個月，依然慢慢適應平民百姓的日子。吃了四年的戰鬥口糧之後，他不禁懷念往日時光，在那段日子裡，鮪魚沙拉被視為是對烹調藝術最嚴重的冒犯。盟軍攻占義大利之後，他隨同「第七軍團」進入法國，穿越亞爾丁省，橫渡萊茵河來到德國。歐戰勝利紀念日之後，他在「陸軍通訊軍團」又待了八個月，協助記錄德國和日本各個城市的重建。榮譽退役之後，他在東京的盟軍總部一手按著聖經，宣誓成為美國公民，而他當上公民的第一件事就是請問如何幫他媽媽拿到簽證。

那天早上，他寫信告訴康瑟塔，拜《退伍軍人權利法案》之賜，他申請到一筆無息貸款，他在林肯高地買了一棟平房，後院還種了一棵高大豐美的橘子樹。他把平房歸在康瑟塔名下。如果她願意，她就可以擁有一小塊屬於自己的土地。他跟她描述林肯高地的園圃，腐葉土、肥料、灌溉用水取之不盡，她想種什麼都行。他會照顧她。他會用他的下半輩子償還他對她的虧欠。他在信末簽上尼諾．皮康尼——多年以來，他頭一次用了那個名字。他把信放進信封裡，封上封口，過了幾小時，他依然感覺手中流竄著簽下那個陌生姓名的顫動。信在他的口袋裡。他尚未寄出。他知道他永遠不會投寄。他太怕獲知尼諾．皮康尼的承諾對康瑟塔多麼無足輕重。

亞提站起來跟文森握手。「瑪麗亞跟我說你退役了，你還好嗎？」

「還不錯，費德曼先生。」文森試著從亞提熱情的緊握中抽回他的手。他四下環顧。「這是牙醫診所？」

「韓德森醫師多少算是個……嗯，我該怎麼說？」亞提轉向瑪麗亞。

「被判刑的要犯。」

「沒錯，我想他是的，對不對？瑪麗亞在報上讀到這場審判，我馬上打電話給房東，而且我跟你說，犯罪現場的租約條款真是優惠。你最近忙些什麼？」

「我下星期開始幫《義裔美國人報》拍照。」他看了看瑪麗亞。「這就是為什麼我過來一趟。」

「那你去忙囉，」亞提說，然後走進他的辦公室打電話給魯迪·布洛赫的經紀人。

瑪麗亞打開她桌子的抽屜，拿出一個紙袋。她把紙袋遞給他。袋裡是文森送他的徠卡相機，這部相機陪著他走過數千英里，直到一九四一年十二月被他繳交給「敵國僑民資產委員會」。他深愛這部相機。他已透過它的鏡頭看了難以計數的臉龐。

「我可以請妳吃個三明治嗎？」

「恐怕不行，」瑪麗亞抓起她的皮包。「我得跟我的家人吃午飯。」

這些年來，瑪麗亞和她媽媽照常每週在裴利諾小館吃午飯，咪咪、菈菈、珮珮通常相伴，很遺憾地，西西歐已不再同行。他與咪咪的戀情始於他跟她擔保「林肯高地殯儀館協會」是唯一準贏不輸的彩券，而死神不離不棄，跟隨他們從教堂走到墓園、從床鋪走到早餐餐桌。三角戀情絕對不是等邊，死神始終隱隱聳立在頂角。一個清涼的秋夜，他一邊在聖彼得教堂外違規並排停車、一邊跟咪咪分享吧檯高腳椅哲思1：

「如果你很高，每個人跟他們的兄弟都認定你很會打籃球，對不對？這麼說來，如果你有一雙大腳，為什麼沒有人認定你很會踢足球？」說著說著，他的笑容漸漸鬆弛，肩膀漸漸下垂，整個人癱靠在方向盤上。這番話成了他的遺言。當呼吸脫離他的軀體，有如雙手褪離手套。周遭秋葉窸窣作響。就這樣，死神和西西歐攜手私奔，留給咪咪這張賭輸的彩券。

西西歐的葬禮是「林肯高地殯儀館協會」有史以來最盛大的典禮。他穿著他結婚的西裝入殮。咪咪再次等著天主帶走她，但西西歐只是六位比她先走的葬儀社老闆其中之一。

大戰的最後幾年，瑪麗亞的媽媽有效利用補給制度的缺失，自己做起生意。配給票已經變成另一套貨幣制度，與美金並駕齊驅。有些配給票依據人們對戰爭的貢獻分發，比方說油券，但大部分配給票都是公平分發，不管個人需求或是喜好。安紐麗塔看出滴酒不沾的人們用不上皮夾裡的酒券，喝茶的人們也用不上咖啡券，於是她開了一家地下交換所處理這些用不上的票券，結果生意好得驚人，到了一九四六年，她已經攢了將近一千兩百美金。

隔年瑪麗亞跟她媽媽回義大利打聽她爸爸的下落。二十一年前造訪聖羅倫佐時，安紐麗塔牽著瑪麗亞的手，帶著她走向拘禁區。如今瑪麗亞幾乎是安紐麗塔當年的歲數，她得攙扶她媽媽走上陡峭的石街。在聖羅倫佐警察局，她們跟貝利諾探長會談，這位衣冠楚楚的警官不停打噴嚏，在她們短短的造訪期間更換了三條手帕。「抱歉，兩位女士，」貝利諾說。「執政官的紀錄在戰時遭到摧毀。我們不知道拉嘉納先生出了什麼事。」瑪麗亞和她媽媽走出貝利諾探長的辦公室時，一隻貓咪悠然地走了進來。

皮康尼照相館裡看不出朱塞佩出了什麼事。除了牆上那張瑪麗亞的照片和床下那個硬紙盒，沒有跡

---

1 barstool philosophy，意指欠缺深度、司空見慣的老生常談。

象顯示他曾經住在這裡。當瑪麗亞掀開硬紙盒的盒蓋，瞧見數百個依照順序整齊排列的國際郵件信封，她感覺自己擺脫了悔恨、羞愧、懊惱，興起一股意想不到的歡欣。她已經九年沒有收到他的信，一時之間，她想像這些全是她爸爸沒有寄出的信，裡面寫著她從沒聽過的消息、她從未接到的問候，從這些信中，她將尋獲她每一個問題的解答。但當然不是：這數百個信封裡擱著她從洛杉磯寫給他的信，她爸爸每一封都保留下來。這是他留下的遺物。他遺留下來的也就只有她。

其後幾天，瑪麗亞和安紐麗塔漫步於聖羅倫佐的斷垣殘瓦之間，但每一個或許認識朱塞佩的人都已離世。在聖羅倫佐的最後一晚，瑪麗亞入睡之後，安紐麗塔走到布森托河畔的挖掘場，布森托河早已淹沒各個隧道，若非那一間間挖掘工曾拿取鐵鏟和鶴嘴鋤，而如今搖搖欲墜的棚屋，她根本找不到挖掘場。她吃力地走到河邊，高跟鞋的鞋跟刺穿淤泥壅塞的河岸。她看著自己的倒影在月光映照的河面搖晃閃動，她的雙眼如波浪般起伏。河底下的世界裡，誰在那裡安眠？他們尊姓大名？這些無名無姓的靈魂改變河水的流向，為阿拉里克王挖造陵墓，將他掠奪的財物放置在河床上，而後慘遭殺戮，被埋在他們打造的陵墓裡，安紐麗塔想像他們的模樣，但就算他們果真未被遺忘，歷史也只記得他們怎麼身亡。惡人們盡享他們的受害者無權享有的來世，這樣的世間可有公理？不，這樣的世間沒有公理；對於跑龍套的小角色而言，這樣的世間或是其他任何世間，全都沒有公理。卒歿十五世紀之後，聖羅倫佐的每一位居民依然知曉阿拉里克王之名，但沒有人記得這位愛抽托斯卡尼雪茄菸、幾年之前還活生生地住在此地的辯護律師叫做什麼。

安紐麗塔甩掉高跟鞋，脫下絲襪，腳趾踏上河水撲打的河岸。這些年來，她經常想像朱塞佩晚上在布森托河游泳、潛尋其他人都不知道在哪裡的金幣。除了在這條他感覺最自在的河流中，她還能在聖羅倫佐的何處尋獲記憶中的他？她踏入河中，身上僅著襯裙與婚戒。她的腳印陷入柔軟的沙土。她五十六歲，自從一九〇八年大地震的那個早上，大海從劇烈顫動的海床隆隆揚升，她再也不曾踏入比澡缸更寬深的水域，她依然知道怎麼游泳嗎？一個陷入愛河的少年郎在某處一扇黑暗的窗下頌唱情歌。月光在水流之間粼粼閃耀。焚燒柴火的煙味盤旋飄過空中。她失落了好久。她閉上雙眼，往後一仰，當她張開手臂，她的身軀在起伏的河水中上下晃動。她的頭髮像扇子般散開。河水凝聚在她肌膚小小的波紋間。她張開眼睛。星光當頭，群星在宇宙深處燒灼。在洛杉磯住了二十年，她已經忘了漆黑的夜空承負著如此光芒。河水輕輕托著她，她漂浮在淨化身心的河水中，感覺思緒漸趨沉靜，直到腦中一片空白，僅存全然的靜默，而在那全然的靜默中，只覺祥和安寧。

隔天早上，她們搭火車返回羅馬。二十年前經過的地景再次從眼前一閃而過。她們把裝滿瑪麗亞信件的硬紙箱埋在安紐麗塔多年前幫自己在維拉諾公墓買的墓地。在那個溫煦的秋晨，瑪麗亞和安紐麗塔站在墓地旁，對朱塞佩道盡這些年來想要對他述說的事。她們一直跟他講到傍晚，該說的話都說完了也還繼續講。最後一次見到他已是二十一年前，但她們依然說不出再見。即使他肯定不贊同這樣的排場，瑪麗亞和安紐麗塔依然為他立了一座石碑，石碑上以一呎高的字母刻寫出他的姓名，從今之後，她們再也不愁找不到朱塞佩・拉嘉納。

✦

「好，」瑪麗亞對文森說。「趕快。」

他跟著瑪麗亞走向戶外的藍天和嗡嗡作響的霓虹招牌，正午交通堵塞，敞篷車堵在車陣中，引擎悶聲空轉。貝拉・盧戈希、克拉克・蓋博、茱蒂・嘉蘭一邊過馬路一邊興高采烈地交談。「拜託喔，布魯斯，」茱蒂・嘉蘭說。「沒有人會腦筋不清楚到花五元美金購買貝拉・盧戈希的簽名照。」

文森轉向瑪麗亞，一臉困惑。

「別太興奮，他們只是模仿藝人。」

他已經忘了這些穿著休閒短褲和休閒鞋，在街上擺姿勢跟觀光客拍照的模仿藝人。

「我車子停在日落大道旁，」瑪麗亞說。「你要去哪裡？」

下午的時間是他的，城市完全開放，已無敵僑不准越過的禁區或是無形疆界。他還有好多地方想要看一看。他從未造訪棕櫚泉或是聖塔芭芭拉，也從未踏進太平洋。他可以開車到聖塔莫尼卡，然後順道去一趟林地墓園，墓園裡有個小小的墓碑，墓碑上刻著一位德國縮尺模型師的姓名，從中卻看不出她作品的格局。有生以來頭一遭，他想去哪裡都行。

「我想我要去看看那些模仿藝人。」

在好萊塢大道和高地大道的十字路口，人人都不用自己的真名。天王巨星，紅牌小生，矮矮胖胖、一身緊身西裝的喜劇明星，梳著誇張瀏海、穿著晚禮服的女演員，人人歡天喜地，盛裝打扮，難得沒喝醉，搖身變成讓人認不出的模樣。默默無名的小明星濫用藥物和酒精送了命，因而成了名人；力爭上游的小演員沉淪墮落，種種細節駭人聽聞，因而成了明星。珍·哈露[2]、佩格·恩特威斯爾[3]、卡蘿·倫芭[4]、魯道夫·范倫鐵諾[5]，所有人都因悲劇而永垂不朽。美麗的鬼魅全都一一現身，他們沿街而立，歡迎你返回家園。

而尼諾決定把文森·寇迪斯留在這群光彩奪目的同伴之間。

一個啪啪拍照的觀光客注意到模仿藝人之中的這個義大利人。其他人她都認得；只有他不面熟。她窺視她的取景器，察覺他不是模仿藝人。他根本不是哪號人物，只是一個走出鏡頭之外時，把一封信投進郵筒中的男子。

2 Jean Harlow（一九一一—一九三七），一九三〇年代性感偶像，長年飽受腎臟病之苦，病逝之時年僅二十六歲。

3 Peg Entwistle（一九〇八—一九三二），英國舞臺及電影明星，因影藝事業不順，從好萊塢著名的巨型地標「H」字母跳下來自殺，年僅二十四歲。

4 Carole Lombard（一九〇八—一九四二），童星出身的美國女星，活躍於一九三〇年代，事業到達頂峰之時因為飛機失事身亡，享年三十四歲。

5 Rudolph Valentino（一八九五—一九二六），義大利男星，亦是好萊塢知名的拉丁情聖，因腹膜炎與敗血症辭世，享年三十一歲。

藍小說365

水星影業為您呈獻

作　者—安東尼・馬拉（Anthony Marra）
譯　者—施清真
主　編—李筱婷
校　對—簡淑媛
美術設計—莊謹銘
內頁排版—芯澤有限公司

董事長—趙政岷
出版者—時報文化出版企業股份有限公司
108019臺北市和平西路三段二四〇號三樓
發行專線—（〇二）二三〇六六八四二
讀者服務專線—〇八〇〇二三一七〇五・（〇二）二三〇四七一〇三
讀者服務傳真—（〇二）二三〇四六八五八
郵撥—一九三四四七二四時報文化出版公司
信箱—（一〇八九九）臺北華江橋郵局第九九信箱
時報悅讀網—http://www.readingtimes.com.tw
電子郵件信箱—liter@ readingtimes.com.tw
法律顧問—理律法律事務所　陳長文律師、李念祖律師
印　刷—勁達印刷有限公司
初版一刷—二〇二五年九月五日
定　價—新臺幣六二〇元
（缺頁或破損的書，請寄回更換）

時報文化出版公司成立於一九七五年，
並於一九九九年股票上櫃公開發行，於二〇〇八年脫離中時集團非屬旺中，
以「尊重智慧與創意的文化事業」為信念。

水星影業為您呈獻 / 安東尼・馬拉(Anthony Marra)作；施清真譯. --
初版. -- 臺北市：時報文化出版企業股份有限公司, 2025.09
400面；14.8x21公分 . -（藍小說；365）
譯自：Mercury pictures presents.

ISBN 978-626-419-547-8

874.57　　114006459

MERCURY PICTURES PRESENTS by Anthony Marra
Copyright ©2022 by Anthony Marra
This edition published by arrangement with HOGARTH, an imprint of Random House, a division of Penguin Random House LLC through Bardon-Chinese Media Agency
Traditional Chinese edition copyright ©2025 CHINA TIMES PUBLISHING COMPANY
All rights reserved including the right of reproduction in whole or in part in any form.

ISBN 978-626-419-547-8
Printed in Taiwan